Eckhart Ribbeck
Stadtläufer
Reiseerinnerungen
1970 - 2010

Für
Hellen, Katharina, Klaus-Frederik und Livia

Eckhart Ribbeck

Stadtläufer

Reiseerinnerungen
1970 - 2010

© 2023 Eckhart Ribbeck

Bibliografische Information der Deutschen Nationalbibliothek:
Die Deutsche Nationalbibliothek verzeichnet diese Publikation
in der Deutschen Nationalbibliografie; detaillierte bibliografische
Daten sind im Internet über dnb.dnb.de abrufbar.

Herstellung und Verlag:
BoD - Books on Demand, Norderstedt
ISBN: 978-3-7578-7304-2
Fotos: Eckhart Ribbeck

INHALT

Vorwort
Seite 9

I.
Vorspiel
Berliner Wurzeln, Architekturstudium,
ostafrikanische Impressionen
Berlin, Schwerin, Heidelberg, Stuttgart,
Sambia, Kenia, Algier, Vancouver
Seite 14

II.
Up, Up and Away
Karibisches Lebensgefühl und
privilegiertes Hauptstadtleben
Guyana, Brasilia
Seite 45

III.
Zwischenspiel
Stadtforschung in Lateinamerika
Mexiko und Peru
Seite 92

IV.
Megastadt
Architektur-Monument UNAM
und „Stadt der Massen"
Mexiko-Stadt
Seite 118

V.
Auf festem Boden
Forschung und Lehre an der Universität Stuttgart
Seite 139

VI.
Africa Revisited
Islamisten, Altstadt, Weltdorf
Algier, Fez, Addis Abeba
Seite 149

VII.
Latin Spirit
Stadterkundung in Brasilien
Rio de Janeiro, Brasilia, Salvador,
Recife, Sao Paulo, Porto Alegre, Curitiba
Seite 166

VIII.
Viva México!
Hofhauslabyrinthe und Selbstbausiedlungen
Mexiko-Stadt
Seite 232

IX.
Ur-Stadt, Hotspot, Boomtown
Stadterkundung im Nahen Osten
Aleppo, Kairo, Palästina, Dubai, Oman
Seite 258

X.
Auf Alexanders Spuren
Stadterkundung in Vorder- und Zentralasien
Izmir, Teheran, Isfahan, Taschkent, Buchara
Seite 308

XI.
Spiritualität und Armut
Tempelstädte und Metropolen
Kathmandu, Sri Lanka, Mumbai, Kolkata,
Varanasi, Chandigarh
Seite 336

XII.
China
Post-Mao-Stadt und Turbo-Verstädterung
Peking, Shanghai, Longquan,
Suzhou, Wuhan
Seite 373

XIII.
Endspiel
City of Excellence, neue Großstädte,
steigender Meeresspiegel
Singapur, Yogyakarta, Surabaya,
Bandung, Jakarta
Seite 423

Vorwort

Noch ein Buch, auf das die Welt dringend gewartet hat – das war mein erster Gedanke, als ein weitgereister Freund eines Tages meinte, es wäre doch an der Zeit, unsere Erlebnisse aufzuschreiben. Aber er hatte recht, denn in der Tat würde man gerne wissen, was dem Langzeitgedächtnis nach einem halben Jahrhundert noch zu entlocken ist.

Man lebt zweimal, hatte Honoré de Balzac gesagt, einmal real und einmal in der Erinnerung. Ähnlich, aber etwas boshafter, wies Nietzsche auf den Vorteil eines schlechten Gedächtnisses hin, weil man damit die gleiche Erinnerung immer wieder neu genießen kann. Und Marcel Proust sagte: Man muss erst gründlich vergessen, damit man sich wieder gut und genau erinnert. Vielleicht meinte er den Effekt, den man dem alternden Gehirn nachsagt: dass es sich, je älter je besser, an weit zurückliegende Ereignisse erinnert. Ich kann das bestätigen, denn viele Bilder, an die ich seit Jahrzehnten nicht mehr gedacht hatte, standen mir plötzlich so lebendig vor Augen, als wäre es gestern gewesen. Man kann nur bewundern, wie dauerhaft unser filigranes neuronales Netzwerk ist, dauerhafter jedenfalls als manches Kniegelenk.

Neugier, Überraschung, Freude, Liebe, Ärger, Angst verstärken die Erinnerungen und lassen diese wie von selbst hervorsprudeln, während die weniger emotionsbesetzten sich in einer hinteren Gehirnregion verbergen oder ganz verschwunden sind. Aber wer wollte sich denn, nach einem halben Jahrhundert, an all die früheren Alltags- und Berufsroutinen erinnern und wen würde das interessieren?

Mein Thema ist das Unterwegssein, das flüchtige, aber intensive Erleben von Orten, Begegnungen, Ereignissen. Ich bedaure es sehr, nie ein Tagebuch geführt zu haben, denn das wäre der ideale Rohstoff für einen Beruf gewesen, den ich fast noch lieber als meinen tatsächlichen ausgeübt hätte: Reiseschriftsteller. Es ist die gesteigerte Erlebnisdichte, die das Reisen zu einer Frischzellenkur für unser Denken und Verhalten macht. In der Alltagsroutine nehmen wir die Gegenwart oft kaum wahr, sondern planen immer schon das Morgen und Übermorgen, reisend jedoch wechseln wir in den Seinszustand des Hier und Jetzt, denn schnell wechselnde Orte, Menschen und Ereignisse erfordern unsere volle Präsenz und Wahrnehmung.

Dabei stehen auch Gewohnheiten und Selbstverständlichkeiten zur Disposition wie Komfort, Sicherheit, Verständigung und Lebensgefühl. Eine komfortable und sichere Wohlfühlreise verwandelt die Welt in einen schönen, aber harmlosen Bilderbogen, eine „echte" Reise ohne Sicherheitsnetz versetzt uns dagegen in wechselhafte und riskante Situationen und damit in eine wache Achtsamkeit, nicht unähnlich jener, mit der unsere archaischen Vorfahren Savannen und Wälder durchstreiften und neue Lebensräume entdeckten.

Mit der Erfindung des Ackerbaus sind leider viele Instinkte und Fähigkeiten unserer sammelnden und jagenden Urahnen verkümmert und so liegt der Sinn einer Reise wohl auch darin, gelegentlich aus dem „Glück der weidenden Herde" (Nietzsche) auszubrechen und den verschütteten Wander- und Jagdtrieb auszuleben. Höhepunkte des Unterwegsseins sind die ebenso flüchtigen wie einmaligen Momente, wenn uns bislang unbekannte Orte, Menschen oder Erlebnisse so intensiv herausfordern oder berühren, dass dies alle Sinne wachruft – ein seltener Einklang mit uns und der Welt, der nach Wiederholung verlangt und vielleicht der tiefste Antrieb unserer Reiselust ist.

Es war wohl berufsbedingt, dass ich auf Reisen fremde Landschaften und Städte genoss, aber immer auch hinter die schöne Oberfläche blicken wollte, was das Bild mitunter trübte. Das funktionierte auch umgekehrt: Manche Orte, die auf den ersten Blick abweisend oder hässlich waren und um die jeder Tourist einen großen Bogen machte, entpuppten sich bei näherem Hinschauen als überraschend interessant und vielfältig.

Dabei behaupte ich nicht, dass meine Reisen Abenteuerreisen waren, aber bei Stadterkundungen in den Favelas von Rio de Janeiro und in den Selbstbausiedlungen von Mexiko-Stadt war ich kein Flaneur, sondern musste auch ungewöhnliche Anstrengungen und Risiken auf mich nehmen. Um Städte zu fotografieren, bestieg ich Hügel und Hochhäuser und um einem urbanen Phänomen auf den Grund zu gehen, kämpfte ich mich durch die Menschen- und Verkehrsmassen in Megastädten und durchstreifte abgelegene Stadtviertel und gefährliche Slums. Meine urbane Laufarbeit bei diesen Studien in den Städten Afrikas, Asiens und Lateinamerikas war extensiv, auch deshalb trägt das Buch den Titel „Stadtläufer".

Städte sind komplexe Gebilde und so ist auch die Stadtforschung ein unerschöpfliches Feld, das viele Facetten aufweist: räumliche, demografische, soziale, ökonomische, kulturelle, gestalterische, architektonische und viele mehr. Hinzu kommt die zeitliche Dimension, denn jede Stadt hat ihre einzigartige Geschichte, ihre aktuellen Probleme und eine ungewisse Zukunft. Stadtforschung als übergreifende Wissenschaft kann deshalb immer nur annähernde, ausschnitthafte und zeitlich begrenzte Ergebnisse hervorbringen.

Meine Forschungsreisen waren eine Odyssee durch viele Länder, aber summierten sich schließlich zu einer akademisch-wissenschaftlichen Weltumrundung, denn in jeder Station gab es Projekte oder Kooperationen verschiedener Art. Wie von einer unsichtbaren Hand gesteuert, führten mich die Reisen zunächst nach Afrika und Lateinamerika, dann wurde die Universität Stuttgart zum Sprungbrett für Studien und Exkursionen in der orientalisch-islamischen Welt, in Zentralasien, China, Indien und schließlich Indonesien. Diese Bewegung von West nach Ost spiegelte die Dynamik der globalen Verstädterung, die sich zwischen 1970 und 2010 entfaltete, - ein wahrer Verstädterungs-Tsunami, der immer mehr Länder im Nahen, Mittleren und Fernen Osten erfasste, am gewaltigsten natürlich in China und Indien.

Dabei verschoben sich auch die Schwerpunkte unserer Arbeit, denn was in Afrika als „Bauen in den Tropen" und „Planen in Entwicklungsländern" begann, bewegte sich in Lateinamerika und Asien zunehmend hin zu städtebaulichen Themen, zur Stadt- und Metropolenforschung. Über die Jahre entstand so ein relativ umfassendes Bild von dem, was in den außereuropäischen Städten vor sich ging und so war ich auch ein Zeitzeuge, der das urbane Geschehen auf der Welt mit Lehrveranstaltungen, Vorträgen und Publikationen zu dokumentieren versuchte. Dabei hatte ich es mit sehr unterschiedlichen „Stadttypen" zu tun: afrikanische Provinzstädte, lateinamerikanische Megastädte, orientalisch-islamische Altstädte, neue Boom-Städte am Golf, Tempel-Städte in Nepal, Oasensiedlungen im Oman und viele andere. Dieser wechselnde geografische, historische und kulturelle Kontext machte jede Reise und Stadt-Studie zu einer neuen, spannenden Herausforderung.

In diesem Buch stehen jedoch nicht die Daten und Erkenntnisse im Vordergrund, um die es berufsmäßig ging, sondern um das, was in meinen Publikationen und Forschungsberichten weitgehend fehlt: das persönliche Erleben und die Erinnerung daran. Man kann das auch Nostalgie nennen, die sich unvermeidlich einstellt, wenn man an seine jungen und aktiven Jahre denkt. Nach 40 Reise- und Forschungsjahren stapelten sich in meinem Gedächtnis zahllose wichtige und belanglose, frische und verblasste Erinnerungen. Das Schreiben räumte mit diesem Durcheinander in gewisser Weise auf, indem es die erinnerungswürdigen Episoden neu entdeckte und diese in einen Text verwandelte, wo sie nun wie frisch polierte Antiquitäten glänzen. Die unscharfe, fluide Erinnerung verwandelte sich auf wundersame Weise in kleine Geschichten, was auch die gelegentlichen Zweifel an der Genauigkeit der Ereignisse beseitigte.

Aus dem engen Gefängnis der subjektiven Erinnerung entlassen, führen diese Geschichten nun ein Eigenleben, wandern auch ohne mich herum und nisten sich – so hoffe ich jedenfalls – in die Köpfe nahestehender und fremder Menschen ein. Dabei denke ich auch an meine Enkelin und eventuellen Ur-Enkel, denen in ferner Zukunft das Buch in die Hände fällt und die erstaunt und amüsiert die Geschichten und Stadtbeschreibungen lesen, die ein längst verblichener Ur-Opa als „Stadtläufer" zum Besten gibt.

Zurückblickend gesellt sich dazu aber auch die Erkenntnis, dass meine Generation wohl die letzte war, die guten Gewissens so unbeschwert und grenzenlos reisen konnte. Wie wir heute wissen, hat auch das dazu beigetragen, die Welt in den Zustand zu versetzen, in dem sie heute ist. Zahllose interkontinentale Flüge, allein und in Gruppen, gehen auf mein Konto, was den Beteiligten unvergessliche Erlebnisse, der Welt aber eine bedenkliche CO_2-Last beschert hat. *Mea culpa...*

I.
Vorspiel

Berliner Wurzeln, Architekturstudium,
ostafrikanische Impressionen
Berlin, Schwerin, Heidelberg, Aachen, Stuttgart,
Sambia, Kenia, Algier, Vancouver

1 Obwohl meine Familie nicht das zentrale Thema dieser Aufzeichnungen ist, muss ich etwas familiär beginnen. Man kann es nicht anders sagen: Mein Start ins Leben war holprig und einem Kleinkind wenig angemessen. An die frühe Kindheit, also an die letzten Kriegsjahre in Berlin, habe ich gar keine Erinnerung und das ist auch gut so. Ich weiß also nicht, ob und wie sich meine ersten Schritte im Bombenhagel, der fast täglich auf Berlin und Umgebung niederging, in mein Unterbewusstsein eingeprägt haben. Bis heute ziehe ich es vor, diese mentale Altlast nicht näher zu erforschen.

Meine früheste Erinnerung ist also kein Familienidyll und kein friedlicher Spielplatz, wie es sich für einen Dreijährigen gehört, sondern endlose Soldaten- und Flüchtlingstrecks, die sich von Berlin nach Westen bewegten. Mein erstes klares Erinnerungsbild ist ein Bauernhof, wo plötzlich auf Augenhöhe ein riesiger Ganter mit ausgebreiteten Flügeln vor mir steht und bedrohlich zischt. Ich weiß nicht mehr, wer oder was mich gerettet hat, kann aber sagen, dass ich heute keinen Groll mehr auf Gänse hege.

Der Flucht aus Berlin folgte eine normale, wenn auch vaterlose und materiell reduzierte, aber freie Kindheit in Schwerin. Spielplätze gab es nicht, dafür abenteuerliche Hinterhöfe, verwilderte Seeufer, schrottige Industrie- und andere Brachen, die wir Kinder weitgehend frei bespielten.

Niemand hielt uns auf, wenn wir auf die kleine Hafenbahn auf- und absprangen oder über hohe Mauern kletterten, um die Kirschbäume des Hospitals zu plündern. Niemand schritt ein, wenn wir Weltkriegswaffen und Munition aus dem See fischten, die Patronen auf die Schienen legten und hinter der nächsten Ecke auf das höllische Geknatter warteten, wenn die Straßenbahn darüberfuhr.

Schwimmen lernte ich und andere Kinder auf eigene Faust in einem Seitenkanal des Schweriner Sees und wundersamerweise erreichten alle wieder das rettende Ufer. Unter den Brücken gab es seitlich eingelassene Druckkammern, in die man nur durch ein unter Wasser liegendes Loch gelangte. Diese lichtarmen Höhlen waren Schauplatz einer gefährlichen Mutprobe, die darin bestand, auf das nächste Schiff zu warten, wobei der Wasserpegel bedrohlich bis zum Hals anstieg. Ein Spielparadies war auch die Schilfwildnis am See mit labyrinthischen Trampelpfaden und versteckten Lagerplätzen – heute ein exklusives Freizeitrevier mit Bootshäusern und Segelbooten.

Kurzum, die ganze Stadt war ein großer und spannender Spielplatz, den wir nach der Schule unbegrenzt durchstreiften. Es war damals normal, die Freizeit ohne Aufsicht zuzubringen. Das war aber nicht der Nachlässigkeit der Eltern geschuldet, sondern der harten Realität der Nachkriegsjahre: Die Väter waren gefallen oder in Gefangenschaft und der Aufbau des DDR-Sozialismus forderte einen schonungslosen Arbeitseinsatz der Frauen, einschließlich der alleinerziehenden Mütter. Eine Alternative waren die staatlich organisierten „Jungen Pioniere", denen ich und meine Schwester, warum auch immer, aber nie beitraten.

Ich bin überzeugt, dass diese Kinderjahre in Schwerin eine Grundhaltung eingeübt haben, die sich weniger in der Schule, sondern erst später als fruchtbar erwies: der Hang zur kreativen Selbstbeschäftigung und eine ausgeprägte Unfähigkeit zur Langeweile. Im Gegensatz zum abenteuerlichen Spiel ist meine Erinnerung an die ersten Schuljahre seltsam leer, eine fast absolute Nicht-Erinnerung. Schulweg, Schulgebäude, Lehrer, Mitschüler, Schulfeiern – nur wenige vage Bilder tauchen da auf. Unvergessen ist aber der erste Satz aus dem russischen Lesebuch: „Нина, Нина и катина, это трактор и двигатель" – Nina, Nina und Katina, das ist ein Traktor und ein Motor.

Die Ausreise aus der DDR war vor dem Mauerbau relativ einfach und so packte unsere Mutter eines Tages den Koffer und fuhr mit uns in den Westsektor Berlins. Schon wenige Tage später fanden wir uns per Luftbrücke inmitten einer wunderbaren Berglandschaft in Bad Reichenhall wieder. Ich glaube nicht, dass ich diese als Kind angemessen gewürdigt habe, denn als gebürtiger Flachländer fand ich die Berge, hinter denen die Sonne oft schon am Nachmittag verschwand, eher bedrohlich, ebenso die Gewitter, deren gewaltiger Donner minutenlang zwischen den Felswänden widerhallte. Auch gestalteten sich meine Entdeckungstouren in dem unbekannten Gelände schwierig, wie bei einer spontanen Gratwanderung in Turnschuhen und kurzer Lederhose, die nur dank des guten Wetters folgenlos blieb. In schöner Erinnerung ist mir aber das Flusstal der Saalach mit seinen Kiesbetten und verwunschenen kleinen Inseln, wo wir ganze Nachmittage hingebungsvoll spielten, Zeit und Welt vergessend.

2 Die nächste und dauerhafte Station war Heidelberg, wo ich meine Jugend und Gymnasialzeit verbrachte. Es war sicher ein Glücksfall, in einer der schönsten deutschen Städte aufzuwachsen und nicht in einer gesichtslosen Industriestadt der 1950/60er Jahre. Heidelberg war damals nicht so herausgeputzt wie heute, der Bombenkrieg hatte die Stadt zwar verschont, aber die Altstadt war desolat und die Hinterhöfe chaotisch überbaut. Niedrige Mieten zogen Studenten und andere einkommensschwache Gruppen an, darunter die ersten Gastarbeiter aus Italien und der Türkei. Manche nannten die Altstadt mit ihren Kneipen, Nachtleben und Drogen auch Klein-Amsterdam. Aufgemischt wurde das Milieu durch die Amerikaner, die in Heidelberg ihr Hauptquartier hatten und die nächtlichen Streifen der amerikanischen Militärpolizei, die in diversen Kneipen ihre GIs einsammelte, waren ein vertrautes Bild.

Man schickte mich ins Gymnasium Wiesloch, eine Kleinstadt südlich von Heidelberg. Bis heute weiß ich nicht, warum ich dort und nicht in Heidelberg in die höhere Schule ging wie meine Schwester. Ein handfester Vorteil war immerhin, dass mir der tägliche 10-Kilometer-Schulweg mit dem Fahrrad bei Wind und Wetter eine dauerhafte Grundfitness verschafft hat, die auch durch spätere ungesunde Gewohnheiten kaum gelitten hat. Nur an besonders kalten und schneereichen Wintertagen fuhren wir mit einer antiken Kleinbahn, in deren Waggon ein Kohleofen glühte und die in jedem Weiler hielt, weshalb wir das Bähnchen auch „Entenmörder" nannten.

Anders als die Grundschule ist mir das Kleinstadt-Gymnasium in lebhafter Erinnerung. Die Lehrer, oft ehemalige Kriegsteilnehmer, pflegten aus heutiger Sicht einen bedenklichen, aber unterhaltsamen Unterrichtsstil, letzteres vor allem für diejenigen, die gerade nicht „dran" waren und mit rotem Kopf an der Tafel standen. Ich stelle dazu fest, dass meine heute fast liebevolle Erinnerung an diese Schuljahre sich vor allem an den schrulligen Lehrkräften festmacht, während es von den pädagogisch Korrekten kaum etwas zu berichten gibt, außer vielleicht von einem heftigen Flirt mit der Französischlehrerin.

Wo gibt es denn heute noch einen Mathe-Lehrer, der einem Schüler als Berufsempfehlung „Schafhirte auf der Alm" mit auf den Weg gibt? Wer vergleicht heute seine Schüler in schönster Metaphorik mit einem Möbelwagen, der am Röhrbuckel stecken geblieben ist und den es, gemeinsam mit anderen Lehrern, fortzuschieben gilt? Pädagogisch fragwürdig war auch der Musiklehrer, wenn er die im Stimmbruch befindlichen Knaben zwang, nacheinander ein Lied zu krächzen, mit Klavierbegleitung und unter dem Gelächter der ganzen Klasse, insbesondere der Mädchen. Ich stelle mir vor, dass noch heute manch einer der ehemaligen und jetzt 80-jährigen Mitschüler rote Ohren bekommt, wenn er an diese Demütigung denkt.

Es war in der Tat keine Wohlfühl- und Kuschel-Pädagogik, aber auch die schrulligsten Lehrkräfte zeigten ab und an ein menschliches Gesicht. Wie unsere alleinstehende und kinderlose Klassenlehrerin, die uns bei Klassenfahrten und Schulheimaufenthalten „Wildgänse rauschen durch die Nacht" und „Gold und Silber mag ich sehr", singen ließ, was sie an ihre Studentenzeit erinnerte und zu Tränen rührte. Ich habe den Verdacht, dass ihr unsere Klasse, trotz ihres unerbittlichen Unterrichtsstils, in Wirklichkeit die Familie ersetzte. Im Übrigen verdanke ich es ihrer Geografie-Stunde, dass ich heute noch – zum amüsierten Erstaunen meiner amerikanischen Enkelin – die nordamerikanischen Städte von Nord nach Süd und von Ost nach West lückenlos aufsagen kann. Generell war in jener Zeit der Selektionsdruck im Gymnasium wesentlich größer als heute. Nur zehn Prozent eines Jahrgangs machten das Abitur und viele waren froh, wenn sie die „mittlere Reife" schafften. Wer diese kritische Schwelle überschritt, konnte sich auf ein gewisses Wohlwollen beim Abitur verlassen und natürlich hatte die Selektion auch die soziale Herkunft im Blick.

Was die Freizeit betraf, so gestaltete sich diese weitgehend normal, verglichen mit den kindlichen Abenteuern in Schwerin. Freizeit war damals *offline*, handy- und computerfrei und daher fast immer eine Outdoor-Aktivität. Je nach Alter ging es um Baumhäuser und Höhlen, Fußball und Fahrradtouren, Verfolgungsjagden und Scharmützel mit den Gleichaltrigen aus dem Nachbarort. Wichtiger wurden später das kleine Kino, die Eisdiele Capri mit Musik-Box – Elvis Presley war gerade in Deutschland – und der sommerliche Treffpunkt im Schwimmbad, ein ehemaliger Baggersee. Man fand dort die erste Freundin, ein harmloses Geplänkel, das aber bald in privaten Party-Kellern, im Cave 54 oder in den Ami-Discos vertieft wurde.

Geld war knapp, weil meine Mutter ihren Beruf als Lehrerin noch nicht wieder aufgenommen hatte, und so besorgte ich mir in den Sommerferien regelmäßig einen Job. Mit einigem Stolz kann ich sagen, dass ich dabei nicht zimperlich war: es ging um Knochenarbeit im Straßenbau, in einer Brauerei oder Zementfabrik. Mit dem Geld kaufte ich einen gebrauchten Fiat 600, mit dem ich fortan in die Schule und zusammen mit Freunden in die Sommerferien fuhr. Ich vermute, es war eine sechswöchige Spanien-Tour, die meine Affinität zur mediterranen Kultur und Sprache weckte. Noch heute sind mir zahllose kleine Episoden in Erinnerung: die endlosen Autoschlangen im Rhone-Tal, wo es noch keine Autobahn gab, die filterlosen *Gauloises*, die wir pausenlos rauchten, die Nacht auf einem unbekannten Parkplatz, wo am frühen Morgen die Menschen über unsere Schlafsäcke stolperten, weil das ein Fabrikeingang war, die riskanten Nachtfahrten auf den kurvigen Küstenstraßen der Costa Brava, die *Guardia Civil* mit schwarzen Lackhelmen, die abends den Strand nach Liebespaaren absuchte, die zwei spanischen Mädchen, die wir, zu fünft im winzigen Fiat sitzend, nach Salamanca fahren durften.

3 Nach dem Abitur stand das Studium an. Der Zugang zum Architekturstudium klappte nicht auf Anhieb und so überbrückte ich die Wartezeit mit zwei Semestern Soziologie an der Universität Frankfurt. Die unruhigen 68er Jahre kündigten sich an, insbesondere am legendären Institut für Sozialforschung, das dann auch, untermauert von der „Kritischen Theorie" Max Horkheimers und Theodor W. Adornos, zum intellektuellen Motor der Studentenbewegung wurde. Ich hatte das Glück, Adorno und seinen Assistenten Habermas in den Vorlesungen zu erleben. Adorno, ein kleiner, dicklicher und glatzköpfiger Mann, war keine imposante Erscheinung, aber wenn er, gefolgt von einem Schwarm Assistenten, den Hörsaal betrat und auf dem Podium begann, in freier Rede seine kunstvoll verschachtelten und druckreifen Sätze zu formulieren, wehte der Weltgeist durch den Saal.

Aber wie in jeder Revolution wurde auch dieser Vordenker von den Ereignissen eingeholt und aufgrund seiner kultivierten Zurückhaltung von radikalen Studentengruppen attackiert. Man kennt die Szene, wie sich zwei Studentinnen mitten in der Vorlesung vor ihm entblößten, was den hochintelligenten Mann völlig aus dem Konzept brachte. Die Sinnhaftigkeit dieses Treibens blieb mir verschlossen, so dass ich fortan Abstand zu den Auswüchsen der sogenannten Studentenrevolution hielt.

Endlich bekam ich einen Studienplatz an der TH Aachen, wo ich bis zum Vordiplom blieb. Man hatte mich gewarnt: dieses Eldorado rheinländischen Frohsinns mit seiner Stehkneipenkultur sowie die Nähe zu Holland und zum Meer liefe unweigerlich auf ein verlängertes Studium hinaus. Prompt bekam ich ein Zimmer über „Charlies Pinte", die jeden Abend ausschließlich Franz-Josef Degenhards „Schmuddelkinder" und „Ich möchte Weintrinker sein" zu Gehör brachte. Ein jährlicher Höhepunkt war natürlich der Karneval, aber die entfesselte und alkoholisierte Menschenmenge, die in den Gassen sang und schunkelte, erinnerte mich protestantischen Berliner eher an ein aus dem Ruder laufendes dionysisches Kultfest, auch hatte man am nächsten Morgen ähnliche Kopfschmerzen.

Als mir die enge Symbiose mit „Charlies Pinte" zu teuer wurde, zog ich in die Mansarde einer altgedienten Tanzschule, heute wahrscheinlich ein prächtig restauriertes und unbezahlbares Stadtpalais. Es gab dort für die männlichen Mitbewohner die Auflage, als Tanzpartner einzuspringen, wenn es in den Kursen einen Damenüberschuss gab. Leider habe ich auch diese Gelegenheit verpasst, ein guter Tänzer zu werden. Das lag daran, dass mein Mitbewohner eine Karnevalsbekanntschaft mit aufs Zimmer nahm. Es war weit nach Mitternacht, beide schlichen mehr oder weniger berauscht die alte Holztreppe hoch, stolperten und rollten mit einem enormen Krach ein paar Stufen hinunter. Am nächsten Morgen überreichte uns die Hausdame die Kündigung, weil sie eine schlaflose Nacht verbracht hatte. Meine letzte Wohnung in Aachen war ein idyllisches Gartenhaus, wobei mir der Vorgänger aber verschwieg, dass das Grundstück längst für einen Neubau vorgesehen war. So verwandelte sich der Garten rasch in eine Baugrube, bis ich schließlich die Haustür nur noch halsbrecherisch über ein wackeliges Brett erreichte.

Ansonsten ist mir das Architekturstudium in Aachen in bester Erinnerung. Der wöchentliche Höhepunkt war die Vorlesung eines Professors, der in Aachen eine der ersten Moscheen in Deutschland gebaut hatte. Der Saal war stets überfüllt, wenn er in freiem Vortrag über Architektur und Baukunst sprach und dabei gerne Rilke-Zitate aus der Westentasche zog. Offenbar waren die Studenten an der Technischen Hochschule regelrecht ausgehungert nach kulturellen Beiträgen, denn seine Veranstaltungen kursierten sogar als Schallplatten. Ich traf den Professor einmal zufällig in Heidelberg, wo er begeistert von Marianne Weber erzählte – „eine Frau wie ein Berg" – die nach dem Tod ihres berühmten Gatten Max Weber nahtlos seinen Gelehrtenkreis weiterführte, dem der Professor offenbar angehörte. Übrigens war er es, der die beiden Türme der alten Neckar-Brücke zu einer kleinen Wohnung ausbaute.

Teil des Studiums war eine Bauaufnahme, also die zeichnerische Dokumentation eines Gebäudes. Dazu fuhr ich in den Semesterferien mit einer Freundin nach Andalusien und wir fanden in Arcos de la Frontera ein originelles Gebäude im maurisch-spanischen Stil. Wir mieteten ein Zimmer, wo uns aber schon am nächsten Morgen ein Priester in Begleitung des Bürgermeisters aufschreckte und inquisitorische Fragen stellte nach Alter, Familienstand und Glaubensbekenntnis. Offenbar störte man sich an einem jungen ausländischen Paar, das keinen Trauschein besaß und damit dem Sittenverfall in der kleinen Stadt Vorschub leistete. Wir konnten beide Honoratioren schließlich beruhigen und waren froh, dass wir nicht umgehend zur nahegelegenen Stadtkirche geführt und zwangsverheiratet wurden.

Wir fuhren einen alten 2 CV mit 18 PS, dem obligatorischen Studentenfahrzeug jener Zeit, bei dem man alle technischen Probleme mit Zange und Schraubenschlüssel lösen konnte. Jedenfalls hielt das Vehikel eine sechswöchige Marokko-Reise durch, die uns durch das Atlasgebirge, in kleine Berber-Dörfer und in die alten Königsstädte Fez, Rabat und Marrakesch führte. Der Tourismus in Marokko nahm gerade erst Fahrt auf und so waren die Preise ideal für uns Studenten, denn man bekam auf dem Markt von Marrakesch für den Bruchteils eines *Dirhams* eine große Schüssel Erbsensuppe und für einige *Centimes* einen Löffel Olivenöl obendrauf.

Mit dem Vordiplom wechselte ich an die Universität Stuttgart, weil dort verstärkt Städtebau und Architekturtheorie gelehrt wurden. Als Studienort war Stuttgart das Gegenmodell zu Aachen: zu groß, zu industriell und zu schwäbisch, um ein studentisches Milieu auszubilden. Das war von Vorteil, denn die ersten beiden Semester waren sehr arbeitsintensiv, danach wurde das Studium freier und man konnte selbstgewählte Themen bearbeiten, was mir sehr entgegenkam.

Die Studentenunruhen griffen auch auf Stuttgart über, blieben in der industriell geprägten Stadt aber moderat, was die regelmäßig aus Frankfurt anreisenden Agitatoren vom SDS (Sozialistischer Deutscher Studentenbund) fast verzweifeln ließ. Aber auch in Stuttgart kämpfte man bei den Vollversammlungen erbittert ums Mikrofon und die marxistischen, leninistischen, maoistischen, liberalen, konservativen und sonstigen Gruppen waren hoffnungslos zerstritten.

Das Ergebnis war jedoch positiv, denn es gab eine Studienreform mit einer verstärkten Mitsprache von Assistenten und Studierenden und neue, gesellschafts- und praxisorientierte Studienprojekte. Dazu zählte auch das Lehrangebot „Planen und Bauen in Entwicklungsländern", das sich mit den post-kolonialen Ländern beschäftigte, die in den 1960/70er Jahren ihre Unabhängigkeit erlangten. Das neue Fach empfahl sich mit Exkursionen nach Malaysia, Sansibar und anderen exotischen Orten, damals eine Rarität in deutschen Hochschulen.

4

Ich suchte nach einem Diplomthema und da kam mir eine Exkursion nach Ostafrika gelegen. Andere hatten ähnliche Pläne und so formierte sich eine Exkursionsgruppe, die nicht nur eine interessante Reise machen, sondern diese für eine vertiefte Studienarbeit nutzen wollte. Das Hauptreiseziel war Sambia und einige Städte am *Copper Belt*, der wirtschaftlichen Lebensader Sambias. Die Exkursion dauerte sechs Wochen und schloss kurze Aufenthalte in Kenia und Tansania ein. Das legendäre Image dieser Reise wurde von den Teilnehmern, die sich noch Jahrzehnte danach wie ein Veteranen-Club trafen, nostalgisch gepflegt.

In der Erinnerung steigen viele Bilder auf: die endlose Savanne mit Flaschenbäumen und Termitenhügeln, die rostrote Farbe des afrikanischen Bodens, die gepflegten Gartenstädte der Reichen und die Bretterhütten der Slums in Lusaka. Wir flogen mit altersschwachen DC3s im Land herum, wobei ich, wenn es in der Luft sehr unruhig wurde, die aus aller Welt angeheuerten Buschpiloten gerne nach ihrer Fluglizenz gefragt hätte. Wir sahen die Viktoria-Wasserfälle, traditionelle Dörfer mit Rundhütten und Menschen, die sich in bunten Baumwollgewändern stolz und

gelassen bewegten, dies auch mit großen Wasserkanistern oder Feuerholzbündeln auf dem Kopf.

In einem Dorf stellte uns der Village-Chief nach einer traditionellen Begrüßung seine fünf Töchter vor, ordentlich nach Größe aufgereiht, weil er diese an reiche Ausländer zu verheiraten hoffte, wie unser Dolmetscher behauptete. Man bewirtete uns mit *local beer*, einem suppenartigen Getränk, das in einem abgedeckten Gefäß einige Tage in der Sonne gegärt hatte, bis man es lauwarm aus kleinen Plastikeimern trank. Die Männer konsumierten das schwach alkoholische Bier in unglaublichen Mengen als Grundnahrungs-mittel wie im mittelalterlichen Europa, auch weil es bekömmlicher war als das Trinkwasser aus verschmutzten Brunnen oder maroden Leitungen.

Fasziniert beobachteten wir die Essgewohnheiten der Einheimischen. Meist gab es Hirse- oder Maisbrei mit Soße und Fleischstückchen. Wir schauten uns ab, wie man mit drei Fingern in den steifen Brei griff, eine kleine Kugel formte, mit dem Daumen eindrückte, damit die Soße und ein Fleischstück aufnahm und elegant in den Mund beförderte. Wenn man uns fragte, was wir in Europa aßen und wir von abendlichen Wurst- und Käsebroten berichteten,

schauderte es die Einheimischen sichtlich, denn diese aßen stets etwas Warmes, auch das *hot beer* war warm, nur in besseren Kreisen servierte man eiskaltes Bier.

Wir übernachteten in der Savanne in kolonialen *Lodges*, wo man abends auf der Veranda saß und die Eindrücke des Tages ausklingen ließ. In der Dunkelheit leuchteten entfernt kleine Feuer und jemand erklärte uns, dass dies die afrikanische Art sei, Bäume zu fällen: Man entfachte am Fuß des Baumes ein kleines Feuer und wartete, bis die Glut sich durch den Stamm fraß und der Baum schließlich umfiel, was einige Tage dauern konnte. Wie zur Bestätigung hörten wir das entfernte Knacken und Krachen eines Baums. Dabei saßen wir auf kleinen Hockern und Stühlen, die aus einem einzigen Stück Holz geschnitzt waren, denn ein Baum war in der traditionellen Vorstellung ein beseeltes Naturwesen, das man nicht einfach in Bauteile zerlegen, sondern nur insgesamt in ein neues „Wesen" – einen Hocker oder einen anderen Gegenstand – verwandeln konnte.

Wir gewöhnten uns an die Kinder, die uns nachliefen und „*Mzungu, Mzungu*" riefen, wie man auf Suaheli die Weißen nennt. Manche behaupteten, *Mzungu* heißt eigentlich „Roter", weil in Afrika die sonnenverbrannten Weißen nicht weiß, sondern rot aussahen und noch andere meinten, *Mzungu* bedeutet ursprünglich ein „herumtaumelnder Geist", was dann auf die ruhelos herumreisenden Europäer übertragen wurde. Wir besuchten Doxiades Consulting, damals eine weltweit tätige Planungsfirma, die überall in Afrika wie am Fließband Stadtentwicklungspläne produzierte, alle nach dem gleichen Bandstadt-Muster. Auch der DED (Deutsche Entwicklungsdienst) war vor Ort, wo uns ein frisch diplomierter Altersgenosse aus Deutschland begrüßte, der schon die Planungsverantwortung für eine kleine ostafrikanische Stadt trug, während wir noch Studienreisen machten.

Die Exkursion diente auch der Vorbereitung einer Diplomarbeit und dazu wurden Kleingruppen auf verschiedene Städte im Copper Belt verteilt. Wir landeten in Masambuka, eine Provinzstadt 150 Kilometer westlich der Hauptstadt Lusaka, bezogen eine alte Kolonialvilla und bekamen einen Landrover zur Fortbewegung. Ein britischer Ex-Offizier, der nach der Unabhängigkeit im Land geblieben und nun Bürgermeister war, führte uns in die Stadt ein. Wir sammelten Karten und Dokumente, machten Interviews und Fotos. Das Hauptproblem war das schnelle Stadtwachstum, denn in der Kolonialzeit wurde die Zuwanderung in die Städte strikt kontrolliert, nach der Unabhängigkeit jedoch war es ein Grundrecht aller Bürger, sich frei im Land zu bewegen. Entsprechend rasch wuchsen die improvisierten Stadtrandsiedlungen, auch *periurban settlements* genannt, ohne geregelte Wasserversorgung, sanitäre und andere öffentliche Einrichtungen wie Schulen, Kranken- und Polizeistation. Deshalb sprachen viele auch von *Slums*, wenn es um diese Siedlungen ging.

Zu den handfesten Planungsproblemen der Stadt konnten wir wenig sagen, aber der Bürgermeister schätzte die Diskussionen mit uns als „Gehirntraining", wie er sagte, weil er sonst keine adäquaten Gesprächspartner hatte. Wir verstanden das als großes Lob. Er sagte uns auch, was man in Masambuka besser nicht tun sollte: Vorsicht war geboten bei abendlichen Ausfahrten, weil die Elefanten aggressiv wurden, wenn man sie auf ihren Wanderpfaden störte. Auch sollten wir beim Besuch der neonbeleuchteten, mit *Congo-Music* beschallten Trinkhallen Vorsicht walten lassen. Man würde uns zwar freundlich begrüßen, aber die Stimmung konnte mit fortschreitendem Abend und Bierkonsum jederzeit umschlagen.

Zu dieser Zeit lief gerade der neue Kariba-Stausee an der Grenze zu Rhodesien – der späteren Republik Simbabwe – voll, was die Umsiedlung ganzer Dörfer erforderte. Eines Abends fuhren wir zum Stausee, aus dem die abgestorbenen Baumkronen noch gespenstisch herausragten und kamen in der Dunkelheit an. Im Licht der Autoscheinwerfer schwammen wir im See herum, was sicher leichtsinnig war, denn wir fühlten die Äste der abgestorbenen Bäume und Schlingpflanzen an den Beinen, dachten an die Biharziose-Würmer, die sich in die Haut bohrten und an Krokodile, die, vom Licht angelockt, beutewitternd näherkamen. Am gefährlichsten waren jedoch die *Hippos*, die Nilpferde, wie wir später hörten, die aber anscheinend ihren Ruhetag hatten.

Der Nervenkitzel setzte sich fort, als wir spät in der Nacht zur Villa zurückkamen und ich noch heute schwören könnte, eine menschliche Gestalt hinter einem der dunklen Fenster gesehen zu haben. Wir suchten das Haus erfolglos ab und beschlossen vorsichtshalber, die Nacht zusammen in einem Raum zu verbringen. Um die Aufregungen des Tages zu krönen, kam jemand auf die Idee, uns gegenseitig die besten Horrorgeschichten zu erzählen, die wir jemals gehört oder gelesen hatten. In Erinnerung ist mir – nach über 50 Jahren! – die Geschichte vom „Lamm Ermistan". Dabei ging es um ein exotisches Restaurant in Soho, das berühmt war für ein selten angebotenes, aber delikates Lammgericht, eben das „Lamm Ermistan". Nachdem die

Gäste köstlich gespeist und sich verabschiedet hatten, lud der Koch den letzten Gast freundlich ein, einen Blick in seine Küche zu werfen, „während er die Hand auf seine fleischige Schulter legte".

Die letzte Station der Reise war Daressalam, wo wir ein paar Stunden am Strand des Indischen Ozeans verbrachten. Weißer Sand, Fischerboote und kleine Hütten – eine malerische Szenerie wie gemacht für den Abschied von diesem Kontinent. Das Meer war handwarm, aber die Strömung stark und die Quallen so zahlreich, dass es bei einem kurzen Plätschern in den Wellen blieb.

5 Zurück in Stuttgart arbeiteten wir uns tief in die ostafrikanischen Entwicklungsprobleme ein. Die jungen Nationen Sambia, Kenia und Tansania mit ihren charismatischen Präsidenten und Freiheitskämpfern K. Kaunda, J. Kenyatta und J. Nyerere verbreiteten mit ihrer Vision eines afrikanischen Sozialismus eine optimistische Aufbruchsstimmung, die sich wohltuend von der im kalten Krieg erstarrten Weltpolitik abhob. Für Masambuka entwarf ich, dem planerischen Zeitgeist folgend, eine funktionalistische Bandstadt, die endlos wachsen konnte – im Nachhinein keine abwegige Idee, denn die Stadtbevölkerung von damals 50 000 war 30 Jahre später auf 200 000 angewachsen.

Mit dem Diplom in der Tasche arbeitete ich in einem Stuttgarter Architekturbüro, das gerade einen Wettbewerb mit dem sogenannten „Hügelhaus" gewonnen hatte. Diese Großbauten mit pyramidenförmig geschichteten und terrassierten Wohnungen waren aber mit den damaligen Wohnungsgesellschaften nicht realisierbar, so dass es bei einem Prototyp blieb. In Erinnerung ist mir die offizielle Präsentation im Rathaus, wo wir mit dem sperrigen Modell im denkmalgeschützten „Paternoster" des Rathauses steckenblieben und die hohen Herren sich gedulden mussten, bis wir die Platte endlich in den Ratssaal manövriert und die Klötzchen fachgerecht wieder aufgestellt hatten.

Zusammen mit Hellen, meiner späteren Frau, mieteten wir ein Häuschen mit Garten, Kohleofen und einem heizbaren Kupferkessel im Keller, der gleichzeitig Bad und Waschtrog war. Es war der große Gemüsegarten, der uns bald völlig überforderte und sich in ein artenreiches Biotop verwandelte. Das war in der urschwäbischen Nachbarschaft aber keine Attraktion, sondern ein Ärgernis. Andere Bräuche waren uns unbekannt, etwa der kollektive Eifer, mit dem man nach jedem Sturm oder Regen die kleine Straße sofort wieder blitzblank fegte – eine auf die Straße verlagerte Kehrwoche, vielleicht weil es in den kleinen Häusern wenig zu kehren gab. Bei einem Besuch dieser Siedlung viele Jahre später bot sich jedoch ein anderes Bild: Die putzigen Siedlungshäuschen waren durch An- und Aufbauten enorm gewachsen, einige Fassaden wetteiferten mit den Villen am Killesberg und die großen Gärten hatten sich in mediterrane Freizeitparadiese mit und ohne *Swimming-Pool* verwandelt. Ich ärgerte mich, dass wir das Häuschen damals nicht gekauft hatten.

Wir waren in Stuttgart beruflich zufrieden und hatten uns der pietistischen Nachbarschaft durch Unauffälligkeit angepasst, dennoch fanden wir es nach zwei Jahren an der Zeit, weiterzuziehen. Diesmal nach Darmstadt, wo unsere Tochter und einige Jahre später unser Sohn geboren wurde. Ich arbeitete als wissenschaftlicher Mitarbeiter im neu gegründeten Institut für Tropenbau und es sah aus, als wären wir auf längere Sicht angekommen. Tatsächlich war es jedoch der Start einer beruflichen und familiären Odyssee, die uns immer weiter weg von Deutschland führte.

Das Institut bot Lehrveranstaltungen und Exkursionen an, darunter eine legendäre Reise mit einem VW-Bus durch die Sahara bis nach Kumasi in Ghana. Abenteuerliche Fahrten nach Afghanistan, Indien und Nepal lagen damals im Trend und waren, wenn das Auto durchhielt, relativ gefahrlos. Das erste Forschungsprojekt hieß „Minimale Infrastrukturen für Entwicklungsländer". Das Thema war von den *Sites-and-Services-*Projekten der Weltbank inspiriert, wobei man die Wohnungsversorgung der einkommensschwachen Schichten durch minimal erschlossene Grundstücke und den Bau von Selbsthilfe-Häusern zu verbessern suchte. Als Fallstudien waren Bursa in der Türkei und Kisumu in Kenia vorgesehen. Ich muss gestehen, dass ich heute nicht mehr weiß, was und wie wir in Bursa geforscht haben, habe aber noch immer einen kleinen Gedichtband in türkischer Sprache im Regal, den uns ein Dichter dort schenkte.

6 Um in Kenia zu forschen, brauchten wir eine Forschungserlaubnis und es war meine Aufgabe, diese zu beschaffen. Ich flog nach Nairobi und war enttäuscht von dem nassen und kalten Wetter, das mich am Flughafen empfing. Ausgesprochen freundlich, ja enthusiastisch begrüßte mich in der Empfangshalle ein völlig Unbekannter. Ich sei doch sicher zur Universität unterwegs und sollte ihn, einen Kollegen, dort unbedingt treffen. Aber er hatte ein kleines Problem: Ihm fehlte das Geld für ein Taxi. Das Ganze wirkte so authentisch, dass es einen Moment dauerte bis ich begriff, dass dies ein gut einstudierter Trick für neu ankommende Europäer war.

Von der Stadt sah ich wenig, denn schon am nächsten Tag hatte ich einen Termin im Innenministerium. Der zuständige Beamte hörte sich meinen Vortrag ohne große Begeisterung an. Vielleicht hatte er Bedenken politischer Art, weil der Stamm der Luo, der in der Kisumu-Region lebte, mit den Kikuyu, die die Politik in Nairobi kontrollierten, traditionell zerstritten war. Schließlich zeigte er auf eine Schatulle, angeblich die Begräbniskasse seines Stammes, und machte deutlich, dass wir mit einer großzügigen Spende auf das erforderliche Dokument hoffen konnten. Er hatte auch gleich einen Katalog zur Hand und zeigte, worin die Spende bestehen sollte: eine teure Stereo-Musikanlage, um bei der Trauerfeier seiner Stammesbrüder die passende Musik zu spielen - ein so ehrenhafter Wunsch, den man kaum ablehnen konnte.

Die Fahrt zum Viktoria-See, an dem die Provinzhauptstadt Kisumu lag, führte durch wunderbare afrikanische Landschaften und über den Äquator, der als dicker weißer Strich auf der Landstraße markiert war. Und tatsächlich: Als wir gegen Mittag unter der senkrecht stehenden Sonne standen, sah man fast keinen Schatten. Ansonsten war die Reise nichts für schwache Nerven. Der Fahrer des alten Peugeot-Taxis wollte uns in Rekordzeit zum Ziel bringen und prompt wurden wir Zeuge eines schweren Unfalls, bei dem ein junger Mann zu Tode kam. In dem kleinen Hotel, in dem wir einen Zwischenstopp machten, fanden sich auch die Hinterbliebenen ein, eine Großfamilie oder Dorfgemeinschaft, die hinter verschlossenen Türen trauerte, wobei ab und zu Klagelaute zu hören waren. Am folgenden Tag kamen die Trauernden wieder in den Hof, redeten und sangen schwermütige Lieder bis tief in die Nacht. Am nächsten Morgen verabschiedete man sich und es wurde, wenn auch gedämpft, gescherzt und gelacht – eine kollektive Trauerarbeit, bei der die Familie behutsam ins Leben zurückgeführt wurde.

In Kisumu angekommen, war die erste Übersicht schnell hergestellt. Die kleine Hafenstadt am Viktoria-See hatte rund 60 000 Einwohner und eine Ladenstraße, die an Wildwestfilme erinnerte. Im Hafen lagen Fischerboote und eine rostige Fähre lief gerade nach Uganda aus. Mehrere Fischfabriken verunstalteten das Seeufer und verbreiteten bei ungünstiger Windrichtung eine penetrante Geruchswolke in der ganzen Stadt.

Wie in Ostafrika üblich, waren die Wohnviertel strikt nach sozialem Status getrennt. Ganz oben standen die exkolonialen Villenviertel mit Gartenstadt-Ambiente, in de-

nen es sich nach der Unabhängigkeit die neue politische Elite bequem gemacht hatte, dann folgte das wohlhabende Viertel der indischen Kaufleute, die damals den Handel bis zum kleinsten Dorfladen kontrollierten. Als ich mich erkundigte, warum es so wenige afrikanische Läden gab, war die Antwort: Die Großfamilien machten es den afrikanischen Kleinunternehmern schwer, einen Laden zu betreiben, weil es zu viele arme Verwandte gab, die etwas umsonst haben wollten.

Aber das war nur die halbe Wahrheit. In der Kolonialzeit erledigten die Inder als „Pufferschicht" zwischen den herrschenden Briten und der einheimischen Bevölkerung die niederen Verwaltungs- und Ordnungsdienste und genossen dafür einige Privilegien, den Handel eingeschlossen. Das machte die Inder in Ostafrika nicht unbedingt beliebt und so gab es nach der Unabhängigkeit in einigen Ex-Kolonien einen regelrechten Exodus, weil nun die Afrikaner diese Funktionen übernahmen. Dennoch blieben viele Händler im Land und führten ihre Geschäfte fort. Es war ein farbiges Bild, wenn sich sonntags die indische *community* versammelte, die Männer in weißen Hemden und die Frauen in bunten Saris wie wandelnde Hibiskus-Blüten.

Die große Mehrheit der Stadtbevölkerung lebte in armen Quartieren oder in den noch ärmeren *periurban settlements*, den improvisiert wuchernden Siedlungen am Stadtrand, die das Ziel unserer Forschung waren. Wir richteten uns in einem Bungalow ein, stellten uns dem Bürgermeister vor und erklärten unser Vorhaben. Das Interesse der Stadtverwaltung war begrenzt, denn diese Siedlungen oder Slums lagen außerhalb der Stadtgrenze und waren aus administrativer Sicht schlicht illegal, weshalb man sich wenig darum kümmerte. Der Bürgermeister legte uns aber keine Steine in den Weg und so verschaffte uns unser Dolmetscher die nötigen Kontakte, wobei uns weitgehend verborgen blieb, wer am Stadtrand das Sagen hatte.

Es handelte sich um traditionelles Stammesland und die Landbesitzer nutzten die Zuwanderung aus, indem sie ihre traditionellen Rundhütten durch größere Lehmhäuser mit mehreren Mieträumen ersetzten. Das Haus des Landbesitzers und zwei oder drei solcher „Mietshäuser" bildeten jeweils einen kleinen *compound*, wo oft 30 und mehr Menschen auf engem Raum zusammenlebten. Es gab ausgetretene Wege, die sich bei Regen in Schlamm verwandelten, Elektrizität und einige im Gebiet verteilte Zapfstellen, wo man Wasser kaufen konnte – ein lukratives Zusatzgeschäft für die *landlords*. Die Latrinen wurden selten geleert, so dass man überall kleine Rinnsale sah, die sich zu einem schwärzlichen Bach vereinten. Später las ich in einer Zeitung, dass wieder einmal die Cholera in Kisumu ausgebrochen war.

Die Mieter waren vor allem junge Männer und alleinstehende Frauen mit Kindern. Wir begannen unsere Studie mit Interviews, um die Bewohner der Häuser und die Siedlungsdichte zu erfassen, eine wichtige Information für jede Infrastrukturplanung. Bei unseren Fragen nach den sanitären Verhältnissen stießen wir oft auf Unverständnis und Ablehnung; niemand verstand, warum diese merkwürdigen *Mzungus* von weither aus Europa kamen, um Lehmhütten und überlaufende Latrinen zu besichtigen. Wir mussten auch darauf achten, keine Erwartungen zu wecken, noch schwieriger war der Umgang mit dem Gerücht, dass wir der Vortrupp von Investoren seien, die das Gebiet kaufen und die Bewohner vertreiben wollten.

Unser Dolmetscher, der schon für internationale Organisationen gearbeitet hatte, überzeugte schließlich die misstrauischen *landlords* von unserer akademischen Harmlosigkeit, so dass man unser Treiben tolerierte. Nach einiger Zeit waren wir überall bekannt, die Leute grüßten, die Kinder liefen uns nach und stellten neugierige Fragen, weil wir so merkwürdige Dinge taten. Nur bei Dunkelheit, die am Äquator schnell und früh hereinbricht, machte man uns deutlich, jetzt besser zu verschwinden. Das war schade, denn gerade am Abend wurde es in den Randgebieten lebendig, Bier trinkende Gruppen standen herum und von allen Seiten ertönte die populäre *Congo-Music*. Ich dachte gelegentlich daran, eine Hütte zu mieten, wovon man mir aber dringend abriet.

Am Wochenende fuhren wir zum Nakuru-See und waren fasziniert von den unzähligen rosaroten Flamingos. Im Hinterland besuchten wir traditionelle Dörfer mit einem

Dutzend Rundhütten, wo der Dorfälteste aus dem Stegreif eine formvollendete Begrüßungsrede hielt, obwohl er weder lesen noch schreiben konnte – ein Sprachtalent, das sicher der langen Tradition mündlicher Überlieferung zu verdanken war.

Das Volk der Luo hatte viele traditionelle Regeln, etwa die Anordnung der Hütten, die sich danach richtete, welche Position der Bewohner in der Großfamilie innehatte. Man aß nicht gemeinschaftlich, sondern jeder in seiner Hütte. Den älteren Männern fehlten oft beide Schneidezähne, die man ihnen schon zu Lebzeiten zog, damit im Sterbefall die Seele besser aus dem Körper herausfand – so habe ich jedenfalls unseren Dolmetscher verstanden. Abends trieb man das Vieh in den Hof, der knöcheltief von Kuhmist bedeckt war. Myriaden blauschwarzer Fliegen umschwirrten uns und wir fanden bei unserem Besuch die Bewohner von Kopf bis Fuß mit Tüchern verhüllt vor. Auch uns reichte man Tücher, denn unbedeckt war die nackte Haut in wenigen Minuten von Fliegen übersät. Es war mit den Händen zu greifen, dass das traditionelle Landleben zumindest in dieser Region keine Idylle war, sondern jeder junge Mensch sich eher früher als später in die Stadt aufmachte, um ein besseres Leben zu suchen, auch wenn dieses gewöhnlich in einem prekären Slum am Stadtrand begann.

Nach einiger Zeit wagten wir uns in die Bierhallen, wo sich die Menschen dicht gedrängt mit einem *hot beer* in der Hand lässig zu afrikanischen Rhythmen wiegten. Plötzlich öffnete sich die Tür und ein riesiger, tiefschwarzer und nackter Mann kam herein, schlug mit einem Stock um sich, ging unruhig umher, starrte uns mit leerem Blick an und verschwand. Auch in der Stadt sahen wir gelegentlich verwirrt herumirrende Gestalten, die aber von der Bevölkerung akzeptiert und mit Almosen bedacht wurden.

Bald hatten die Singles unserer Gruppe eine Freundin und der eine oder andere war derart in eine schwarze Schönheit verliebt, dass kaum ein Gedanke an die weit ver-

breitete Prostitution aufkam. In Erinnerung ist mir der genderpolitisch fragwürdige, aber wohl zutreffende Satz eines jungen Kollegen: „Wenn mich meine Lilly küsst, wird mir ganz schwarz vor Augen!". Ein sonst sehr cooler Kollege wurde regelrecht böse, als ich ihm vorsichtig zu erklären versuchte, dass viele alleinstehende junge Frauen sich und ihre Kinder nur durch einen großzügigen *sugar daddy* über Wasser hielten. Aber unsere Jungforscher waren wohl nicht großzügig genug, denn die Beziehungen waren kurzlebig.

Die Fallstudie ging zu Ende und so bereiteten wir ein Abschiedsfest vor, mit viel Musik, Bier und einer Ziege, die unser inzwischen zum Freund gewordene Dolmetscher schlachtete und stundenlang über dem Feuer röstete. Wir lernten, dass in Afrika nicht die Filets und Beinkeulen die begehrten Stücke waren, sondern die Innereien und das Ziegenhirn. Wir hatten etwa 30 Leute eingeladen, es kamen aber über 100, weil jeder selbstverständlich seine Großfamilie und Freunde mitbrachte. So war die Ziege im Handumdrehen verzehrt und das Bier verschwunden. Unser Abschiedsgeschenk an die Kinder war eine robuste Schaukel aus einem Autoreifen, den wir zwischen zwei Bäume spannten.

Beim Rückflug nach Deutschland gab es einen längeren Zwischenstopp in Zürich. Diese Stadt erschien mir wie das absolute Gegenstück zu Kisumu: gediegener Wohlstand statt ärmlicher Improvisation, extreme Ordnung und Sauberkeit statt staubiger Straßen, Müllhaufen und streunender Hunde. Aber die Menschen in Kisumu waren deutlich jünger, lebendiger und besser gelaunt als in Zürich, wo sich viele um ihr Bankkonto und die Zinsen zu sorgen schienen.

Bei der Landung in Frankfurt war das Wetter schlecht wie fast immer, wenn ich aus einem sonnigen Land zurückkam. Man tauchte ein in dicke Wolken und sah erst in der letzten Landeminute die im Nebel und Regen fast farblose Stadt. Im Flughafen liefen blasse und grau gekleidete Menschen hastig die Korridore entlang – ein optischer Schock nach dem farbigen Bild, das ich noch wenige Stunden zuvor vor Augen hatte. Aber auf der Bahnfahrt entlang der Bergstraße klarte es auf und man sah, dass es auch hier wunderbare Landschaften gab. Natürlich brauchte man nach einer solchen Reise einige Tage, um sich visuell, zeitlich und sozial wieder an das Umfeld anzupassen.

7 Kurz nach der Kenia-Studie erhielt das Institut für Tropenbau eine Einladung für ein Planungsprojekt in Algier. Wir waren interessiert, denn Algerien hatte sich 1964 in einem erbitterten Kolonialkrieg die Unabhängigkeit erkämpft und war nun ein prominenter Sprecher der sogenannten „Dritten Welt". Die Gewinne aus dem Ölgeschäft flossen reichlich und man blickte mit Optimismus in die Zukunft. Es erschien auch reizvoll, Algerien als Reiseland zu entdecken, denn dort förderte man den Tourismus kaum und das Land hatte noch weithin unbekannte Landschaften, Städte und andere Überraschungen zu bieten.

Algier wurde poetisch die „Stadt im Licht" und das „weiße Amphitheater" genannt, weil die Stadt an einer weitge-

streckten, malerischen Bucht und an einem Berghang lag. An dieser Stelle gab es schon früh phönizische und römische Siedlungen, dann geriet die Region aber in Vergessenheit und gewann erst wieder im 16. Jahrhundert unter osmanischer Herrschaft an Bedeutung. Die *Kasbah* oder *Medina*, die dicht bebaute Altstadt von Algier, beherrschte auf einem Hügel die Bucht und verbreitete jahrhundertelang als Seeräuber-Stützpunkt Angst und Schrecken.

Die Kolonialisierung um 1830 führte zu einem drastischen Stadtumbau. Als Gegenmodell zum Gassenlabyrinth der *Kasbah* bauten die Franzosen eine Kolonialstadt, die mit ihrer historisierenden *Beaux-Arts*-Architektur und einer prächtigen Uferfront mit Paris wetteiferte. Die Kolonialstadt war eine klare Demonstration, dass man sich nicht nur als temporären Eroberer sah, sondern als dauerhaften Vorposten der französischen Zivilisation auf dem afrikanischen Kontinent.

Im 20. Jahrhundert spielte in Algier die moderne Architektur eine wichtige Rolle, auch Le Corbusier plante hier 1934 das *Projet Obus*, ein futuristisches Gebäudeband, das sich um die Bucht von Algier legte, aber glücklicherweise nie realisiert wurde. Dafür entstanden in den 1950/60er

Jahren zahlreiche Gebäude im Internationalen Stil. Eine wichtige Figur war Fernand Pouillon, der nach der Unabhängigkeit als freiwilliger Exilant nach Algerien ging, um dem Gefängnis in Frankreich zu entgehen, wo er als insolventer Bauunternehmer aufgefallen war. In Algerien jedoch war er höchst produktiv und baute originelle Wohnquartiere und Ferienanlagen für die algerische Bevölkerung. Darüber hinaus war Algerien nach der Unabhängigkeit ein Experimentierfeld für prominente ausländische Architekten wie Oscar Niemeyer und Kenzo Tange, die um 1970 die Universitäten von Algier, Constantine und Oran entwarfen.

Bei unserem Aufenthalt 1975 war Algier eine Dritte-Welt-Metropole mit knapp zwei Millionen Einwohnern. Durch die Zuwanderung der ländlichen Bevölkerung wuchs die Hauptstadt sehr schnell und die Überlastung war überall sichtbar. Auf den überfüllten Straßen und Plätzen waren die Menschen auf der Suche nach Arbeit und einer Wohnung, umgeben von einem chaotischen Verkehr, der mit der schwierigen Topografie zu kämpfen hatte.

Die von den Franzosen 1964 verlassene Kolonialstadt hatte die algerische Bevölkerung übernommen und die schönen Boulevard-Häuser im Pariser Stil wurden aufgeteilt, überbelegt und vernachlässigt, so dass sich der Zustand rasch verschlechterte. An den *Beaux-Arts*-Fassaden hing die Wäsche armer Großfamilien, man schleppte billige Möbel in die prachtvollen Häuser und praktizierte einen Lebensstil, für den diese Häuser nicht gedacht waren.

Auch die *Kasbah* war ein überbelegtes Unterschicht- und Mieterquartier, in dem wir uns mit gemischten Gefühlen bewegten. Man konnte sich in dem Gassengewirr hoffnungslos verlaufen, was schon den Franzosen zu schaffen machte, weil die Altstadt im Befreiungskrieg ein Versteck und Stützpunkt für zahlreiche Anschläge gewesen war. Wir wussten nicht, ob und wie die Bewohner die damaligen Kämpfe noch in Erinnerung hatten und ob es noch Ressentiments gegenüber Europäern gab. Aber die Bewohner verhielten sich zurückhaltend und freundlich.

Überbelegung herrschte auch in den Plattenbauten, viele davon ein Geschenk der DDR an das sozialistische Bruderland. Im Wohnungsbau setzte die Politik auf eine zentralistische Planung und auf industrielles Bauen wie in anderen sozialistischen Ländern, aber die 20-geschossigen Großbauten standen isoliert am Stadtrand wie Stachel im Fleisch dieser mediterranen Stadt.

Im Planungsamt COMEDOR empfingen uns selbstbewusste junge Stadtplaner, die vor der enormen Aufgabe standen, einen neuen Gesamtplan für den Großraum Algier zu entwerfen. Die Probleme waren gewaltig, denn der hastige Abzug der Franzosen hatte große Lücken in allen Bereichen hinterlassen, auch waren viele Pläne und Kataster verschwunden und lagen nun in Pariser Archiven. COMEDOR hatte Architekten und Stadtplaner aus mehreren Ländern eingeladen, um jeweils einen der rund 30 Stadtbezirke zu bearbeiten. Es gab Teams aus Schweden, England, Polen, Jugoslawien, Deutschland und anderen Ländern, auch die Franzosen waren wieder dabei, trotz der noch frischen Erinnerungen an den Kolonialkrieg. Diese Internationalität diente COMEDOR dazu, die noch fehlenden algerischen Stadtplaner zu ersetzen und die unterschiedlichen Planungspraktiken kennenzulernen, die es in den kapitalistischen und sozialistischen Ländern damals gab. Trotz der offiziellen Arabisierung sprach man bei COMEDOR auch Französisch, so dass ich mein selten benutztes Schulfranzösisch buchstäblich über Nacht reaktivieren musste.

Unserer Gruppe wurde der Bezirk El Biar an der südwestlichen Peripherie Algiers zugeteilt, ein wenige Kilometer vom Stadtzentrum entfernter Vorort von Algier, den ein bewaldeter Bergrücken von der Kernstadt trennte. Es war ein relativ vornehmer Villen-Vorort mit Botschaften und Konsulaten, staatlichen Institutionen, Schulen und Krankenhäusern. Im Krieg unterhielten die Franzosen dort ein berüchtigtes Folterzentrum, davon abgesehen war El Biar aber ein idyllisches Städtchen, aus dem nur eine Großsiedlung mit zehnstöckigen Plattenbauten herausragte. Für El Biar sollten wir einen Flächennutzungsplan entwerfen und neue Zentren, Bau- und Schutzgebiete ausweisen.

Wir bekamen ein kleines Haus als Unterkunft und Büro, ein Fahrzeug mit Fahrer und Hilfskräfte für die Feldstudien. Es war Frühling, aber das Haus so kalt, wie ich es in einem nordafrikanischen Land nie erwartet hätte und so verbrachten wir Stunden damit, den kleinen Kamin in Betrieb zu halten und heißen Tee zu trinken. Es stellte sich schnell heraus, dass das Problem weniger der privilegierte Ort El Biar war, sondern die umliegenden Distrikte, die ungebremst aufgesiedelt wurden. Ministerien, Universitäten, Schulen und andere öffentliche Einrichtungen lagerte man aus der überfüllten Kernstadt aus und drang dabei immer weiter in das fruchtbare ländliche Umland vor.

Wir kartierten die Standorte der öffentlichen Einrichtungen, Villenviertel, Großsiedlungen und Dörfer bis hin zu den versteckten *bidonvilles* oder Slums, die man tolerierte, weil auch die sozialistische Politik für die Ärmsten der Armen keine Lösungen parat hatte. Trotz der zentralistischen Politik besaßen Staatsfirmen, Genossenschaften und Randgemeinden einen großen Spielraum und so war die Peripherie eine unübersichtliche Gemengelage aus regulären und irregulären Baugebieten, in denen oft jahrelang die Infrastruktur fehlte. Aber die Lage in El Biar war überschaubar, so dass wir bei der Schlusspräsentation einen fast fertigen Plan vorstellten, der vor allem die städtebaulichen Qualitäten des Vororts erhalten wollte. Einige Vorschläge fanden sich später im COMEDOR-Plan für Algier wieder.

In der Freizeit machte ich lange Stadtwanderungen und von den Hügeln bot sich ein herrlicher Blick auf das „Amphitheater Algier", auf die Medina, die Kolonialstadt und das Meer. Aber auf weiten Strecken schnitt der Hafen die Stadt vom Meer ab, die Zeit moderner *Waterfront*-Projekte war noch nicht gekommen. Stieg man in die Stadt hinunter, sah man die Schattenseite der aus allen Nähten platzenden „Stadt im Licht": überfüllte Quartiere, bröckelnde Fassaden, den überlasteten öffentlichen Raum und chaotischen Verkehr. Was man nicht auf Anhieb sah, waren die gravierenden Defizite der Wasserversorgung, des Abwassersystems und die Umweltprobleme der Metropole.

Auch die ehemalige Kolonialstadt, früher ein Ort bürgerlicher Geschäftigkeit und Repräsentation, war nun vom profanen Alltag der relativ armen Bevölkerung erfüllt. Abends standen überall junge Männer herum, die man vor die Tür schickte, weil die Frauen in den überbelegten Wohnungen ihre Vorbereitungen für die Nacht trafen.

Aber die Franzosen hatten nach 100 Jahren Kolonialherrschaft zumindest im gebildeten Teil der Gesellschaft einen modernen Lebensstil hinterlassen und so übte sich die Mittelschicht in der Kunst, gleichzeitig einen neuen Nationalstolz und die französische Lebensart zu pflegen. Die älteren Frauen trugen ein Kopftuch, aber die jüngeren zeigten sich auf den Straßen neben ihren konservativen Müttern mit Pariser Chic, kurzen Röcken und hohen Absätzen.

8 1976 gab es die erste große Habitat-Konferenz der Vereinten Nationen in Vancouver. Ich wollte bei dieser Gelegenheit die USA kennenlernen und so flog ich nach San Diego und fuhr mit den *Greyhound*-Bussen auf der legendären *Panamericana* etappenweise rund 3500 Kilometer die Westküste hinauf bis nach Kanada. Ich schlief nachts im fahrenden Bus und erkundete tagsüber die Städte, in denen wir am frühen Morgen ankamen: Los Angeles, Las Vegas, San Francisco, Portland, Seattle. Es war faszinierend, bei Sonnenaufgang übernächtigt aus dem Busfenster zu blicken und völlig neue Landschaften und Städte zu sehen: Wüsten und Trockengebirge, kalifornische Strände und Pinienwälder, die Highways in Los Angeles und grell beleuchteten Kasinos von Las Vegas, gepflegte Mittelschicht-Vororte, Wohnwagenkolonien, Industriegebiete, Obst- und Weinkulturen, menschenleere Küstengebirge und schließlich die dunklen Laub- und Nadelwälder des Nordens.

Zahllose Motels, Tankstellen und McDonald's säumten die *Panamericana*, wo sich bei den nächtlichen Stopps die Mitreisenden im Halbschlaf literweise eiskalte Coca-Cola hinunterstürzten. In Kalifornien begleiteten endlose Camper-Karawanen den Bus, was den Eindruck erweckte, dass ein guter Teil der Amerikaner ein Nomadenleben auf den Highways führte. Viele waren Ferienreisende und manche ganzjährig mit einem Wohnmobil unterwegs – eine ultimative Stufe des Unterwegsseins. Bei anderen war es dagegen eine gehobene Form der Obdachlosigkeit, die sie in Wohnmobile und auf große Campingplätze trieb, die oft regelrechte „*Camp-Cities*" waren.

Vancouver war eine attraktive Wasser-Stadt mit einer modernen Skyline, Yachthäfen und gepflegten Uferparks, was schon aus der Distanz Prosperität und eine hohe Lebensqualität ausstrahlte. Die auf einer Halbinsel gelegene City war Hafen, Finanz- und Kulturzentrum zugleich und wirkte deutlich europäischer als die amerikanischen Großstädte, die ich unterwegs gesehen hatte, San Francisco vielleicht ausgenommen.

Zur Habitat-Konferenz kamen einige Tausend Teilnehmer, gleichzeitig fanden parallele Veranstaltungen der *NGOs (Non Governmental Organizations)* in einem Flugzeug-Hangar statt, wo Ende Mai ein frostiger Wind derart kalt hineinblies, dass wir umgehend einen Army-Shop aufsuchten, um uns winterfest auszustatten. Höhepunkte waren die Präsentationen von prominenten Vordenkern wie dem Architekten John Turner, dem Stadtplaner und Stadttheoretiker Konstantinos Doxiades und der Kulturanthropologin Margret Mead, die über das „explosive" Stadtwachstum in der Dritten Welt und das Phänomen der „Spontansiedlungen" sprachen. Wie der *Club of Rome*, der 1972 eine Studie über die Endlichkeit der globalen Ressourcen veröffentlicht hatte, so gab es in den 1970er Jahren ähnlich alarmierende Berichte zur raschen Verstädterung, zum Wachstum der Megastädte, zum dramatischen Wohnungsmangel und zum Anwachsen der Slums in Asien, Afrika und Lateinamerika.

Es war der Auftakt einer neuen Denkrichtung, die der herkömmlichen Entwicklungshilfe, die sich in konventionellen *Low-Cost-Housing-*Projekten festgefahren hatte, eine neue Richtung gab. Auch den Universitäten lieferte die UN-Habitat-Konferenz einen intellektuellen Überbau, der die akademische Diskussion enorm befeuerte. Dabei ging es darum, die bisherigen und oft technokratisch reglementierten Wohnungsprogramme für „die Armen" durch intelligente Formen der organisierten Selbsthilfe zu ergänzen oder zu ersetzen. Das schmale Buch *„Freedom to Build"* des englischen Architekten John Turner, das auf seinen Erfahrungen in den peruanischen Selbstbausiedlungen basierte, wurde zu einem Kultbuch, auch wenn einige kritisierten, dass die übermäßige Betonung der Selbsthilfe den Staat aus seiner Verantwortung entließ und die Lösung der Wohnungsprobleme den unterprivilegierten Massen zuschob.

II.
Up, Up and Away
Karibisches Lebensgefühl
und privilegiertes Hauptstadtleben
Guyana und Brasilia

9 Ein überraschendes Arbeitsangebot von UNDP *(United Nations Development Programme)* beendete unseren Aufenthalt in Darmstadt. Es ging um ein Stadt- und Regionalplanungsprojekt in Georgetown, Guyana, das für zwei Jahre einen Stadtplaner suchte. Hellen schaute skeptisch auf die Landkarte, auch in Sorge um unsere kleine Tochter, weil sie spontan an Neuguinea im Pazifik oder Guinea in Westafrika dachte. Hier ging es aber um die *Cooperative Republic of Guyana*, das ehemalige British-Guyana, neben Surinam und Französisch-Guyana eines der nicht Spanisch oder Portugiesisch sprechenden Territorien auf dem südamerikanischen Kontinent. Das machte uns die Entscheidung leichter, denn ein Nachbarland von Venezuela und Brasilien konnte nicht völlig aus der Welt sein.

Man spürte die schwere, feuchte Tropenluft schon bei den Zwischenstopps in Barbados und Trinidad, wenn sich die Türen des Flugzeugs öffneten. Auf dem kleinen Flughafen in Georgetown zeigte ich meinen neuen UN-Pass und man winkte uns ohne weitere Formalitäten durch, aber leider nicht unseren Dackel Eddi. Das arme Tier musste drei Monate in Quarantäne, was es uns wahrscheinlich nie verziehen hat. Das Taxi vor dem Flughafen war deutlich älter als die junge Republik, raste aber über die löchrige Landstraße, als gäbe es kein Morgen. Aus dem winterlichen Deutschland kommend war diese erste Überlandfahrt wie ein exotischer Film: Palmenhaine, Reis- und Zuckerrohrfelder, Dörfer mit aufgestelzten Holzhäusern, Kirchen und Moscheen, farbenprächtigen Hindu-Tempeln und auf den Straßen Menschen aller Hautfarben.

Mit rund 100 000 Einwohnern einschließlich der Vororte war Georgetown überschaubar. Wir fuhren vorbei an einfachen blechgedeckten Holzhäusern am Stadtrand und dann entlang einer rotblühenden Allee ins Stadtzentrum. Überall grünte und blühte es – eine veritable Gartenstadt, der die weißen Häuser im Kolonialstil einen pittoresken Charme verliehen. Überragt wurden diese von der St. George Cathedral, eine der größten Holzkirchen weltweit, sowie von alten kolonialen Regierungsgebäuden, Hotels und dem rotweißen Fachwerk-Uhrturm am Starbroek-Market.

Die zwischen Venezuela und Brasilien liegende Atlantikküste Südamerikas hatte eine turbulente Geschichte hinter sich. An der Landnahme beteiligten sich neben den Spaniern und Portugiesen auch Engländer, Franzosen und Holländer. Es waren Letztere, die um 1600 Guyana in Besitz nahmen und das sumpfige Flachland durch Kanäle und Dämme trockenlegten, um Zuckerrohr anzubauen. Die Holländer beherrschten zeitweise den Sklavenhandel in der Karibik und lieferten sich zwei Jahrhunderte lang zahlreiche Kriege und Scharmützel mit den anderen Seemächten, die sich gegenseitig die Territorien abjagten oder durch Piraterie zu schädigen suchten.

Im Zuge dieses Gerangels verloren die Holländer 1820 das Gebiet um den Essequibo-River an die Engländer, tauschten aber Manhattan, das heutige New York, gegen Surinam ein, während sich die Franzosen in Französisch-Guyana festsetzten. Die Engländer nannten das Territorium British-Guyana und bauten die holländische Siedlung zur kolonialen Hauptstadt Georgetown aus, wobei einige Orte ihre holländischen Namen behielten wie der Stabroek-Market, der Stadtteil Vreed en Hoop und kleine Orte wie Betervagting und New Amsterdam.

Die Bevölkerung war eine bunte ethnische Mischung, hervorgegangen aus den Sklaven und Kontraktarbeitern aus Afrika und Asien, die die Kolonialmächte für die Arbeit auf den Plantagen importiert hatten. Im ehemaligen Britisch-Guyana dominierten die Nachkommen afrikanischer Sklaven und indischer Kontraktarbeiter, hinzu kam eine geringe Zahl von indianischen Ureinwohnern und etliche Europäer. Die Afro-Guyaner lebten vor allem in der Hauptstadt Georgetown, weil ihre Vorfahren 1833 nach dem Ende der Sklaverei fluchtartig die Plantagen, den Ort ihrer Ausbeutung und Rechtlosigkeit, verlassen hatten. Die Indo-Guyaner übernahmen nach dem Ende der Kolonialherrschaft 1966 vielfach die landwirtschaftlichen Flächen und waren nun Reisbauern und Agrarproduzenten. Die politische Macht lag bei den Schwarzen in der Stadt und das Geld bei den Indern auf dem Land – so konnte man etwas vereinfacht die Lage Mitte der 1970er Jahre charakterisieren. Das verursachte über die kulturellen Unterschiede hinaus erhebliche politische Spannungen, die sich manchmal auch auf den Straßen in Form von Demonstrationen und Tumulten bemerkbar machten.

Guyana hatte 1976 kaum eine halbe Million Einwohner und die Mehrzahl lebte in Georgetown und in einem schmalen Küstenstreifen. Es war möglich, an einem Tag die Küstenstraße bis zur Grenze nach Surinam abzufahren und dabei einen großen Teil der Bevölkerung *face to face* zu begrüßen, soweit diese in zwei Dutzend kleiner Siedlungen vor ihren typischen Holzhäusern saß. Die Bewohner des kleinen Landes waren Ausländern gegenüber interessiert und offen, so dass es leichtfiel, Bekanntschaften zu machen und Freundschaften zu schließen.

Das Land exportierte Reis, Zucker und andere tropische Produkte, wichtig waren auch Gold und Diamanten sowie Bauxit, der Rohstoff für die Aluminiumherstellung. Der Tourismus spielte kaum eine Rolle, aber viele Guyaner lebten im Ausland und wir waren immer wieder erstaunt,

wenn uns einfache Reisbauern stolz erzählten, dass ihre Kinder in Kanada oder England studierten.

Wir stiegen im Hotel *Palm Court* ab, ein stattlicher Kolonialbau wie kopiert aus den Erzählungen von Rudyard Kipling und Ernest Hemingway. Das Hotel lag an der Main Street, eine mit blühenden Bäumen bestandene Allee, die direkt auf die Küste zulief. Eine der ersten Szenen, die wir hier sahen, war uns eine Warnung: Ein korpulenter Amerikaner ging die Straße entlang, in jeder Hand eine Einkaufstasche. Ein Halbwüchsiger näherte sich leichtfüßig von hinten, griff in beide Hosentaschen, zog die Brieftasche heraus und war schon wieder weg, ehe der Mann sich umdrehen konnte. Wir rochen das Meer, sahen es aber nicht, denn der Blick blieb am Pegasus Hotel und an einem hohen Deich hängen, der die Stadt vor dem Meer schützte. Georgetown und große Teile der Küste lagen bei Flut unter dem Meeresspiegel, was zahllose Dämme, Kanäle und Schleusen erforderte, die schon die Holländer vor 300 Jahren gebaut hatten.

Die „Kooperative Republik" stand damals für eine sozialistische Politik, wie sie in den 1970er Jahren viele Länder der sogenannten „Dritten Welt" verfolgten. Die öffentlich

Beschäftigten redeten sich mit *comrade* (Genosse) an und die Zusammenarbeit mit Fidel Castros Kuba war eng. Für das kleine und in vielen Bereichen abhängige Land war es schwierig, einen eigenständigen Kurs zu verfolgen und so sorgte eine geschickte Schaukelpolitik dafür, dass von verschiedenen Seiten Entwicklungsgelder und Projekte ins Land flossen. Die zahlreichen Hilfsorganisationen traten sich fast auf die Füße und hinter den Kulissen gab es ein zähes Ringen um politischen Einfluss. Das zeigte sich bildhaft bei einer Silvesterfeier in der kubanischen Botschaft, als die Kubaner ihre Flagge hissten und Fidel Castro hochleben ließen, während der amerikanische Botschafter eilig das Weite suchte.

Bei unserem Projekt ging es um eine Bestandsaufnahme der natürlichen und wirtschaftlichen Ressourcen des Landes und um ein neues Siedlungsmodell, das nicht nur die Hauptstadt und die Küstenregion, sondern auch das dünn besiedelte Hinterland stärken sollte. Es gab die Sorge, dass sich die großen Nachbarn Venezuela und Brasilien, die das sprachlich und kulturell nicht zu Lateinamerika gehörende Guyana ohnehin als koloniales Überbleibsel betrachteten, sich mit Verweis auf angebliche historische Rechte ein Stück vom menschenleeren Hinterland abschneiden könnten. Mit Venezuela gab es bereits einen latenten Grenzkonflikt und das Riesenland Brasilien war so übermächtig, dass man sogar zögerte, eine Straße von der brasilianischen Grenze bis nach Georgetown zu bauen, weil dies eine Invasion erleichtern könnte.

Das Projekt war dem Innenministerium angegliedert und im ehemaligen Gebäude einer kolonialen Pferderennbahn untergebracht. Das war eine luftige Holzkonstruktion im Kolonialstil mit einem Großraum, in dem zwei Dutzend Planer und Hilfskräfte an Zeichentischen saßen, vor sich die auf Höchststufe laufenden Ventilatoren, so dass die Haare flatterten. Nur der Planungschef, ein smarter Afro-Guyaner, hatte ein eigenes Büro. Später bekam der Großraum eine Klimaanlage, wobei es aber oft so kalt wurde, dass ich mich wiederholt erkältete. Die guyanischen Kollegen waren freundlich und engagiert, viele hatten noch nie einen Deutschen näher kennengelernt. In dem einzigen Kino der Stadt zeigte man oft alte amerikanische Kriegsfilme, in denen brutale Nazis die Menschen knechteten, und so waren manche Kollegen überrascht, dass es auch friedliche Deutsche gab. Wir werteten Luftbilder aus, zeichneten Karten und entwickelten Pläne für die kleinen Provinzzentren, darunter auch winzige Orte mitten im Regenwald, die man nur mit einem Kleinflugzeug oder Boot erreichte.

Der Innenminister lief fast täglich an uns vorbei und den Präsidenten sah ich oft in seiner schwarzen Limousine. Persönlich traf ich ihn bei einer Veranstaltung in der Provinzstadt Linden, wo wir lange wartend herumstanden. Gelangweilt zupfte ich an einem Strauch, der offenbar giftig war, denn als ich mir mit der Hand über das Gesicht fuhr und der Präsident dann vor mir stand, schossen mir die Tränen in die Augen. Das irritierte ihn aber kaum, denn er war enthusiastische Anhänger gewohnt. Die zweite Begegnung war riskanter: Ich kam mit dem Auto aus einer Seitenstraße und stand schon halb auf der Hauptstraße, als der Konvoi heranraste. Nicht auszudenken, wenn ich die Präsidentenlimousine gerammt hätte – man hätte mich aus dem Land geworfen oder noch schlimmer, ein Attentat vermutet. Fortan fuhr ich vorsichtig, denn mit dem plötzlichen Auftauchen des Präsidenten-Konvois war in der kleinen Stadt immer zu rechnen.

Guyana war also ein überschaubarer Mikrokosmos und für Entwicklungsplaner eine Art Modellbaukasten, wo wir mit Konzepten experimentierten, die gerade unter Stadt- und Regionalplanern gängig waren. Stadt- und Regionalplanung ist jedoch ein langfristiges Geschäft und wenn die Ergebnisse nach vielen Jahren sichtbar werden, sind die Urheber der Pläne oft schon im Ruhestand. Besser hatte es

ein anderes Projekt, das mit dem Aufbau eines geografischen Instituts beschäftigt war und sofort damit begann, Landkarten und Stadtpläne zu aktualisieren.

Nach ein paar Wochen im *Palm Court* zogen wir in die Anira Street in ein sympathisches Mittelschichtviertel. Die ein- und zweigeschossigen Holzhäuser im karibischen Stil standen auf Stelzen, was vor Überschwemmungen schützte und die Ventilation verbesserte. Lamellenfenster rundum sorgten für eine gute Querlüftung, was eine Klimaanlage entbehrlich machte. Im Nachbarhaus lebte ein älterer Mann mit zwei scharfen Hunden, die schon wütend am Zaun hochsprangen, wenn man nur hinblickte. Das hatte seinen Grund, denn der Nachbar handelte mit Gold und Diamanten, die er im Hinterland aufkaufte. Er hatte ein abenteuerliches Leben hinter sich und sogar einen Flugzeugabsturz im Dschungel überlebt, was er uns so entspannt erzählte, als gehöre das zu seinem Arbeitsalltag.

Im Nebenhaus wohnte ein kanadischer Weltbank-Experte mit seiner guyanischen Freundin. Die exotische Schönheit vieler einheimischer Frauen brachte so manche Experten-Ehe ins Wanken, wie wir im Kreis unserer Freunde und Bekannten später feststellten. Im Hinterhaus lebte eine afro-guyanische Familie mit drei kleinen Kindern, die sich schnell mit unserer Tochter anfreundeten. Wenn sie im Hof spielten, dachte ich oft: welches Glück, die ersten Lebensjahre im T-Shirt, kurzer Hose und Flipflops aufzuwachsen, ganz ohne Pullover, Mantel und Winterstiefel. Schnell fanden wir eine Haushaltshilfe, eine mütterliche Afro-Guyanerin, die uns fortan mit karibischen Gerichten versorgte. In Erinnerung ist mir neben *chicken in the rough* eine delikate Erbsensuppe mit *dumplings*. Ein orginelles guyanisches Gericht war der *pepperpot*, der bei den Urcinwohnern ständig über dem Feuer hing und in den sie alles hineinwarfen und tagelang köchelten, was sie an Essbarem sammelten oder jagten. Dieses traditionelle Gericht war in der Stadt aber nur noch als simpler Eintopf zu haben.

Erlebnisreich waren die von frischem Obst und Gemüse überbordenden Märkte, wo gewichtige afro-guyanische Frauen das Wechselgeld in Form von nassgeschwitzten Scheinen aus ihrem Busenausschnitt zogen. Unsere *maid* kaufte gelegentlich ein Huhn, das sie in einem Korb nach Hause trug und ohne große Umstände enthauptete und rupfte. Von Obst- und Gemüse abgesehen war das Warenangebot begrenzt, die Stimmung aber ausgezeichnet, wenn im kleinen Laden das Radio die Hits der Saison spielte und Kunden wie Verkäufer in rhythmische Bewegung versetzte. Es gehörte zum karibischen Lebensgefühl, Mängel und andere Widrigkeiten mit Musik und Frohsinn zu konterkarieren, insbesondere Musik war allgegenwärtig und für viele eine Dauerdroge.

Die Versorgungslage des kleinen Landes konnte man an der Zahl der Schiffe ablesen, die den Hafen anliefen. Ein gutes Verhältnis zum Ladenbesitzer war wichtig, damit dieser auch in knappen Zeiten ein Stück Käse unter dem Ladentisch bereithielt. Als ausländische Experten konnten wir zollfrei Lebensmittel importieren, aber es vergingen Wochen, bis die Dosen-Delikatessen eintrafen. Es gab Familien, die sich fast vollständig durch Importe ernährten und ihre Wohnungen mit Ikea-Möbeln ausstatteten, obwohl es einheimische Möbelschreiner gab, die wunderbare Tische, Stühle und Schränke aus Tropenholz anfertigten, auch fand man, wenn man danach suchte, schöne alte Kolonialmöbel.

Die Temperaturen bewegten sich das Jahr hindurch um 30 °C mit hoher Luftfeuchtigkeit und wenn das Thermometer um einige Grade fiel, holten manche Guyaner Mäntel und Mützen hervor. In den ersten Wochen legten wir das aus Deutschland gewohnte Tempo vor, passten uns aber rasch an den lokalen Rhythmus an, denn es war lästig, nassgeschwitzt herumzulaufen. Nie kamen wir auf die Idee, uns in die pralle Sonne zu legen, lieber lagen wir sonntags in einer schattigen Hängematte, genossen die Brise, die durch das Haus strich, und sahen den seltsamen Vögeln nach, die aus dem nahen Dschungel über Georgetown hinwegflogen.

Aber das Klima zehrte dennoch, was sich abends zeigte, wenn es gerade noch für eine Plauderei und für einen oder zwei Drinks auf der Veranda reichte. Man hielt sich dabei an die alte Tropenregel *„never before sunset"* und weil die Sonne früh unterging und der Abend lang war, musste man die Zahl der Drinks im Auge behalten. In Georgetown gab es einige stadtbekannte Europäer, die dies sträflich missachtet hatten und sich nun als verkrachte Existenzen über Wasser hielten.

Das tropische Klima war gut verträglich, wenn man sich entsprechend verhielt, aber nicht harmlos. Ein älterer Kollege kam aus dem tiefsten kanadischen Winter ins tropische Guyana und musste innerhalb weniger Stunden einen Temperaturunterschied von rund 60 °C verkraften. Sein Kreislauf versagte und er starb noch am gleichen Tag. Das hatte ich bei einem Besuch in New York vor Augen, wo wir alle paar Monate im UN-Hauptquartier Bericht erstatten mussten. Dort herrschte gerade ein strenger Winter,

aber ich nahm in den ersten Stunden die Kälte kaum wahr, vielleicht weil meine Kältesensoren in den Tropen verkümmert waren. Dann traf mich der eisige Wind wie ein Schlag und ich bewegte mich, vor Kälte fast erstarrt, nur noch im Taxi durch die zugigen Straßen.

Abends gingen wir zum *seawall*, der Uferpromenade, wo sich nach einem heißen Tag die halbe Stadtbevölkerung traf, um in der abendlichen Meeresbrise zu entspannen und zu erfahren, welche Gerüchte und Skandale es in der Stadt gerade gab. Aufsehen erregte dort regelmäßig unser Dackel, der einzige seiner Art in Georgetown, dem die Kinder nachliefen und „*sausage dog*" riefen. Wurde es ihm zu viel, als „Wursthund" belacht zu werden, verschwand er unter den Betonklötzen der Wellenbrecher, wo er vermutlich Ratten jagte.

Die frische Meeresluft war insbesondere für diejenigen wichtig, die in engen, stickigen Räumen lebten, wo man sich nassgeschwitzt leicht erkältete. Paradoxerweise waren Erkältungen und Lungenentzündungen im feuchtheißen Klima an der Tagesordnung. Allerdings war die Luft auch am *seawall* nicht immer frisch, denn eines Morgens lag ein toter und entsetzlich stinkender Wal am Strand. Es dauerte mehrere Tage, bis man den riesigen Kadaver zerlegt und abtransportiert hatte.

Einen Kultur- und Unterhaltungsbetrieb gab es in Georgetown kaum, auch Fernsehen hatten wir nicht und vermissten es auch nicht. Das farbenfrohe Ambiente und die nachbarschaftliche Kommunikation ersetzten weitgehend die Medien und der *Georgetown Chronicle*, die einzige Zeitung des Landes, hielt uns halbwegs auf dem Laufenden. Es war verblüffend, wie die Überfülle an Nachrichten, die wir in Deutschland immer eifrig verfolgten, hier verblasste und weitgehend bedeutungslos wurde.

Gelegentlich gingen wir ins Kino. Interessanter als die alten amerikanischen B-Filme war der riesige Holzbau, der jeder feuer-polizeilichen Vorschrift spottete. Es gab zwei Platzkategorien: wacklige Holzstühle im Parkett und Billigplätze im *pit*, in der „Grube" oder im „Loch". Das war eine mit Holzbänken ausgestattete Vertiefung direkt vor der Leinwand, wo sich die Jugend, die *Rastafaris* und die Taschendiebe Bier trinkend drängten. Auch das sonstige Publikum war bunt gemischt, laut und bei populären Musikeinlagen kaum zu halten. Man sang, hüpfte und klatschte, bis die alte Holzkiste vibrierte. Kritisch wurde es bei den gelegentlichen *blackouts*: Der Film brach ab, die Lampen flackerten und das Publikum schrie teils amüsiert, teils verängstigt auf. Dann wurde es stockdunkel, man hörte Lachen, Fluchen und einzelne spitze Schreie von Frauen, denen ein Platznachbar zu nahekam. Jeder hielt seine Hand- oder Brieftasche fest, bis das Notaggregat endlich ansprang, die Lichter wieder angingen und der Film fortgesetzt wurde. Die Leute klatschten erleichtert. Außer dem Kino gab es das *National Cultural Centre* mit dreistündigen folkloristischen Darbietungen von singenden und tanzenden Amateuren, die aus dem ganzen Land nach Georgetown kamen.

Nach Einbruch der Dunkelheit musste man auf den schlecht beleuchteten Straßen vorsichtig sein, aber nach einiger Zeit wussten wir, wann es besser war, die Straßenseite zu wechseln. Man erzählte sich haarsträubende Geschichten von *choke and rob*, wonach Passanten in Nischen gezerrt, gewürgt und ausgeraubt wurden. Wir erlebten nichts dergleichen, aber es gab, wenn auch selten, gefährliche Einbrüche und Überfälle. Bei einem solchen starb eine deutsche Freundin, die mit einem indo-guyanischen Gold- und Diamantenhändler verheiratet war und fünf Kinder hatte. Der Notarzt kümmerte sich zuerst um den angeschossenen Mann, für die Frau kam jede Hilfe zu spät. Nach der Trauerfeier fuhr ich mit den kleineren Kindern der Familie einige Stunden die Küste entlang, um diesen das erschreckende Bild der Verbrennung ihrer Mutter nach hinduistischem Brauch zu ersparen. Das war ein dramatisches Ereignis, das uns noch monatelang beschäftigte. Manche ausländischen Familien hatten einen Wachmann rund um die Uhr, aber auch das bot keine absolute Sicherheit, denn dieser gab gelegentlich den Einbrechern den entscheidenden Tipp, was man auch bei diesem Überfall vermutete.

1978 versetzte eine kalifornische Sekte das Land in Angst und Schrecken. Ihr charismatischer Führer Jim Jones hatte von der Regierung Land erhalten, um in Jonestown ein landwirtschaftliches Modellprojekt aufzubauen, doch man stellte nach einiger Zeit fest, dass die Sekte auch Waffen schmuggelte und andere subversive Dinge trieb. Die Polizei kündigte eine Razzia an, der die Sekte mit dem Massenselbstmord einiger Hundert Menschen zuvorkam. Bewaffnete Mitglieder zwangen Männer, Frauen und Kinder, an einem Fass vorbeizudefilieren und einen Giftbecher zu trinken. Tage später fand man die Toten und das Gerücht ging um, dass einige Mitglieder entkommen waren und das Land unsicher machten. Den Sohn von Jim Jones griff man einige Wochen später auf und ich sah gelegentlich das Polizeiauto, das ihn vom Gefängnis zum Gericht transportierte.

Zum Straßenbild gehörten die *Rastafaris* mit bunten Strickmützen, denn es war die große Zeit von *Reggae* und Bob Marley's „*No women, no cry*" war monatelang in der gesamten Karibik zu hören. Auch in Georgetown saßen die Anhänger Haile Selassis in Gruppen herum, mit langen *dreadlocks*, einen *ghettoblaster* in der einen Hand und einen *joint* in der anderen. Die Indo-Guyaner hielten sich davon fern und drängten sich lieber bei endlos langen Bollywood-Filmen mit dem berühmten Sänger Kishore Kumar. Die kulturellen Unterschiede zwischen Indo- und Afro-Guyanern waren eklatant, was sich auch in der Partnerwahl zeigte. Afro-indische Paare sah ich so gut wie nie, indisch-europäische und europäisch-afrikanische dagegen häufiger.

Es lag also bei jedem selbst, für Abwechslung und Unterhaltung zu sorgen. Es gab Parties innerhalb der internationalen *Community*, man traf sich mit deutschen Familien, die auch kleine Kinder hatten oder im *International Women's Club*. Weihnachten wurde gern unter Palmen bei einem festlichen Buffet im Pegasus Hotel gefeiert, während eine *steelband* auf Ölfässern „*White Christmas*" spielte und ein schwarzer Weihnachtsmann im roten Mantel und Zipfelmütze sich den Schweiß von der Stirn wischte. Wer sportlich war, konnte Tennis spielen oder am Wochenende eine Tanzdisko aufsuchen, Ausdauersport wie Joggen oder Wandern stand jedoch nicht auf dem Programm. Es hatte wohl auch klimatische Gründe, dass die populärste Sportart das von den Briten übernommene Cricket war. Ich habe nie verstanden, worum es dabei ging, denn die makellos weiß gekleideten Spieler standen die meiste Zeit nur diskutierend herum. Bei wichtigen Cricket-Turnieren ruhte die Arbeit tagelang und man hörte ab und zu einen kollektiven Freudenschrei.

Wir sahen gelegentlich Reiter, was uns motivierte, es selbst einmal zu versuchen. Nach einigen Reitstunden waren wir begeistert, als eine wohlhabende Guyanerin uns ihre zwei Pferde zum gelegentlichen Ausritt anbot. Hellen ritt auf einem friedlichen alten Rennpferd, ich auf einem übergewichtigen und launischen Hengst. Fortan ritten wir regelmäßig auf den geradlinigen Dämmen, die es überall an der Küste gab. Das schien auch den Pferden zu gefallen und in dem alten Rennpferd regten sich längst vergessene Reflexe, jedenfalls zog es bei einem Ausritt kräftig an und sprintete los, verfolgt von meinem Hengst, ohne Rücksicht auf unsere Panik und Bremsmanöver. Es hätte uns fast aus dem Sattel geworfen, aber glücklicherweise kam die wilde Jagd vor einem Wassergraben zum Stehen.

Damit war der Höhepunkt unserer Reiterlaufbahn überschritten, aber zuvor hatte ich noch eine Mutprobe zu bestehen. Die Pferde-Lady hatte beiläufig gefragt, ob ich interessiert wäre, ein junges Pferd zu besteigen, das noch nicht eingeritten war. *No risk, no fun*, dachte ich leichtsinnig und sagte zu. Nun war es so weit, das Pferd stand gesattelt in der kleinen Sandarena und blickte mich mit hervorquellenden Augen und anliegenden Ohren feindselig an. Ich näherte mich vorsichtig, streichelte sanft den Hals, was es gerade noch duldete, schob meinen Fuß in den Steigbügel und wollte mich schnell in den Sattel schwingen – das war der Plan. Kaum spürte das Pferd den Druck, brach die Hölle los, es sprang senkrecht hoch, tobte und schlug aus, aber da hatte ich mich schon hinter die Barriere gerettet.

Dennoch fuhren wir mit guyanischen Freunden manchmal zu den Reisbauern, die kleine struppige Pferde besaßen. Man band dem Pferd einen Strick ums Maul, legte einen alten Reissack auf und das *bareback riding* konnte beginnen. Das improvisierte Reiten machte Spaß, auch wenn man gelegentlich auf den weichen Boden fiel.

Während sich viele Ausländer vor allem in der internationalen *Community* bewegten, fanden wir es spannend, uns näher auf Land und Leute einzulassen. Hellen entdeckte schnell das *Indian Cultural Center*, eine indische Kulturmission, wo man Sitar, Tabla-Trommel und klassischen

indischen Tanz lernen konnte. Ihre Vorbildung im Ballett verschaffte ihr einen raschen Einstieg in den rhythmisch komplizierten und ausdrucksstarken Kathak-Tanz, so dass sie schon nach kurzer Zeit als „europäische Exotin" an den gelegentlichen Vorführungen teilnehmen durfte. Das rhymische Stampfen der mit Glöckchen behängten Füße war bis zu unserem Haus zu hören, ebenso die Anleitung des Lehrers: *„digge dagge dee, dig dag dee, tram dee, tram dee, digge dagge dee..."*.

Der Lehrer hieß Pandit Durgulal und war ein auch in Indien bekannter Kathak-Tänzer, Sänger und Meister der Tabla-Trommel. Wir schlossen bald Freundschaft und bekamen durch ihn einen Einblick in die indische *Community* in Georgetown. Gelegentlich nahm er uns mit zu abendlichen Aufführungen in den Häusern reicher Indo-Guyaner, wo er, begleitet von einem indischen Harmonium und einer Tabla-Trommel, gefühlvolle *gazels* vortrug, traditionelle Abendlieder in der nordindischen Sprache Urdu. Danach gab es ein indisches Buffet, bei dem man auf Kissen auf dem Boden saß, Männer und Frauen jeweils unter sich.

Wir begleiteten den indischen Künstler auf einer Tournee nach Nickerie, einer kleinen Grenzstadt im angrenzenden Surinam. Diese Überlandreisen, oft in gefährlich überladenen Fahrzeugen und Fähren, waren derart pittoresk, dass man die Szenerie nie mehr vergaß. In Nickerie hatte man leider versäumt, die Vorstellung hinreichend anzukündigen und so stand Durgulal vor einem fast leeren Saal, präsentierte aber mit eiserner Disziplin sein Programm, wenn nicht für das Publikum, dann eben für seine deutsche Schülerin, wie er sagte. Jahre später unterrichtete Hellen in einer Ballettschule in Heidelberg und ließ den indischen Tanz mit einer Mädchengruppe wieder aufleben, womit sie bei Tanzwettbewerben einige Preise gewann.

Es war Zeit, auch mir ein neues Hobby zu suchen. Ein Nachbar besaß eine Sammlung antiker Flaschen, handgeblasen und aus schwerem, dunklem Glas. In der holländischen und britischen Kolonialzeit brachten die Segelschiffe Zucker, Baumwolle und Edelhölzer nach Europa und auf der Fahrt in die Karibik nahmen die Schiffe als Ballast und Handelsware Wein, Gin, Champagner und Bier an Bord. Offenbar gehörte Alkohol zum herrschaftlichen Lebensstil der Plantagenbesitzer und Kolonialoffiziere, was man auch auf zeitgenössischen Gemälden sah.

Die vor zwei oder drei Jahrhunderten weggeworfenen Flaschen hatten sich im konstanten Klima und weichen Schlick der Küste gut erhalten. So war Guyana ein Geheimtipp für Sammler und Händler, die oft aus Kalifornien kamen, um alte Flaschen aufzukaufen. Ich lernte, worauf es dabei ankam, etwa auf die *pontil marks*, kleine, durch die handwerkliche Herstellung bedingte Bruchstellen am Flaschenboden, die nur sehr alte Exemplare aufwiesen wie „*The bottle with the man*", eine Gin-Flasche, auf der ein Mann mit einer Flasche zu sehen war. Andere alte Flaschen hießen „*Ladie's leg*" wegen dem elegant geformten Hals, der an das Bein einer schönen Dame erinnerte, oder „*Horse hoof*", weil die Flasche wie ein Pferdehuf geformt war. Es gab auch eine Fachliteratur über alte Flaschen, in die ich mich zunehmend vertiefte. Sehr alte Flaschen waren selten, man musste sie von guyanischen Händlern kaufen. An der Küste und am Demarara River, wo einst holländische Gasthäuser und Poststationen standen, sah man gelegentlich Männer mit dünnen Eisenstäben, die vorsichtig im Schlick bohrten und wenn es klickte, eine alte Flasche, meistens aber nur Scherben ausgruben. Andere tauchten im Demarara River, was jedoch gefährlich war, weil es dort elektrische Aale gab. Einige Male fuhr ich mit dem Landrover ins Hinterland zu einer Fundstelle mitten im Regenwald, wo man mit Glück einige intakte Flaschen ausgraben konnte. An gleicher Stelle fand ich auch kleine Medizinfläschchen, die einst *liver-tonic* enthielten, was die kolonialen Trinker praktischerweise gleich mitkonsumiert hatten. Es fühlte sich abenteuerlich an, allein im Dschungel an einer Flussböschung zu graben und auf eine sensationelle alte Flasche zu hoffen, ähnlich surreal wie Klaus Kinski im Film *Fitzcarraldo*, in dem er von einem Opernhaus mitten im Amazonas träumt.

Langsam wuchs meine Sammlung, bis auch bei uns alle Regale und Fenstersimse voller alter Flaschen standen. Nahm man eine davon in die Hand, spürte man das schwere, dunkle und seidig schimmernde Glas und dachte unwillkürlich an die Menschen, die diese Flaschen vor 300 Jahren geleert hatten: ein Plantagenbesitzer nach einer guten oder schlechten Zuckerernte, eine Familie bei einer Hochzeits- oder Trauerfeier, ein Kolonialoffizier nach einer Beförderung oder vor einer gefährlichen Mission. In jeder Flasche steckten nicht nur einige Krümel Demarara-Lehm, sondern auch einzigartige Lebensgeschichten aus ferner Zeit, die sicher eine gute Romanvorlage abgegeben hätten.

Aber nicht alles war vergessen. Es gab in Georgetown noch einige sehr alte holländische Häuser und eine guyanische Freundin, die neben einem solchen wohnte, erzählte merkwürdige Geschichten: Wenn sie nachts nach Hause kam, hörte sie manchmal in dem leerstehenden Haus Unterhaltungen in einer fremden Sprache, Gelächter und das Geklapper von Silberbesteck wie bei einem Gelage, obwohl

kein Licht zu sehen war. Den letzten Besitzer hatte man eines Tages tot im Haus aufgefunden und ein Kaufinteressent verunglückte auf mysteriöse Weise. Als sie fragte, ob ich das Geister-Haus sehen wollte, lehnte ich dankend ab, man musste ja nicht alle Geheimnisse eines fremden Landes kennen.

Wir fuhren oft an den Demarara River, wo es idyllische kleine Buchten gab, mit Kiesstrand und dem goldbraunen Wasser der Regenwald-Flüsse. Auf den Dschungelpisten fuhr man nicht langsam, sondern möglichst schnell, damit das Fahrzeug über die ausgefahrenen Waschbrettwellen hinwegflog, was zwar alle Schrauben scheppern ließ, aber das Sitzfleisch schonte. Mitten im Regenwald sahen wir für einen kurzen Augenblick einen Jaguar, der gelassen über die Piste trottete und eine *Boa Constrictor*, die leblos auf dem Weg lag. Wir wollten eigentlich eine spannende Nacht im Zelt am Flussufer verbringen, aber der Jaguar gab uns zu denken und so schliefen wir lieber im Auto.

Guyana besaß keine weißen Strände wie die Karibik-Inseln, denn das Meer und der Strand waren lehmbraun vom Schlamm, den der Essequibo-River ins Meer spülte. Mitten in einem Mangrovenwald entdeckten wir einen versteckten, etwas helleren Strand und verbrachten dort oft die Sonntage, bis die Flut einsetzte und uns zum Aufbruch zwang. Der einsame Strand war übersichtlich und in einiger Entfernung hantierten Fischer an ihrem Boot, so dass wir uns sicher fühlten. Auf dem Weg dorthin fuhren wir durch kleine Dörfer, wo die Reisbauern uns zu einem Tee oder Drink einluden, denn es kam nicht jeden Tag eine europäische Familie mit einem Dackel vorbei.

Die kleinen Kaimane in den Bewässerungsgräben waren relativ harmlos, wenn man sich von ihnen fernhielt. Was uns jedoch bei einem Ausflug überfiel, war ein Schwarm großer, schwarzer Stechfliegen, die sich ohne Umschweife wie kleine Pfeile in die Haut bohrten. Wir ergriffen unsere schreiende Tochter und flüchteten ins Auto. Vorsicht war auch eine Zeitlang in den Parks und Gärten geboten, denn aus Brasilien waren die aggressiven *African bees* eingewandert, die sofort angriffen, wenn man ihre Baumnester störte. Groß war der Schreck, als ich eines Morgens im Treppenaufgang ein summendes Bienenvolk entdeckte. Hellen und unsere kleine Tochter verbarrikadierten sich und ich hielt, notdürftig mit einem Tuch verhüllt, das Insekten-Spray direkt in das Nest hinein. Es summte und brummte mächtig, die Bienen kamen zu Hunderten heraus, flogen einige Meter und fielen dann tot zu Boden. Der Nachbar stellte später fest, dass es harmlose Honigbienen waren. Andere ungebetene Mitbewohner waren Mäuse und holzfressende Ameisen.

Die einträglichsten Geschäftsmodelle der Stadt waren vermutlich die *liquor stores*, die Schnapsläden, und die *funeral parlours*, die Bestatter. Letztere rüsteten die prächtigen Trauerzüge von Afro-Guyanern aus, die man gelegentlich durch die Straßen ziehen sah: vorneweg eine fantasievoll uniformierte Blaskapelle, dann eine offene Limousine mit dem goldbeschlagenen Sarg, gefolgt von weiteren Autos und einer klagenden und singenden Menschenmenge. Das waren nicht immer reiche Trauergesellschaften,

sondern oft einfache Leute, die sich erheblich verschuldeten, um ihrem verblichenen Familienmitglied einen letzten eindrucksvollen Auftritt zu verschaffen – ein weiterer kultureller Unterschied zu den Indo-Guyanern, die ihr Geld lieber für pompöse Hochzeiten ausgaben und nicht für die relativ schlichte Verbrennung ihrer Toten.

Wir waren gelegentlich bei ländlichen indischen Hochzeiten eingeladen. Umgeben von Sari tragenden älteren Frauen wartete die verhüllte, reich mit Goldschmuck ausgestattete Braut in einem blumengeschmückten Zelt auf ihren fast noch minderjährigen Bräutigam, der sich auf einem Pferd in Begleitung seiner Familie näherte. Ein Hindupriester vollzog umständliche Rituale bis zum zeremoniellen Höhepunkt: Das Brautpaar umschritt mehrmals ein Feuer, womit die Ehe besiegelt war. Der Bräutigam durfte für einen Moment den Schleier der Braut heben, vielleicht um sich zu versichern, dass es auch die richtige war, dann begann das Fest mit vielen Speisen, alkoholischen Getränken und über hundert Gästen, die den Brautleuten großzügige Geldgeschenke überreichten. Wir fühlten uns bei diesem exotischen Schauspiel nicht in der Karibik oder in Südamerika, sondern tief in das ländliche Indien versetzt.

Das Gegenmodell hierzu war eine afro-guyanische Hochzeit, zu der mich ein befreundeter Kollege einlud. Er kam mit einem rostigen Straßenkreuzer und wir fuhren zu einem großen Kolonialhaus, wo das Fest stattfand. Die Trauung hatte man bereits in der St. George Cathedral vollzogen und das Fest war in vollem Gange. Schon am Eingang schlug uns eine Welle karibischer Fröhlichkeit entgegen, eine Band spielte, die Menge trank, tanzte und schwitzte in bunten Tropenhemden und afrikanisch bunten Kleidern. Die hübsche Braut stand in ihrem weißen Hochzeitskleid stolz mittendrin und ließ sich von ihren Freundinnen beglückwünschen. Von der Stimmung mitgerissen, legte sie plötzlich eine afrikanische Tanzeinlage auf das Parkett, raffte den Tüll und ließ ihr Hinterteil kreisen, was die Zuschauer in helle Begeisterung versetzte. Auch die anderen Frauen waren keine Töchter der Schüchternheit, sondern griffen sich energisch die nicht mehr ganz nüchternen Männer zum Tanz und sprühten vor Vitalität und Lebensfreude – der Kontrast zu der verhüllten und streng behüteten indischen Braut konnte nicht größer sein.

Später gingen der Kollege und ich zurück zum Parkplatz, aber sein Auto war nicht mehr da. *„Wa happen man, the whole thing gone!"*, sagte er im schönsten Guyana-Englisch und mit einem so unnachahmlich verblüfften Gesicht, das ich noch heute vor Augen habe. Es stellte sich heraus, dass sein Cousin das Auto ausgeliehen hatte.

Das Land war klein, besaß aber einige außergewöhnliche Sehenswürdigkeiten, allen voran die Kaieteur-Wasserfälle im Westen des Landes, wo der Fluss 250 Meter in die Tiefe stürzte. Spannend waren auch die Bootsfahrten auf dem Demarara River und Nachtausflüge in den Dschungel, wo im Scheinwerferlicht die reflektierenden Augen kleiner und großer Tiere aufleuchteten. In besonderer Erinnerung ist mir ein Wochenende auf einer Ranch in der westlichen Savanne. Dort zeigte man mir ein altes Ölfass und als ich den Deckel hob, richtete sich ein Dutzend Klapperschlangen drohend auf, die man auf der Farm eingesammelt hatte. Wir konnten die Cowboys auf einem *pickup* in die Savanne begleiten, wo sie die weit verstreuten Rinder aufspürten und eines davon in voller Fahrt mit einem Schuss erlegten. Das Rind wurde noch vor Ort zerlegt und ausgenommen, während schon die Geier über dem Schauplatz kreisten. Das Barbecue für die Gäste war gesichert.

Beliebt waren Abstecher zu den Karibikinseln Trinidad und Tobago, wo man das genießen konnte, was es in Guyana nicht gab: weiße Strände und blaues Meer. Das Gleiche galt für die idyllische Insel Margarita in Venezuela, wo wir einen Urlaub verbrachten. Gelegentlich flog ich nach Paramaribo in das Nachbarland Surinam, um Dinge einzukaufen, die es in Guyana gerade nicht gab. Dort sprach man holländisch und auch die kleinen, spitzgiebeligen Häuser erinnerten an niederländische Dörfer. Ich suchte in der gut bestückten Markthalle nach Delikatessen, als mir ein vertrauter und fast schon vergessener Duft in die Nase stieg und als ich diesem nachging, stand ich bald vor einem Sauerkraut-Fass. Es roch verführerisch frisch und würzig und so kaufte ich ein Pfund und verzehrte es auch gleich. Es dauerte nur Minuten, bis mein Magen gegen die ungewohnte Rohkost revoltierte und ich schleunigst den Rückzug antrat.

Es war erstaunlich, wie unterschiedlich die Kolonialmächte ihre kleinen Territorien geprägt hatten. Im ehemaligen Britisch-Guyana sprach man natürlich Englisch, es gab *roundabouts* mit einem Uhrturm in der Mitte und am 5-Uhr-Tee hielt man nostalgisch fest. In Surinam sprach man Holländisch, es gab guten Käse, putzige Häuser und viele Fahrräder, die man in Guyana selten sah. In Französisch-Guyana, so hörte ich jedenfalls, waren die Menschen besser gekleidet, man aß auch besser und morgens hatte fast jeder ein Baguette unter dem Arm.

Nach Ablauf meines Vertrags in Guyana erhielt ich von UNDP das Angebot, als Stadtplaner auf die Karibik-Insel

St. Kitts zu wechseln. Es wäre sicher reizvoll für unsere inzwischen zwei kleinen Kinder gewesen, am Strand und unter Kokospalmen aufzuwachsen, aber die *job description* klang so, als sollte ich im winzigen Planungsamt von St. Kitts alle Positionen vom Hausmeister bis zum Planungsamtsleiter in Personalunion ausfüllen und an der noch kleineren Universität alle Fächer gleichzeitig unterrichten. Meine Hauptsorge war aber, auf diesem Posten völlig vom professionellen *mainstream* und von der Welt abgeschnitten zu sein. Wie gerufen kam da ein Angebot aus Brasilia, wo man für eine deutsch-brasilianische Kooperation einen Städte- und Wohnungsbau-Experten suchte.

Wir verabschiedeten uns mit einer Party im Pegasus Hotel, wie es sich für einen UNDP-Experten gehörte. Meine Flaschensammlung packte ich in eine Kiste und brachte diese zum Zoll. Zur gleichen Zeit wurde wurden in Guyana antike Flaschen zum nationalen Kulturerbe erklärt und die Ausfuhr auf wenige Exemplare begrenzte. Ich schlief schlecht, bis die Flaschenkiste endlich auf dem Weg nach Deutschland war. Wir verkauften unser Auto und der Käufer drückte mir einen Karton mit abgegriffenen Scheinen in die Hand, denn den Guyana-Dollar gab es nur in kleinen Noten. Hellen und die Kinder verabschiedeten sich unter Tränen von unserer *maid*, dann fuhren wir zum Flughafen und hingen auf dem langen Flug nach Deutschland unseren Gedanken an sechs ereignisreiche Jahre nach. Es hatte schon etwas, einige Jahre in diesem kleinen, exotischen Land zu leben, das fast niemand kannte und in dem die Aufregungen der Welt, wenn überhaupt, nur sehr gedämpft ankamen. Das entspannte tropische Ambiente verleitete dazu, im Hier und Jetzt zu leben, aber natürlich konnten wir den europäischen Drang nicht völlig abstellen, immer auch an die Zukunft zu denken.

Es bestätigte sich wieder einmal die alte Expertenregel, nach der die optimale Aufenthaltsdauer in einem fremden Land vier bis fünf Jahre beträgt, denn danach sank bei vielen die anfängliche Begeisterung langsam, aber stetig ab. Man vermisste zunehmend die Familie und Freunde in Deutschland, die eigene Sprache und die Hochkultur guter Filme und Konzerte. Man freute sich auf die Sicherheit, mit der man sich in der Heimat überall und zu jeder Zeit bewegen konnte, auf die Zuverlässigkeit von Institutionen, Schulen und Krankenhäusern und nicht zuletzt auf den Wechsel der Jahreszeiten. Ein kühler, dunstiger Morgen in einem herbstbunten Wald – das war fast schon eine Zwangsvorstellung, wenn der Tag wieder einmal unerträglich tropisch heiß war.

Zurück in Deutschland genossen wir das alles, das aufdringliche Konsumangebot aber waren wir nicht mehr gewohnt. Guter Käse war in Guyana eine seltene Delikatesse, die man entsprechend feierlich genoss, und so standen wir ungläubig vor einer 20 Meter langen Feinkosttheke. „Das ist ja obzön" meinte Hellen, bevor wir unseren Einkaufskorb füllten.

10

Kurz vor Ende meines UNDP-Vertrags wurde ich zu einer Konferenz der karibischen Länder nach Jamaika geschickt. Wir waren in Kingston in einem neuen 5-Sterne-Hotel einquartiert, das man mitten in ein heruntergekommenes Hafenviertel mit der Erwartung gebaut hatte, so die dringend erforderliche Erneuerung einzuleiten. Es hatte seine Gründe, dass uns der Portier schon beim Einchecken empfahl, nach Einbruch der Dunkelheit nicht mehr vor die Tür zu gehen.

Vom Inhalt der Konferenz ist mir wenig in Erinnerung, wohl aber ein etwas anderer Sonntagsspaziergang, der zu einem gefährlichen Abenteuer ausartete. Ich machte mich zu Fuß zu einer Stadterkundung auf, meiner Lieblingsbeschäftigung in jeder neuen Stadt, besichtigte ein altes Kolonialviertel und bog dann in eine Gasse ein, um zum Hotel zurückzukehren. Die *Rastafaris*, die auf einer Mauer saßen und mir „*gringo*" und „*whity*" nachriefen, weil ich ihr Marihuana nicht kaufen wollte, hätten mir eine Warnung sein müssen. So landete ich unvermittelt in einem *Hardcore*-Slum mit desolaten Häusern und Hütten, die von trinkenden und betrunkenen Menschen überquollen, denn es war Feiertag. Zum Umkehren war es zu spät, man hatte mich gesehen. Flucht war sinnlos, ich musste da durch. So setzte ich ein freundliches Gesicht auf, grüßte nach allen Seiten, umging die Bier- und Rumflaschen, die man mir entgegenhielt und schüttelte auch die Prostituierten freundlich ab, die mich in die Hauseingänge zogen.

Die Rettung winkte am Ende der Gasse, wo es eine große Straße mit viel Verkehr gab, wie ich hoffte. Ich erreichte die Straße, doch es bewegte sich nichts, denn da war nur ein verlassenes Hafengelände, ein absolutes Niemandsland. In der Ferne sah ich das Luxushotel, aber der Weg dorthin führte über eine große, ungeschützte Freifläche. Ich ging los und merkte schon nach 100 Metern, dass das der nächste Fehler war. Vom Slum-Rand vor mir löste sich eine Gruppe junger Männer und als ich mich umblickte, kamen weitere aus der Gasse, die ich gerade verlassen hatte. Das Ganze war gut kalkuliert wie bei einem Wolfsrudel, das eine Beute jagt. Wenn alle so weiterliefen, mussten wir uns mitten im Niemandsland treffen – und so geschah es. Die vordere Gruppe schnitt mir den Weg ab und die andere kam näher. Ich versuchte noch einmal, mich freundlich grüßend vorbeizumogeln, was aber nicht funktionierte und so startete ich durch, wurde aber nach wenigen Schritten eingeholt.

Was ich von diesem Moment in Erinnerung habe, war weniger Angst, sondern das Gefühl, dass hier ein Film ablief, in dem ich mir mit ungläubiger Verwunderung selbst zusah. Ich registrierte, dass mir einer der Männer mit einem Messer die Hosentaschen aufschnitt, allerdings waren diese so gut wie leer. Noch ein Fehler, dachte ich, denn sonst hatte ich immer 20 US-Dollar „Lösegeld" dabei, um für einen Überfall gerüstet zu sein. So hielt ich meine kleine Rollei-Camera hin, die ich in einer Zeitung eingerollt noch immer in der Hand hielt. Sie nahmen das Ding und trollten sich ohne Eile in Richtung Slum. Noch war ich nicht im Hotel und meine Sorge war, dass eine andere Gruppe die Jagd eröffnen könnte. Aber das geschah nicht und so erreichte ich, geschockt und auf schwachen Beinen, den Hoteleingang. Der Hotelmanager war sprachlos, als ich ihm mein Abenteuer erzählte – einen so unvorsichtigen *gringo*, der allein zu Fuß die Slums von Kingston besichtigte, hatte er noch nicht erlebt. Er meinte, ich müsste eigentlich tot sein, wie oft bei solchen Überfällen, wo jeder eine Waffe trägt. Ich hielt es deshalb für besser, keine Meldung bei der Polizei zu machen, denn dort hätte man mir das Gleiche gesagt.

Dennoch kam es zu einem weiteren Ausflug, weil ein einheimischer Kollege uns in eine Disco einlud. Wir fuhren lange durch dunkle Vororte, bis wir endlich ein überfülltes und schlecht beleuchtetes Lokal erreichten, wo baumlange, Rum trinkende Goldkettenträger und ihre Girls uns verblüfft anstarrten, weil wir es wagten, ihre Stammkneipe zu betreten. Man spielte natürlich *Reggae*, einige tanzten, aber unser Begleiter verordnete uns strikte Zurückhaltung, weil es oft gewalttätige Streitereien um die Frauen gab. So machten wir uns so klein wie möglich und saßen zwei Stunden mit gesenktem Blick vor unserem *Cuba Libre* und verschwanden unauffällig, als es immer ausgelassener wurde und Marihuana-Schwaden durch den Raum zogen. Wir waren froh, als wir nach langer Fahrt durch das nächtliche Kingston unbeschadet das Hotel erreichten.

Am folgenden Tag lud uns der deutsche Botschafter zu einem Drink in seine Dienstvilla ein. Wir saßen auf einer Terrasse in einem herrlichen tropischen Garten bei edlem Wein und Häppchen, als es mitten im *small talk* im Gebüsch knackte und raschelte. Der Botschafter rief einen Wachmann, der aber nichts Auffälliges fand. Das Gespräch wurde fortgesetzt und es knackte und raschelte wieder. Nun wurde der Botschafter sichtlich nervös und bat uns ins Haus. Er erzählte, dass es gerade eine Einbruchswelle im Villenviertel gab, wobei auch manchmal geschossen wurde. Wir nahmen noch schnell einen Drink und verabschiedeten uns.

Der Abschied von Kingston gestaltete sich ähnlich angespannt. Ich fuhr mit einem Taxi zum Flughafen und der Fahrer trat rücksichtslos das Gaspedal durch. Plötzlich schob sich ein Polizeiauto neben das Taxi und beide Fahrer begannen in rasender Fahrt, sich so unflätig zu beschimpfen, dass ich jeden Augenblick eine Schießerei erwartete. Aber auch das ging vorbei und bald saß ich erschöpft im Flugzeug nach Georgetown und dachte an die Abenteuer der vergangenen Tage.

Natürlich war die merkwürdige Anhäufung dieser Ereignisse ein Zufall, aber man spürte in Kingston eine besondere, raue und streitbare Atmosphäre, die es anderswo in der Karibik nicht gab. Die Jamaikaner galten als wehrhaft, was auch historische Gründe hatte, denn die kolonialen Spanier hatten es selbst mit grausamsten Mitteln nicht geschafft, die Sklavenaufstände zu unterdrücken und den Widerstand der in die Berge Entkommenen zu brechen. Manche führten das darauf zurück, dass die Sklavenhändler einen besonders kriegerischen westafrikanischen Stamm nach Jamaika gebracht hatten, ein großer und kräftiger Menschenschlag, der schon durch seine Erscheinung einschüchternd wirkte. Andere verwiesen auf das frühere Seeräuber-Nest Port Royal, das ein Erdbeben 1692 zerstörte, was den Oberpiraten Henry Morgan nach vielen versenkten Schiffen zu einer nachhaltigen Kulturleistung zwang: Er gründete eine neue Stadt, die später den Namen Kingston erhielt.

11

Nun waren wir wieder in Deutschland, aber unsere Gedanken beschäftigten sich schon mit Brasilia, die Stadt, die in wenigen Wochen für zwei Jahre unsere neue Wahlheimat sein würde. In Lissabon absolvierte ich zuvor einen *Crash*-Kurs in Portugiesisch, eine relativ schwierige Sprache, so dass ich nach vier Wochen *face-to-face*-Unterricht am Erfolg zweifelte, denn auf den Straßen Lissabons, wo man die Vokale weitgehend verschluckt, verstand ich kaum etwas. Das änderte sich schlagartig in Brasilien, wo mir buchstäblich die Ohren aufgingen, weil man dort ein tropisches Portugiesisch sprach, gut verständlich und nahezu musikalisch wie die Populärmusik von Gal Costa und Gilberto Gil.

Der Flug über den Amazonas und über das endlose brasilianische Hochland des Planalto dauerte viele Stunden. Bei der Landung war die Luft nicht dunstig und tropisch feucht wie in Guyana, sondern extrem trocken und der Himmel strahlte so hell, dass die Augen schmerzten. Als erster visueller Eindruck sprang mir die rostrote Erde ins Auge, die es in Guyana nicht gab und die mich an Afrika erinnerte. Auch spürte man sofort, dass wir uns nun in 1000 Meter Höhe befanden und nicht mehr an der Atlantikküste.

Der Projektleiter holte uns von Flughafen ab und lud uns schon am nächsten Abend in einen Biergarten ein, wo man aber kaum Bier, sondern vor allem *caipirinha* trank. Wir hatten viel zu besprechen und es wurde ein langer Abend. Das Problem mit dem brasilianischen Nationalgetränk *caipirinha* ist, dass man nie weiß, wieviel Zuckerrohrschnaps und Zucker dem Limonensaft beigemischt ist. Ich kam an meine Grenzen, als ich mich zwar noch flüssig unterhalten, aber kaum mehr vom Stuhl aufstehen konnte. Die Kopfschmerzen am nächsten Morgen waren derart, dass ich dieses tückische Getränk fortan mied und zum leichten *Brahma*-Bier überging, ideal im trockenen Klima dieser Region.

Nahezu übergangslos wechselten wir von einem der kleinsten zum größten Land Südamerikas und von einem überschaubaren karibischen Mikrokosmos in den riesigen Makrokosmos Brasilien, wo man in jeder Hinsicht, besonders aber in der Architektur und im Städtebau in einer völlig anderen Liga spielte. Der Wechsel vom postkolonialen Außenposten in ein Kernland Lateinamerikas war aufregend, so als ob wir nach einer längeren Wartezeit im Vorzimmer nun endlich den Salon des Kontinents betreten durften. Der „Salon" Brasilien war 1980 aber eine Militärdiktatur. Alarmiert durch das kommunistische Kuba und die Aktionen Che Guevarras in Bolivien legitimierten sich die Militärs vor allem dadurch, tatsächliche oder vermeintliche kommunistische Umtriebe zu unterdrücken. Allerdings lag die Diktatur schon in den letzten Zügen und der Präsidenten-General war ein mildes Auslaufmodell verglichen mit seinen Vorgängern. Man kolportierte gern seine Antwort auf die Frage, was er denn täte, wenn er den offiziellen Mindestlohn von umgerechnet 100 US-Dollar verdienen würde wie ein großer Teil seines Volkes. „Ich würde mich erschießen!" war seine knappe und wahrscheinlich aufrichtige Antwort.

Das Regime verstand sich damals – wie Chile und Argentinien – als anti-kommunistisches Bollwerk, aber auch als ein wirtschaftlicher Entwicklungsmotor. Der Preis war eine Hyperinflation, weil die Regierung zur Finanzierung ihrer Großprojekte ungehemmt Geld druckte. Das veranlasste alle, ihre *Cruzeiros* schnell wieder auszugeben und die Geschäftsleute hatten alle Hände voll zu tun, ihre Preisschilder nahezu täglich zu wechseln. Ausländer profitierten davon, weil sie ihre harte Währung jederzeit günstig umtauschen konnten.

Die Militärs hatten die fast fertige neue Hauptstadt Brasilia von einer linksgerichteten demokratischen Regierung übernommen und kannten natürlich die progressiven Vorstellungen von Lúcio Costa und Oscar Niemeyer, den

Architekten und intellektuellen Schöpfern dieser Stadt. Beide standen der kommunistischen Partei nahe, wie damals viele Intellektuelle in Lateinamerika, was Brasilia nicht gerade zu einer Herzensangelegenheit der Militärs machte. Einige der städtebaulichen Defizite, die man den Planern zuschrieb, waren deshalb eher bei den Militärs zu suchen und es hatte seine Gründe, dass Niemeyer ins Exil nach Frankreich ging und ebenso wie Lúcio Costa die neue Hauptstadt viele Jahre nicht mehr betrat.

Mit dem Wechsel von Georgetown nach Brasilia veränderten sich auch unsere privaten Lebensumstände drastisch. Nun waren nicht mehr Selbstbeschränkung und Mangelwirtschaft angesagt, sondern ein privilegiertes Hauptstadtleben als ausländischer Experte oder *Expat*. Es waren allerdings Privilegien auf Zeit, was aber nicht alle Kollegen so sahen. So mancher, der mit seiner Familie in Deutschland ein unauffälliges Mittelschichtleben geführt hatte, hielt es nach zwei Jahren in Brasilia für angemessen und selbstverständlich, über eine Dienstvilla mit Hauspersonal zu verfügen, in elitären Kreisen zu verkehren und ein Spitzengehalt zu beziehen. Die Kluft zwischen dem privaten Lebensstil und der Unterentwicklung und Armut, mit

denen wir es beruflich zumindest indirekt zu tun hatten, war also gewaltig, dennoch bemühten sich natürlich alle, die Erwartungen an das Projekt zu erfüllen und ein gutes Verhältnis zu den *counterparts* zu finden.

In den nächsten Wochen bekamen wir einen ersten Eindruck von dieser modernistischen, in wenigen Jahren aus der Hochland-Savanne gestampften Stadt. Der sogenannte *Plano Piloto*, der berühmte Masterplan von Lúcio Costa, ähnelte einem abhebenden Flugzeug mit einer nach Osten zeigenden Pilotenkanzel, wo Niemeyer seine weißen Architektur-Ikonen inszenierte: die Kathedrale, die Ministerien, das Parlamentsgebäude, das oberste Gericht und den Präsidentenpalast. In der Mitte des weitläufigen Ensembles lag die riesige Freifläche der *Esplanada dos Ministérios* und nach Osten blickte man auf eine Halbinsel mit einem Park und auf den künstlichen See, in dem sich die grandiosen Licht- und Wolkenspiele der Hochebene spiegelten und der im trockenen Klima der Hochebene für eine wohltuende Frische sorgte.

Die Ost-West-Monumentalachse *(Eixo Monumental)* war 12 km lang und enthielt, ausgehend vom Regierungsviertel, zahlreiche öffentliche Einrichtungen und Freiflächen: den

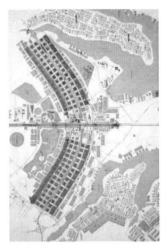
Fernsehturm, den Burle-Marx-Garten, das FUNARTE-Kulturzentrum, das Planetarium und vieles mehr. Gekreuzt wurde diese Achse von der gekrümmten und 14 km langen „Wohn-Achse" mit dem Süd- und Nordflügel *(Asa Sul, Asa Norte)* sowie der zentralen Stadtautobahn. Hier lagen die klassischen Wohnquartiere oder *supercuadras*, sechsgeschossige, in einen großzügigen Wohnpark eingebettete Wohnblöcke für die Regierungsbeamten und die Mittelschicht der Hauptstadt.

Ich kannte die Kritik am Funktionalismus und an der „Künstlichkeit" Brasilias, was aber nur die halbe Wahrheit war, wie ich bald feststellte. Sah man von der Diktatur einmal ab, so traf die Flugzeug-Metapher von Costas Masterplan gut die Aufbruchsstimmung der jungen Nation, die nun durchstartete, einem abhebenden Flugzeug gleich, um „50 Jahre Rückstand in 5 Jahren" aufzuholen, wie die politische Botschaft lautete. Brasilien sah sich aufgrund seiner Größe und Ressourcen als eine „USA von morgen", was auch der neuen Hauptstadt ihre Bedeutung verlieh. Tatsächlich war Brasilia eine vielschichtige Stadt und ein Klassiker der Moderne, der den europäischen Satellitenstädten der 1960/ 70er Jahre weit überlegen war, was die Originalität und Strahlkraft des Entwurfs anging. Anders als in Deutschland, wo die Satellitenstädte heftig kritisiert wurden, waren die Brasilianer stolz auf ihre heroische Stadtgründung.

Darüber hinaus durfte man die Stadt nicht nur architektonisch sehen, denn ihre Gründung hatte weit über den Städtebau hinausreichende strategische Ziele. Die neue Hauptstadt in der Mitte des riesigen Landes sollte das dünn besiedelte Landesinnere stärken und durch die Nähe zur Nationalstraße *Transamazônica* war Brasilia ein Sprungbrett zu den nordwestlichen Bundesstaaten Amazonien, Rondônia und Acre. Neben Brasilia waren auch andere neue Städte in der Region entstanden, die das vorher fast leere Hochland belebten. Kurzum: Brasilia war die neue Hauptstadt des Landes, ein Architekturdenkmal und Zentrum einer dynamischen Wirtschafts- und Verstädterungsregion.

Die neue Planstadt hatte natürlich auch ihre Schwachpunkte. Costa und Niemeyer hatten Brasilia als eine „soziale Utopie" geplant, in der sich alle Bevölkerungsschichten mischen und harmonisch miteinander leben sollten, aber schon 1980, zur Zeit unseres Aufenthalts, war Brasilia eine segregierte und sozial polarisierte Stadt. Die Mittelschicht lebte in den Apartments im Süd- und Nordflügel und die Oberschicht in den Villenvierteln Lago Sul und Lago Norte am anderen Seeufer. Die unteren Schichten hatte man in ein Dutzend Satellitenstädte ausgelagert, die in den 1960/70er Jahren in rascher Folge als anspruchslose Auffanggebiete für Bauarbeiter und Zuwanderer entstanden. Diese lagen bis zu 30 Kilometer vom *Plano Piloto* entfernt wie Taguatingua und Ceilândia, die beiden größten Satelliten.

Favelas wie in Rio de Janeiro gab es im Bundesdistrikt von Brasilia (D.F.) aber nur wenige und diese tolerierte man, weil sie bei der heroischen Gründungsgeschichte eine besondere Rolle gespielt hatten. Das Wachstum neuer Favelas wurde jedoch rigoros unterdrückt und die Zuwanderer kamen entweder in den Satelliten unter oder in den *loteamentos clandestinos*, den irregulären oder „heimlichen" Siedlungen, die außerhalb des Bundesdistrikts (D.F.) entlang der großen Ausfallstraßen und in den kleinen Umlandgemeinden wucherten.

Wir wohnten einige Wochen im Hotel Bristol im zentralen „Unterhaltungssektor" *(Sector de Diversões)*. Das klang

gut, war aber eine Übertreibung. Das Zentrum war nichts anderes als die riesige Kreuzung der zwei Stadtachsen bzw. Stadtautobahnen, die man mit kommerziellen und öffentlichen Gebäuden um- und überbaut hatte. Auf der Ostseite, wo das Regierungsviertel lag, standen die gläserne Theater-Pyramide und Bürotürme staatlicher Institutionen, auf der Westseite zwei kommerzielle Großbauten – das *Conjunto Nacional* und das *Conjunto de Diversões* mit einigen hundert Läden, Restaurants, Kinos, Arztpraxen und anderen Dienstleistungen. Unweit davon lag der Hotelsektor und unter dem Autobahnkreuz eine Busstation.

Mit zwei kleinen Kindern wochenlang in einem Hotel zu leben war eine Herausforderung. Interessant war aber der Einblick, den wir so in die Eigenart dieser Stadt bekamen. Man hatte uns gewarnt, das Zentrum sei „steril", tatsächlich war es jedoch an Werktagen von einigen Zehntausend Menschen belebt, vor allem Regierungsbeamte, Angestellte und zahllose Hilfskräfte, die man im Regierungsviertel beschäftigte. Auch aus den Ausgängen der Busstation strömten tagsüber Tausende von Menschen. Aber es war kein Stadtzentrum im herkömmlichen Sinn, sondern eher ein Appendix des angrenzenden Regierungsapparats, der an den Wochenenden stillstand. Möglicherweise hielt sich das Urteil der „Sterilität" deshalb so hartnäckig, weil viele Touristen zur falschen Zeit am falschen Ort waren, nämlich am Wochenende im verlassenen Regierungsviertel herumirrten. Beliebt war der Fernsehturm, wo es einen improvisierten Folkloremarkt gab, - ein willkommenes Stück Spontaneität und Abwechslung für die Kinder in dieser modernistischen Stadt.

Brasilia war 1980 noch nicht fertig, vor allem im Nordflügel klafften noch große Baulücken. Aber man hielt weiter am Masterplan von Lucio Costa fest, obwohl man schon deutlich sah, dass es wohl ein Fehler gewesen war, die Kreuzung der Stadtautobahnen zum Zentrum zu erheben. Viele Aktivitäten, die eigentlich in den zentralen „Unterhaltungssektor" gehörten, hatten sich längst in den kleinen Geschäftsstraßen des älteren Südflügels angesiedelt, wo man abends keinen Platz mehr in den Pizzarias und Biergärten fand. Diese lebendigen Subzentren musste man allerdings kennen und war dabei auf ein Auto angewiesen, denn Brasilia war im Geist der 1960er Jahre ganz auf den Autoverkehr ausgelegt. So kannten wir nach einiger Zeit die Stadt gut aus dem Autofenster heraus, hatten aber als Flaneure – vom Zentrum abgesehen – nicht viel gesehen.

Die Vernachlässigung der Fußgänger zeigte sich überall, oft fehlten Gehwege und Bürgersteige, dafür überzog ein Netz von Trampelpfaden die großen Freiflächen. Trotz der einprägsamen Gesamtfigur der Stadt war die Orientierung manchmal schwierig und auf den vielfach verschlungenen Auf- und Abfahrten zur Stadtautobahn verloren selbst Alteingesessene gelegentlich den Überblick. Die abstrakte Benennung der Stadtgebiete nach „Sektoren" und die Durchnummerierung der Baublöcke oder *conjuntos* halfen wenig, wenn man die Logik dahinter noch nicht verstand wie z.B. bei *„Lago Sul, SHIS QI 21, Conjunto 4, Casa 13"*. Es dauerte eine Weile, bis wir solche Adressen entschlüsseln und uns ohne größere Probleme orientieren konnten.

Wir zogen bald nach Lago Sul in einen Bungalow mit Garten und Pool und fanden auch schnell eine Haushaltshilfe oder *empregada* – eine wichtige Institution in jedem brasilianischen Mittel- und Oberschicht-Haushalt. Mit nur einer Hilfskraft bewegten wir uns am unteren Ende der Beschäftigungsskala, denn in den reichen Villen gab es, neben einer oder zwei Hausangestellten, auch einen Koch, einen Gärtner und Wachmänner rund um die Uhr. Der Beschäftigungseffekt der wohlhabenden Viertel war beträchtlich und nach meiner Schätzung gab es in Lago Sul fast so viele Hausangestellte wie Bewohner. Viele lebten die Woche über in einer winzigen Kammer am Arbeitsplatz und waren von früh bis spät verfügbar, andere kamen täglich und fuhren abends zu ihren Familien, die weit entfernt in den Satelliten oder irregulären Selbstbau-Siedlungen lebten. Wo genau und wie ihre Hausangestellten lebten, wussten die wenigsten in Lago Sul.

Hellen hatte keinen Sprachkurs absolviert, sondern lernte die wichtigsten Vokabeln direkt von den Menschen oder im Fernsehen, vor allem bei den populären *Telenovelas*, die teilweise regelrechte „Straßenfeger" waren und über die man auch in den besseren Kreisen sprach. Beim Einkaufen stellte sie sich hintenan, um bei den Verkaufsgesprächen die Redefloskeln und Warenbezeichnungen mitzuhören. Eines Tages kam sie mit einem riesigen Fleischpaket vom Einkauf zurück und berichtete, dass sie drei Stück Rinderfilet kaufen wollte, wie man es in Deutschland tat. Mit solchen Petitessen gab sich der Metzger nicht ab, er packte drei Kilo ein in der Meinung, dass sie sich nur missverständlich ausgedrückt hatte. Aber bald hatte sie sprachlich Fuß gefasst und fand eine Ballettschule, wo sie Kindern Ballettunterricht gab.

Auch mein sprachlicher Start war nicht brillant, aber nach einem halben Jahr sprach ich fließend Portugiesisch. Abgesehen von der schwierigen Aussprache ist das offizielle Portugiesisch weniger jovial und flexibel als Englisch, so spricht man beispielsweise ältere und hochgestellte Personen etwas altertümlich in der dritten Person an: *„Como está o Senhor hoje?"* – wie geht es dem Herrn heute? In einer schnell erlernten Sprache zu arbeiten war herausfordernd und wenn Konzentration und Grammatik am späten Nachmittag nachließen, vermied ich wichtige Telefonate. Englisch konnten viele, sprachen es aber im ministeriellen Ambiente nicht. Während ich mich sprachlich etwas schwertat, beherrschten unsere Kinder schnell den lokalen Jargon im Kindergarten und in der Schule.

Die Villengebiete Lago Sul und Lago Norte zogen sich am Ostufer des Sees über 30 Kilometer hin und waren der bevorzugte Wohnstandort für Regierungsbeamte, Diplomaten, Geschäftsleute und andere privilegierte Gruppen. Es gab moderne Bungalows, neobarocke Villen und kolonialen Landhausstil, ganz so, als ob es die klassische Moderne im *Plano Piloto* gar nicht gäbe. Zum Stadtzentrum fuhren wir einige Kilometer am See entlang, dann durch das Diplomaten- und Botschaftsviertel, wo auch die Internationale Schule unserer Tochter lag, bis zu meinem Büro im Regierungsviertel und legten dabei fast jeden Tag über 50 Kilometer zurück. Deshalb war der geräumige und gut gekühlte Chevrolet eine gute Investition.

Mein Büro lag im 17. Stock der staatlichen Entwicklungsbank BNDE. Die Aussicht war spektakulär, man übersah die *Esplanada* mit den beiden Reihen der Ministerien, den „Platz der drei Gewalten" mit dem Präsidentenpalast, dem Obersten Gericht und als zentralen Blickpunkt den Kongress mit seinem Doppelturm und zwei riesigen weißen Betonschalen. Die „Senats-Schale" öffnete sich symbolisch zum Himmel und damit den höheren Inspirationen, während die „Parlaments-Schale" der Erde und den Menschen zugewandt war – eine kluge Symbolik, die Oscar Niemeyer den eleganten Formen gegeben hatte. Das Kongressgebäude war darüber hinaus eine begehbare Skulptur, dies erstaunlicherweise auch während der Militärdiktatur.

Außer einigen Wachposten in Paradeuniform war von der Diktatur nach außen hin nicht viel zu sehen.

Die weißen Regierungsgebäude schwebten auf eleganten Stützen, spiegelten sich in Wasserflächen und repräsentative Rampen führten in die großzügigen Foyers. Über das Regierungsviertel hinweg sah man die vorgelagerte Halbinsel, die spiegelnde Wasserfläche des Stausees und am anderen Ufer die Villengebiete Lago Sul und Lago Norte. Rechts blickte man auf das Botschaftsviertel mit der amerikanischen und russischen Botschaft, beide dicht mit aufeinander gerichteten Funktürmen und Antennen bestückt, denn es war mitten im kalten Krieg.

Die riesige Rasenfläche der *Esplanada* war kein Park oder populärer Aufenthaltsraum, sondern vor allem ein generöser Sichtraum, um die Regierungsgebäude in Szene zu setzen. Vom Autoverkehr auf den seitlichen Erschließungsstraßen abgesehen, war die *Esplanada* meistens leer. In der trockenen Jahreszeit waren die Freiflächen in Brasilia nicht grün, sondern rostrot wie die brasilianische Erde. Nur ein einziges Mal sah ich die *Esplanada* voller Menschen: bei einem Konzert von Roberto Carlos, zu dem schon morgens die Buskolonnen aus den Satellitenstädten kamen.

Abends, eingerahmt von Niemeyers weißen Architektur-Ikonen, drängte sich die begeisterte Menschenmenge, während der Künstler am anderen Ende der riesigen Freifläche nur als ein winziger Punkt zu sehen war.

Das deutsch-brasilianische Projekt war dem Nationalen Stadtentwicklungsrat CNDU zugeordnet. Politisch ging es darum, in der Stadtplanung eine vorsichtige Dezentralisierung einzuleiten, denn man hatte erkannt, dass der autoritäre Zentralismus an seine Grenzen stieß. Im Fokus standen dabei die mittelgroßen und kleinen Städte, die man in die Lage versetzen wollte, ihre städtebauliche Entwicklung selbst in die Hand zu nehmen. Das Landesinnere sollte so gestärkt, die Wanderungsströme umgelenkt und die großen Zentren – vor allem São Paulo und Rio de Janeiro – entlastet werden. Das entsprach der damaligen Mittelstadt-Politik der Weltbank, die das rasche Wachstum der Südmetropolen durch eine aktive Förderung der mittelgroßen und kleinen Städte zu bremsen versuchte.

Dem Nationalen Stadtentwicklungsrat waren mehrere deutsche Experten zugeordnet, jeder mit einem brasilianischen *Counterpart*, der trainiert und beraten werden sollte. Das Projekt stützte sich auf das ausgezeichnete Image, das die deutsche Stadtplanung mit ihren ausgefeilten Flächennutzungs- und Bebauungsplänen in Brasilien genoss und man wollte von diesem Know-how profitieren. Exekutive Aufgaben, etwa der Entwurf konkreter Stadtentwicklungspläne, waren aber nicht vorgesehen.

Es lief auf die Erarbeitung eines umfangreichen Planungshandbuchs hinaus, das detailliert die einzelnen Planungsschritte vorgab. Mit dieser Anleitung sollten lokale Planer in die Lage versetzt werden, die Ressourcen und Flächenreserven ihrer Stadt zu erfassen, Probleme zu identifizieren und Lösungen zu erarbeiten – das war der Plan. Allerdings war auch dies ein etwas technokratischer *Top-down*-Ansatz, der die tatsächlichen administrativen, sozialen und politischen Verhältnisse in den Mittel- und Kleinstädten ignorierte. Eine echte Dezentralisierung bedurfte nicht nur planerischer, sondern auch politischer Schritte, zu denen das Regime aber noch nicht bereit war. Dies geschah erst einige Jahre später und löste eine wahre „Kreativitätswelle" in vielen kleinen und großen Städten aus.

Während es in den brasilianischen Großstädten gute Universitäten und ausgezeichnete Fachleute gab, fehlten diese in den kleineren Städten fast ganz. Dazu kursierte folgende Anekdote: In einer Kleinstadt baute man auf einem Hügel eine Wasserleitung, aus der aber bei der feierlichen Eröffnung kein Tropfen kam. Der Ingenieur aus der nächstgrößeren Stadt stellte fest, dass man beim Bau das „Gesetz der Gravitation" grob missachtet hatte. Der Bürgermeister dachte lange nach und fragte dann seinen Gemeinderat: „Ist das ein Bundes- oder ein Ländergesetz?". Aber das war womöglich übertrieben, denn nach dem Ende der Diktatur wenige Jahre später taten sich auch etliche kleine Städte mit innovativen Projekten hervor.

Die Verständigung zwischen Deutschen und Brasilianern war gut und die brasilianischen Führungskräfte umgänglich. Claudia und Mariella als unsere direkten Vorgesetzten führten ein freundliches, aber straffes Regiment. Auch sie waren natürlich in die autoritären Strukturen des Ministeriums eingespannt und hatten vor allem Weisungen auszuführen. Wie in anderen lateinamerikanischen Ländern waren die wenigen Frauen, die es in der männerbestimmten Hierarchie weit nach oben geschafft hatten, bemerkenswert selbst- und machtbewusst, so dass man ihnen besser nicht widersprach. Mein *Counterpart* war ein junger Brasilianer. Er zeigte sich entspannt gegenüber dem Regime und arrangierte sich, war aber wie alle jungen Brasilianer überzeugt, dass die Diktatur ein Irrweg war.

Was mich betraf, so hatten mich die 1968er Jahre sozialisiert und die Freiheitskämpfer Afrikas begeistert, deshalb konnte ich es zunächst kaum glauben, nun selbst für ein Militärregime tätig zu sein. Zum Ausgleich suchte ich den

Kontakt zur Universität Brasilia, wo etwas mehr Denkfreiheit zu erwarten war, aber das kam im Ministerium nicht gut an. Die Universitäten waren in der Diktatur ein Fluchtort und Sammelbecken der Opposition, die dort auf bessere Zeiten wartete. Noch viele Jahre später, wenn ich Brasilianer traf und meine Arbeit zur Zeit der Militärdiktatur erwähnte, erschraken einige.

Brasilia war eine Regierungs- und Diplomaten-Stadt und es blieb nicht aus, dass wir in diese Sphäre hineingezogen wurden. Höhepunkte waren die Empfänge in der Deutschen Botschaft – ein schönes Gebäude von Hans Scharoun, dem Architekten der Staatsoper in Berlin – wo die deutschen Experten mit Gattin antreten durften, wenn hochrangige Gäste zu begrüßen waren. Zu unserer Zeit waren dies, unter anderen, der damalige Bundespräsident Carl Carstens, der Außenminister Hans-Dietrich Genscher und der Ministerpräsident Johannes Rau. Ein Botschafts-Attaché führte uns auf dem roten Teppich die Treppe hinauf, wo man uns dem prominenten Gast, dem Botschafter und anderen Persönlichkeiten vorstellte. Es gab Reden zu den ausgezeichneten deutsch-brasilianischen Beziehungen und danach ein festliches Buffet. Ich erinnere mich, dass „Liebfrauenmilch" bei den brasilianischen Gästen als Inbegriff deutscher Weinkultur galt und reichlich konsumiert wurde. Der Botschafter, seine stattliche Frau, zwei blonde Töchter, die auf Silbertabletts Häppchen herumreichten, und ein Schäferhund schienen wie einem diplomatischen Werbefilm entsprungen.

Bald konnten wir in den Salons die Diplomaten von den Experten unterscheiden: Erstere bewegten sich mit lässiger Korrektheit in vielgetragenen Dreiteilern wie Fische im Wasser, während Letztere etwas steif in allzu neuen Anzügen herumstanden. In kleiner Runde gab es gelegentlich Sticheleien, weil sich die Diplomaten, was das Einkommen betraf, im Nachteil gegenüber den Experten sahen. Aber bei allen Privilegien, die sie genossen, waren die Diplomaten nicht zu beneiden. Alkohol war bei den vielen Empfängen nahezu unvermeidlich und nicht wenige hatten ein Problem damit. Auch war es kein Spaß, alle zwei oder drei Jahre in ein anderes Land versetzt zu werden, insbesondere für die Kinder nicht, die häufig ihre Schulen und Freunde wechseln mussten.

Bei einer Unterhaltung kamen wir auf den Reitsport zu sprechen und ein Diplomat bot mir an, gelegentlich sein Reitpferd zu bewegen, weil er kaum Zeit dazu hatte. Trotz meiner ambivalenten Reiterlebnisse in Guyana schlug ich ein und er zeigte mir den Reitclub und sein Pferd. Es war ein routiniertes Springpferd und kaum saß ich im Sattel, hielt es auf eine 2-Meter-Hürde zu. Ich rettete mich, indem ich den Kopf des Pferdes so zur Seite zog, dass es die Hürde nicht mehr sah. Es trabte enttäuscht im Kreis herum und war sichtlich froh, als wir den Stall erreichten und es mich für immer los war.

Es gab einen *International Womens Club*, wo sich die Diplomaten- und Expertenfrauen trafen. Das war für Hellen ein Ort interessanter Begegnungen, die auch zu einigen Freundschaften führten. Im Club, so erzählte sie, drehte sich der *small talk* um Land und Leute, das Woher und Wohin der Familien, um Schulen und Kindergärten, Hausangestellte, Küchenrezepte und Sicherheit. Wichtige Anlaufpunkte für die deutsche *community* waren die *Conditoria Suiza* und der Österreicher Fritz, der ein Spezialitäten-Restaurant betrieb. Die Konditorei und ihre Torten waren stadtbekannt und das Geschäft lief blendend. Das Schweizer Ehepaar besaß ein teures Apartment im Südflügel, schickte ihren Sohn auf ein nobles Schweizer Internat und frequentierte die exklusiven Freizeit-Clubs, wohin wir sie manchmal begleiteten. Dort traf sich die Politik- und Geld-Elite der Stadt und pflegte ihre Privilegien und Interessen.

Die alltägliche Sicherheit war in Brasilia weitgehend gegeben, - ein Vorteil gegenüber Rio de Janeiro, wo man sehr viel risikoreicher lebte. Aber auch in unserer beschaulichen Wohnstraße wurde eines nachts unser Zweitauto, ein VW-Käfer, direkt vor dem Haus gestohlen. Die Diebe schoben das Auto ein Stück die Straße hinunter, wo es aber nicht ansprang und wir es am nächsten Morgen fanden. Ernster war ein Raubüberfall im Nachbarhaus. Als Möbelpacker getarnt, fuhren die Räuber morgens mit einem Kleinlaster vor, klingelten an der Tür und sperrten die *empregada*, die allein zuhause war, ins Bad. In aller Ruhe räumten sie das Haus aus und waren längst verschwunden, als die Polizei in martialisch schwarzen Uniformen und *pumpguns* in der Hand erschien. Weil es sonst aber friedlich war, gewöhnte man sich an das Restrisiko, das es in Brasilia wie in anderen brasilianischen Städten gab.

Ärgerlich war ein bissiger Nachbarhund, der oft frei herumlief und den der Briefträger auf dem Fahrrad jeden Tag aufs Neue mit Fußtritten abwehren musste. Im reichen Lago Sul hielt man sich große Hunde, um Diebe abzuschrecken. Ein Schäferhund geriet hinter seinem Zaun immer außer sich, wenn ich mit dem Fahrrad meine Runden machte. Eines Tages war das Tor offen, der Hund stand auf der Straße und erwartete mich mit gesträubtem Nackenfell. Ich stieg ab und machte mich zum ungleichen Kampf bereit, da gab es einen kräftigen Schlag, der Hund jaulte auf und hinkte in den Garten zurück. Völlig fokussiert aufeinander hatten weder der Hund noch ich das Auto kommen sehen. Ich habe nie erfahren, ob der Fahrer mich bewusst oder zufällig gerettet hat, genoss es jedoch sehr, in den folgenden Tagen am Zaun vorbeizuradeln, hinter dem der Hund mit einer Gipspfote vor seiner Hütte lag und mir vorwurfsvoll nachblickte. Vielleicht wollte er ja nur spielen.

Aber es gab auch echte Gefahren für die Kinder, vor allem die unsicheren Steckdosen und Schwimmbecken. Wir hörten erschreckt von einigen Unfällen und weil unser Pool ohnehin klein, kalt und schwer zu reinigen war, ließ ich schließlich das Wasser ab und überspannte das Becken mit einem Netz.

Anders als in Guyana, wo die Klimakurve eine durchgehende 30 °C-Linie war, gab es in Brasilia eine Regenzeit von November bis März mit Temperaturen um 28 °C und eine kühlere Trockenzeit im Sommer. Bei einer Höhenlage von rund 1000 Metern fielen die Temperaturen im Juni/Juli nachts gelegentlich auf 11 °C, so dass wir uns nach kalten Nächten in dem kaum isolierten und ungeheizten Haus wie Eidechsen in der Morgensonne wärmten. Tagsüber wurde es jedoch heiß und die Sonneneinstrahlung so stark, dass man bei der extrem geringen Luftfeuchtigkeit reichlich trinken musste, um nicht zu dehydrieren. Das war insbesondere bei den Kindern in ärmeren Stadtgebieten ein weit verbreitetes Problem. In der Regenzeit dagegen kam es gelegentlich zu heftigen Sturzregen, so dass die Unterführungen der Stadtautobahn in wenigen Minuten unter Wasser standen, was mitunter gefährlich war.

Was die Versorgungslage betraf, so fehlte es an nichts. Experten durften Luxusgüter importieren, ansonsten wurden diese hoch besteuert. Ausländische Autos konnten wir steuerfrei importieren, aber erst nach mehreren Jahren wieder verkaufen. Zur Warnung erzählte man die Geschichte von einem Experten, der ein teures Auto zollfrei importiert und gleich wieder mit hohem Profit nach São Paulo verkauft hatte. Prompt meldete sich der Zoll und kündigte eine Inspektion an. Um einer Strafe zu entgehen, flog der Betroffene hektisch nach São Paulo, lieh sich das Auto für eine horrende Summe und raste in der Nacht rund 1500 km zurück nach Brasilia, wo er wenige Stunden vor der Inspektion ankam.

In Rio und anderen brasilianischen Städten ging man am Wochenende exzessiv aus, in Lago Sul und Lago Norte machte man es sich bei einem Barbecue am Pool bequem, sofern man nicht in einem Freizeit-Club den Tag verbrachte. Während die gehobenen Schichten an den Feiertagen aus der Öffentlichkeit verschwanden, machten sich viele Familien aus den armen Vorstädten, wo es kaum Grünflächen und Freizeitangebote gab, zu einem Sonntagsausflug nach Brasilia auf, um auch einmal am großzügigen Ambiente des *Plano Piloto* teilzuhaben. Man spazierte mit den Kindern die Monumentalachse entlang, wo es auch einen Vergnügungspark gab, besuchte den Folklore-Markt, das Kino oder eine Pizzeria.

Beliebt waren die *churrascarias*, riesige und teure Fleisch-Tempel, wo man in einer stundenlangen Prozedur große Mengen gegrilltes Rindfleisch verzehrte. Das fing mit diversen Vorspeisen an, dann trugen uniformierte Kellner die mit einer feinen Salzkruste überzogenen Rinderteile in den Saal, wo die Gäste mit Kennerblick ihre Auswahl trafen. Es ging dabei nicht nur um ein gutes Rinderfilet, sondern um ein Dutzend unterschiedliche Fleischvarianten, die ein erfahrener Kellner je nach Wahl mit chirurgischer Präzision aus dem Rinderteil herausschnitt. Auf dem Tisch lag ein rot-grüner Würfel und solange der Würfel Grün anzeigte, trugen die Kellner unermüdlich immer neue Rinderhüften und Schulterstücke heran. Es war ratsam, sich auf eine solche Fleisch-Orgie nur an Feiertagen einzulassen.

Wo immer sich vor den Restaurants und Einkaufszentren Wohlstand zeigte, gab es Kinder und Jugendliche, die für ein paar *Cruzeiros* Einkäufe trugen, das Auto bewachten oder Kleinigkeiten verkauften. Auch vor dem Panoramafenster der *churrascaria* standen oft ärmlich gekleidete Kinder und blickten hinein, was uns gelegentlich den Appetit verschlug. Die brasilianische Mittel- und Oberschicht hatte längst die Fähigkeit entwickelt, über das Elend hinweg- oder hindurchzusehen, soweit sie überhaupt damit in Berührung kam, denn jedem war klar, dass der eigene komfortable Status auch auf der Existenz einer billigen, stets verfügbaren Unterschicht beruhte.

Brasilia war eine moderne Stadt mit einer nüchternen Atmosphäre, zu der die traditionelle Religiosität der Brasilianer einen gewissen Ausgleich bot. Auch deshalb hatte

man die Kathedrale direkt ins Regierungsviertel gebaut, um diesem eine höhere Weihe zu verleihen. In den Satellitenstädten waren – wie in allen Armenvierteln und Favelas in Brasilien – die evangelikalen, aus den USA importierten und finanzierten Sekten auf dem Vormarsch.

Schaute man genauer hin, dann konnte man auch unter Brasilias Bürokraten manchen Esoteriker entdecken, so als wollte man die kühle Rationalität der Stadt durch eine höhere Sinngebung kompensieren. Vernünftige Menschen, die wochentags hinter Schreibtischen und Bankschaltern saßen, fuhren am Wochenende zu den seltsamsten Orten, um sich merkwürdigen Ritualen zu widmen. Angeblich hatte man irgendwo in der Hochebene sogar eine Landeplattform errichtet, um die *extraterrestres* – die Außerirdischen – anzulocken.

Viele glaubten fest an die besondere Spiritualität dieser Stadt, die aus dem Nichts heraus mitten im Hochland entstanden war. Es passte dazu, dass schon 1883 der brasilianische Mönch Dom Bosco in einer Prophezeiung von der „Quelle einer neuen Zivilisation" und einer strahlend weißen Stadt in der unendlichen Weite der Hochebene träumte. Er wurde zum Lokalheiligen der Stadt erklärt und mit einer kleinen Kapelle geehrt, entworfen natürlich vom Meister Niemeyer persönlich.

An den Wochenenden machten wir Ausflüge in die ländlichen Kleinstädte und nach Goiânia, der 1933 neu geplanten Hauptstadt des benachbarten Bundesstaates Goiás. Der Kontrast zwischen der rationalen Planstadt Brasilia und den traditionellen Orten der Region war reizvoll, auch wenn man sich in der Hauptstadt über übermäßigen Großstadtstress nicht beklagen konnte. Verließ man den Bundesdistrikt, so zogen sich entlang der Landstraße endlose Selbstbaugebiete hin, in denen die arme Bevölkerung und Zuwanderer siedelten, die in den Satellitenstädten keinen Platz mehr fanden. Als ich einmal Gelegenheit hatte, mit einem Kleinflugzeug über den D.F. zu fliegen, war ich schockiert von den endlosen Grundstücksrastern der irregulären oder „heimlichen" Siedlungen.

Bewegte man sich weiter in die Hochebene hinein, dann fuhr man stundenlang an Stacheldrahtzäunen entlang, die das Territorium der großen Rinderfarmen markierten und man ahnte, warum eine kleine Schicht von Landbesitzern die Politik Brasiliens entscheidend mitbestimmte. Es war der Traum einiger Kollegen, auch eine kleine *fazenda* zu besitzen, aber man brauchte zum Landkauf einen zuverlässigen brasilianischen Partner, der nicht irgendwann mit einem cleveren Anwalt das Land für sich reklamierte.

Auch nach zwei Jahren hatten wir das riesige Land mit seiner regionalen Vielfalt noch kaum kennengelernt. Wir machten kurze Reisen nach São Paulo, Rio de Janeiro und Salvador, was aber weit entfernt von einer gründlichen Landeskenntnis war.

III.

Zwischenspiel

Stadtforschung in Lateinamerika
Mexiko und Peru

12 Wie alle Stationen zuvor war Brasilia eine wertvolle Erfahrung, aber nach acht Jahren als beratender Experte für Wohnungs- und Städtebau im Ausland fühlte ich mich fachlich etwas ausgebrannt. Die Konzepte und Praktiken in der Stadtplanung hatten sich verändert und es gab neue, wegweisende Projekte in Europa und anderswo, die man im „Außendienst" kaum mitbekam.

Kurzum: Ein intensiver fachlicher Input tat Not, um auf der Höhe der Diskussion zu bleiben. Deshalb schrieb ich mich – altersmäßig etwas verspätet – an der Universität Karlsruhe ein und begann eine Dissertation zum Thema „Stadtplanung in Brasilien". Inzwischen hatte sich das Fach „Planen und Bauen in Entwicklungsländern" auch in Karlsruhe etabliert und so erhielt ich einen Lehrauftrag. Gleichzeitig stellten wir einen Forschungsantrag, um das Thema „Stadtplanung in Lateinamerika" zu vertiefen. 1986 war die Promotion abgeschlossen und der Forschungsantrag bewilligt – die „Erfindung" eines neuen, spannenden Jobs war gelungen und die Tür nach Lateinamerika stand weit offen.

Es ging um die lateinamerikanischen „Mittelstädte", womit die mittelgroßen Städte und regionalen Zentren gemeint waren. Geplant war eine Reihe von Fallstudien in Mexiko und Peru, deshalb reiste ich nach Mexiko, um geeignete Forschungspartner zu finden. Dazu bot sich die UNAM an, die Nationale Autonome Universität von Mexiko. Das bedeutete eine Umstellung von Portugiesisch auf Spanisch, was mir auch relativ schnell gelang, denn Spanisch ist, zumindest was die Aussprache betrifft, einfacher als Portugiesisch. Allerdings war es schwierig, die sehr ähnlichen Sprachen sauber voneinander zu trennen, ohne in *„Portañol"* zu verfallen. Das Vokabular war weitgehend identisch, aber es gab Ausnahmen, die man beachten musste, wie ich schnell feststellte. So heißt etwa „Forschung" im Portugiesischen *pesquisa*, was im Spanischen aber eine „polizeiliche Untersuchung" bedeuten kann. Kein Wunder also, dass meine mexikanischen Gesprächspartner erschraken, als ich ihnen eine *pesquisa* in den Mittelstädten vorschlug. Wahrscheinlich dachten sie dabei an Drogen und an die Korruption im Lande.

Aber das Missverständnis löste sich bald auf und ich fand eine Kooperationspartnerin in Gestalt von Prof. Estefanía, Architektin und dienstälteste Stadtplanerin im Lande. Die ältere Dame stammte aus einer bekannten *familia revolucionária*, die in der Mexikanischen Revolution von 1930 eine wichtige Rolle gespielt hatte, was ihr noch zwei Generationen später gesellschaftliches Gewicht verlieh. Ihr Vater war in den 1960er Jahren Minister für Hydraulik, ein wichtiges Amt im semi-ariden Mexiko. Mit dieser Partnerin öffneten sich viele Türen. Sie ergriff sofort die Zügel und hatte auch schnell zwei junge Kollegen bei der Hand, die an der Forschung mitarbeiten sollten.

Das Mittelstadt-Projekt passte gut in die politische Landschaft, denn Mexiko verfolgte ähnlich wie Brasilien eine Politik der Dezentralisierung, um den Zuwanderungsdruck auf die Hauptstadt zu bremsen. Man wollte vor allem die Hauptstädte der Bundesstaaten oder *estados* stärken, was neben der wirtschaftlichen Entwicklung eine geordnete Stadtplanung erforderte. Unser Projekt wollte herausfinden, ob und wieweit es in den regionalen Zentren schon eine eigenständige Stadtplanung gab. Mit *SEDUE (Secretaría de Desarrollo Urbano y Ecología)* gab es ein zentrales

Organ, das vor Jahren in einem *Top-down*-Verfahren einige Hundert lokale Entwicklungspläne für praktisch alle mexikanischen Groß-, Mittel- und Kleinstädte erarbeitet hatte. An Plänen fehlte es daher nicht, Probleme machten aber auf lokaler Ebene die fehlende Aktualisierung, die rechtliche Verankerung und praktische Durchsetzung der schnell und schematisch produzierten SEDUE-Pläne.

Anders als die Portugiesen in Brasilien hatten die Spanier bei der Kolonialisierung Mexikos das Land schon früh und strategisch mit Städten, Klöstern und militärischen Stützpunkten überzogen. Schon um 1542 erließ der spanische König ein Städtebaugesetz für die „indischen Territorien" *(Leyes de las Indias)*, denn man glaubte, irgendwo in Ost-Indien gelandet zu sein. Das Gesetz regelte die Gründung neuer Städte bis ins Detail und Grundlage war stets ein Schachbrett-Grundriss mit dem Hauptplatz oder *Plaza Mayor* als Mittelpunkt, wo die Kirche oder Kathedrale und die öffentlichen Gebäude ihren Platz hatten. Die Wohnhäuser waren klassische Hofhäuser vom noblen Herrenhaus im Zentrum bis zum einfachen Lehmhaus am Stadtrand. Das straffe Schachbrett-Muster der Kolonialstädte hatte viele praktische Vorteile und signalisierte darüber hinaus, dass man nun das Mittelalter hinter sich gelassen hatte und in eine neue, moderne Epoche eintrat, was auch eine rationale und aufgeklärte Stadtgestalt verlangte.

Für die Fallstudien wählten wir einige regionale Hauptstädte aus: Puebla, Veracruz, León, Aguascalientes, Querétaro, Mérida und Oaxaca. Auf mehrere Aufenthalte verteilt, setzte eine rege Reiseaktivität kreuz und quer durch Mexiko ein, wobei wir in der Regel einige Tage in einer Stadt Station machten, um Interviews mit den Planungsämtern zu führen und, soweit es die Zeit zuließ, auch die Städte besichtigten. Das war die schnellste und umfassendste Einführung in die Städte und Landschaften der mexikanischen Provinz, die ich mir wünschen konnte und noch heute gehören diese Reisen zu den schönsten Erinnerungen, die ich an Lateinamerika habe.

Puebla in der Nähe von Mexiko-Stadt war bereits eine bedeutende Millionen- und Industriestadt mit einem großen Volkswagen-Werk. In Veracruz, der wichtigsten Hafenstadt Mexikos, stachen früher mit Gold und Silber beladene Segelschiffe in See, was auch Piraten anlockte, die die Stadt gelegentlich heimsuchten. León nordwestlich von Mexiko-Stadt lag in einem fruchtbaren Flusstal. Der Anteil indigener Bevölkerung war hoch und verlieh der Stadt eine besondere Atmosphäre, ebenso die nahegelegene Sierra, wo es noch alte Silberminen gab. Aguascalientes wurde im 16. Jahrhundert als Stützpunkt gegen die kriegerischen Chichimeken gegründet und war nun eine florierende Industriestadt mit großen Autowerken. Querétaro war ebenfalls eine schnell wachsende Industriestadt mit einer schönen Altstadt, wo 1868 die Mexikanische Revolution mit der Exekution des von Napoleon eingesetzten Kaisers Maximilian I. ihren Abschluss fand.

Mérida auf der Halbinsel Yukatan stand auf den Ruinen einer Maya-Stadt und war das touristische Sprungbrett zu den berühmten Maya-Städten Chitzen Itza und Uxmal. Oaxaca, eine ländlich geprägte Stadt, zog mit ihrer indige-

nen Bevölkerung, farbigen Märkten und den Pyramiden von Monte Alban ebenso Touristen an. Die Stadt lag in der zerklüfteten Sierra Madre del Sur, was den Eroberer Hernán Cortés dazu inspirierte, vor Kaiser Karl V. ein Blatt Papier in der Faust zu zerknittern, als dieser fragte, wie denn die neue Kolonie aussah. Der Abenteurer Cortés wurde später Herzog von Oaxaca und einer der reichsten Adeligen Spaniens, politisch aber mehr oder weniger entmachtet.

Diese Reisen machten mich zu einem begeisterten Bewunderer der alten Kolonialstädte. Es war ein pures Vergnügen, auf einer Plaza zu sitzen, umgeben von einer historischen Architekturkulisse und mich dem entspannten provinziellen Rhythmus der Stadt hinzugeben. Oft sah man von der zentralen Plaza aus am Ende der geradlinig verlaufenden Straßen die umliegenden Berge. Der Tag fing in der Provinz früh an, um die Mittagszeit flauten die Aktivitäten ab und kamen für drei oder vier Stunden ganz zum Stillstand, bis das Geschäftsleben am späten Nachmittag wieder erwachte. Dabei ging es farbenfroh und lebendig zu, aber ohne Hektik, obwohl einige regionale Zentren bereits eine Bevölkerung von einer halben Million erreicht hatten.

Man sah aber auch, dass sich die Städte mitten in einer Transformation befanden: Mehrgeschossige Gebäude verdrängten die traditionellen Häuser, der Verkehr staute sich in den Hauptstraßen und man baute Umgehungsstraßen, um den Stadtverkehr zu entlasten. Das beschleunigte die Bauaktivitäten am Stadtrand, wo überall neue *Shopping Malls*, Industrie- und Wohngebiete entstanden, von exklusiven Villenvierteln über die *conjuntos habitacionales* des Sozialen Wohnungsbau bis hin zu den Selbstbausiedlungen der *colonias populares*.

Die Interviews in den Planungsämtern fanden in der Regel morgens statt, so dass wir oft vor Sonnenaufgang in Mexiko-Stadt starteten. In den kleinen Maschinen, die frühmorgens in die Provinzstädte flogen, saßen vor allem Regierungsbeamte und Geschäftsleute, die ihre Termine in der Provinz wahrnahmen und am Nachmittag wieder zurück in die Hauptstadt flogen. Meine Erlebnisse und Eindrücke auf diesen Reisen hätten ein eigenes Buch verdient, aber belassen wir es bei einigen Episoden. Es fing damit an, dass mein Kollege jedes Mal, wenn wir landeten und er die klare und reine Provinzluft einatmete, einen schweren Hustenanfall bekam. Er führte das auf Entzugserscheinungen zurück, weil seine Lunge die gewohnte Dosis Ozon, Blei und Feinstaub von Mexiko-Stadt vermisste.

Wir flogen nach Merida, wo wir uns telefonisch angemeldet hatten und wegen unserer verspäteten Ankunft vom Flughafen aus mit dem Rathaus telefonierten. Die Dame am Telefon teilte uns aufgeregt mit, dass der Gouverneur, der Bürgermeister, das Fernsehen und viele wichtige Leute schon auf uns warteten. Wir waren alarmiert. Als wir den Sitzungssaal betraten, saßen dort alle, die in Merida Rang und Namen hatten und sahen uns gespannt an. Fernsehreporter bedrängten uns und mein Kollege gab irritiert ein Statement zur mexikanischen Stadtpolitik ab. Dann erklärte er unser harmloses Anliegen, das schlicht und ergreifend darin bestand, ein Interview mit dem lokalen Stadtplaner zu führen. Das Interesse erlosch schlagartig, die Versammlung löste sich umgehend auf, Fernsehen, Gouverneur und Bürgermeister verschwanden.

Später kamen wir dem Phänomen auf die Spur: Die Sekretärin hatte am Telefon *inversión* statt *investigación* verstanden, also „Investition" statt „Forschung" und nun war man bitter enttäuscht, dass wir keine deutschen Investoren waren, die in Merida Ähnliches vorhatten wie in Puebla, wo Volkswagen eine gigantische Autofabrik gebaut hatte. Mein Kollege wartete am nächsten Morgen nervös auf die Zeitung, denn er fürchtete, dass ihn sein stadtpolitisches Statement im Fernsehen den Job kosten könnte. Außer einer winzigen Notiz fanden wir jedoch nichts.

Am Nachmittag hatten wir dann den gewünschten Termin und besuchten danach die berühmten Maya-Städte Chitzen Itza und Uxmal. Auf dem Weg dorthin fuhren wir durch Dörfer, wo die Nachfahren der alten Mayas vor den Hütten und Häusern saßen, die Frauen in blütenweißen, bunt bestickten Baumwollkleidern, die Gesichter mit markanten Nasen und einer langen, zurückweichenden Stirn wie auf den Steinreliefs der alten Tempel. Die Stufen der Pyramiden waren so schmal und steil, dass man zwar gut hinauf-, aber nur mit Schwierigkeiten wieder hinunterkam. Mich hätte sehr die Klettertechnik interessiert, die einst die Maya-Priester benutzten, wenn sie ihre Opfer hinaufschleppten. Vielleicht waren die Stufen so schmal, weil auch die Mayas deutlich kleiner waren als wir heute, ähnlich wie die Menschen im Mittelalter.

Ereignisreich waren auch die Reisen mit Prof. Estefanía., die in ihrer zupackenden Art so viele Termine an einem Tag vereinbarte, dass es jedes Mal sehr hektisch wurde. Die meisten dieser Treffen waren privat, bei Senatorenwitwen und pensionierten Regierungsbeamten, die wie sie Nachkommen einer *familia revolucionária* waren. Höhepunkt war ein Besuch in Matamoros an der Grenze zu den USA, weil es dort ein Denkmal ihres Vaters gab. Mehr als die kleine Statue beeindruckte mich der Rio Grande, der kurz vor der Mündung in den Atlantik nur noch ein Rinnsal war, weil man dem Fluss Unmengen Wasser für die umliegende Landwirtschaft entzog. Natürlich hatten sich die USA in einem alten Vertrag ein Vielfaches dessen gesichert, was man Mexiko zugestand, wie bei allen Verträgen zwischen den beiden Ländern.

Diese Reise brachte mich beinahe in große Schwierigkeiten, denn Matamoros wurde als Grenzstadt von der *Policía Federal* überwacht, weil es hier Drogen- und Waffenschmuggel gab. Ich hatte keinen Pass bei mir, weil ich diesen bei Inlandreisen normalerweise nicht brauchte. Hier war es jedoch klar, dass man mich als Ausländer ohne Papiere festnehmen würde und so musste eine unkonventionelle Lösung her. Prof. Estefanía mobilisierte einen Familienfreund, der uns auf verschlungenen Wegen zum Flughafen fuhr. Dort angekommen, sollte ich einen bestimmten Polizisten ansteuern, der dann auch prompt zur Seite blickte, damit ich durchschlüpfen konnte – eine typisch mexikanische Lösung, die wunderbar funktionierte.

Prof. Estefanía hatte viele bedeutende Freunde im Land und einer davon war Gouverneur von Michoacán und mehrmaliger Präsidentschaftskandidat. Er lud uns bei einem Besuch in Mexiko-Stadt ein, ihn bei seinem Rückflug nach Morelia zu begleiten. Es war ein winziges Privatflugzeug mit vier Sitzen und das Wetter so schlecht, dass man in den Wolken kaum etwas sah. Das kleine Flugzeug taumelte, das Gespräch verstummte und der Pilot vor uns hatte alle Hände voll zu tun, um die Kontrolle zu behalten. Der Gouverneur, der indigene Vorfahren hatte, saß mit stoischem Azteken-Gesicht in seinem Sitz und hing seinen Träumen von der Präsidentschaft nach, Prof. Estefanía war blass und ungewöhnlich schweigsam, während ich unsere Forschung auf dramatische Weise beendet sah.

Aber der Flug wurde ruhiger und wir landeten in Morelia. Wir trafen den Gouverneur noch einmal in seinem Haus,

wo er sich mit Prof. Estefanía lange über die mexikanische Politik unterhielt. Weil ich dazu nicht viel sagen konnte, plauderte ich mit seinen beiden Töchtern, die uns bewirteten – Mexikanerinnen wie aus dem Bilderbuch. Ich fragte mich wieder einmal, warum im mexikanischen Fernsehen fast nur amerikanisierte *Fake*-Blondinen auftraten, wo es doch in diesem Land so viele ausdrucksstarke mexikanische Frauen gab. Wir besuchten noch die malerische Insel Patzcuáro und flogen sicher und komfortabel mit Aéromex zurück in die Hauptstadt.

Eine weitere Reise führte uns nach Oaxaca, der Hauptstadt des gleichnamigen Bundesstaates im gebirgigen Südwesten Mexikos. Nach den Interviews im Rathaus besuchten wir Monte Alban, eine gut erhaltene Pyramiden- und Tempelanlage der alten Zapoteken, die hier im 5. bis 8. Jahrhundert ihre Hauptstadt hatten. Monte Alban war seit 1987 ein Weltkulturerbe und lag auf einem abgeflachten Hügel in einem fruchtbaren, von Vulkanbergen umgebenen Tal. Wir schauten uns die Pyramiden an, das Observatorium, die Grabkammern und andere Kultbauten. Es gab nur wenige Besucher und wir konnten uns ungestört in die Magie dieses Orts versenken. Mir fiel auf, dass aus einer entfernten Bergkette ein Vulkankegel wie eine Projektion der großen Pyramide herausragte, auch die Konturen der anderen Pyramiden und Tempel schienen sich in den umliegenden Bergen zu spiegeln. Hatten die Zapoteken mit Monte Alban ein riesiges, dreidimensionales Modell ihres Tals erschaffen, um dort ihre Regen- und Fruchtbarkeitsrituale zu vollziehen? Wir wussten es nicht und es wäre auch zu schön gewesen, die mexikanische Archäologie mit einer neuen These zu überraschen.

Und weil wir einmal dabei waren, spekulierten wir über ein anderes Phänomen: Die alten Mexikaner hatten die religiöse Pflicht, ihre Pyramiden regelmäßig zu erneuern und so legten sie in längeren Abständen Schicht auf Schicht, bis hin zu den riesigen Bauwerken, die man heute sieht. Rein quantitativ wuchs damit das Arbeitsvolumen für jede Generation gewaltig an. Es war ebenso bekannt, dass die Bewohner Monte Albans und andere indigene Völker ihr Tal und ihre Pyramiden gelegentlich abrupt und aus unbekannten Gründen verließen. Konnte es sein, dass die Menschen, erschreckt von der nie endenden Sisyphusarbeit an den stetig wachsenden Pyramiden, irgendwann ihr Gut und Habe zusammenpackten und in ein Nachbartal zogen, um den Zyklus wieder von vorn mit einer kleinen Pyramide zu beginnen?

Das war rational gedacht, aber offenbar hatte die profane These *Cocijo*, den Regengott der alten Zapoteken, so empört, dass bei unserer Rückkehr in die Stadt ein fürchterlicher Sturm losbrach. Es dauerte nur Minuten, bis das Wasser kniehoch durch die Straßen schoss und wir Mühe hatten, uns an den Mauern entlang zum Hotel zu hangeln. Am nächsten Morgen strahlte der Himmel wieder in unschuldigem Blau, wie fast immer in der mexikanischen Provinz.

In Tlascala, einer kleinen Nachbarstadt von Mexiko-Stadt, fand gerade der „Kongress der Architekten Lateinamerikas" statt, ein Treffen von einigen Hundert Architekten und Architektinnen aus dem ganzen Kontinent von Mexiko bis Argentinien, auch einige Karibik-Inseln waren dabei. Man hatte sich mit Tlascala ein besonders pittoreskes Ambiente ausgesucht, allerdings hatte die Stadt eine ambivalente Rolle in der mexikanischen Geschichte gespielt, denn die Tlascalteken stellten bei der *conquista*, der Eroberung Mexikos, die Hilfstruppen für die Spanier. Das tat dem Ereignis aber keinen Abbruch und ich erlebte einen Kongress, der eher ein dreitägiges Latino-Fest war, mit einer überbordenden Fröhlichkeit, die alle mitriss. Bis auf die Brasilianer sprach man Spanisch, aber ich war verblüfft, wie variabel diese Sprache war. Da gab es die temperamentvollen Schnellsprecher aus Kuba und Argentinien, denen ich nur mit Schweißperlen auf der Stirn folgen konnte, dann das eher gemächliche Spanisch der Mexikaner und Peruaner, möglicherweise bedingt durch das weniger extrovertierte indigene Erbe.

Zum Abschluss veranstaltete man eine *corrida*, einen Stierkampf, der in Mexiko ohne Matador stattfindet, also ein unblutiges Schauspiel von animalischer Kraft und menschlicher Geschicklichkeit ist. Als Höhepunkt trieb man einen Jungstier in die Arena und suchte einen Freiwilligen, um das eher harmlose Tier mit einem roten Tuch zu reizen. Natürlich kam Prof. Estefanía auf die Idee, dass ich ein geeigneter Kandidat wäre, denn ein vor einem kleinen Stier flüchtender *gringo* wäre sicher ein amüsantes Schauspiel gewesen. Aber ich amüsierte mich lieber über andere, die sich in der Arena versuchten.

Unsere Feldstudien führten zu dem Ergebnis, dass es in den mexikanischen Provinzstädten eine überraschende Vielfalt an Planungskonzepten und -praktiken gab. Diese reichten von einer anspruchsvollen „integrierten Gesamtplanung", die aber selten zu einem konkreten Abschluss kam, über konventionelle Flächennutzungspläne bis hin zum pragmatischen *action planning* und kurzfristigen ad-hoc-Aktionen. In einigen Städten waren die veralteten SE-

DUE-Pläne nach wie vor die einzige Planungsgrundlage, die mehr oder weniger unbeachtet in den Regalen stand. In Aguascalientes gab es eine etwas raffiniertere Planungsvariante: Dort hatten sich die lokalen Architekten und Stadtplaner sozusagen verbündet, um die manchmal erratischen Projektideen des Bürgermeisters einzudämmen und gemeinsam längerfristige Planungsziele durchzusetzen.

Es wurde deutlich, dass die Probleme der Stadtplanung weniger auf technischer, sondern auf institutioneller und politischer Ebene lagen. Viele Pläne verschwanden in der Schublade, wenn ein neuer Bürgermeister ins Amt kam, denn jeder Bürgermeister dekorierte die Pläne seiner Amtszeit überdeutlich mit seinem Namen, was die Nachfolger wenig motivierte, diese weiter zu verfolgen. Andere und gut ausgearbeitete Pläne blieben jahrelang unverbindlich, weil einflussreiche Landbesitzer die rechtliche Fixierung im Gemeindeparlament blockierten. Der übliche Status der Pläne war *en proceso* – in Bearbeitung – weil dies mehr Spielraum für spekulative Geschäfte enthielt als ein rechtlich verbindlicher Plan.

Auch die Gouverneure der Bundesstaaten, die politisch weit mächtiger waren als die Bürgermeister und lokalen Planungsämter, mischten sich gerne in die Stadtplanung ein. Das ging gelegentlich so weit, dass der Gouverneur es nicht für nötig hielt, uns an das lokale Stadtplanungsamt weiterzuleiten, denn das war aus seiner Sicht völlig unbedeutend. Generelles Fazit war, dass die Dezentralisierung zwar erfolgreich bei den *estados* und ihren Gouverneuren angekommen war, diese ihre neuen Kompetenzen und Ressourcen aber nur zögernd oder gar nicht mit den *municipios* teilten.

13

Der zweite Teil des Mittelstadt-Projekts war die Fallstudie Peru. Unser Forschungspartner war Prof. Williams, ein Urgestein im peruanischen Städtebau und gut vernetzt im ganzen Land. Auch hier nahmen wieder zwei junge peruanische Architekten an den Feldstudien teil. Wie in Mexiko die Azteken und andere vorspanische Kulturen, so waren in Peru die Inkas mit ihren eindrucksvollen Ruinen immer präsent. Das gab Reisen in diesen Ländern eine historische Dimension, die jeden faszinierte, der sich für die dramatische Eroberung und Zerstörung der altamerikanischen Hochkulturen interessierte.

Verglichen mit Mexiko-Stadt war Lima deutlich farbloser, oft hingen Nebel und Wolken monatelang über der Stadt. Aber es regnete so gut wie nie, denn die vom Humboldt-Strom abgekühlte Pazifik-Luft regnete sich nicht in der Küstenebene, sondern im Hochland der Anden ab. Die Küste war eine Wüste und die Städte waren Flussoasen, die vom Wasser lebten, das von den Anden herunter in den Pazifik floss.

Lima wurde auf den Ruinen einer alten Kultur erbaut, die lange vor den Inkas existierte. Mit dem typischen kolonialen Schachbrett-Muster und einer eindrucksvollen *Plaza Mayor* war Lima 300 Jahre lang Sitz der spanischen Vize-Könige und Zentrum des spanischen Kolonialreichs in Mittel- und Südamerika. Das Inka-Gold und Silber wurden von hier aus nach Spanien verschifft, - eine Epoche, die viele prächtige Paläste und Kirchen hinterlassen hat. Um 1987 hatte Lima rund vier Millionen Einwohner und war weit über die Kolonialstadt hinausgewachsen. Die Mittel- und Oberschicht lebte in exklusiven Apartments in Miraflores und hatte das *Centro Histórico* weitgehend den unteren Schichten überlassen und Teile der Altstadt waren ein riesiger Straßenmarkt.

Die Berghänge waren mit ärmlichen Selbstbausiedlungen bedeckt, in denen ein großer Teil der Stadtbevölkerung

lebte. In vielen Ländern Lateinamerikas ging man mit den improvisierten Selbstbausiedlungen mehr oder weniger restriktiv um, in Peru jedoch gab es diesbezüglich eine tolerante Politik, was schon die offizielle Bezeichnung *pueblos jovenes* oder „junge Siedlungen" deutlich machte. Die Stadtregierung kooperierte mit den wohnungssuchenden Massen und von Zeit zu Zeit, wenn sich die Wohnungsnot und der soziale Druck in Lima angestaut hatten, besetzten Zehntausende von gut organisierten Menschen eine Wüstenfläche, um eine neue Siedlung zu gründen. Solidarische Architekten sprangen der Landnahme bei und lieferten einen Plan, nach dem die Fläche auf einfache Art in Straßen, Quartiere und Grundstücke aufgeteilt wurde.

Der Hausbau begann mit schlichten Schilfmatten, ein Dach brauchte man nicht, weil es nie regnete. Nach Monaten verfestigten sich die Hütten zu Baustellen und nach mehreren Jahren hatte sich das Schilfhütten-Camp in eine rudimentäre Siedlung verwandelt. Nach weiteren zwei oder drei Jahrzehnten kontinuierlichen Ausbaus wuchs ein veritabler, wenn auch ärmlicher Stadtteil heran, der dann in die Hauptstadt eingegliedert wurde.

Das enorme Ausmaß des sogenannten „informellen Bauens" zeigte sich 30 Kilometer von Lima entfernt in Villa el Salvador. Die Besetzung der Fläche begann um 1970 und als ich den Ort 1987 zum ersten Mal besuchte, sah ich einen endlosen, betongrauen Siedlungsteppich mit regelmäßig angelegten Straßen und Quartieren. Das „junge Dorf" hatte schon über 100 000 Einwohner und die Hauptstraßen waren mit Läden und Dienstleistungen besetzt, darunter auch eine kleine Sprachschule mit dem stolzen Namen *Academía Max Planck*. Müllautos fuhren herum, auf denen „Stadtreinigung Darmstadt" stand, offenbar die Spende einer deutschen Hilfsorganisation. Viele Häuser waren noch eingeschossig, aber die aufragenden Betonstützen signalisierten, dass sich die „bewohnten Rohbauten" demnächst in zwei- bis dreistöckige Wohnhäuser verwandeln würden. Bei einem weiteren Besuch viele Jahre später war Villa El Salvador bereits eine gut konsolidierte Vorstadt mit 300 000 Menschen und ein eigenständiger Stadtbezirk.

Unsere erste Fallstudie war Chimbote, eine kleine Küstenstadt mit einem Fischerhafen. Es war eine arme Stadt, denn infolge der veränderten Meeresströmung, auch *El Niño* genannt, war die Fischerei zusammengebrochen und die Flotte lag rostend im Hafen. Das Planungsamt bestand aus einer Person und einem Raum, in dem sich ein fingerdick mit Staub bedeckter Entwicklungsplan in mehreren Bänden stapelte, den ein UN-Team vor Jahren erstellt hatte. Die Planungsverantwortung trug hier wie in vielen kleinen Städten ein Ingenieur, denn es war wichtiger, dass Wasser aus der Leitung kam und weniger wichtig, wie geordnet oder schön die Stadt sonst noch war.

Der Ingenieur erklärte uns sein Planungskonzept, das man euphorisch als „passive Planung" bezeichnen könnte, denn er registrierte schlicht die selbstorganisierte Landnahme der wohnungssuchenden Menschen, die ein Stück Wüste mit ihren Schilfhütten besetzten. Er trug die neue Siedlung in eine Karte ein, um später für den Anschluss an eine Wasserleitung und für andere elementare Infrastrukturen zu sorgen, was aber in der Regel viele Jahre dauerte. Diese elementare Einfachheit des Städtebaus war natürlich nur möglich, weil es in der Wüste kaum Konflikte mit privaten Bodenbesitzern und anderen Nutzungen gab.

Wir besuchten die Küstenstadt Ica mit den beeindruckenden Ruinen von Chan Chan, der alten Hauptstadt der Chimi, die hier vor der Eroberung durch die Inkas lebten. Von dort fuhren wir nach Trujillo, einer typischen Kolonialstadt, die wie viele peruanische Städte mehrmals von Erdbeben zerstört und wieder aufgebaut worden war. Wir führten unsere üblichen Interviews und sahen uns die Stadt an. In einem Restaurant aßen wir *ceviche*, ein Nationalgericht aus rohem Fisch, Zwiebeln, Salat und Limonensaft, das zwar gut schmeckte, aber den Konsumenten außer Gefecht setzen konnte, wenn es nicht mehr ganz frisch war.

Es wurde spät und das vorgesehene Hotel war ausgebucht, so dass wir uns auf die Suche nach einer anderen Unterkunft machten. Es war schon dunkel und wir hielten das Taxi am ersten Hotelschild an, das wir sahen. Am Empfang stand eine ältere, hexenartige Person, die uns misstrauisch musterte und mit einer abfälligen Kopfbewegung auf die kleinen Kammern zeigte, die sich an einem langen Flur aufreihten. Es war kein anderer Gast zu sehen. Die Räume waren klein, unaufgeräumt, fensterlos und nur durch eine dünne Holzwand, die nicht einmal bis zur Decke reichte, voneinander getrennt. Es war nicht ideal, aber spät, das Taxi weg und wir waren müde. Für eine Nacht musste es reichen, dachten wir, belegten zwei Kammern und unterhielten uns noch eine Weile durch die dünne Wand.

Endlich schlief ich ein und träumte wild von fremdartiger Musik, lauten Stimmen und Gelächter. Ich wachte auf, es war weit nach Mitternacht und stellte fest, dass sich die Herberge inzwischen mit einem feiernden, angetrunkenen und rauen Publikum gefüllt hatte. Jemand hämmerte an die Tür, ich öffnete und sah die „Hexe" in einer Weise gestikulieren, die nur bedeuten konnte: „Haut so schnell wie möglich ab!". Ich begriff, dass sich hier die Unterwelt der Stadt zu einer Drogenparty traf, und so rafften wir unser Gepäck zusammen und stürzten aus dem Haus. Nun standen wir auf der dunklen Straße in einem desolaten Viertel, sahen obskure Gruppen an den Hausecken und es war ausgeschlossen, zu Fuß und mit Gepäck durch das Viertel zu laufen. Die Rettung kam in Gestalt eines Taxis, es hielt an und wir fuhren in das ausgebuchte Hotel zurück, wo wir den Rest der Nacht in den Foyer-Sesseln zubrachten.

Die nächste Station war Arequipa, bekannt durch die weiße Kalkstein-Architektur und den Vulkan Misti, dessen schneebedeckter Gipfel eindrucksvoll im Hintergrund aufragte. Wie andere spanische Kolonialstädte besaß Arequipa das vertraute Ensemble einer von Kolonaden umrahmten *Plaza Mayor* mit einer Kathedrale und einem prächtigen Rathaus oder *Palacio Municipal*. Dieser „Stadtpalast" war gewöhnlich unser erstes Ziel, um uns vorzustellen und die Interviews zu führen. Im Rathaus begrüßte uns ein Wappen mit dem markigen Schriftzug: *„Queremos al Peru! Caracho! Como Los Arequipeños Queremos a Nuestra Tierra!"*

– Wir lieben Peru, *Caracho*! Wie sehr wir Arequipener unser Land lieben! Der Bürgermeister ließ es sich nicht nehmen, uns persönlich zu begrüßen und als Dank für das Interesse an seiner Stadt überreichte er uns einen „Diplomatenpass der Unabhängigen Republik Arequipa". Dieses rein dekorative Dokument zeigte das Selbstbewusstsein der Stadt und ihrer politischen Vertreter.

Niemand verließ Arequipa, ohne Santa Catalina zu sehen, ein ehemaliges Frauenkloster aus dem 16. Jahrhundert und eine kleine „Stadt in der Stadt" in malerischen blauen und roten Farbtönen. Man wurde in das Leben der Nonnen versetzt, das anscheinend weit weniger asketisch war als man sich das gemeinhin vorstellte, denn die Nonnen unterrichteten die höheren Töchter der Stadt und wurden dafür reichlich entlohnt.

Jahre später kam ich mit einem EU-Projekt zum nachhaltigen Stadtverkehr noch einmal nach Arequipa. Als Partnerstadt sollte Arequipa einige Studien durchführen und ein Symposium ausrichten. Es lief auch alles gut, bis es nach der Wahl eines neuen Bürgermeisters plötzlich hieß, die Projektgelder seien verschwunden. Wir waren geschockt, aber das klärte sich bald auf: Der alte Bürgermeister hatte das Geld auf seinem Privatkonto geparkt, weil er – wie er erklärte – seiner eigenen Verwaltung nicht recht traute und schon gar nicht seinem Nachfolger. Wir haben nie erfahren, ob das eine dreiste Ausrede oder eine umsichtige Vorsichtsmaßnahme war.

Cusco war auch damals schon ein internationales Touristenziel. 3500 Meter hoch in den Anden gelegen, wurde die Stadt um 1200 erbaut und war als „Mitte der Welt" 300 Jahre lang die Hauptstadt des Inka-Reichs. 1533 belagerten und plünderten die Spanier die Stadt, zerstörten sie aber nicht völlig wie andere Inka-Städte. Auf den massiven Grundmauern der Inka-Paläste entstand eine neue Stadt, wobei der vorspanische Stadtgrundriss erhalten blieb. Diese Überlagerung der alten Inka-Mauern mit den spanischen Palästen machte Cusco so einzigartig. Unweit der Stadt gab es die Ruinen der Inka-Festung Sacsayhuaman mit ihren berühmten, nahtlos aus tonnenschweren Granitmonolithen zusammengefügten Mauern. Ich fragte unseren Forschungspartner nach dem ungeklärten Geheimnis dieser Bautechnik und er antwortete: *„muchos indios y mucho tiempo"* – man hatte damals eben viele Indios und viel Zeit.

Auch Cusco hatte eine schöne Plaza mit einer Kathedrale und ein prächtiges, mit Arkaden geschmücktes Rathaus. Die Stadt war ein regionales Zentrum und so sah man auf den Märkten und in den Gassen viele indigene Bauern, die Frauen mit schwarzen Hüten und bunten Röcken, die vor den alten Inka-Mauern saßen und Obst und Gemüse verkauften wie in vorspanischen Zeiten, dazwischen auch einige Alt-Hippies aus den 1970er Jahren mit selbstgebasteltem Schmuck.

Mit Cusco verbindet mich eine der schönsten Erinnerungen an Lateinamerika. Wie zuvor in Tlascala fand wieder einmal der „Kongress der Architekten Lateinamerikas" statt und einige Hundert Architekten und Architektinnen aus ganz Lateinamerika hatten sich zu Vorträgen, Diskussionen und unterhaltsamen Events versammelt. An die

Vorträge erinnere ich mich nicht, aber am Abend gab es ein großes Abschlussfest auf der Plaza, zu dem auch die lokale Bevölkerung eingeladen war. Der große Platz vor der Kathedrale und die Arkaden des Rathauses waren mit farbigen Lampions dekoriert und als die Sonne unterging, leuchteten die Berge hinter der Stadt, in die man in riesigen Lettern „*Viva el Peru!*" eingraviert hatte, goldfarben auf.

Eine fast magische Stimmung erfüllte den Platz, als eine Musikgruppe begann, die traditionelle Anden-Musik zu spielen mit den typischen Instrumenten Trommel, Gitarre und Flöte – Symbole für die Erde, die Menschen und den Wind, der über die Anden streicht. Die Menge tanzte zu den Rhythmen, aber nicht körperbetont wie in Rio de Janeiro, sondern fast introvertiert und hingebungsvoll und die im Lampenlicht glänzenden indigenen Gesichter ließen die Feste der alten Inkas wieder lebendig werden.

Natürlich besuchten wir Machu Picchu, die weltbekannte Inka-Stadt, die erst 1918 entdeckt wurde. Wir wussten, dass die Guerrilla-Bewegung *Sendero Luminoso* oder „Leuchtender Pfad" in der Region gelegentlich Anschläge verübte, so dass über dem Ausflug eine gewisse Spannung lag. Abimael Guzmán, der Anführer der Guerilleros oder Terroristen, war im zivilen Leben Professor an der gleichen Universität, mit der wir in Peru kooperierten und erfreute sich bei vielen Studenten einer heimlichen Sympathie. Das wurde durch das romantische Image und durch stimmungsvolle Revolutionslieder verstärkt, die auch in akademischen Kreisen zirkulierten. Bei der Bahnfahrt nach Machu Picchu saßen wir mitten unter den Bauern, die von Cusco in ihre Heimatdörfer fuhren und Quechua sprachen – auch dies eine akustische Brücke in die ferne Inka-Vergangenheit.

Vor der wunderbaren Kulisse der Anden verbrachten wir einen kontemplativen Tag und bestiegen die an die Felsen geschmiegten Ruinen und Terrassen. Nie habe ich eine Stadt gesehen, die ähnlich kühn, scheinbar mühelos

und in völligem Einklang mit der Natur so steile Hänge bebaut und kultiviert hatte. Man weiß bis heute nicht, welche Funktion Machu Picchu eigentlich hatte, aber für mich konnte dieser unvergleichliche Ort nur eine Kultstätte der alten Inkas oder ein meditatives Refugium gewesen sein.

Zurück in Lima besuchte ich eine Kunstausstellung und als ich meinen Namen in das Gästebuch eintrug, blickte mich die Dame erstaunt an und stellte sich ihrerseits als „Aurora Ribbeck" vor. Es stellte sich heraus, dass es in Lima einige Dutzend „Ribbecks" gab, alle Abkömmlinge von einem oder wenigen Einwanderern, die es vor zwei Generationen hierher verschlagen hatte. Man empfahl mir, einen solchen aufzusuchen und als ich mit dem Taxi die Adresse erreichte, sah ich meinen Familiennamen in altdeutscher Schrift über einem Laden, der mit Jagdwaffen, Devotionalien und Schäferhunden handelte und so verzichtete ich auf einen Besuch.

Auf dem Rückflug über Caracas war das Flugzeug fast leer und ich erfuhr, dass es gerade Unruhen und Hungeraufstände in Venezuela gab, woraufhin viele Passagiere ihren Flug storniert hatten. Bei der Landung in Caracas wimmelte es von Militärs, die sofort das Flugzeug umstellten und uns im Eilschritt in einen abgelegenen Warteraum führten. Wundersamerweise fiel der Anschlussflug nicht aus und so saß ich bald wieder in einem leeren Flugzeug nach Mexiko-Stadt, in dem mich die Stewardessen großzügig mit Sekt und Häppchen verwöhnten.

14

Um unsere mexikanischen Kontakte zu nutzen, organisierten wir eine Mexiko-Exkursion von Karlsruher Studenten, die zum Muster für eine ganze Reihe späterer Exkursionen wurde. Die Metropole war nicht nur das klassische Beispiel einer Megastadt, sondern auch ein unerschöpfliches Reservoir von interessanten Zielen und Themen für angehende Architekten und Stadtplaner, von den vorspanischen Monumenten über die Kolonialpaläste bis zur modernen mexikanischen Architektur. Auch die Selbstbausiedlungen am Stadtrand wurden ein Standardthema unserer Exkursionen und Workshops.

Mein Stamm-Hotel *Fleming* in der Rua Revillagigero war der Stützpunkt unserer Mexiko-Aktivitäten, ein großer schwarzer Klotz und an Hässlichkeit kaum zu übertreffen, aber zentral am Alameda-Park und nahe am *Centro Histórico* gelegen. Das Hotel wurde von Spaniern betrieben und mir über die Jahre so vertraut, dass es fast heimatliche Gefühle auslöste, wann immer ich nach Mexiko kam. Das traf aber nicht für alle zu, am allerwenigsten für einen deutschen Geografen, den wir im Zuge unserer Mittelstadt-Forschung dort einquartiert hatten. Er hielt sich gerade in der Lobby auf, als zwei bewaffnete Männer eindrangen und den anwesenden Gästen die Schlüssel für die Tresorfächer abnahmen, die sich hinter der Rezeption befanden. Anschließend sperrten sie Personal und Gäste in einen Nebenraum, wo sie, bäuchlings auf dem Boden liegend, so lange ausharren mussten, bis alles wieder ruhig war. Wir trafen unseren Geografen danach geschockt an, denn einen solchen Einstieg in das schöne Mexiko hatte er nicht erwartet.

Auch unsere deutschen Studenten quartierten wir im *Fleming* ein. Oft stießen bei unserem Tagesprogramm mexikanische Studenten hinzu, so dass bald jeden Abend Party war, vorzugsweise auf dem Dach des Hotels. Die Spanier tolerierten das Treiben eine Weile, schlossen dann aber den Zugang, weil der Stapel leerer Bierdosen auf dem Dach immer größer wurde und befürchten ließ, dass jemand herunterfallen könnte. Es waren junge Erwachsene, die ihre Freizeit frei gestalten konnten, dennoch war es ärgerlich, wenn wir morgens auf verschlafene Nachzügler warteten und einige bei den Stadtrundfahrten und Vorträgen einnickten. Von solchen Irritationen abgesehen, waren die deutsch-mexikanischen Exkursionen und Workshops aber ein voller Erfolg. Man kommunizierte auf Englisch oder rudimentär auf Spanisch und schnell gab es Freundschaften und gemischte Kleingruppen, die in der Freizeit die Stadt auf eigene Faust erkundeten.

Es war nicht einfach, sich mit größeren Gruppen in der Megastadt zu bewegen, insbesondere der Ein- und Ausstieg in die Metro musste geübt werden, wenn ein Gedränge wie in Tokio herrschte. Auch auf den überfüllten Straßen war eine koordinierte Bewegung oft unmöglich, deshalb vereinbarten wir Zeit und Ziel und überließen es den Studenten selbst, durch die Megastadt zu navigieren.

Wir fuhren mit dem Bus nach Veracruz, mit einer Zwischenstation in Orizaba, einer reizvollen kleinen Stadt in der Berg-region Altas Montañas. Ich wunderte mich, als einige Tage vorher Prof. Estefanía die Namen aller Teilnehmer notierte und dabei etwas geheimnisvoll tat. Das Geheimnis lüftete sich in Orizaba, wo uns der Bürgermeister mit seinem kompletten Gemeinderat vor dem Rathaus empfing und uns feierlich in den Sitzungssaal führte. Der Bürgermeister hielt eine Rede, wies auf die wachsende Internationalität seiner kleinen Stadt hin und rief dann jeden von uns namentlich auf das Podium, um eine gerahmte Urkunde in Empfang zu nehmen, auf der in Goldschrift stand: *„Honorable Hosped de la Ciudad de Orizaba"* – Ehrengast der Stadt Orizaba.

Aber das war erst der Anfang. Es gab ein mexikanisches Buffet, bei dem uns die Augen übergingen, dazu Mariachi-Musik vom Feinsten. Eine Kapelle spielte *„Los Ojos Negros"* speziell für meine Tochter, die mich bei dieser Exkursion begleitete und die zwar keine schwarzen, sondern blaue Augen hatte, aber an diesem Tag ihren 15. Geburtstag feierte. Es schloss sich eine Stadtführung an und zum Abschluss spielte man *veracruzianas*, eine wunderbare Harfenmusik aus Veracruz. Wer wollte, bekam eine Einführung in den mexikanischen Tanz, bei dem man mit einem Sombrero auf dem Kopf und den Händen auf dem Rücken rhythmisch mit den Füßen stampft. Es war klar, dass Prof. Estefanía ihre Beziehungen in Orizaba aktiviert hatte, wahrscheinlich gab es auch dort eine *familia revolucionária*, deren Urgroßvater mit ihrem und dem legendären Revolutionsführer Zapata einige Tequilas getrunken hatte. Mehr kann man nicht verlangen, dachte ich und so fuhren wir in bester Stimmung weiter nach Veracruz.

Ein deutscher Kollege hatte sich speziell für die Mexiko-Reise einen weißen Leinenanzug gekauft, auf den dazu passenden Tropenhelm aber glücklicherweise verzichtet. Wir saßen gerade bei etlichen Flaschen Corona-Bier vor einer Bar, als sich eine Taube auf dem Sims über uns so gezielt erleichterte, dass dies einen großen, unschönen Fleck auf dem neuen Anzug hinterließ. Der Kollege sprang empört auf und zeigte dem Kellner das Malheur, worauf dieser entspannt antwortete: *„Tienes suerte que no fuera una vaca!"* – da hast du aber Glück, dass das keine Kuh war! Wie alle internationalen Hafenstädte war Veracruz eine lebenslustige und unterhaltsame Stadt mit einer karibischen Atmosphäre.

15

Ein Professor aus Karlsruhe war nach Mexiko gekommen und als passionierter Bergsteiger kam er schnell auf die Idee, den Popocatépetl zu besteigen, einen 5200 Meter hohen Vulkan rund 100 Kilometer von Mexiko-Stadt entfernt. Gesagt, getan. Wir liehen uns in einem Alpinisten-Shop Bergsteigerschuhe und Eispickel, fuhren nach Puebla und bestiegen ein Taxi, das uns zu einer Berghütte brachte, den Ausgangspunkt für den Aufstieg.

Um den Vulkan rankte sich ein Mythos, der ebenso zu seiner Popularität beitrug wie seine Höhe. Neben dem Popocatépetl gab es den Vulkan Iztaccihuatl mit einem Profil, in dem man mit etwas Fantasie eine schlafende Frau erkennen konnte. Der Mythos erzählte von der großen Liebe zwischen einem Aztekenkrieger und einer Prinzessin, die – ähnlich wie Romeo und Julia – nicht zusammenkamen, weil der Vater der Prinzessin dies verhinderte. Diese tötete sich aus Verzweiflung, der Krieger ebenso und beide verwandelten sich in die zwei Vulkane. Dort wartete nun der Krieger Popocatépetl bis in alle Ewigkeit auf das Wiedererwachen seiner geliebten Iztaccihuatl und weil dies nicht geschah, umhüllte er sich nachmittags in tiefer Trauer mit Wolken und Unwetter.

Das war auch der Grund, warum man den Vulkan sehr früh besteigen musste. Wir starteten nach einer unruhigen Nacht in der Berghütte gegen vier Uhr morgens und folgten den Lichtern einer vorausgehenden Gruppe auf einem ausgetretenen Pfad, der in zahlreichen Serpentinen mit einer gleichmäßigen Steigung bis an den Kraterrand führte. Als in 3500 Meter Höhe die Sonne aufging, erstrahlte vor uns die Vulkanlandschaft und die Millionen-Stadt Puebla in goldenem Morgenlicht. Danach wurde das Atmen mit jedem Höhenmeter schwieriger, die Pausen länger und die Kopfschmerzen stärker. Wir überholten einzelne Leidensgenossen, die sich in den Kakteenfeldern übergaben; andere Gruppen, offenbar in bester Kondition, holten uns nahezu

leichtfüßig ein. Wir wurden immer langsamer und schleppten uns keuchend, mit kleinen Schritten und dröhnenden Kopfschmerzen aufwärts. Man hatte uns geraten, mindestens einen Tag in der Hütte zu verbringen und uns an die Höhe anzupassen, aber dazu war es nun zu spät. Wir näherten uns dem Gipfel und sahen erschöpft und frustriert, dass noch eine lange Serpentine vor uns lag. So entschlossen wir uns, mit letzter Kraft den Krater über ein Geröllfeld zu erreichen. Das scheiterte grandios, nicht zuletzt wegen der schweren Eispickel, die wir völlig überflüssig mit uns schleppten.

Wir brachen das Unternehmen etwa 50 Meter unterhalb des Kraterrands ab und machten uns an den Abstieg, weil schon die ersten Wolken aufzogen. In der Hütte bekamen wir eine Urkunde, die uns die erfolgreiche Besteigung des Popocatépetl bescheinigte. Wir hatten zwar nicht in den Krater geblickt, aber 5000 Höhenmeter bewältigt.

IV.
Megastadt
Architektur-Monument UNAM
und „Stadt der Massen"
Mexiko-Stadt

16 Wir schlossen das Mittelstadt-Projekt mit einem Symposium ab und montierten dazu das Thema *„Planificación en las Ciudades Médias Mexicanas"* – Stadtplanung in mexikanischen Mittelstädten – in großen Lettern an die Wand des Hörsaals. Ich hielt gerade meinen Vortrag, als Gelächter im Publikum aufkam, was mich etwas irritierte. Dann sah ich es selbst: Aus dem Wort *Planificación* war das „l" herausgefallen, so dass man nun *Panificación* las, was so viel wie „Bäckerei" heißt. Ein schlecht informierter Zuhörer konnte so auf die Idee kommen, dass wir hier über die Backwaren in den mexikanischen Mittelstädten sprachen.

Gleichzeitig wurde ein neues Projekt genehmigt, bei dem es um den städtebaulichen Strukturwandel in den regionalen Zentren in Mexiko ging. Das Projekt hieß *„Ciudades en Expansión* – schnellwachsende Mittelstädte in Mexiko" und beschäftigte uns die nächsten Jahre hindurch. Der Direktor der Architekturfakultät lud mich ein, einige Monate als Gastdozent an der UNAM zu verbringen, um das neue Projekt zu koordinieren und den Aufbau eines Doktoranden-Kollegs zu unterstützen. Das stellte unser Familienleben vor schwierige Entscheidungen, denn Hellen und die Kinder waren in Heidelberg gut etabliert, so dass ein kurzfristiger Ortswechsel wenig sinnvoll erschien. Es lief darauf hinaus, dass ich zunächst allein nach Mexiko ging und wir die Monate der familiären Trennung mit Besuchen überbrückten. Dass aus einigen Monaten ein Jahr und aus einem Jahr zwei werden sollten, wussten wir damals noch nicht, sonst hätten wir uns vielleicht anders entschieden.

Von den familiären Komplikationen abgesehen, war meine Zeit in Mexiko-Stadt äußerst intensiv und anregend. Die unerschöpfliche Vielfalt der Metropole mit ihrer einzigartigen Geschichte und kulturellen Lebendigkeit faszinierte mich ebenso wie die „Großbaustelle Megastadt" mit ihren zahlreichen Architektur- und Städtebau-Projekten. Kurzum, die ungeheure Energie der 20-Millionen-Stadt zog mich schnell in ihren Bann und in den metropolitanen Strudel hinein.

Die UNAM, die Nationale Autonome Universität von Mexiko, hatte eine eindrucksvolle Geschichte und ging zurück auf die *Real y Pontificária Universidad de México* von 1551. Ein großer Teil der Elite Mexikos hatte hier studiert, darunter Präsidenten und berühmte Schriftsteller wie Carlos Fuentes und Octavio Paz. Auch die Architekturfakultät hatte mit der kolonialen *Academía de San Carlos* einen noblen Vorläufer. Die Universitätsstadt oder *Ciudad Universitária* der UNAM verdiente den Namen zu Recht, denn der Campus war tatsächlich eine „Stadt in der Stadt" mit einem riesigen Territorium im Süden der Metropole. Zur UNAM gehörten Dutzende von Instituten und große universitäre Einrichtungen, darunter auch das *Estadio Olímpico Universitário*, Schauplatz der Olympischen Spiele von 1968, sowie die Lava-Landschaft *Parque Escultural* mit zahlreichen Skulpturen.

Ähnlich wie Brasilien überraschte in den 1950/60er Jahren Mexiko die Welt mit einer originellen Interpretation der modernen Architektur und Abbildungen der Nationalen Universität waren in jeder Architekturzeitschrift zu finden. Es war die klassische Moderne des Internationalen Stils: auf Stützen stehende, gut proportionierte Gebäude, deren Sachlichkeit und Funktionalität aber mit plastischen Ele-

menten, Wandmosaiken und Gemälden – den berühmten *murales* – bereichert war.

Wie Brasilia war die UNAM ein Fanal der lateinamerikanischen Moderne, wenn auch auf andere Art. Auch die UNAM wurde um 1950 als nationales Prestigeprojekt in einer Rekordzeit von wenigen Jahren erbaut, wobei rund 60 mexikanische Architekten, Ingenieure, Landschaftsplaner und Künstler beteiligt waren. Gleichzeitig war der monumentale Campus mit seiner zentralen Freifläche oder *Esplanada*, umrahmt von den wichtigsten Gebäuden der Universität, eine Referenz an die Pyramiden- und Tempelanlagen der altamerikanischen Kulturen. Das alles verlieh der UNAM eine unverwechselbare mexikanische Identität, allen voran der Zentralen Bibliothek von Juan O'Gorman, die vollständig mit historisch-politischen Wandmosaiken bedeckt war, auch der Rektoratsturm von Enrique de Moral war ein Beispiel von klarer Funktionalität und künstlerischem Anspruch. An dem Gebäude las man den selbstbewussten Leitspruch der UNAM: „*Por mi raza hablará el Espíritu*" – mein Geist wird für meine Rasse sprechen.

Es war ein außerordentliches Privileg, nach Brasilia nun ein ähnlich bedeutendes Monument der lateinamerikani-

schen Architektur täglich vor Augen zu haben. Zwei Jahre lang bewegte ich mich hier und war immer wieder begeistert von dem ebenso monumentalen wie modern und heiter wirkenden Ambiente. Die Architekturfakultät stand als prominentes Gebäude direkt an der *Esplanada*. In den 1950/60er Jahren spielten dort auch deutsche Emigranten eine wichtige Rolle wie Hannes Meyer, der letzte Bauhaus-Direktor, der die Architekturlehre an der UNAM reformierte und Mathias Göritz, der mit seinen abstrakten Skulpturen wie *Las Torres*, den haushohen farbigen Stelen an der Av. Insurgentes, eine neue metropolitane Kunstform schuf. Auch Max Cetto, ein deutscher Emigranten-Architekt aus Kalifornien, war oft Gast in der Architekturfakultät.

Ich wurde im *Posgrado*-Gebäude in einem *cubículo* untergebracht, ein winziger Raum ohne Fenster, so dass die Tür immer offenstand, wodurch man mit den mexikanischen Kollegen gut ins Gespräch kam. Man vergaß aber die introvertierte Arbeitskammer, wenn man vor das Gebäude trat und den Campus vor Augen hatte. Der riesige Freiraum war mit Baumgruppen und überdachten Passagen eingerahmt und im Unterschied zur *Esplanada* in Brasilia ein viel genutzter Freiraum, Erholungspark, Treffpunkt und Versammlungsplatz, auf dem man Fußball spielen, Rock-Konzerte veranstalten und natürlich auch demonstrieren konnte.

Die UNAM hatte damals 150 000 Studenten, 40 000 Professoren, Forscher und Angestellte und war damit eine Massenuniversität. Bei den großzügigen Dimensionen wirkte der Campus aber nie überfüllt, sondern lebendig und entspannt zugleich. Dies auch, weil die Universität in drei Schichten arbeitete und sich immer nur ein Teil der Studenten auf dem Campus aufhielt. Die zahlreichen Restaurants, Copy-Shops und andere Dienstleistungen im Umfeld sowie der ununterbrochene Fußgängerstrom zwischen der UNAM und den nahegelegenen Metrostationen wiesen jedoch unübersehbar auf die Größe und Bedeutung dieser Universität hin.

Die institutionelle Autonomie der UNAM war schon im Namen festgeschrieben, was eine starke Politisierung mit sich brachte. Es gab monatelange Streiks, wenn die Regierung in die Universität eingriff, etwa mit der Ankündigung, die Studiengeldfreiheit abzuschaffen. Das war ein kritischer Punkt, denn es war ein Gründungsziel der UNAM, allen Schichten der Bevölkerung die Chance einer höheren Ausbildung zu geben. Wurde dies angetastet, ließ die Mobilisierung der Studentenschaft nicht auf sich warten, dabei wurde auch regelmäßig an die Studentenunruhen von 1968 und an das „Massaker von Tlatelolco" erinnert, bei dem über hundert Studenten zu Tode kamen.

Weil viele Revolutionen in Kaffeehäusern begonnen hatten, besaß die UNAM keine zentrale Cafeteria – so ging jedenfalls das Gerücht. Unruhig wurde es bei der Wahl eines neuen Rektors, dessen politisches Gewicht dem eines Ministers gleichkam. Das Wahlverfahren war dementsprechend komplex: Standen die Bewerber fest, dann konnte jeder, bevor es zur formalen Wahl kam, die Wahlkommission anonym kontaktieren und intime Informationen preisgeben, was den einen oder anderen Kandidaten schon früh aus dem Rennen warf. Vor und hinter den Kulissen gab es harte Auseinandersetzungen, weil jeder neue Rektor seine Gefolgsleute mitbrachte und deshalb zahlreiche Posten auf dem Spiel standen. Aber auch erbitterte Rivalen begrüßten sich, wenn sie sich persönlich begegneten, mit einem herzlichen *abrazo*, wie es sich in Mexiko gehörte. Ansonsten galt in Mexiko: Egal welchen ausgefallenen Meinungen oder Ideologien man anhing, – man musste *simpático* sein, dann war (fast) alles gut.

Insgesamt stand die UNAM permanent vor dem schwierigen Balanceakt zwischen einer volksnahen Massenuniversität und einer herausragenden Forschungsinstitution. Kapitalstarke private Universitäten wie die *Iberoamericana* und das *Collegio de México* machten der UNAM Konkurrenz und zogen den Nachwuchs der privilegierten Schichten an, während die UNAM die Aufnahmequalifikation relativ niedrig hielt, um auch sozial Benachteiligte aufzunehmen. Diese Spannung spiegelte sich in der Architekturfakultät, wo sich eine gemäßigt-konservative und eine progressiv-soziale Fraktion – damals *autogobierno* genannt – heftige Debatten lieferten. Während die einen sich an den aktuellen Strömungen der internationalen Architektur orientierten und einen konventionellen Unterrichtstil pflegten, fokussierten die anderen die sozialen Probleme des Landes, die Wohnungsnot der einkommensschwachen Schichten und partizipative Projekte in armen Stadtvierteln. Was mich betraf, so war ich als Gastdozent in der komfortablen Lage, zwischen den Fraktionen zu pendeln. Natürlich fragte man mich nach meiner Meinung, aber erwartete höflicherweise nicht, dass ich als Ausländer eine Position zu den internen Vorgängen in der UNAM bezog.

Im Doktoranden-Kolleg hatte ich zehn Kandidaten, die unterschiedliche Themen bearbeiteten. Einige kamen aus der Nachbarstadt Puebla und waren bereits Dozenten an der dortigen *UAP (Universidad Autónoma de Puebla)*. Wir trafen uns einmal wöchentlich und diskutierten den Fortschritt der Projekte. Wichtige intellektuelle Leitfiguren waren damals die Stadttheoretiker und Kapitalismuskritiker Manuel Castells und Henri Lefebvre, die bei jeder Gelegenheit zitiert wurden. Die *poblanos* arbeiteten an verschiedenen Themen ihrer Heimatstadt, wobei es um die historische Altstadt, den spekulativen Bodenmarkt und die irregulären Siedlungen ging. Einer meiner Doktoranden war stadtbekannt, weil er eine wöchentliche Radiosendung moderierte und mehrere Bücher geschrieben hatte, darunter eines über das Nachtleben von Mexiko-Stadt. Er war Professor an drei Universitäten gleichzeitig, was fast einen Skandal auslöste. Sein Thema waren die irregulären Siedlungen und die Rolle, die diese bei der räumlichen Expansion der Metropole spielten. Er kannte die 20-Millionen-Metropole so gut, dass ich bei ihm kein Lehrender, sondern Lernender war.

Die Sitzungen unseres Doktoranden-Kollegs endeten meist zu später Stunde in der Guadelupana, eine populäre *cantina* im Stadtteil Coyoacán. Hier bekam man am späten Abend nur mit Mühe einen Platz und es ging, beschwingt vom guten Tequila, hoch her. An einem Abend wurde ich Zeuge einer hitzigen Diskussion zwischen einem *capitalino*, einem Mann aus Mexiko-Stadt, und einem aus der kleinen Nachbarstadt Tlascala. Es ging um die Eroberung der Azteken-Hauptstadt Tenochtitlán, die Hernán Cortés mit der Unterstützung der Tlascalteken gelang. Das war genug, um den Mann aus Tlascala nun, nach 500 Jahren, einen *traidor malvado*, einen üblen Verräter, zu nennen. Der Wirt fing den ausartenden Streit – einer der wenigen, die ich in Mexiko-Stadt erlebte – gerade noch mit einer Extra-Runde Tequila ab.

Ein anderes Stammlokal unseres Doktoranden-Kollegs war das Café Zapata nahe der Alameda, wo eine Pistolenkugel ein Loch in der Stuckdecke hinterlassen hatte, angeblich vom Revolutionsführer persönlich. Wurde die Diskussion zu später Stunde schnell und hitzig, dann verstand ich immer weniger und wenn dies in mehrdeutige Witze überging, für die die Mexikaner berüchtigt sind, gar nichts mehr. Ein langwieriges Hin und Her gab es mitunter bei der Rechnung, denn es war der Stolz jeden Mexikaners, seine *compañeros* großzügig einzuladen. Die Ausflüge in die *cantinas* beeinträchtigten die Leistungen aber nicht, denn alle Kandidaten schlossen ihre Arbeit erfolgreich ab. Einige Jahre später traf ich einen Ex-Doktoranden, der nun Dekan an der Architekturfakultät der UAP war. Er lud mich zu einem Besuch in Puebla ein und als ich dort ankam, führte er mich in das Rektorat der Universität, wo man mir als Dank für meine Arbeit mit den UAP-Doktoranden feierlich eine Urkunde als „Verdienter Ehrengast der Autonomen Universität von Puebla" überreichte.

Parallel zum Doktoranden-Kolleg trieben wir das Forschungsprojekt „Schnellwachsende Mittelstädte in Mexiko" voran. Diese neue Studie konzentrierte sich auf Puebla, Aguascalientes, Querétaro und Veracruz, einige andere Städte strichen wir aus dem Programm, weil dort die Aktivitäten der Drogenbanden bedenklich zugenommen hatten. Es gab inzwischen ein Netzwerk von mexikanischen Kollegen und Kolleginnen, an die wir die Fallstudien delegieren konnten, um anhand von Luftbildern, Plänen und Vor-Ort-Erhebungen für jede Stadt ein genaues Profil der räumlichen Expansion von 1970 bis 1990 zu erstellen.

Im Oktober 1990 wurde ich zu einer offiziellen Feier der deutschen Wiedervereinigung eingeladen, die im Festsaal eines Luxus-Hotels stattfand und wo sich auch viele andere Landsleute einfanden, die in Mexiko-Stadt lebten. Es erklang die deutsche und mexikanische Nationalhymne, der deutsche Botschafter hielt eine Rede, der mexikanische Außenminister gratulierte und zum Abschluss spielte man Beethoven, - eine bewegende Feierstunde, die zeigte, dass der Fall der Berliner Mauer auch für die Mexikaner ein herausragendes und berührendes Ereignis war.

17

Zu Beginn meines zweijährigen Aufenthalts in Mexiko-Stadt wohnte ich wieder im Hotel *Fleming*. Die Wochenenden verbrachte ich oft im historischen Zentrum oder im Stadtpark Alameda, wo früher die spanische Inquisition ihre Opfer verbrannte. Das war eine vom Verkehr umtoste grüne Insel mitten im Zentrum, wo sich die unterschiedlichsten Bevölkerungsgruppen mischten: die Beamten des neuen Außenministeriums, die Besucher der Art-Nouveau-Oper *Bellas Artes*, Touristen auf dem Weg zur *Plaza Mayor* sowie die zahllosen Angestellten und Straßenhändler, die im Historischen Zentrum ihr Auskommen fanden. Sonntags implodierte der kleine Park buchstäblich unter dem Druck einiger zehntausend Menschen, die oft aus den ärmeren Randgebieten kamen, ähnlich wie in Brasilia, wo an Feiertagen die Monumentalachse ein beliebtes Ausflugsziel für die Bewohner der Satellitenstädte war.

Ich saß oft im Park und beobachtete die Menschen, die wochentags hart arbeiteten, aber am Sonntag mit sichtbarem Vergnügen den Straßenmusikern und religiösen Predigern zuhörten oder sich zum Picknick niederließen. Kinder und junge Frauen waren adrett herausgeputzt, denn für Letztere war es auch ein Schaulaufen, bei dem man eventuell den zukünftigen *novio* traf. Am Nachmittag verdichtete sich das Treiben zu einer Art Volks-fest, umlagert von einigen Hundert Verkaufsständen, fliegenden Händlern und Schaustellern. Das war zwar nicht im Sinne der Parkordnung, aber die berittene Polizeistreife war machtlos gegenüber der massenhaften Fröhlichkeit.

Hinter dem äußeren Bild vollzog sich jedoch ein Strukturwandel, der das Fortbestehen der Alameda als populären Erholungspark infrage stellte. Mit dem Neubau des Außenministeriums und der Erneuerung einiger Art-Déco-Gebäude war die Aufwertung der Zone bereits eingeleitet und der „touristische Korridor" von der Alameda bis zur *Plaza Mayor* beschleunigte den Funktionswandel. Schon

waren im Umfeld des Parks und des Opernhauses ein stärkeres Maß an Kontrolle, ein verändertes Konsumangebot und höhere Preise spürbar. Der Hauptinitiator dieser „Gentrifizierung" war einer der reichsten Männer Mexikos, der spekulativ zahlreiche Immobilien in dieser Zone aufgekauft hatte, darunter auch den 44-stöckige Wolkenkratzer *Torre Latina*, dessen Aussichtsplattform bei Erdbeben bedenklich schwankte.

Die *Plaza Mayor*, auch *Zócalo* genannt, war das historische Herz der Stadt. Die mexikanischen Plätze waren seit der Kolonialzeit die städtische Bühne, auf der sich ein großer Teil des Stadtlebens vollzog. Im 19. Jahrhundert verwandelten sich viele Plazas in eine bürgerliche Flaniermeile, halb Platz und halb Park, mit Bäumen, Bänken und einem Musik-Pavillon. Von einem riesigen Fahnenmast abgesehen, war der *Zócalo* nach wie vor eine klassische Plaza, ohne Grün und ohne Stadtmöbel.

Auf der 200 x 250 Meter großen Freifläche, eingerahmt von der Kathedrale, dem Regierungspalast, ehrwürdigen Hotels und anderen repräsentativen Gebäuden, gab es die vielfältigsten Aktivitäten. Kein Tag verging ohne Demonstrationen, darunter monatelange Proteste von *campesinos* aus fernen Provinzen, die sich von der Regierung vernachlässigt fühlten. Vor der Kathedrale führten junge Leute im Azteken-Look Tänze auf, dazwischen Touristen auf dem Weg zur Kathedrale oder zu den Wandbildern von Diego Rivera im Regierungspalast. Gleich um die Ecke stand man vor den Grundmauern des Haupttempels der untergegangenen Azteken-Stadt Tenochtitlán.

Der geschichtsträchtigen *Zócalo* verlieh der gesamten Metropole eine starke Identität. Am Tag der Revolution und am Unabhängigkeitstag feierten hier eine Million Menschen und riefen „*Viva México!*". Manchmal verschmolz dieser einzigartige Platz mit einem besonderen Ereignis zu einem unvergesslichen Erlebnis wie bei einem nächtlichen Konzert von Lila Downs, eine populäre Sängerin mit zapotekischen Wurzeln. Einige hunderttausend Menschen sangen mexikanische Lieder und schwenkten Lichter, die auf den nächtlichen Regierungspalast tanzende Schatten warfen, ganz so als ob die Geister der alten Azteken, die unter dem monumentalen Platz begraben lagen, begeistert mitsangen.

Ich fand schließlich eine Wohnung in der Calle Vienna im Stadtteil Coyoacán. Schon der Name „Wiener Straße" erweckte Vertrauen. Ein Gummibaum wuchs zum Fenster herein, ein kleines Wunder, denn der Baum war wie fast alle Straßenbäume in Mexiko-Stadt bis zum Stamm einbetoniert und weit und breit alles asphalt- und betonversiegelt. Woher bekam der Baum sein Wasser? Später erfuhr ich: Das Leitungssystem in Mexiko-Stadt war so undicht, dass diese unfreiwillige Bewässerung das Phänomen der blühenden Bäume mitten in der Megastadt erklärte. Der 70-jährige Grieche im Hinterhaus machte jeden Tag einarmige Liegestützen im Hof, um seiner 30-jährigen Freundin zu imponieren, die noch an der UNAM studierte. Kurz nach dem Einzug stand ich mit ihm vor dem Haus, als ich einen Schwindelanfall bekam. Der Nachbar beruhigte mich und meinte, das sei nur ein kleines Erdbeben.

Ansonsten war die Calle Vienna ruhig und relativ sicher, auch weil sich ein anderer Nachbar auf seinem Flachdach zwei große Hunde hielt, die nachts die Straße im Blick hatten. Früh am Morgen, wenn der Verkehr auf der vielspurigen Av. Churrubusco einsetzte, begann das Haus leicht zu vibrieren, was mich aber nicht störte. Ganz im Gegenteil, mich faszinierte die Vorstellung, dass ich nun zeitgleich mit 20 Millionen Menschen aufstand, einen Kaffee trank und mich für einen weiteren Großkampftag in der Metropole rüstete. Denn das Leben in der Megastadt war kräftezehrend und nach mehreren Terminen an verschiedenen Orten, was Stunden im Verkehr bedeuten konnte, musste man sich abends erst einmal vom Feinstaub säubern, der sich sichtbar auf dem Gesicht, in den Ohren und in der Nase abgelagert hatte. Der verschärfte Rhythmus der Metropole war eine sportliche Herausforderung für junge und gesunde Menschen, aber nichts für Alte, Kranke und Kinder. Ich bewunderte die unerschöpfliche Energie meiner Kollegen und Kolleginnen, die neben der UNAM noch anderen Jobs nachgingen und sich permanent kreuz und quer durch die Metropole kämpften. Viele verließen ihr Haus sehr früh am Morgen und kamen so spät zurück, dass sie ihre Kinder kaum sahen.

Charakteristisch für die Megastadt war der Kontrast zwischen den urbanen Brennpunkten und großen Avenidas, auf denen ein enormer Verkehrsdruck, Lärm und Luftverschmutzung lasteten, und den ruhigen alten Seitenstraßen, oft in unmittelbarer Nähe, in denen die metropolitane Hektik kaum zu spüren war wie in der Calle Vienna. Gleich um die Ecke lag das „Blaue Haus" und Museum von Frida Kahlo, wo man einen Blick auf das intellektuelle Mexiko der 1930/40er Jahre werfen konnte. An den Wänden hingen Bilder von Frida und Diego Rivera, Grafiken von Paul Klee sowie Briefe und Dokumente der Künstler-Avantgarde jener Zeit. Viele Details im Haus und Garten machten deutlich, dass es Frida um die *mexicanidad* ging, die mexikani-

sche Identität, die sie mit ihrer Kunst stärken wollte, aber auch um eine politische Haltung. Fast alle lateinamerikanischen Intellektuellen jener Zeit sympathisierten mit kommunistischen Ideen, auch wenn die stalinistischen Kaderparteien dem mexikanischen Charakter zutiefst fremd waren. Mexiko hatte nach dem spanischen Bürgerkrieg viele politische Flüchtlinge aufgenommen und einige Häuser weiter gab es eine befestigte Villa, die letzte Zuflucht von Leon Trotsky. Er war ein enger Hausfreund von Frida Kahlo und Diego Rivera, was ihn aber nicht vor der Verfolgung Stalins und einem gewaltsamen Tod schützte. Man konnte das Mordwerkzeug – eine Spitzhacke – noch auf dem Schreibtisch liegen sehen, wo ihn der Attentäter erschlug.

Ging man die Straße hinunter, so stand man vor der Markthalle von Coyoacán, staunenswert wegen der Farbenpracht zahlloser Obst-, Gemüse- und Blumensorten, aber auch wegen des eleganten Schalendachs von Felix Candela. Danach kam man zur *Plaza de Coyoacán*, die bald zu meinem Lieblingsort wurde. Die Atmosphäre der kolonialen Plätze war einzigartig, alles hatte das richtige Maß und war in Würde gealtert, vor allem der dunkle Vulkanstein, aus dem viele historische Gebäude und auch das Straßenpflaster bestanden. Bäume und Bänke, eine Statue oder ein Brunnen trugen zur einladenden Atmosphäre bei. Die jahrhundertealten Häuser mit mächtigen Torbögen und überhohen Fenstern wiesen oft eine leichte Schieflage auf, weil sie viele Erdbeben überlebt hatten und es gab Paläste und Kirchen, an denen nun einige Stufen hinab und nicht hinauf zum Eingang führten, weil die schweren Gebäude im weichen Untergrund langsam versanken.

Auch die *Plaza de Coyoacán* war, wie viele mexikanische Plätze, gleichzeitig ein Platz und ein Park, mit einigen traditionellen Cafés am Rande, in denen schon Carlos Fuentes und Octavio Paz gesessen hatten, wie der Kellner versicherte. Man glaubte das sofort, denn um bei einem *cafecito* über einen neuen Roman nachzudenken, gab es keinen besseren Ort. Gelegentlich sah ich einen älteren, in weißes Leinen gekleideten Flaneur, der wie eine Filmfigur aus den 1940er Jahren auftauchte und wieder verschwand und als ich mich dezent erkundigte, war von einem berühmten Schriftsteller, Künstler oder Schauspieler die Rede.

Nahe der Plaza verlief die Av. Francisco Sosa, eine der ältesten und schönsten Straßen von Coyoacán mit großen Herrenhäusern, die sich die ersten spanischen Eroberer gebaut hatten. Die Vulkanstein-Fassaden waren zurückhaltend und schlicht, aber man spürte die herrschaftliche Haltung der *conquistadores.* Die Spuren vieler Erdbeben waren auch hier deutlich, so dass es keine perfekt ebene Fläche gab, weder an den Häusern noch auf der Straße. Diese Unregelmäßigkeiten waren gleichzeitig das Geheimnis der Dauerhaftigkeit, denn bei einem Erdbeben verschoben sich zwar die Steinquadern der dicken Mauern, aber rissen oder brachen nicht wie moderne Beton- oder Ziegelbauten, auch erhöhte die relativ niedrige und kompakte Form der kolonialen Gebäude die Erdbebensicherheit.

Am schönsten war es auf der *Plaza de Coyoacán* am Sonntagmorgen, wenn die Luft noch kühl und klar war und der Moloch Metropole sich noch nicht regte. Dann saß man, wie früher die Schriftsteller und Künstler, auf einem der alten, gusseisernen Kaffeehausstühle und genoss die zauberhafte Atmosphäre. Etwas später verflog der Zauber, wenn die Schmuck- und Getränkehändler ihre Stände aufbauten und von allen Seiten Menschen auf den Platz strömten, mit Kind und Kegel und in solchen Massen, dass kein Durchkommen mehr war.

Bald wurde mir klar: An den Wochenenden war man in der Megastadt gefangen, wenn man es nicht vorzog, auf den Ausfallstraßen, die in die Berge oder Nachbarstädte führten, in endlosen Staus zu stehen. Am Wochenende implodierten die wenigen Parks und Freiflächen der Metropole regelrecht unter dem Druck der Erholung suchenden Massen wie im Chapultepec-Park, wo Tausende von Familien picknickten, sich in Booten auf einem kleinen See amüsierten oder staunend das österreichische Schloss des Erzherzogs Maximilian I. besichtigten, den Napoleon als Kaiser von Mexiko eingesetzt hatte. Ähnlich wie auf dem Alameda-Park verdichtete sich das bunte Treiben am Nachmittag und lockte zahllose ambulante Händler und Schausteller an. Gegen Abend bewegte sich die Masse wie eine endlose Prozession zur nächsten Metrostation und verschwand. Zurück blieb ein mit Flaschen und Essensresten übersäter Park, der aber binnen Stunden wieder gesäubert war.

Die sonntäglichen und abendlichen Besucher in Coyoacán kamen meist aus den besseren Vierteln der Stadt. Wer seine Freizeit nicht am privaten Pool oder im Club verbringen wollte, sagte zu seiner Familie oft: *„Vamos à Coyoacán!"*. Die sozialen Schichten der Metropole lebten nicht nur in verschiedenen Vierteln, sondern verbrachten auch ihre Freizeit an unterschiedlichen Orten. Die akademischen Kreise zirkulierten gerne in den Cafés, Restaurants und Buchläden von Coyoacán und man konnte sogar in dieser Megastadt fast darauf wetten, dort zufällig einen Freund oder Kollegen zu treffen.

Nicht jeder Ort war mit dem Taxi oder der Metro erreichbar und so ging ich in der Stadt viel zu Fuß, auch beim Wechsel von einer Metrolinie zur anderen waren oft etliche hundert Meter Korridore und Treppen zu bewältigen. Dennoch fehlte die sportliche Bewegung und so machte ich am Wochenende im Viveros-Park meine Laufrunden, um für den Mexiko-Stadt-Marathon zu trainieren, einer der größten der Welt. Der sportliche Elan wurde gebremst, als ich mir die Ozon-, Blei- und Feinstaubwerte ansah, die an vielen Tagen erschreckend hoch waren, auch die Höhenlage von 2200 Metern war nicht zu vernachlässigen. Als man mir die – wahrscheinlich erfundene – Geschichte von einem altgedienten Jogger erzählte, der plötzlich zusammenbrach und dem man in der Pathologie eine rußgeschwärzte Lunge entnahm, hörte ich mit dem Laufen ganz auf. Das Leben in der Megastadt war anstrengend genug, so dass man auf Sport auch verzichten konnte.

Wurde man gelegentlich zum Abendessen eingeladen, so fand dies zu später Stunde statt, weil der Gastgeber zuvor selbst noch im Stau steckte. Lag das Haus weit entfernt in einer exklusiven Privatsiedlung, waren die Taxifahrten endlos und die Suche nach der richtigen Adresse brachte auch erfahrene Fahrer zur Verzweiflung. Mehrmals kam ich von einem Abendessen um drei Uhr nachts erschöpft nach Hause und erschrak fortan immer, wenn jemand eine Einladung aussprach. Das Missverhältnis zwischen einem guten Essen, einer netten Plauderei und der endlos langen Hin- und Rückfahrt war in dieser Stadt einfach zu groß, deshalb traf man sich lieber in einem Restaurant entlang der großen Magistralen, das für alle gleich gut oder schlecht erreichbar war.

Die „Stadt der Massen" war keine gemütliche Idylle, aber ich war immer wieder überrascht von dem respektvollen, auf Konfliktvermeidung bedachten Umgang miteinander. Auch das Personengedächtnis der Mexikaner war phänomenal. Es gab einen Zeitungskiosk mitten im Zentrum,

wo ich ein paar Mal eine Zeitung gekauft hatte und als ich dies nach einem Jahr wieder einmal tat, fragte mich der Mann besorgt: „*Que passó? Estabas enfermo?*" - Was war denn los, warst du krank? Einen eskalierenden Streit auf offener Straße habe ich nie erlebt, angeblich lag das am empfindlichen Ehrgefühl der Mexikaner, das niemand ohne Not provozierte. Auch der Umgang von Arm und Reich miteinander war meist persönlich und routiniert freundlich, was schon deshalb geboten war, um die strukturelle Ungleichheit und latente soziale Spannung in der Metropole nicht allzu sehr zu strapazieren. Man lebte zwar segregiert in verschiedenen Welten, war sich im Alltag aber sehr nah durch die zahllosen Dienstleistungen im Haushalt, in den Läden, auf den Straßen und im Büro, die das Leben der Bessergestellten komfortabel machten.

Als Ausländer unterhielt man persönliche Beziehungen gleichermaßen aus Sympathie und Pragmatismus. Ein persönliches Netzwerk bei der Suche nach einer Wohnung, nach Ärzten und Schulen war eine Notwendigkeit, denn die Institutionen waren träge und unzuverlässig. Oft war es besser, ein Problem informell zu lösen, denn geriet man einmal in die Mühlen der mexikanischen Bürokratie, konnte es noch schwieriger werden. Ein Beispiel war mein Status als Gastdozent an der UNAM, der bis zum letzten Tag *en proceso*, also „in Bearbeitung" war. Was die Pünktlichkeit anging, so war diese im geschäftlichen und beruflichen Bereich sehr präzise, im Unterschied zu privaten Treffen, bei denen auch stundenlange Verspätungen klaglos akzeptiert wurden.

Ein zentrales Thema in der Megastadt war der Transport. Mit zehn Metrolinien, die praktisch die gesamte Stadt abdeckten, hatte Mexiko-Stadt das beste Metronetz Lateinamerikas, das rund sieben Millionen Menschen täglich beförderte. Die Metro war hoch subventioniert, billig und deshalb ein Verkehrsmittel für die Massen, aber nicht für die Mittelschicht – diese Vorstellung war bei allen fest etabliert. Mir machte die tägliche Fahrt zur UNAM Spaß, was aber kein Kollege verstand, denn diese bewegten sich ausschließlich mit dem Auto durch die Stadt.

Ich kannte bald alle Stationen der Metrolinie *Universidad* und jede einzelne war eine Referenz an das altamerikanische, koloniale oder moderne Mexiko: *Niños Héroes, Hospital General, Centro Médico, Eugénia, División del Norte, Zapata, Coyoacán, Viveros, Copilco, Universidad*. Man brauchte keinen Fahrplan, Zug auf Zug rollte auf Gummirädern fast lautlos heran und sobald sich einer in Bewegung setzte, tauchten schon die Lichter des nächsten im Tunnel auf. Wie am Fließband schaufelte die Metro die Massen weg und kaum war der Bahnsteig leer, füllte er sich in Minuten. Die Metro war der wahre Pulsschlag der Metropole, der sich gegen Abend noch beschleunigte, wenn die Züge im Minutentakt fuhren.

Es war unterhaltsam, die Alltagsszenen in der Metro zu beobachten: Arbeiter, die im Stehen schliefen, Frauen mit Lockenwicklern, die ungeniert ihren Kosmetikkoffer auspackten und nach wenigen Minuten adrett gestylt wieder ausstiegen, der Singsang ambulanter Händler, die durch die Waggons zogen und Billigartikel aller Art verkauften, einschließlich eines Heftchens mit dem Titel „*El Pequeno Filósofo*" (Der kleine Philosoph) – offenbar eine Art Lebenshilfe für die Massen. Eine authentische metropolitane Geräuschkulisse war auch das *tak tak tak* der vielen Hundert *high heels*, wenn morgens und abends das riesige Heer der Sekretärinnen und Verkäuferinnen durch die Metrogänge hastete.

Natürlich wurde ich in der Metro als Ausländer erkannt und auch gelegentlich angesprochen. Das hörte aber nach einigen Wochen völlig auf, denn ich hatte mittlerweile den gleichen stoischen Gesichtsausdruck und die gleiche Körpersprache angenommen wie die anderen Passagiere, was mich zu einem der ihren und damit uninteressant machte. Das funktionierte nicht nur in der Metro, sondern auch im Alltagsgetriebe der Stadt. Sogar in den armen Randgebieten, wo jeder Fremde sofort auffiel, bewegte ich mich nach einiger Zeit mit einer Selbstverständlichkeit, dass nicht einmal die Straßenhunde aufblickten.

Es gab Stationen, die man zur *rush hour* besser mied, insbesondere die Endstationen, an denen riesige Stadtrandgebiete mit einer Millionenbevölkerung hingen. Diese Drehscheiben des Megastadtverkehrs quollen im Morgen- und Abendverkehr regelrecht über und man wurde, wenn man ungeschickt im Weg stand, von den Menschenmassen einfach weggespült. Geriet man in diesen Sog, dann musste man sich gut positionieren, um nicht nur in den Zug hinein- sondern auch wieder herauszukommen, was oft noch schwieriger war. Dabei kam es auf das Kunststück an, sich freundlich lächelnd, aber zäh und entschlossen durch die Menge zu arbeiten. Selten wurde grob gedrängelt oder um Plätze gestritten. Um den Druck zu mindern, waren auf manchen Linien einige Waggons für Frauen reserviert. Einmal spülte mich der Menschenstrom in einen solchen, wo ich inmitten der irritiert blickenden Frauen in einer atemberaubenden Parfümwolke stand, bis mich ein Polizist an der nächsten Station unsanft herauszog.

Die Endstationen waren umlagert von Hunderten von Bussen und Straßenhändlern, die ohrenbetäubend ihre Angebote und Fahrtrichtungen in die vorbeihastende Menge schrien. Die Busse schwärmten fächerartig aus bis in die entlegenste Spontansiedlung – ein nahezu perfekter Verkehrsverbund, den ich so umfassend und effizient aus Deutschland nicht kannte und den ich oft zu Erkundungen in den Stadtrandsiedlungen nutzte.

18

Wenn Hellen mit den Kindern in Mexiko war, machten wir es uns in Coyoacán bequem und besuchten die touristischen Attraktionen der Stadt oder im Land. Wir fuhren mit dem Bus in die alte Silberstadt Tasco, eine Fahrt, die mir unvergesslich ist, weil die Gebirgsstrecke ausschließlich aus Kurven, Steigungen und rasanten Abfahrten bestand, bei denen man die glühenden Bremsbeläge des Fahrzeugs roch. Bald hingen viele Passagiere seekrank aus den Fenstern, begleitet von einer fröhlichen *Mariachi*-Musik, mit der sich der Busfahrer wachhielt. Den Aufenthalt in der malerischen Silberstadt Tasco nutzten wir, um unsere Mägen zu beruhigen und Schmuck zu kaufen.

Die Fahrt ging weiter nach Acapulco, wo uns ein mexikanischer Kollege in sein Ferienhaus eingeladen hatte, das wunderbar an einer Klippe lag, aber einige Zeit leer gestanden hatte. Kaum wurde es dunkel, entdeckten wir im Schlafzimmer weiße Skorpione. An Schlaf war nicht zu denken und so verbrachten wir den Rest der Nacht mit angezogenen Beinen auf den Betten sitzend.

Wir machten eine Wanderung an der Steilküste und sahen Acapulcos berühmten Klippenspringern zu, die sich mit ausgebreiteten Armen wie Seeadler in die Bucht stürzten. Etwas weiter stießen wir auf eine anscheinend verlassene Villa und kaum näherten wir uns, erschien ein Wachmann und bedrohte uns mit einer Pistole. Das erinnerte daran, dass der noble Badeort auch ein Drogengebiet war. Der schmale Weg mit einer spektakulären Aussicht führte an einer Steilwand entlang, wurde aber immer enger, so dass wir schließlich im Gänsemarsch gingen, die Kinder in der Mitte. Auf einer Seite fiel das Gelände steil zum Meer hin ab und als der Weg schließlich im Nirgendwo endete, mussten wir ein riskantes Wendemanöver durchführen. Mir stand der Angstschweiß auf der Stirn, als wir mit den Kindern endlich wieder sicheres Terrain erreichten.

Der Tag war aber noch nicht vorbei. Acapulco hatte wunderbare Strände und wir genossen das gut temperierte Meer. Drachenflieger, von Motorbooten gezogen, stiegen in weiten Schleifen über dem Meer auf und unser kleiner Sohn war begeistert. Eigentlich war er noch zu klein, aber der Betreiber des Fluggeschäfts sah kein Problem, schnallte ihn an, hob ihn hoch und lief einige Schritte mit, als das Motorboot anzog. Wir sahen ihn dann als kleinen Punkt am Himmel schweben, dachten an die Wellen und Haie im Meer und waren erleichtert, als er endlich wieder unten war und sagte: „Das war super!".

Dann war unsere Tochter an der Reihe. Sie schwamm mit ihrer Freundin in der Brandung nahe am Ufer und beide hatten, wie wir glaubten, großen Spaß. Wir wollten aufbrechen, aber die Mädchen kamen nicht aus dem Wasser. Bedrohlich sah das nicht aus, aber als sie den Strand endlich erreichten, waren beide völlig erschöpft. So schön die Strände waren, der Pazifik hatte seine Tücken, weil es selbst in Ufernähe starke Strömungen gab. Wir flogen zurück nach Mexiko-Stadt und wenn uns Freunde nach dem Urlaub fragten, antworteten wir: „*maravilloso*" – ganz wunderbar!

V.
Auf festem Boden
Forschung und Lehre
an der Universität Stuttgart

19 Nach zwei Jahren familiärer Trennung und zahlreichen Flügen hin und her wurde es Zeit, wieder nach Deutschland zurückzukehren, aber noch fehlte eine Berufsperspektive in der Heimat. Das Schicksal meinte es wieder einmal gut mit mir: Wie schon in Guyana, wo passgenau zum Ende meines UNDP-Vertrages ein Angebot aus Brasilia kam, lag kurz vor meiner Abreise aus Mexiko-Stadt ein regennasser Brief vor der Haustür in Coyoacán. Darin lud mich die Universität Stuttgart zu einer Bewerbung für eine neu eingerichtete Professur am Städtebau-Institut ein. Das wäre es doch, dachte ich, nach den turbulenten Lehr- und Wanderjahren in Süd- und Mittelamerika.

Das Fach „SIAAL – Städtebau in Asien, Afrika, Lateinamerika" an der Architekturfakultät Stuttgart wurde 1991 eingerichtet. Meine Bewerbung war wohl auch deshalb erfolgreich, weil nur wenige andere Kandidaten oder Kandidatinnen eine ähnliche Auslandserfahrung vorweisen konnten wie ich. In der ersten Fakultätssitzung konnte ich einige Professoren begrüßen, die ich noch aus meiner Studienzeit 1970/71 in Stuttgart kannte.

Das neue Fach war von Beginn an forschungsorientiert. Zunächst ging es darum, wichtige und interessante Themen im internationalen Städtebau aufzugreifen, durch Forschungsprojekte zu vertiefen und eine fachliche Kompetenz mit einem eigenen Profil aufzubauen. Die Formulierung von Anträgen an die großen deutschen Institutionen der

Forschungsförderung – vor allem die DFG (Deutsche Forschungsgemeinschaft) und die VW-Stiftung – nahm deshalb einen großen Raum bei unserer Arbeit ein. Das war auch relativ erfolgreich, so dass wir im „Drittmittel-Ranking" der Fakultät über viele Jahre hinweg mit an der Spitze lagen.

Die Forschungsprojekte ermöglichten uns enge Kontakte und Kooperationen mit ausländischen Partnern und intensive Studien vor Ort, auch Vortragsreisen, neue Anträge, Publikationen und anderer akademische Aktivitäten hingen mehr oder weniger von den eingeworbenen Forschungsmitteln ab. Die Forschung war auch die wichtigste Ressource für unsere Seminare, Vorlesungen, Entwürfe und Diplomarbeiten, denn eine Lehre im Fach „Städtebau in Asien, Afrika und Lateinamerika" war ohne einen ständigen Forschungs-Input nicht denkbar und der Verzicht darauf hätte unsere Veranstaltungen zu einer sterilen akademischen Trockenübung gemacht.

Zu Beginn jedes Semesters entfaltete der Lehrbetrieb eine allgemeine Hektik: Die Einführung des Erstsemesters, die Vorstellung des Lehrangebots und diverse Kommissionen hielten alle auf Trab wie einen aufgescheuchten Bienenschwarm. Nach einigen Wochen beruhigte sich das, aber im laufenden Lehrbetrieb des Semesters mussten Publikationen, Forschungsanträge und Reisen auf die vorlesungsfreie Zeit warten. Es war ein *Learning-by-doing*-Start, denn ich hatte noch kein Konzept für eine systematische Lehre und so machte ich reichlich Gebrauch vom unerschöpflichen Großthema Lateinamerika. 1990 war die Verstädterung in Lateinamerika schon deutlich weiter fortgeschritten als in Asien und Afrika und so waren die Megastädte São Paulo und Mexiko-Stadt paradigmatische Beispiele für das, was auch auf andere Regionen zukam. Ähnliches galt für die Wohnungsprobleme der einkommensschwachen Schichten und für die irregulären „Spontansiedlungen", die das Bild der lateinamerikanischen Metropolen in weiten Bereichen prägten.

Unser Lehrauftrag bestand darin, den Studierenden die vielfältigen Erscheinungsformen der außereuropäischen Städte und Baukulturen nahezubringen und dazu stand uns mit Vorlesungen, Seminaren, Entwürfen und Exkursionen ein umfangreicher didaktischer Instrumentenkasten zur Verfügung. Die Vorbereitungen für unsere „exotischen" Themen waren aber deutlich aufwändiger als für das normale Lehrprogramm, weil die Informationen nicht abrufbereit in Bibliotheken und Planungsämtern lagen. Während andere Institute pro Semester ein oder zwei Entwürfe herausgaben, die dann von größeren Gruppen bearbeitet wurden, waren wir auch eine Anlaufstelle für frei gewählte Themen, die natürlich individuell betreut werden mussten.

Die Vorlesungen nahmen bald die Form einer Vortragsreihe zum Thema „Weltstädte" an, mit regelmäßigen Gastvorträgen, die auch im Studium Generale gelistet waren. So saßen unter den Studierenden auch ältere Herrschaften, darunter einige pensionierte Geografielehrer, die gerne kleine Korrekturen anbrachten, wenn es um ihre Lieblingsstädte ging. Die Seminare dienten zur Vorbereitung von Entwürfen und Exkursionen und weil der Anteil ausländischer Studierender bei uns deutlich höher war als in anderen Fächern, hatten wir es mit allen möglichen Orten und städtebaulichen Situationen zu tun. Nach 20 Jahren Lehre konnte ich in aller Bescheidenheit sagen, dass es nur wenige große außereuropäische Städte gab, mit denen ich nicht zumindest virtuell in Berührung gekommen bin.

In vielen Fachgebieten spielten Exkursionen kaum eine Rolle, für uns jedoch waren Vor-Ort-Erkundungen ein didaktischer Grundbaustein. Oft nutzten wir dabei die Orte und Kontakte unserer Forschungsprojekte. Es gab in jedem Semester mindestens eine große Exkursion, für die ein Programm und Reiseplan entwickelt, Unterkunft und Kosten recherchiert und Partner vor Ort gefunden werden mussten. Wir organisierten in 20 Jahren rund 30 große Exkursionen und Workshops in Mexiko, Brasilien, Syrien, Oman, Dubai, Izmir, Iran, China und anderen Ländern, die im Einzelnen zu beschreiben mein Erinnerungsvermögen bei weitem übersteigt.

Aber jede Exkursion war einmalig im Hinblick auf Zielort, Thema und Teilnehmer. Reisen in Entwicklungsregionen erforderten eine gewisse Robustheit und mit Überraschungen war immer zu rechnen. Manchmal fehlten Transport- und Hotelkapazitäten oder die Partner hatten plötzlich andere Pläne. Auch die Gruppen waren mehr oder weniger „pflegeleicht", aber wenn wir nach einem beschwerlichen Fußmarsch in tropischer Hitze endlich das Ziel erreichten, einen berühmten Architekten trafen oder das spektakuläre Panorama einer Megastadt vor Augen hatten, war alles vergessen.

Durch Erfahrungen gereift, entwickelten wir bald ein Exkursions-Modell, bei dem ein Workshop mit einer Partner-Universität im Mittelpunkt stand. Wir stellten eine städtebauliche Aufgabe und die Studenten bearbeiteten diese zwei oder drei Wochen lang gemeinsam mit ihren lokalen *Counterparts*. Das führte in der Regel zu einem lebhaften Wettbewerb zwischen den Arbeitsgruppen, zu einer intensiven Kommunikation, zu Freundschaften und

gemeinsamen Aktivitäten. Lief alles gut, konnte sich die Exkursionsleitung entspannt zurücklehnen und griff nur ein, wenn es Probleme oder Rückfragen gab.

Es waren durchweg Studierende höherer Semester, die sich oft auch für eine Arbeitsperspektive im Ausland interessierten. Angeregt durch die Exkursionen arbeiteten manche nach dem Diplom eine Zeitlang in São Paulo, Rio de Janeiro oder Mexiko-Stadt und einige etablierten sich dort dauerhaft als Architekten oder Dozenten und erweiterten so unser internationales Netzwerk. Es war erstaunlich, wie die zufällige Teilnahme an einer Exkursion den weiteren Lebensweg prägen konnte, ganz so wie es bei mir und der Sambia-Exkursion der Fall gewesen war.

Mit den Jahren gab es deutliche Veränderungen, was die Erwartungen der Studierenden betraf. Während in den 1990er Jahren Fernreisen für die meisten noch eine spannende Expedition ins Unbekannte waren, gab es 10 oder 15 Jahre später kaum noch Teilnehmer, die nicht schon die halbe Welt, zumindest aber die USA, Australien und andere Länder bereist hatten. Die Reizschwelle lag also deutlich höher und wenn die Exkursion mit nennenswerten Kosten verbunden war, fühlte ich mich gelegentlich in die Rolle eines quasi mitgebuchten Reiseleiters versetzt, der jeden Tag für spannende Erlebnisse zu sorgen hatte.

Um 1990 war unser Fachgebiet noch weitgehend das einzige in der Fakultät, das mit Studenten und Forschungsprojekten in ferne Länder reiste; zehn Jahre später hatten sich auch andere Institute internationalisiert. Um 2010 – zum Ende meiner aktiven Zeit in Stuttgart – unterhielten fast alle Institute internationale Kontakte und waren zumindest gelegentlich mit Exkursionen und Workshops irgendwo auf der Welt unterwegs. Das fiel sogar dem damaligen Stuttgarter Bürgermeister auf, der von einem „Bienenkorb" sprach, der ständig ausschwärmte, anstatt sich mit den heimischen Planungsaufgaben in Stuttgart und im „Ländle" zu beschäftigen.

Die Betreuung von Doktoranden begann sofort nach meiner Berufung. Die meisten Kandidaten kamen aus Afrika, Asien und Lateinamerika und die intensiven Diskussionen, die jede Dissertation drei oder vier Jahre lang erforderte, glichen ebenso wie die Seminare und Entwürfe einer virtuellen Reise durch viele Länder und Städte, die ich bislang noch nicht kannte. Einige Themen der 30 Dissertationen, die ich im Laufe der Jahre betreute, waren:

Traditionelle Stadtquartiere in Semarang und Yogyakarta, Indonesien – Revitalisierung und Nutzung des historischen Städtebaus;
Regionalplanung und Stadtplanung in Galiläa – Konzepte und Maßnahmen zur Planung der arabischen Kommunen in Israel;
Flexibilität und Dynamik von Wohnformen in Marokko;
Informelle Siedlungen an den Flussufern indonesischer Städte;
Vertikalisierung innerstädtischer Hochhaus-Quartiere in Goiânia;
Städtebauliche Integration neuer Wohnungsprojekte in Peking;

Process of Consolidation and Differentiation of Informal Settlements – Case Study Nezahualcoyotl, Mexico-City;
Conservation oft Ex-Colonial Residential Settlements in Bandung;
Planning for Urbanized Refugee Camps in the West-Bank, Palestine;
Post-Oil-Urbanism – Case Study Kingdom of Bahrain.

Die Betreuung von Doktoranden beschränkte sich nicht auf die rein fachliche Beratung, denn die Kandidaten waren zunächst damit beschäftigt, eine Wohnung zu finden und ihre familiären und bürokratischen Probleme zu lösen. Viele hatten ein DAAD-Stipendium, was einen regelmäßigen Arbeitsbericht erforderte. Dissertationen in englischer Sprache waren in den 1990er Jahren nur eingeschränkt möglich und auch wenn die Kandidaten nach zwei oder drei Jahren gut Deutsch sprachen, reichte das oft nicht aus, um eine sprachlich lupenreine Dissertation vorzulegen. So brachte ich viele Wochenenden damit zu, neben den inhaltlichen auch die sprachlichen Mängel der Arbeiten zu korrigieren.

Ein palästinensischer Doktorand kam mit Frau und Kind und die Familie bekam nach einem Jahr Drillinge. Seine Ehefrau sprach kaum Deutsch und so hatte er neben seinen nie endenden Familienangelegenheiten große Mühe, seine Arbeit zu beenden. Ein ägyptischer Doktorand musste plötzlich die Vormundschaft für die Kinder seines verstorbenen Bruders übernehmen und pendelte fortan zwischen Stuttgart und seiner Heimatstadt hin und her.

Eines Tages stellte sich eine marokkanische Kandidatin vor, in strenger muslimischer Kleidung und in Begleitung ihres Bruders, um eine Arbeit über marokkanische Wohnformen zu schreiben. Aber rasch lockerte sich ihre Zurückhaltung, das schwarze Kopftuch wurde bunt und schließlich bewegte sie sich engagiert und selbstbewusst in der Universität. Dann kam der Punkt, mit dem im islamischen

Kulturkreis immer zu rechnen ist: Die Familie hatte beschlossen, dass sie einen verwitweten Cousin mit zwei kleinen Kindern heiraten sollte. Sie tat es und ich hörte später, dass sie in Saudi-Arabien lebte.

Fast alle Kandidaten schlossen ihre Dissertation erfolgreich ab und so wuchs mit den Jahren ein weltweites Netzwerk von Ex-Doktoranden, die an lokalen Universitäten, in internationalen Organisationen oder in einem privaten Planungsbüro Karriere machten und die auch für unsere Forschungsprojekte und Exkursionen zuverlässige Anlaufstellen waren. Es gab natürlich auch einige, für die der Doktortitel weniger der Startpunkt einer wissenschaftlichen Karriere war, sondern ein Endziel an sich, um sich fortan auf dem neu erworbenen Status auszuruhen. In seiner Heimatstadt, so erzählte mir ein frischgebackener Doktor beim Abschied, erwartete ihn nun ein gutbezahlter Posten, ein großzügiges Büro, ein Dienstauto mit Fahrer und andere Privilegien, während er sich fast mitleidig in meinem bescheidenen Arbeitsraum umsah.

In den 1990er Jahren gab es einen regelrechten Boom chinesischer Studenten in Stuttgart, die offenbar erkannt hatten, dass man für ein gutes Studium nicht unbedingt ein exorbitantes Studiengeld in Harvard oder Cambridge ausgeben musste. Bald hatte ich einige ausgesprochen fleißige chinesische Doktoranden und damit auch eine hervorragende Gelegenheit, mich mit den aktuellen Themen der chinesischen Stadtentwicklung vertraut zu machen. Die jungen Männer kamen meist nicht allein nach Stuttgart, sondern mit einer Freundin, Verlobten oder Ehefrau, was gute Gründe hatte: Die Ein-Kind-Politik und die hohe Zahl der Abtreibungen hatten in China zu einem deutlichen Männerüberschuss geführt, so dass sich diese schon früh nach einer festen Partnerin umsahen.

Unsere Aktivitäten weiteten sich im Laufe der Jahre auf zahlreiche Länder in Asien, Afrika und Lateinamerika aus. Manchmal beneidete ich die Kollegen, die sich auf ein Partnerland und wenige Themen konzentrierten, aber möglicherweise beneideten diese auch uns, weil wir an vielen interessanten Orten der Welt unsere Studien machten. Die Vielfalt der Orte und Themen, mit denen wir es in Lehre und Forschung, bei Workshops und Exkursionen zu tun hatten, wurde im wahrsten Sinne des Wortes grenzenlos und die Reiseaktivitäten so intensiv, dass ich mir irgendwo auf der Welt fast selbst begegnet wäre wie seinerzeit ein bekannter Außenminister. Jedenfalls konnte ich nach einem Nachtflug in Frankfurt die schlichte Frage des Zolls, wo ich denn herkäme, erst nach einigem Nachdenken beantworten, woraufhin ich meinen Koffer auspacken durfte.

Wer viel reist, kann leicht in eine Reiseroutine verfallen, bei der Organisation, Programm, Termine und Unterkunft im Vordergrund stehen, während das genuine Unterwegssein, die Neugier und das Entdecken lokaler Besonderheiten etwas abflacht. Deshalb vermied ich es, jeden Schritt zu verplanen, sondern ließ dem Zufall und der Intuition breiten Raum. Dennoch waren vor jeder Reise viele Dinge zu erledigen, so dass ich nach Abheben des Flugzeugs gelegentlich in einen Tiefschlaf fiel. Am Zielort angekommen, fehlte oft die Zeit und so waren manche Reisen nicht das, was das Wort „reisen" eigentlich verspricht: ein zeitlich ausgedehnter, mit neuen Bildern, Eindrücken und Erfahrungen ausgefüllter Ausnahmezustand. Christoph Kolumbus und Marco Polo waren echte Reisende, aber waren das auch Vielflieger wie wir, die ähnlich weite Strecken zurücklegten, aber dies in wenigen Stunden und in der mehr oder weniger komfortablen Touristenklasse einer internationalen Fluglinie?

Natürlich gab es auch Reisen, die dem Idealbild nahekamen, mit einer allmählichen Annäherung an das Ziel, was die Erwartungen steigerte und die Imagination beflügelte, und mit reichlich Zeit, um tief in ein neues Land oder eine neue Stadt einzutauchen, den Alltag zu erleben und die Besonderheiten aufzuspüren. Es waren vor allem solche

Reisen, die nachhaltige Eindrücke hinterließen und die sich in diesen Texten wiederfinden, während ich an viele Routine-Reisen kaum eine Erinnerung habe.

Die Frage nach Vertiefung oder Vielfalt, nach lokaler Begrenzung oder weltweiter Mobilität hatte auch eine persönliche Bedeutung. Ein vielgereister Kollege drückte dies nach einem Besuch seiner heimatlichen Kleinstadt mit der philosophischen Frage aus, wer denn nun glücklicher sei: sein alter Schulfreund, der als beliebter Friseur am Ort eng mit der Stadt verbunden war, Ehrenämter innehatte und nie den Wunsch verspürte, sich weit vom Ort zu entfernen, oder er, der ewig Reisende, der die ganze Welt gesehen hatte und nicht müde wurde, auch noch den letzten weißen Fleck auf seiner persönlichen Landkarte zu tilgen. Ich konnte ihm darauf auch keine Antwort geben, außer vielleicht ein Zitat von Herrmann Hesse:

„Kaum sind wir heimisch einem Lebenskreise und traulich eingewohnt, so droht Erschlaffen. Nur wer bereit zum Aufbruch ist und Reise, mag lähmender Gewöhnung sich entraffen..."

VI.
Africa Revisited
Islamisten, Altstadt, Weltdorf
Algier, Fez, Addis Abeba

20 Das erste große Projekt nach meiner Berufung war eine Kooperation mit der EPAU, der Hochschule für Architektur und Städtebau in Algier. Es ging um ein Fortbildungsprogramm für Dozenten und Dozentinnen der Hochschule, was uns bald so sehr beschäftigte, dass die Kontakte zu anderen Ländern für einige Jahre in den Hintergrund traten. Die 1970 gegründete Architekturschule war ein Entwurf von Oscar Niemeyer, der zur Zeit der brasilianischen Militärdiktatur als Exilant in Frankreich lebte. Die EPAU-Gebäude waren zwar nicht vergleichbar mit seinen ikonischen Regierungsgebäuden in Brasilia, aber der Funktion als wichtigste Architekturschule des Landes angemessen.

Zunächst ging es darum, die EPAU gründlich kennenzulernen. Wir stellten fest, dass es eine solide Architekturlehre gab, aber im Städtebau und in der Stadtforschung noch große Defizite. Im Grundstudium (*Graduation*) gab es viele Studenten, im Aufbaustudium (*Post-Graduation*) aber nur wenige, weil sich in Algier kaum jemand ein langes Studium leisten konnte. Der Frauenanteil war hoch, weil die Männer besser bezahlte Berufe vorzogen oder direkt ins Geschäftsleben einstiegen.

Ab 1991 besuchten wir die EPAU regelmäßig für ein bis zwei Wochen und dazu musste ich wieder einmal mein Französisch auffrischen. Einige algerische Kollegen und Kolleginnen hatten im Ausland studiert und sprachen Eng-

lisch, die Älteren aber kaum. Meine sprachlichen Grenzen wurden überschritten, als ich einen Vortrag im großen Hörsaal hielt und mein Französisch umso holpriger wurde, je länger ich sprach. Als ich schließlich ins Englische wechselte, ging ein enttäuschtes Raunen durch den Saal, denn man konnte sich einfach nicht vorstellen, dass ein gebildeter Mensch nicht perfekt Französisch sprach.

Bei der Zusammenarbeit zeigten sich interessante kulturelle Unterschiede. Während wir uns „typisch deutsch" bemühten, die Themen pragmatisch und lösungsorientiert anzugehen, neigten unsere Partner zum geistreichen Essay, was wohl eher der französischen akademischen Tradition entsprach. Das ergänzte sich aber gut und so entwickelte sich bald eine produktive und vertrauensvolle Zusammenarbeit. Wir arbeiteten in „Tandems", also je ein deutscher und ein algerischer Partner, und beschäftigten uns mit Wohnungsbau, Stadterneuerung, Denkmalschutz und mit dem Architekturerbe Algiers.

Die Arbeiten der Tandems publizierten wir in der vom Projekt initiierten Hochschulzeitschrift *„Les Cahiers de l'EPAU"* und die Ausstellung *„Architecture Algerienne"* wurde später in Algier, Stuttgart, Montpellier, Paris, Marseille und Lissabon gezeigt. Der Entwurfsstil an der EPAU war damals noch stark von der klassischen Tradition der *L'École des Beaux Arts* geprägt, wobei Symmetrie und schöne Fassaden eine wichtige Rolle spielten. Das galt auch für die Städtebau-Entwürfe mit ihren „urbanen Achsen", was an die Pariser Boulevards erinnerte. Analytische Aspekte wie Funktionalität, Flexibilität und Nachhaltigkeit wurden dagegen weniger vertieft.

Bei den öffentlichen Diplomprüfungen waren die Großfamilien der Prüflinge anwesend, einschließlich der Großmütter, die das Prüfungskomitee mit selbstgebackenen Süßigkeiten verwöhnten. Die Familien beteiligten sich lebhaft an der Notengebung und klatschten und trällerten bei „sehr gut", bei „gut" hingegen murrte und protestierte man, denn der Prüfling war oft der erste Akademiker in der Familie und deren ganzer Stolz. Unter den Diplomanden waren auch bärtige junge Männer, die mit großem Ernst und Eifer einen Entwurf für die Große Moschee in Algier vorstellten. Die islamistische Bewegung, die sich überall im Lande regte, machte sich zunehmend auch in der EPAU bemerkbar.

In den ersten Jahren konnten wir uns frei in Algier bewegen, aber mit der Verschärfung des politischen Konflikts gab es Stadtviertel, wo wir uns als Ausländer besser nicht sehen ließen. Auch an Stadterkundungen zu Fuß, wie ich sie 1975 in Algier gemacht hatte, war ab 1993 nicht mehr zu denken. Dennoch besuchten wir mit unserem Fahrer, der die Stadt und die Risikogebiete gut kannte, die architektonisch interessanten Gebäude und Monumente der Stadt.

Ein Name, den ich noch von meiner ersten Algier-Reise kannte, war Fernand Pouillon. Seine Architektur war oft monumental und mit ihren lokalen Gestaltungselementen fast eine nordafrikanische Postmoderne. Beeindruckend, aber auch etwas befremdlich, war sein Projekt *Climat de France*, ein kasernenartiger Wohnblock von enormen Ausmaßen mit einem riesigen Innenhof ohne jede Begrünung, so als ob man die Baumasse eines ganzen Quartiers in einen Baukörper gepresst hätte. Möglicherweise war sein Thema das klassische arabische Hofhaus, das er hier überdimensional als kollektive Wohnform zelebrierte. Mir fiel auf, dass sich in den großzügigen Freiräumen und Höfen seiner Wohnanlagen vor allem Kinder und Männer aufhielten, während die Frauen aus den Küchenfenstern zuschauten. Auch das schien ein Vorbote des vorrückenden islamistischen Konservatismus zu sein.

Den Planungsapparat der Metropole hatte man – wieder einmal – völlig umgebaut und das anspruchsvolle Planwerk von COMEDOR aus den 1970er Jahren und unser Plan für El Biar waren längst Geschichte. Von der sozialistischen Politik hatte man sich verabschiedet und setzte nun auf den privaten Sektor, aber die Stagnation der 1980er Jahre hatte nur wenige strukturelle Veränderungen hervorgebracht. So hatte ich den Eindruck, dass sich das Stadtbild in den zurückliegenden 20 Jahren nur wenig verändert hatte und die Stadt lebte, wie es schien, weitgehend von der Substanz.

Die Bevölkerung wuchs weiterhin sehr schnell, der Anteil der Kinder und Jugendlichen war hoch und es gab einen enormen Nachholbedarf an Ausbildungs- und Arbeitsplätzen, an technischer Infrastruktur sowie an Kultur- und Freizeiteinrichtungen aller Art. Überall sahen wir junge Menschen auf den Straßen und Scharen von Kindern, die aus den Schulen kamen. Auch der Autoverkehr hatte chaotisch zugenommen, weil der öffentliche Verkehr völlig unzureichend war.

Die Altstadt oder *Kasbah* von Algier wurde 1985 zum Weltkulturerbe erklärt, war aber weiterhin ein überbevölkertes Unterschicht- und Mieterquartier. Nach einigem Zögern, weil auch die Altstadt als islamistische Hochburg galt, führte uns ein EPAU-Kollege durch das Gewirr von Treppen, Gassen und Durchgängen. Die Zitadelle und ein schönes Hofhaus hatte man restauriert, die Masse der renovierungsbedürftigen Häuser aber noch kaum angetastet. Die Bewohner wehrten sich, wenn ihr Verbleib infrage stand, auch waren die Besitzverhältnisse kaum mehr zu entwirren.

Ein Traum für jeden Immobilienentwickler waren die prächtigen Häuserfronten der Kolonialstadt, die man in Europa längst aufwändig saniert und „gentrifiziert" hätte. Viele Wohnungen waren privatisiert, den neuen Eigentümern fehlten aber die Mittel, diese Architektur angemessen zu pflegen. Obwohl die repräsentativen Gebäude die „weiße Stadt am Meer" immer noch maßgeblich prägten, gab es offensichtlich keinen Plan, wie man damit umgehen sollte, vielleicht weil die opulente Boulevard-Architektur als ein Relikt des französischen Kolonialismus galt.

Auch die Plattenbauten aus sozialistischer Zeit waren teilweise privatisiert. Die vielgeschossigen Wohnblöcke waren keine Armuts-Ghettos, sondern wurden – wie in der früheren DDR – vor allem von Beschäftigten im öffentlichen Dienst und staatlicher Firmen bewohnt. Manchmal fiel in den riesigen Hochhäusern, in denen oft über 1000 Menschen lebten, das Wasser aus und eine ununterbrochene Kette von Frauen und Kindern schleppte ameisengleich die Eimer viele Treppen hoch, weil auch der Aufzug ausgefallen war.

Im Umland war die Zersiedlung weit fortgeschritten. Private Wohnsiedlungen standen isoliert in der Landschaft und ich wunderte mich über die Größe mancher Häuser, die offenbar für vielköpfige Großfamilien gedacht waren. Aber das war ein traditionelles Konzept, das auch in Algier kaum mehr funktionierte, denn die jungen Leute suchten ihre Zukunft und Unabhängigkeit dort, wo es diese gab und das war nicht unbedingt der Heimatort.

In Algerien hatte man sich ganz auf die Ölvorkommen verlassen und den Tourismus ignoriert, auch wenn es einige schöne Ferienanlagen an der Küste gab. Wir machten einen Ausflug an die damals noch unentwickelte Mittelmeerküste und kamen in ein malerisches Fischerdorf, wo man uns – wir waren zehn Personen – einen riesigen gegrillten Fisch servierte. Ich hatte noch nie von einem „Eiweißschock" gehört, aber ebendieser traf einen unserer Kollegen. Wir legten ihn auf die Kaimauer am Ufer, wo er sich in der frischen Meeresbrise erholte, während wir den Riesenfisch bis auf die letzte Gräte zerlegten.

Einen versteckten Guerrillakrieg gab es schon seit 1992, nachdem das Militär eine demokratische Wahl annulliert hatte, aus der die Islamische Heilsfront (FIS) als Sieger hervorgegangen war. 1994 begann die Atmosphäre in der Stadt zu kippen und der offene Konflikt zwischen den Islamisten, dem Militär und dem liberal-bürgerlichen Teil der Gesellschaft spitzte sich zu. Man sah zunehmend bärtige Männer in langen *djellabas*, die uns ernst – und manchmal bedrohlich – anblickten. Immer mehr junge Frauen trugen Kopftücher und die Menschen verhielten sich betont konservativ, so dass die urbane Offenheit, die ich von früher kannte, verschwand. Während in der Hochschule noch eine freie universitäre Atmosphäre herrschte, gerieten unsere EPAU-Kollegen ins Visier der Islamisten. Der junge EPAU-Direktor wurde vor seiner Wohnung erschossen und andere Dozenten bedroht. Im ganzen Land häuften sich brutale Aktionen, Ausländer wurden entführt, christliche Nonnen und Priester ermordet und es gab blutige Anschläge auf den Straßen und Märkten.

Eines Abends lud man mich zu einer schaurig-schönen Veranstaltung in ein dunkles Kellergewölbe ein. Ein symbolischer Trauerzug mit Fackeln und dumpfen Trommelschlägen tauchte auf, die Gestalten in schwarzen Gewändern und mit verhüllten Gesichtern. Einige trugen Namen vor sich her, die an die Opfer von Anschlägen erinnerten. Es wurden Gedichte rezitiert und man hörte Klagelaute wie bei einer Trauerfeier. Als ich in dieser Nacht durch die dunklen Straßen zurück zum Hotel lief, schreckte ich bei

jeder Begegnung zusammen. Auch im Hotel fand ich lange keinen Schlaf, sondern lauschte auf verdächtige Geräusche auf der Treppe und in den Gängen und als ich endlich einschlief, hatte ich Albträume, in denen mich Bärtige mit langen Messern verfolgten.

Eine unserer letzten Aktionen in Algier war die Präsentation der Projektergebnisse, zu der auch hohe Planungsbeamte und der deutsche Botschafter erschienen, alle gut bewacht von einem Dutzend Sicherheitsleuten. Bald waren Reisen nach Algier aber nicht mehr möglich und die EPAU-Dozenten kamen nun verstärkt nach Stuttgart. Fast pausenlos organisierten wir Workshops und Projektbesuche in Stuttgart, Tübingen, Freiburg, Heidelberg und in Berlin, das sich gerade im Totalumbau befand. Die Algerier genossen den Aufenthalt in Deutschland, wo es keine Bedrohung für Leib und Leben gab, was die Sorge um ihre Familien aber nicht minderte. Bei den Rundgängen standen sie oft zusammen in Gespräche über die EPAU und ihre Heimat vertieft und vergaßen für einen Moment das, was wir ihnen gerade zeigten.

21

Wir waren zu einem Kongress nach Marokko eingeladen und wie immer in Nordafrika war der Empfang herzlich und das Rahmenprogramm umfangreich. Das Thema war die Erneuerung der historischen Altstädte in Marokko und Deutschland. Ein Kollege aus Stuttgart kannte sich gut im Land aus und hatte bei früheren Reisen einige *Ksars* dokumentiert. Diese traditionellen Lehmburgen der Berber waren verfallen, aber selbst als Ruinen so eindrucksvoll, dass sie vor Jahren als Kulisse für eine *Star-War*-Episode dienten.

Der Kollege hatte ein weiteres Hobby: die traditionellen Nomadenteppiche, deren abstrakte Formen und Farben an die Anfänge der modernen Kunst erinnerten und tatsächlich ließ sich im vorigen Jahrhundert die europäische Avantgarde, insbesondere Wassily Kandinsky, Paul Klee und Le Corbusier, von der marokkanischen Nomadenkunst inspirieren. Wir machten mit dem Taxi eine Tagestour und hielten in kleinen Dörfern, wo der Fahrer den Bewohnern erklärte, dass ein Ausländer einen guten Preis für alte Teppiche bot, man solle sie einfach auf den Platz bringen. Es dauerte eine Weile, bis der erste Teppich kam. Der Kollege begutachtete, verhandelte und kaufte. Das sprach sich herum und das Geschäft kam in Gang. Möglicherweise zog man sogar den Alten und Kranken den Teppich unter ihrem Lager weg, denn einige Stücke fühlten sich noch warm an.

Nach mehreren Dörfern war der Kofferraum voll und die Teppiche stapelten sich auf dem Rücksitz, so dass ich schließlich knapp unter dem Autodach saß. Man roch noch die Lehmhütten und alten Häuser, in denen die Teppiche seit unbestimmten Zeiten gelegen hatten und es war keine Einbildung, dass es auf der Rückfahrt überall zu jucken begann. Der Kollege war aber mit der Ausbeute zufrieden und ich hörte später, dass er eine der größten Sammlungen dieser Nomadenteppiche besaß, die auch in Kunstausstellungen und Museen gezeigt wurden.

Die Marokkaner wollten uns Fez zeigen, wo es seit einigen Jahren ein anspruchsvolles Altstadt-Projekt gab. Ich kannte Fez von einer früheren Ferienreise, aber die Erinnerung daran war stark verblasst, außer einer peinlichen Episode, die wir damals erlebten. Wir hatten einen Führer engagiert, um uns die Stadt und das Umland zu zeigen und wunderten uns, als dieser darauf bestand, eine Flasche Wein zu kaufen, was nur Ausländern in wenigen Läden möglich war. Bei einem Picknick vor der Stadt trank er die Flasche so schnell und im Alleingang aus, dass er als Führer nicht mehr zu gebrauchen war und als wir ihn in der Stadt absetzten, konnte er kaum mehr stehen. Ich werde nie die empörten Blicke der Einheimischen vergessen, die natürlich annahmen, dass wir ihren Landsmann zu einem Alkoholexzess verführt hatten.

Die alte Königsstadt Fez lag rund 200 Kilometer westlich von Rabat in einem ausgedehnten Tal und bestand aus der historischen Medina, der französischen Stadt und einer Neustadt, umgeben von einer rasch wachsenden Peripherie aus Satellitenstädten und ärmlichen Selbstbausiedlungen. Die Agglomeration *Grand Fes* hatte fast eine Million Einwohner und lebte vom Tourismus, von der Leder- und Nahrungsmittelindustrie und einer Textilfabrik. Seit 1981 war die Altstadt ein UNESCO-Weltkulturerbe und Schauplatz verschiedener Sanierungsprojekte. Die Medina hatte rund 160 000 Einwohner und viele Gewerbebetriebe, in denen einige Tausend Menschen arbeiteten. Es gab über 1000 historische Gebäude, darunter viele aus dem 14. Jahrhundert, aber die Bausubstanz war schlecht, die Grundmauern feucht und die Häuser vom Einsturz bedroht. Dennoch war die Altstadt kein desolates Freilicht-Museum, sondern dicht bewohnt und belebt. Das galt für die Wohnhäuser, Läden und Märkte ebenso wie für die Moscheen, öffentlichen Bäder und andere traditionelle Einrichtungen, die noch intensiv benutzt wurden.

Trat man durch ein historisches Tor, stand man nicht in einer wie neu hergerichteten Altstadt-Kulisse, in der sich vor allem Touristen bewegten, sondern in einem authentischen Ambiente mit bröckelnden Fassaden und einem jahrhundertelang ausgetretenen Gassenbelag. Authentisch war auch noch weitgehend das Alltagsleben. Männer trugen die *djellaba*, den bodenlangen Kapuzenmantel, die Frauen ebenso, aber in einer feineren oder farbigen Variante. Die Menschen gingen zur Arbeit oder kamen von dort, verschwanden mit Einkäufen in den Häusern und Schulkinder liefen lärmend durch die Gassen. Es gab Teestuben und Läden mit Kunsthandwerk, moderne Touristen-Cafés sah ich aber nicht.

Die Medina von Fez war einzigartig, weil sie aufgrund ihrer Lage am Nordende der Stadt ihren historischen Charakter weitgehend bewahrt hatte. Auch der alte Stadtrand war noch intakt und seit Jahrhunderten unverändert von einer idyllischen Gartenlandschaft und uralten Friedhöfen umgeben. Ich stieg auf einen Hügel, der mit alten Olivenbäumen und Ziegenherden einer biblischen Landschaft glich und genoss den Blick auf die mittelalterliche Stadt, in der sich alles zu einer kompakten Einheit fügte. Die Häuser drängten sich zusammen, um das wertvolle Ackerland zu schonen und die Sommerhitze fernzuhalten. Die schmalen Gassen zogen sich wie filigrane Adern durch das dichte Zellgewebe der Hofhäuser – ein perfekter Stadtorganismus, den – so schien es – nicht die Menschen, sondern die Natur erschaffen hatte. Beim Abstieg durch die Friedhöfe erregte ich den Unmut einiger Bauern, die in der Nähe arbeiteten, und ihre drohenden Gebärden veranlassten mich, schleunigst von diesem tabuisierten Gelände zu verschwinden.

Das Hofhaus mit einem quadratischen Grundriss und drei bis fünf Geschossen war der Grundbaustein der Medina, damit war die Altstadt von Fez höher und dichter bebaut als viele andere orientalisch-islamische Altstädte. Die Innenhöfe waren entsprechend hoch, mit Galerien in jedem Stockwerk und oben abgedeckt oder mit Lichtkuppeln versehen, was die Höfe in schattige und kühle Hallen verwandelte. Hofhäuser gab es in allen Größen, von reichen Stadtpalästen und Moscheen bis hin zu kleinen Häusern, die nur einen winzigen Lichtschacht hatten.

Wir besuchten ADER, die 1985 gegründete Agentur für die Entwicklung und Rehabilitation der Medina. Dort war man stolz auf das Informationssystem, mit dem man alle Grundstücke, Gebäude und Bewohner der Altstadt erfasst hatte. Das benötigte jedoch viel Zeit, so dass die konkreten Aktionen erst 1992 begannen: Monumente wurden restauriert, einsturzgefährdete Gebäude gesichert und der Zugang zur Altstadt verbessert. Die Grundstücke eingestürzter Häuser nutzte man zum Bau kleiner Nachbarschaftsplätze. Die Hauseigentümer wurden mit Zuschüssen ermutigt, ihre Häuser zu sanieren und um die hohe Wohndichte zu reduzieren, baute man Ersatzwohnungen an anderen Standorten. Auch die sozialen und ökonomischen Probleme wie Kinderarbeit und schlechte Arbeitsbedingungen in den Färbereien nahm ADER in den Blick. Wir besuchten eine alte Lederfärberei, die sich nahtlos in eine Wohngasse einfügte und von außen kaum zu erkennen war. Die farbigen Bottiche, in denen die Männer seit Jahrhunderten unverändert hantierten, boten ein zeitlos schönes Bild, aber der faulige Geruch von fermentiertem Leder und Chemikalien vertrieb jede Illusion. Es war klar, dass man diese Betriebe auslagern musste. Früher besaß Fez eine raffinierte Wasserversorgung, diese war jedoch ebenso verfallen wie das Abwassersystem und wie in vielen alten Städten wusste niemand, wo die alten Kanäle lagen.

Bei allen Projekten arbeitete ADER eng mit der lokalen Bevölkerung zusammen, auch wenn Hausbesitzer, Mieter und Gewerbetreibende oft unterschiedliche Interessen hatten. Wie in anderen marokkanischen Städten kauften wohlhabende Ausländer schöne alte Häuser, aber man wollte keine gentrifizierten Ausländer-Ghettos wie in Marrakesch. Investitionen wie attraktive Gästehäuser waren jedoch willkommen und der Tourismus wurde durch ein jährliches *Festival of Music* gefördert.

Zum Abschluss lud man uns in ein Restaurant zum traditionellen *Couscous* ein, ein uraltes maghrebinisches Gericht aus gedämpften Grießmehl-Kugeln, Gemüse, Fleisch und unzähligen Gewürzen. Das Mahl wurde von arabischer Musik begleitet und schließlich trat eine orientalische Tänzerin auf. Ich wunderte mich, dass eine Kultur, die traditionell die Frauen penibel verhüllte und tabuisierte, ausgerechnet diesen hocherotischen Tanz duldete. Das Geheimnis löste sich dahingehend auf, dass es keine Frau war, sondern ein perfekt geschminkter und kostümierter junger Mann, was man aber nur an den großen Füßen sah. Ein einheimischer Kollege bestätigte, dass dies in Marokko nicht ungewöhnlich war.

22 Äthiopien war in spätrömischer Zeit eines der ersten christlichen Königreiche und bot über Jahrhunderte hinweg allen Eroberern die Stirn, insbesondere Italien, dessen Kolonialisierungsversuch vom Kaiserreich Abessinien 1896 in der Schlacht von Adua siegreich abgewehrt wurde. Kaiser Haile Selassi, der „Löwe von Juda", regierte 1930/36, bis die Italiener im Abessinien-Krieg einen Teil Äthiopiens besetzten und in ihr „Italienisch-Ostafrika" eingliederten. Der Kriegsverlauf beendete dies 1941 und Kaiser Haile Selassi übernahm wieder die Macht. Er wurde 1974 durch einen Militärputsch abgesetzt, es folgten eine Diktatur, eine Rebellenallianz und die Wohlstandspartei, die das Land seitdem regierte.

Trotz der politischen Wirren gab es allen Grund, den Nationalstolz zu pflegen, denn nur wenige Länder in Afrika waren historisch gewachsen und nicht aus willkürlich gezogenen Kolonialgrenzen hervorgegangen. Auch deshalb hatten nach der Entkolonialisierung die Afrikanische Union und einige UN-Organisationen symbolträchtig ihr Hauptquartier in Addis Abeba aufgeschlagen. Addis Abeba war keine Weltstadt wie New York, Tokio oder London, galt aber aufgrund der besonderen Geschichte als die inoffizielle Hauptstadt Afrikas. Vielleicht deshalb sollte ich an der Universität einen Vortrag zum Thema „*World Cities*" halten, aber schon der Anflug machte deutlich, dass es hier um eine Dritte-Welt-Metropole ging. Die Stadt hatte in weiten Teilen einen fast dörflichen Charakter ohne erkennbare Struktur, mit blechgedeckten Hüttenvierteln, vielen ungepflasterten Straßen und einigen eingestreuten Hochhäusern.

Die aus allen Nähten platzende Stadt war jung und erst Ende des 19. Jahrhunderts aus einer lockeren Agglomeration von Dörfern entstanden, als Menelik II. den Wohnsitz vom Berg Entoto in die Ebene verlegte. Der kleine Ort hatte sich in knapp 100 Jahren mit einem rekordverdächtigen

Wachstum in einen Großraum von drei Millionen Menschen verwandelt, der viele Zuwanderer aus den ländlichen Regionen anzog. Aber auch in der Stadt lebte ein Drittel der Bevölkerung in Armut, die Defizite der Wasserversorgung und Kanalisation waren gravierend und viele Bewohner in den armen Vierteln waren auf verschmutzte Brunnen und öffentliche Toiletten angewiesen. Gekocht wurde oft mit Brennholz, was die Luft enorm belastete.

Es gab zwei oder drei moderne Hauptstraßen mit Banken, Hotels und internationalen Institutionen und einige solitäre Luxushotels erhoben sich aus der Blechdach-Landschaft. Ich wohnte in einem solchen und blickte von meinem Zimmer auf einen Swimming Pool, neben dem einige Gäste in knapper Badebekleidung ihre Cocktails schlürften. Nur durch eine Mauer getrennt, sah man auf der anderen Seite die rostigen Blechdächer eines Slums. Im Hotel zeigte das ständige Kommen und Gehen einer internationalen Klientel die wichtige Stellung, die Addis Abeba in Afrika einnahm. Die morgens ausschwärmenden Geschäftsleute, Diplomaten und Experten standen abends an der Hotelbar, während sich in der Hotellobby, je später je schöner, kontaktsuchende Damen einfanden.

Von den Hauptstraßen abgesehen, waren fußläufige Stadterkundungen sinnlos, man verlief sich unweigerlich in den unstrukturierten und ungepflasterten Straßen. Das Stadtbild war weithin rau und chaotisch, noch ging es offensichtlich um die *basic needs* und weniger um ein modernes Stadtdesign. Auf den ersten Blick gab es keine strikte räumliche Trennung von armen und besseren Vierteln und auch die Slums waren kaum von anderen ärmlichen Wohngebieten zu unterscheiden. Beim Besuch einer NGO (Nichtregierungs-Organisation) setzte uns der Taxifahrer in einer ungepflasterten Straße ab, aber das NGO-Haus war modern und geräumig. Offensichtlich waren die Quartiere doch nicht so homogen arm wie es auf den ersten Blick schien, sondern wiesen eine gewisse soziale Mischung auf.

Aber die urbane Transformation schritt schnell voran, insbesondere an der südöstlichen Peripherie, wo gerade ein Dutzend neuer Baugebiete entlang einer neuen Ringstraße entstand. Große Werbetafeln zeigten die schöne neue Welt von Mittelschicht-Häusern und Villen mit gut ausgebauten Straßen und kompletter Infrastruktur – ein exklusives Alleinstellungsmerkmal in dieser Stadt. Die Herausbildung einer neuen, privilegierten Stadtrandzone war damit eingeleitet.

Zunehmend tauchten auch mehrgeschossige Wohnblöcke auf, eine in Addis Abeba neue Wohnform. Diese war vor allem für die schlecht, aber immerhin regelmäßig bezahlten staatstragenden Gruppen gedacht wie Polizisten, Regierungsangestellte, Lehrer und Krankenschwestern. Offensichtlich wollte sich Addis Abeba aus dem Zustand eines großen „Welt-Dorfes" herauskämpfen und einige Hauptstraßen waren schon auf dem besten Weg dahin mit einer modernen Architektur und Luxusläden wie in anderen Weltstädten auch, im Rest der Stadt stand aber noch die Sisyphusarbeit an, die prekären Wohn- und Lebensbedingungen grundlegend zu verbessern, - eine schwierige Aufgabe bei dem raschen Bevölkerungswachstum.

Die Hauptmasse des Verkehrs bewältigten zahllose Kleinbusse und luftverpestende Oldtimer. Die modernen Zentren und Hauptstraßen waren frei vom Straßenhandel, ansonsten säumten fliegende Händler und Verkaufsstände die Verkehrswege derart dicht, dass man den Eindruck hatte, dass hier jeder mit jedem Handel trieb. Absoluter Höhepunkt der Geschäftigkeit war der *Mercato*, ein von den Italienern eingerichteter gigantischer Freiluft-Markt von der Größe eines Stadtquartiers, angeblich der größte Umschlagplatz seiner Art in Ostafrika.

Intensiv mit Kleinhandel besetzt waren auch die Ausfallstraßen, auf denen sich neben den Kleinbussen endlose Fußgängerströme bewegten, die Waren in die Vororte und Dörfer transportierten oder von dort kamen. Stadteinwärts trugen Frauen große Feuerholzbündel auf dem Kopf und so arm diese Menschen auch waren, so boten sie, groß, hager und in weiße Bauwolltücher gehüllt, ein archaisch zeitloses Bild, das sich seit den Zeiten von Menelik II. nur wenig verändert hatte.

Ein Fahrer der Universität fuhr mich in der Stadt und im Umland herum. Ich fragte nach seiner Familie und er erzählte stolz von neun Brüdern und Schwestern, von denen einige in Europa und in den USA lebten. Generell war die Geburtenrate in den ländlichen Gebieten hoch, in der Hauptstadt aber niedrig und auch der Fahrer wollte sich mit zwei Kindern begnügen, wie er sagte, denn mehr Kinder waren in der Stadt schlicht zu teuer.

Die Wälder in der Hauptstadt-Region waren in wenigen Jahrzehnten stark geschrumpft und damit hatte auch die Bodenerosion sichtbar zugenommen. Wir fuhren durch eine bergige Landschaft, in der es kaum noch einen ausgewachsenen Baum gab, allenfalls junge Eukalyptus-Wäldchen, die den Feuerholz-Sammlerinnen entgangen waren. Auch das Gras auf den schönen grünen Hügeln war bis auf wenige Millimeter abgeweidet. Man konnte nur hoffen, dass die über 100 Millionen Menschen, die bis 2020 erwartet wurden, auch ernährt, beschäftigt und behaust werden konnten.

Ähnlich wie andere afrikanische Länder war Äthiopien in einem Wettlauf zwischen Demografie und Ökonomie gefangen. Afrikas Bevölkerung war seit 1960 um eine Milliarde angewachsen, was einige grundsätzliche Fragen aufwarf: Waren diese jungen, zukunftshungrigen Menschen ein gewaltiges Entwicklungspotenzial, das durch Bildung und bessere Rahmenbedingungen mobilisiert werden konnte? Oder war diese „Menschenflut" eine demografische Last, die jeden Fortschritt erstickte? China und anderen asiatischen Ländern war es gelungen, sich in wenigen Jahrzehnten aus der absoluten Armut herauszukämpfen – warum sollte dies Afrika, das über reiche natürliche Ressourcen verfügte, nicht gelingen? Allerdings gab es in Afrika auch ethnische Konflikte, korrupte Diktaturen, Stammes- und Stellvertreterkriege, die oft genug einen Strich durch den mühsam erarbeiteten Fortschritt machten. Und über allem hing wie eine drohende Wolke der aufziehende Klimawandel, der insbesondere auf diesem Kontinent dramatische Auswirkungen haben konnte.

VII.
Latin Spirit
Stadterkundung in Brasilien
Rio de Janeiro, Brasilia,Salvador, Recife,
São Paulo, Porto Alegre, Curitiba,
Buenos Aires

23 Einige Jahre lang beteiligten wir uns an einem EU-geförderten Städte-Netzwerk und Rio de Janeiro war eine unserer Partnerstädte, was mir die Gelegenheit gab, die Stadt gründlich kennenzulernen. Die Guanabara-Bucht, Copacabana, Ipanema, der Zuckerhut und die Christus-Statue waren ein beeindruckendes Panorama, schaute man aber genauer hin, dann zeigten sich auch die Risse und dunklen Stellen in der Stadt. Rio löste euphorische Gefühle aus, wenn man vom Corcovado auf die Stadt herabschaute, aber auch Gänsehaut-Momente, wenn man nachts durch eine dunkle und verlassene Straße ging.

Rio konnte man sich als ein geflügeltes Stadtgebilde vorstellen. Der Südflügel zog sich als schmaler Landstreifen zwischen dem Tijuca-Gebirge, der Guanabara-Bucht und dem Atlantik über 30 Kilometer an der Südküste hin. Hier lagen wie an einer Perlenkette aufgereiht die bekannten Stadtteile Flamengo, Botafogo, Copacabana, Ipanema, Leblon und Barra da Tijuca, alle mit einem direkten Kontakt zum Meer. Aber jedes dieser wohlhabenden Quartiere trug im Rücken – an der Bergseite – die Armut in Gestalt einiger Favelas mit sich herum, die an den Hängen klebten und auf die luxuriösen Viertel herabschauten – eine städtebauliche Symbiose, weil die Reichen auf billige Dienstleis-

tungen und die Armen auf die schlechtbezahlten Jobs in den reichen Quartieren angewiesen waren.

Die Sonnenstadt warf einen langen Schatten von Armut und Unsicherheit, was man aber weniger in der Südzone, sondern in der Nordzone sah. Diese griff 40 Kilometer weit fächerförmig in die *Baixada Fluminense* aus, eine sumpfige Fluss- und Küstenebene, wo weithin unbekannte arme Vorstädte und Favelas lagen. Die Stadt hatte somit einen reichen und einen armen Flügel und eine krasse städtebauliche und soziale Schlagseite. Das blieb den meisten Besuchern aber verborgen, weil diese – von der Fahrt zum Flughafen abgesehen – kaum je das nördliche Rio sahen. Sogar der überdimensionale Christus auf dem Corcovado streckte segnend seine Arme nach Süden aus und zeigte den armen Stadtgebieten im Norden abweisend und unchristlich den Rücken.

Die beiden Flügel trafen sich im *Centro*, das gleichzeitig Geschäftszentrum, Altstadt und Verkehrsknoten war, denn hier kreuzten sich die Metro- und Buslinien sowie die Fahrzeugströme aus der Süd- und Nordzone. Die Überlagerung von Altstadt und Geschäftszentrum hatte ein chaotisches Durcheinander von Gebäuden aus allen möglichen

Epochen hervorgebracht, die oft abrupt und beziehungslos nebeneinanderstanden: koloniale Klöster und Kirchen, Stadtpaläste aus dem 17. und 18. Jahrhundert, Wohn- und Geschäftshäuser aus dem 19. Jahrhundert, Prachtbauten der Jahrhundertwende, Art Déco und Frühmoderne, Zweckbauten der 1960/70er Jahre und postmoderne Türme aus neuerer Zeit. Das architektonische Chaos wurde von zwei großen Stadtachsen zusammengehalten. Die Av. Rio Branco entstand um 1900 und war zunächst eine repräsentative Prachtstraße, die sich später in eine zwei Kilometer lange Magistrale mit 30-geschossigen Bürotürmen verwandelte. Gekreuzt wurde diese von der ebenso großzügigen Av. Presidente Vargas, die man in den 1940er Jahren rücksichtslos durch die alten Stadtviertel getrieben hatte. Die 20-geschossige Hochhausfront ging nach einem Kilometer in eine gigantische Ausfallstraße über, durch die sich ein endloser Strom von Autobussen in die Nordzone schob.

Der enge Straßengrundriss der Altstadt erzeugte eine dichte urbane Atmosphäre, ebenso die schattigen Kolonnaden und Passagen – eine städtebauliche Tradition, die sich leider immer mehr verlor. In der Rua do Ouvidor und Rua Gonzales, zwei traditionsreichen Geschäftsstraßen, gab es nostalgische Cafés und Geschäfte aus vergangener Zeit und in anderen Altstadtstraßen schöne portugiesische Stadthäuser, die aber oft durch Umbauten und Vernachlässigung verunstaltet waren.

Durch die Menschen- und Verkehrsmassen, die täglich durch das Zentrum fluteten, lastete auf der Stadtmitte ein enormer Druck. Nachts und am Wochenende war das *Centro* aber leer und unsicher, weil es so gut wie keine Wohnbevölkerung gab. Diese wurde in früheren Jahren durch ein regelrechtes Wohnverbot eliminiert, weil man die Altstadt in einen *CBD (Central Business District)* nach nordamerikanischem Vorbild verwandeln wollte. Unsicherheit, Überlastung und Imageverfall ließen viele Banken, Büros und Läden in die Südzone abwandern und auch den zahlreichen Theatern, Museen und Restaurants gelang es nicht, das Zentrum nachts und am Wochenende zu beleben. Auf Plätzen, Treppen und in Hauseingängen saßen oft Straßenkinder, denen man ansah, dass sie nicht von harmloser Bettelei, sondern von Diebstahl und Überfällen lebten.

Bei einer Stadterkundung stieß ich auf einen kleinen Laden mit seltsamen Figuren und Requisiten für den afrobrasilianischen *Condomblé*-Kult, der insbesondere in Rio de Janeiro, Salvador und Recife populär war. Dabei ging es um Gottheiten und Geister, die teilweise afrikanischen Ursprungs waren, und denen man – ähnlich wie den katholischen Heiligen – besondere Eigenschaften zuschrieb. Um mit diesen zu kommunizieren, spielten Rituale, Tänze und in Trance versetzte Medien eine wichtige Rolle. *Macumba*, ein ähnlicher Kult in Rio de Janeiro, hatte ebenso afrikanische Wurzeln, ähnelte mit seinen Fetischen, Hexen und schwarzer Magie aber eher dem Voodoo in Haiti.

Ich wusste darüber kaum etwas, kaufte aber einige Figuren wegen ihrer expressiven Originalität und zeigte meine Entdeckung stolz einer brasilianischen Kollegin. Diese war schockiert und riet mir dringend, die Figuren schleunigst zu entsorgen, weil sie in den Händen von Unwissenden Unheil brachten. Und so legte ich die Figuren in eine

Schachtel und verstaute sie in den Tiefen meines Hotelschranks, wo sie wahrscheinlich heute noch liegen und hoffentlich keine Gäste belästigen.

Einige Jahre später besuchte ich wieder Rio de Janeiro und stellte fest, dass sich die Situation im Zentrum deutlich verbessert hatte, woran zwei Städtebauprojekte einen großen Anteil hatten: *Corredor Cultural* und *Rio Cidade*. Wir besuchten RIOARTE, das städtische Amt, das für das historische Erbe verantwortlich war. Die Projektleiterin erklärte uns die Situation: In Brasilien interessierte sich der Denkmalschutz oft nur für die herausragenden Monumente, aber wenig für die historische Alltagsarchitektur. Deshalb verschwand in den boomenden 1960/70er Jahren ein ganzes Stadtviertel, um einer neuen Kathedrale und Bürotürmen Platz zu machen – ein städtebauliches Megaprojekt, das nie vollendet wurde. Weitere Altstadtquartiere fielen der Modernisierung zum Opfer, bis sich in den 1980er Jahren Widerstand regte und auch die Haus- und Ladenbesitzer begriffen, dass ohne eine Erneuerung keine Geschäfte mehr zu machen waren.

Man übertrug RIOARTE die Aufgabe, die „chaotische" architektonische Vielfalt nicht zu zerstören, sondern zu erhalten, denn diese hatte ihren besonderen Charme. So stellte man nach einer Bestandsaufnahme rund 3000 Monumente, Wohn- und Geschäftshäuser aller Epochen und Stilrichtungen unter Schutz. Zunächst erneuerte man die Fassaden, um das Straßenbild zu verbessern, dann beschäftigte man sich näher mit der Bautypologie, dem Fußgänger- und Fahrverkehr und schließlich auch mit den sozialen und ökonomischen Problemen der Altstadt.

Das älteste Projektgebiet war das Gebiet um den Platz *Praça XV* mit dem *Paço Imperial*, dem ersten kolonialen Herrscherpalast. Dieser sowie die *Banco do Brasil* wurden vorbildlich restauriert und als Kulturzentren genutzt. Das einstige Rotlicht-Milieu wurde so zum ersten „Kultur-Korridor", der dem gesamten Projekt den Namen gab. In ähnlicher Weise arbeitete sich das Projekt durch das Geschäftsviertel Saará, das Theaterviertel Cinelândia und das frühere Bohèmeviertel Lapa. Auch das ehemalige Erziehungs- und Gesundheitsministerium (MES) wurde restauriert, ein Klassiker der brasilianischen Moderne, an dessen Entwurf neben O. Niemeyer auch Le Corbusier beteiligt war und wo der berühmte Gartenarchitekt Burle Marx einen Dachgarten angelegt hatte. Insgesamt wurden einige hundert Wohn- und Geschäftshäuser erneuert, so dass es wieder ganze Straßenzüge mit intakten und reizvollen Stadthäusern gab. Als ich diese sah, hatte ich große Lust, mich hier niederzulassen und eine Kunstgalerie mit antiken *Condomblé*-Figuren zu eröffnen. Allerdings änderte die städtebauliche Aufwertung wenig daran, dass das *Centro* als Wohnort für die gehobenen Schichten unattraktiv blieb.

Das zweite Projekt war *Rio Cidade* oder „Rio Stadt". Wie in allen Südmetropolen stand in Rio der öffentliche Raum unter einem enormen Druck. Autoverkehr, Buskolonnen, Parkplätze, Fußgängermassen und Straßenhändler konkurrierten um jeden Quadratmeter, was Erholung, Freizeit und Spiel auf den Straßen und Plätzen fast unmöglich machte. Der neue Bürgermeister war Architekt und wollte die vernachlässigten und überlasteten Verkehrskorridore, Straßen und Plätze in Rio wieder attraktiv und sicher machen und damit auch die Identität der Quartiere stärken sowie den lokalen Handel und Tourismus beleben.

Das Projekt *Rio Cidade*, an dem sich auch die Weltbank beteiligte, begann 1995 und verteilte sich über das gesamte Stadtgebiet. Alte und neue, arme und reiche Quartiere waren dabei, auch Copacabana und Ipanema, wo es vor allem um die vernachlässigte Uferfront und um die überlasteten Durchgangsstraßen ging. Über einige Jahre hinweg war die Stadt voller Baustellen und *Rio Cidade* ein öffentliches Dauerthema. Die Opposition sprach von „städtischer Kosmetik" und die Auto-Lobby polemisierte gegen die fußgängerfreundlichen Vorschläge, aber um 1997 wurden die ersten Ergebnisse sichtbar: erneuerte Hauptstraßen und Fußgängerzonen, neu gestaltete Plätze und Parks, modernisierte Bushaltestellen und Telefonzellen. Auch die Straßenbeleuchtung, Leitungsnetze und Drainagen wurden erneuert, weil manche Stadtteile bei tropischen Regengüssen regelmäßig überflutet wurden. Wegen der schwierigen Topografie fehlten aber alternative Verkehrswege, so dass es oft bei dekorativen Maßnahmen blieb wie dem bunten Straßenpflaster in Copacabana. Ich hatte den Verdacht, dass man die schwarz-weißen *pedras portuguesas* auch deshalb austauschte, weil diese bei Demonstrationen oft als Wurfgeschosse dienten.

Auch die öffentliche Kunst spielte bei *Rio Cidade* eine Rolle, was in einer von Problemen geplagten Megastadt nicht selbstverständlich war. Ein Obelisk in Ipanema und eine überdimensionale Standuhr in Campo Grande setzten markante Zeichen in den öffentlichen Raum und man sah, dass die Straßen und Plätze von der Bevölkerung wieder intensiv genutzt wurden.

Ein Dauerkonflikt war der ausufernde Straßenhandel. Es war beeindruckend, wenn früh morgens die ambulanten Händler, die man volkstümlich *camelôs* oder „Kamele"

nannte, weil sie ihre Waren auf dem Rücken heranschleppten, sich im Zentrum zu Hunderten auf den Gehwegen und in der Nähe der Metro- oder Busstationen ausbreiteten und damit ein gigantisches Billig-Kaufhaus eröffneten. Die besten Standplätze waren markiert und wurden untereinander zu hohen Preisen vermietet oder verkauft. Die *camelôs* standen oder saßen auf Klappstühlen vor einem Tuch mit dem bescheidenen Warenangebot und konkurrierten lautstark um die Aufmerksamkeit der Passanten, - eine so intensive Geräuschkulisse, die es fast unmöglich machte, dort zu wohnen oder ein reguläres Geschäft zu betreiben. Verkauft wurde alles, was chinesische und andere Billigimporte hergaben: Kugelschreiber, Plastikspielzeug, Unterwäsche, CD-Raubkopien, Mobiltelefone und vieles mehr. Ihre Kunden fanden die *camelôs* in den endlosen Fußgängerströmen, die auf dem Weg zur Metro oder zum Bus noch eine Kleinigkeit für die Familie oder Freunde mitnahmen.

Von Zeit zu Zeit entschloss sich die Stadtverwaltung, eine Straße zu räumen, wenn es für den Verkehr kein Durchkommen mehr gab. Ich war zufällig vor Ort, als ein spannendes Katz- und Maus-Spiel begann. Man hörte Polizeisirenen und in Sekunden ergriffen die Händler routiniert das Tuch, auf dem die Ware lag, warfen alles über die Schulter und verschwanden in einer Seitenstraße oder in Hauseingängen, wo sie nachts ihre Waren lagerten. Der Konflikt artete gelegentlich in eine Straßenschlacht aus, dann rissen die *camelôs* das Straßenpflaster auf und warfen mit Steinen. Die Polizei gewann aber bald die Oberhand, räumte die Straße und zog sich zurück. Es dauerte nicht lange, dann tauchten die ersten Händler wieder auf, prüften die Lage und am nächsten Tag saßen alle wieder an ihrem Platz.

Unangetastet von offiziellen Plänen war damals noch das riesige Hafengelände an der Guanabara-Bucht mit kilometerlangen Docks und Speichern. Wir wollten die *waterfront* von Rio als Entwurfsthema bearbeiten und so erkundete ich das Hafengelände, wobei ich meine Erlebnisse in Kingston noch in unguter Erinnerung hatte. Ich fotografierte gerade ein Gebäude, als drei Männer in schwarzen Lederjacken auftauchten, ihre Polizeimarken zeigten und mich in das Gebäude führten, das sich als das Hauptquartier der Hafenpolizei herausstellte. Man warf mir vor, ich sei ein ausländischer Spion. Es dauerte Stunden, bis man mich laufen ließ und brasilianische Freunde wunderten sich, dass dies ohne eine Geldübergabe vonstattenging.

Gefährlicher wurde es für einen unserer Studenten, der auf eigene Faust nach Rio gereist war, um seine Diplomarbeit vorzubereiten. Er geriet in eine Kaskade unglücklicher Ereignisse, die mit einem Taschendiebstahl begann und als Geisel in einer Favela endete. Wie er erzählte, skizzierte er gerade den Hafen, als sich ein Mann neben ihn setzte, einen Revolver zog und Geld verlangte. Der Student hatte kaum etwas bei sich und so entführte ihn der Mann in eine nahe Favela, wo er – sozusagen zur Strafe – das Haus des Gangsters zeichnen musste. Das war derart absurd, dass der Student schon mit dem Schlimmsten rechnete, aber schließlich nahm ihm der kriminelle Kunstfreund Skizze, Hose, T-Shirt und *sneakers* ab und ließ ihn laufen.

Dann kam der schwierigste Teil, so erzählte er, denn nun musste er halbnackt durch die Favela und barfuß über das sonnenheiße Straßenpflaster laufen, zur Belustigung der Bewohner und insbesondere der Kinder. Mit schmerzenden Füßen erreichte er endlich das Hotel, das er drei Tage lang nicht mehr verließ. Ein Jahr später präsentierten wir die Hafen-Entwürfe im Planungsamt, aber die Zeit war wohl noch nicht reif für solche Visionen. Es dauerte noch fast 20 Jahre, bis auch in Rio der alte Hafen mit einem großangelegten *Waterfront*-Projekt erneuert und 2015 auf einer Mole das *Museu do Amanhã* – das „Museum von Morgen" – eröffnet wurde.

Natürlich wollten unsere Studenten Rio bei Nacht erleben und so schickte uns der Hotelportier in eine Diskothek am Fuß des Zuckerhuts. Wir trafen spät abends dort ein, doch es herrschte noch eine schläfrige Ruhe im Lokal. Es wurde Mitternacht, bis endlich einige afro-brasilianische Typen in coolem Outfit ihren Auftritt hatten und sich mit rituellen *handshakes* und Umarmungen begrüßten, im Gefolge schmuckglitzernde *mulattas*, die schon unruhig tänzelten, sobald Musik zu hören war. Man spielte die Hits der Saison, die Girls sprangen auf und zeigten ihre beeindruckende Beinarbeit, die sie wahrscheinlich schon in der Wiege geübt hatten, während ihre Beschützer mit einem *capeta-devil-drink* in der Hand lässig zuschauten. Es war weit nach Mitternacht, der Alkoholpegel stieg und es wurde laut. Man hatte uns bis dahin kaum beachtet, aber nun wurden die Blicke direkter und die Bemerkungen provokanter. Unseren Studentinnen wurde es ungemütlich und so war es wieder einmal an der Zeit, das Feld zu räumen.

24
Brasilianische Großstädte: Hochhäuser und Wohntürme, soweit das Auge reicht und das in einem Land mit ähnlich unbegrenzten Flächenreserven wie die USA, wo die Mittelschicht in komfortablen Einfamilienhäusern in den *suburbs* lebt. Mich interessierte das auffällige Phänomen des vertikalen Wohnens in Brasilien und so schaute ich mir die Städtebaugeschichte von Rio näher an. Dabei stieß man auf das interessante Phänomen, dass der vertikale Wohnungsbau von Anfang an die wohlhabenden Schichten im Auge hatte, um 1900 mit repräsentativen Apartmenthäusern im Pariser Stil und ab 1970 mit bis zu 30-geschossigen komfortablen Wohntürmen, was das elegante Wohnhochhaus als bevorzugte Wohnform der brasilianischen Mittel- und Oberschicht zumindest in den Großstädten etablierte.

Historisch hatten die Strände und das Meer wenig Bedeutung für das Wohnen, bis um 1900 Strandbäder in Mode kamen. Aber schon um 1930 verschwanden die kleinen Strandhäuser in Flamengo und Botafogo und machten großen Hotels und Apartmenthäusern Platz. 1885 wurde Copacabana durch einen Tunnel erschlossen und nach dem Bau der Av. Atlántica ersetzte eine 10-geschossige Blockbebauung die Strandvillen und prägte seitdem das Bild des Stadtteils. Die dichte Bebauung war in den feuchtheißen Tropen nicht ideal, weil die Durchlüftung fehlte und nur die vier Kilometer lange Uferfront von der Meeresbrise profitierte. Aber Copacabana besaß Charme, wozu die Mischung aus historisierenden und modernen Gebäuden mit elegant geschwungenen Fassaden ebenso beitrug wie tropische Vorgärten und Straßenbäume.

Um 1950 war Copacabana ein prominentes internationales Seebad, Nobelquartier und Schauplatz unzähliger Filme. Die Prominenz hatte ihren Preis, denn der ohnehin dichte Stadtteil wurde weiter verdichtet, wo immer es ging. Die großen Wohnungen wurden aufgeteilt und die Innenhöfe teilweise überbaut, ein Phänomen, das man auch „Copa-

cabanisierung" nannte. In einem typischen Apartmenthaus wohnten bis zu 40 Familien, in der Mehrzahl Mieter, wobei sich der Preis bzw. Miete nach der Nähe zum Strand richtete. Die Wohndichte stieg auf 1000 Einwohner pro Hektar, - das Dreifache der Einwohnerdichte von Berlin-Kreuzberg. Verkehrsdruck und Kommerzialisierung folgten und um 1980 hatte das Image des Stadtteils schon deutlich gelitten.

In Copacabana gab es praktisch keine Frei- und Grünflächen, deshalb hatte der Strand eine besondere Bedeutung, er bot Ausblick, Luft und Sonne, er war Erholungs- und Sportfläche, Boulevard und Central Park zugleich. Es war ein typisches Bild, wenn die *cariocas*, wie man die Bewohner von Rio nennt, am späten Vormittag in Badeshorts und Flipflops aus den Häusern traten, in der Eckkneipe ein Schwätzchen hielten und sich dann entspannt zum Strand begaben, wo alle möglichen Gruppen ihren angestammten Strandabschnitt besetzten: Sportler, Wellenreiter, Künstler, Musiker, Intellektuelle, *Queer*-Gruppen und Rios Unterwelt, wobei die *postos*, die nummerierten Getränke-Kioske entlang der Promenade, als Orientierung dienten.

Der Strand war an schönen Wochenenden mit einigen hunderttausend Menschen besetzt, die auch aus den Favelas und armen Vorstädten kamen, und am Wochenende war der Strand die Bühne für Feste und Konzerte. Ich erlebte ein Konzert mit Milton Nascimento, bei dem über 100 000 Fans Bier trinkend im Sand standen oder saßen. Zum Jahresende versammelte sich eine Million Menschen und feierte ausgelassen und fast ohne Zwischenfälle Sylvester. Ging man früh morgens zum Strand, so war dieser bis auf einige Sportler, Favela-Kinder und Fischer fast leer.

Durch die überlasteten Verkehrskorridore in Copacabana ergoss sich ein ununterbrochener Strom von Autos und Autobussen, auch die berühmte Av. Atlántica war meist eine überfüllte Stadtautobahn. Nur am Wochenende, wenn der Verkehr gesperrt war, verwandelte sich die Avenida in eine kilometerlange Promenier-, Spiel- und Sportzone. Dann war Schaulaufen angesagt, ein buntes Défilé von *upper-class-cariocas* mit dekadenten Zwergpudeln, Joggern und Inline-Skatern mit Traumfiguren, Favela-Mamas mit ihrer Kinderschar sowie vielen anderen bemerkenswerten Exemplaren des „rassischen Kontinuums", wie man in Brasilien gerne sagte. Darunter auch auffallend viele *old white men* in Begleitung junger *mulattas*, die, sofern sie mit den alten Männern verheiratet waren, eine enorme Belastung für die brasilianische Rentenkasse darstellten, denn die jungen Frauen hatten beim Tod ihres Gatten einen lebenslangen Anspruch auf seine Rente.

Für Freizeit und Unterhaltung war in Copacabana und Ipanema reichlich gesorgt, auch wenn das nachts nicht ganz harmlos war. Ein Mitbewohner in meinem Stamm-Hotel saß eines morgens übernächtigt am Frühstückstisch und erzählte von einem abendlichen Spaziergang an der Av. Atlántica. Er saß gerade auf einer Bank und genoss den Blick auf das nächtliche Meer, als sich ein Mann neben ihn setzte und ihm ein Päckchen hinhielt. Sofort stand, wie aus dem Boden gewachsen, ein Polizist hinter ihm und erklärte, man müsse ihn wegen Drogenbesitz festnehmen, was einige Jahre Knast in einem berüchtigten Gefängnis bedeutete.

Aber man sei ja nicht unmenschlich und könne auch eine Tour durch das nächtliche Rio machen, um mit der Kreditkarte des Festgenommenen an diversen Automaten zu sehen, ob die Anzeige noch abwendbar sei. Er machte die Tour und man ließ ihn mit 2000 Dollar Verlust laufen.

In Copacabana herrschte eine dichte und lebendige Urbanität, die aber der Vorstellung der brasilianischen Mittelschicht von einer guten Wohnlage nicht mehr entsprach. Hierzu trugen die Favelas an den Berghängen bei, deren Bewohner die Jobs, den Strand und die Infrastruktur selbstverständlich nutzten. Städtebaulich lebte Copacabana von der Substanz, während die aktuellen Nobelquartiere nun Ipanema und Leblon hießen.

Auf einer schmalen, vom Meer und einer Lagune begrenzten Landzunge gelegen, war Ipanema in den 1930er Jahren ein Villen- und Sommerhaus-Vorort, bis mehrere Verdichtungswellen diesen in eine kilometerlange Front von 20-geschossigen Hochhäusern verwandelten. Wohntürme hatten im tropischen Klima Vorteile, bei guter Lage blickte man aufs Meer, auch die Durchlüftung war besser und tropische Gärten zwischen den Häusern ließen das Quartier weniger dicht erscheinen als es war. So war Ipanema um 1990 deutlich elitärer als Copacabana, ebenso der Strand, wo der Komponist Antonio Carlos Jobin seine Inspiration zu den „*Girls from Ipanema*" gefunden hatte. Das Quartier befand sich auf der Höhe seiner Attraktivität, allerdings schritt auch in Ipanema die spekulative Verdichtung unaufhaltsam voran. Niedrige Gebäude verschwanden, um neuen Wohntürmen Platz zu machen und alte Apartmenthäuser wurden durch neue ersetzt.

Die Zeit für einen weiteren Entwicklungssprung an der Südküste war reif und den idealen Ort dafür fand man zehn Kilometer weiter südlich am naturgeschützten 20-Kilometer-Strand von Barra da Tijuca. Neben dem Mega-Strand gab es reizvolle Lagunen und ein ausgedehntes Hinterland, aber ein Wald von bis zu 30-geschossigen Wohntürmen ließ erkennen, dass hier die Vor-stadt-Idylle endete und andere Maßstäbe galten.

Der Plan, die naturgeschützte Strand- und Lagunenlandschaft zu bebauen, entstand schon um 1970. Um die Lagunen nicht völlig zu zerstören, entwarf Lúcio Costa, der Chef-Planer von Brasilia, einen 15 Kilometer langen „Strand der Türme" mit locker verteilten und durchgrünten Wohnturm-Gruppen, die sich im Abstand von je einem Kilometer entlang einer Stadtautobahn aufreihten. Wie in Brasilia bestand die Stadtmitte aus einem von Einkaufszentren und Freiflächen umgebenen Autobahnkreuz, hinzu kam der Plan für ein zukünftiges *Centro Metropolitano* von monumentalen Ausmaßen. Offensichtlich sollte hier auf lange Sicht eine neue Stadt mit einer Millionenbevölkerung entstehen.

Das Nebeneinander von fertigen und unfertigen Quartieren, die riesigen Stellplätze der Konsumpaläste und die Massen der Bauarbeiter und Hilfskräfte, die morgens von zahllosen Bussen abgesetzt wurden, erinnerten mich an Brasilia. Die klassischen Wohnblöcke der *superquadras* gab es in Novo Rio, wie sich das Gebiet stolz nannte, aber nicht, denn die spekulative Bodenverwertung hatte von Beginn

an für eine maximale Bauhöhe, aber auch für großzügige Grün- und Freiräume und eine gute Infrastruktur gesorgt. Die einzelnen Privatsiedlungen oder *condomínios fechados* (geschlossene Eigentümergemeinschaften) bestanden in der Regel aus einer Hochhausgruppe, umgeben von Gemeinschaftseinrichtungen und kleinen Villengebieten. So tauchten in den abgeschlossenen Siedlungszellen auch das Einfamilienhaus und die Villa wieder auf, die als private Wohnformen in Rio fast verschwunden waren.

Elegante Namen unterstrichen die Exklusivität der Privatsiedlungen: *Riviera-Club*, *Village Océanique*, *Nova Ipanema*, - nur *Nova Copacabana* gab es nicht, weil der alternde Stadtteil nicht mehr werbewirksam erschien. Die teuersten Türme waren schlank, mit einer oder zwei Wohnungen pro Geschoss, andere Blöcke massiv, aber die Wohnungen dennoch individuell wegen der flexiblen Bauweise. Viele kauften ihre Wohnung im Rohbau und ließen dann einen Innenarchitekten den individuellen Grundriss und die Ausstattung entwerfen. Wie üblich hatten die Wohnungen einen separaten Bereich mit Küche, Wirtschaftsraum und eine Kammer für die *empregada*, die Haushaltshilfe. Die Hausangestellten betraten die Wohnung durch die Hintertür, so wie es in jedem Haus einen eigenen Eingang und Aufzug für das Hauspersonal gab.

In Barra da Tijuca nahm der Städtebau Tendenzen auf, die es auch schon in Ipanema gab, die aber nun ins Extrem gesteigert wurden: Die Bauhöhe stieg auf 30 Geschosse, das individuelle Apartmenthaus wurde zur exklusiven Privatsiedlung und der private Wohnservice nahm hotelähnliche Formen an wie im *Club Med*. Die Privatisierung kompletter Quartiere entsprach zwar nicht dem Gesetz, das zumindest öffentliche Straßen verlangte, das wurde aber schlicht ignoriert. Die Privatsiedlungen hatten Anrecht auf öffentliche Schulen, statteten sich aber lieber mit privaten Kindergärten und Grundschulen aus, um gebietsfremde Kinder fernzuhalten. Freizeitclubs, Sport- und Spielplätze, Schwimmbäder und kleine Privatparks ergänzten die Ausstattung und im Fitness-Studio huldigte man dem Rio-typischen Körperkult.

Natürlich waren die Luxus-Ghettos von Mauern umgeben und die Eingänge durch Wachleute gesichert. Man brauchte eine Einladung oder längere Diskussionen, bevor man Zugang bekam. Passierte man das Tor, gelangte man in den Servicebereich mit Verwaltung, Läden und Taxi-Ständen. Das war die Anlaufstelle für Besucher, Zulieferer, Handwerker und sonstige Bedienstete, die in großer Zahl zum Betrieb einer Privatsiedlung gehörten. Auch im Inneren des Quartiers war das Sicherheitsbedürfnis fast obsessiv: Privatpolizei überwachte die Straßen und die Villen waren nochmals mit Mauern, Warnanlagen und Hunden gesichert. Nur gelegentlich wurde die Ruhe der begrünten Wohnstraßen durch Autos gestört, die wenigen Fußgänger waren Hausangestellte, Wachleute oder Jogger. Da ich nicht in dieses Schema passte und fotografierte, behielten mich die Wachleute im Auge.

Ganz Barra war ein spezialisierter Dienstleistungsbetrieb, besonders die teuren Apart-Hotels mit einem umfassenden *flat service*. Offensichtlich gab es in Rio eine gut

gestellte Klientel, deren mobiler Lebensstil hotelähnliche Wohnformen verlangte. Die Luxus-Inseln boten Sicherheit, Komfort und Freizeitvergnügen wie exklusive Ferien-Clubs, was aber auch bezahlt werden musste. Die hohen Betriebskosten waren in den selbstverwalteten Siedlungen ein Dauerthema, auch weil die Bewohner die Pools, Tennis-Plätze und Fitness-Clubs ungleich nutzten, aber alle die gleichen Kosten trugen. Andere Probleme waren gelangweilte Jugendliche, die die nächtliche Ruhe störten und Drogen, die trotz Mauern und Wachleuten ihren Weg zu den Pool-Parties fanden.

Wie es um die bessergestellten Jugendlichen stand, erfuhr ich von meinem 16-jährigen Sohn, der einige Wochen die deutsche Schule in Rio besuchte. Er fand schnell Freunde, die in Ipanema, Leblon und Barra wohnten und die ihn abends einluden. Ich wusste natürlich, dass es dabei nicht um die Hausaufgaben ging und stellte mir ein gemütliches Abhängen am Pool oder ähnliches vor. Er erzählte später, dass seine Freunde schon mit 17 oder 18 Jahren ein Auto besaßen und bei nächtlichen Touren durch Rios Diskotheken viel Geld ausgaben. Wofür genau, sagte er nicht.

Die vielen Dienstleistungen machten Barra zu einem wichtigen Arbeitgeber, auch wenn es sich meist um schlecht bezahlte Jobs handelte. Zählte man Hausangestellte, Gärtner, Wachleute, Handwerker, Bauarbeiter und das Personal der Restaurants, Sporteinrichtungen und Supermärkte zusammen, so kam man auf über 100 000 Menschen, die sich täglich in Richtung Barra bewegten. Viele kamen aus den nördlichen Vororten und Favelas, was auch eine Sicherheitslücke darstellte, die sich nicht durch Mauern und Tore schließen ließ. Manche Bewohner waren besorgt, dass ihre *empregada* mit einem Favela-Gangster liiert sein könnte und diesem haarklein sämtliche Details des Familienlebens erzählte. Jedenfalls hatten Haushaltshilfen, Putzfrauen, Köchinnen und Kindermädchen einen intimen Einblick in das Privatleben ihrer Arbeitgeber, während diese kaum etwas über die Lebensumstände ihrer Angestellten wussten. Abends stand das Hauspersonal vor dem Dienstboteneingang und tauschte den neuesten Klatsch über ihre Herrschaften aus, wobei sicher viel gelacht wurde.

Nach einigen Stunden Stadterkundung verlangte das Klima seinen Tribut und ich sah mich nach einer kühlen Oase um. Das war in Barra vorzugsweise *Barra Shopping*, Lateinamerikas größte Mall. Dieser introvertierte Großbehälter war von riesigen Parkplätzen umgeben und enthielt auf mehreren Ebenen endlose Einkaufs- und Gastronomie-Passagen, die auch reichlich Unterhaltung boten wie Kinos, Spielhallen und sonntägliche Konzerte. Luxuriöse Ausstattung, Klimatisierung und Sicherheitsdienste waren selbstverständlich, deshalb war *Barra Shopping* an den Wochenenden ein beliebten Familien- und Jugendtreffpunkt der gesamten Südzone

Eine städtische Öffentlichkeit wie in traditionellen Städten gab es in Barra nicht, aber die großen Verkehrsachsen waren dicht mit Hotels, Läden und Restaurants besetzt. Hinzu kam das gesellige Leben in den Freizeit- und Sport-

Clubs und es gab engagierte Bürgervereine, die sich um Kindergärten und Schulen, Sport und Freizeit, Sicherheit und Sauberkeit in „Neu-Rio" kümmerten. Die perfekte Bühne für das öffentliche Leben und für die Selbstdarstellung war natürlich – wie in Copacabana und Ipanema – der endlose Strand, der an Wochenenden die *cariocas* in großen Massen anzog. Im Umfeld hatten sich Restaurants, Kinos und Hotels angesiedelt, so dass sich die gehobene Freizeitszene von Rio zunehmend nach Barra da Tijuca verlagerte.

Man konnte den „Strand der Türme" als städtebaulichen Exzess kritisieren, aber der neue Stadtteil erfüllte offensichtlich einen Bedarf, denn er verschaffte der Mittel- und Oberschicht wieder das, was ihr die chaotische Metropole genommen hatte: Sicherheit, Komfort und eine relativ intakte Umwelt zumindest innerhalb der gepflegten Privatsiedlungen. Dafür hatte die neue Stadt natürlich nicht, was Alt-Rio im Überfluss besaß: Geschichte, Identität und öffentliches Leben. Aber wie jede Großstadt in Brasilien unterlag auch Novo Rio einem dynamischen Wandel, so dass niemand sagen konnte, wie es dort in 20 Jahren aussehen würde.

25

Für unsere Exkursionen war Rio ein perfektes Ziel. Schon das Image der Sonnenstadt begeisterte, ebenso die Strände und das grandiose Naturpanorama. Besonders interessant war die moderne Architektur, die in Brasilien ähnlich eigenständige Wege ging wie in Mexiko.

Ein Urgestein der „brasilianischen Moderne" war Oscar Niemeyer, der legendäre Brasilia-Architekt und Pritzker-Preisträger von 1988. Der 95-Jährige erschien immer noch regelmäßig in seinem Büro, wo neben langjährigen Weggefährten auch junge Architekten mit Computern arbeiteten und die „Marke Niemeyer" pflegten. Wir besuchten den Meister mehrmals in seinem Atelierhaus in Ipanema. Der

kleine Mann mit einem monumentalen Kopf empfing uns freundlich, stellte sich an seine Staffelei und skizzierte routiniert seine berühmten Brasilia-Gebäude, während er nebenbei auf die „langweiligen Bauhaus-Kisten" seiner europäischen Kollegen schimpfte. Er erklärte mit Nachdruck, dass die brasilianische Architektur anders und sinnlicher sein müsse als die europäische und hielt einen begeisterten Vortrag über die *„Girls from Ipanema"*, aus deren Formenrepertoire er bei seinen Entwürfen auch geschöpft hatte, wie der 95-Jährige lächelnd meinte. Ich übersetzte seinen Vortrag, wobei er sehr ungeduldig wurde, wenn ich ins Stocken geriet. Im Nebenraum wartete schon ein Fernsehteam, deshalb verabschiedete er sich abrupt und überließ uns seine Skizzen. Natürlich stürzten wir uns darauf, packten die Zeichnungen sorgfältig ein und nahmen sie mit nach Stuttgart, wo nun einige im Dekanat der Architekturfakultät hängen.

Er hatte einen deutschen Mitarbeiter, der als junger Architekt nach Rio gekommen war und seit Jahrzehnten mit Niemeyer arbeitete. Manche meinten, er sei es gewesen, der aus den kühnen Zeichnungen des Meisters solide Entwürfe gemacht hatte, jedenfalls war er Bauleiter bei vielen seiner

Großprojekte gewesen. Ich fragte ihn, ob er als Zeitzeuge ein Buch über die Partnerschaft mit Niemeyer schreiben würde, aber er lächelte nur. Seine Zeit mit ihm ging zu Ende, denn auch er war nicht mehr der Jüngste und das Büro lag nun in den Händen von Niemeyers Neffen, die unter dem Namen ihres berühmten Onkels Projekte realisierten. Er erzählte aber aus seinem bewegten Leben. Nach einigen mageren Jahren hatte er bei Niemeyer gut verdient und drei Apartments gekauft. Die Scheidung kostete ihn ein Apartment und mehrere Operationen in teuren Privatkliniken das zweite. Nun saß er mit seiner afro-brasilianischen Lebensgefährtin wieder in Copacabana wie am Anfang seiner Karriere. Ich traf in Rio mehrere, vor vielen Jahrzehnten eingewanderte Deutsche, die einen ähnlichen Auf- und Abstieg hinter sich hatten. Einer lebte von den Zuwendungen deutscher Verwandter, denn wer in Brasilien auf ein Arbeitseinkommen angewiesen war und nicht auf einem Familienvermögen saß, konnte im Krankheitsfall und im Alter in Schwierigkeiten kommen.

Er nahm sich die Zeit, uns das neueste Werk Niemeyers zu zeigen: das Museum für zeitgenössische Kunst *MAC* in Niterói. Das Museum beherbergte eine der wichtigsten Privatsammlungen brasilianischer Kunst, eine Schenkung an die Stadt Niterói, die dafür das Museum errichtete. Die Stadt lag am anderen Ufer der Guanabara-Bucht und man erreichte diese über eine 14 Kilometer lange Brücke, mit einem schnellen Katamaran oder einem alten Fährschiff. Dann ging es eine gewundene Küstenstraße hinauf, bis man „es" unvermittelt sah: die Riesenskulptur, das Raumschiff, die Blüte aus weißem Beton. „Als der Bürgermeister Jorge Roberto mich zu der Stelle führte, wo das MAC stehen sollte, fühlte ich, dass man hier etwas Schönes bauen könnte – eine zentrale Stütze und darauf das Museum, das sich in den Raum erhebt wie eine Blume..." – so beschrieb Niemeyer seine Entwurfsidee für den Aussichtspunkt *Mirante da Boa Viagem*, ein traumhafter, aber schwieriger

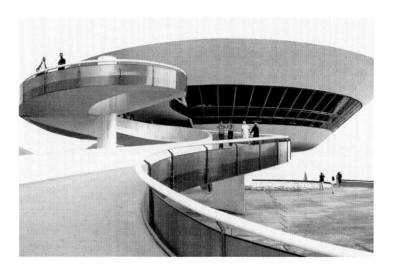

Bauplatz. Welche Architektur konnte vor dem grandiosen Naturpanorama der Guanabara-Bucht bestehen? Wohin mit dem Gebäude, wenn sich nach allen Seiten ein spektakulärer Ausblick bot? Eingraben oder abheben?

Niemeyer tat beides. Wie in Brasilia grub er die sperrigen Gebäudeteile ein: das Museumslager, die Haustechnik, das kleine Auditorium, das Restaurant mit Bar. So reduziert hob das Gebäude ab mit einer typischen Niemeyer-Form, die scheinbar mühelos alle Gegensätze vereinte: leicht und monumental, abstrakt und sinnlich, konventionell und futuristisch zugleich. Unbeirrt und kompromisslos gegenüber jedem flüchtigen Zeitgeist entwarf Niemeyer hier nach seinen Prinzipien: plastische Freiheit, architektonische Leichtigkeit, eine strukturelle und selbsttragende Großform. Die Skepsis, ob die Architektursprache von Brasilia auch nach einem halben Jahrhundert noch überzeugte, verflog, denn das neue Werk präsentierte sich nicht nostalgisch und verstaubt, sondern jung und fast avantgardistisch. Das „Ding" zog nicht nur Architekten, sondern vor allem die Bevölkerung von Niterói an, für die das Museum gebaut worden war. *„Que coisa maravilhosa!"* – wie wunderbar! – konnte man immer wieder hören.

Dabei hatte der auf einer Stütze schwebende, umgekehrte Kegelstumpf auch handfeste Vorteile: Das umlaufende Fensterband war meist beschattet und brauchte, außer thermisch isoliertem Beton und Glas, keinen besonderen Sonnenschutz, auch ozeanischen Windstärken konnte die Form widerstehen. Wie in Brasilia erhob sich die Betonblüte aus einem Wasserbecken – ein Kunstgriff, um die Leichtigkeit der Architektur noch zu steigern. Dieses „Echo des Meeres" (Niemeyer) leitete den Blick auf die Guanabara-Bucht und auf das gegenüberliegende Ufer mit der Skyline von Rio und dem Zuckerhut.

Das Museum betrat man wie ein Raumschiff über eine gewundene, fast 100 Meter lange und rot belegte Rampe, ein fast zeremonieller Weg, auf dem man das Museum als Dreh- und Angelpunkt der Bucht erlebte. Der Ausstellungssaal hatte eine umlaufende, bronzefarbene Fensterfront und eine Galerie, weiße Wände und einen blaugrünen Teppichboden. Man erfasste den Saal mit einem Blick, fast wie in einem Flugzeug, dessen Gesamtform überall spürbar war. Dass es die Besucher beim Betreten des Saals zuerst zum Panoramafenster zog und erst danach zu den Kunstwerken, war wohl der Preis, den ein Museum an diesem Ort zu entrichten hatte.

26

Jeder kannte Copacabana und Ipanema, aber wie es in der *Baixada Fluminense*, dem nördlichen Hinterhof von Rio aussah, wussten außer den Bewohnern nur wenige. Gelegentlich las ich die Lokalzeitung von Duque de Caxias, einer nördlichen Randstadt, weil mich diese wenig bekannte und vernachlässigte Stadtzone interessierte. Es gab praktisch keinen Tag, an dem nicht von Drogenkämpfen und anderen Gewalttaten die Rede war. Einen Pressekodex gab es nicht und so sah man schonungslose Bilder von den Opfern der Schießereien und Entführungen. Vielleicht deshalb reichte mir der Kiosk-

Verkäufer das Blatt mit spitzen Fingern und einem leicht angewiderten Gesichtsausdruck.

Manchmal war das, was man da sah und las, so skurril, dass es einen Hollywood-Regisseur begeistert hätte. So beschäftigte sich das Blatt tagelang mit dem unerklärlichen Auftauchen eines Prunksargs, der eines Morgens in einer Favela auf der Straße stand. Die Leute waren geschockt und ergingen sich in Spekulationen, bis die Polizei das Rätsel löste: Als Überführung getarnt, hatte man einen Sarg voller Drogen per Luftfracht von Kolumbien nach Rio geschafft und nach Entnahme der wertvollen Fracht auf einfachste Weise entsorgt. Ähnliches Aufsehen erregten die „Mumien", die man eines Tages im Straßengraben fand: zwei von oben bis unten mit weißen Bandagen umwickelte Gangster, die einem Bandenkrieg zum Opfer gefallen waren.

Favelas gehörten zu Rio wie der Zuckerhut und galten als Seele der *Carioca*-Kultur, als Quelle kreativer Musik und berühmter Samba-Schulen, aber auch als Brutstätten von Armut und Gewalt. Tatsächlich lebten in den Favelas vor allem arme, hart arbeitende Familien, die für sich und ihre Kinder auf ein besseres Leben hofften. Die Stadtpolitik und die öffentliche Meinung waren dementsprechend ambivalent: Jeder Bürgermeister, jeder Boom und jede Krise brachten eine andere Favela-Politik hervor, die zwischen Kontrolle und Repression, Verbesserung und Integration schwankte. Dabei erwiesen sich die Favelas als zähe Gebilde, die der Vertreibung ebenso hartnäckig widerstanden wie den Bemühungen um eine städtische Integration.

Die rund 600 Favelas von Rio de Janeiro verteilten sich über das gesamte Stadtgebiet. In der Südzone gab es eine fast symbiotische Beziehung zwischen den Favelas und den reichen Vierteln Botafogo, Copacabana, Ipanema und Leblon, weil diese einen enormen Bedarf an billigen Dienstleistungen und Hilfskräften hatten. Die *Favelas de Morro* oder „Hügel-Favelas" der Südzone waren dicht bebaut mit

zwei- bis dreigeschossigen Beton- und Ziegelhäusern, mit einem spektakulären Blick aufs Meer und einem besseren Mikroklima als in den engen Straßen von Copacabana. Die kühn die Felsen hinaufkletternden Haus-Cluster zeigten ein hohes Maß an konstruktiver Geschicklichkeit, auch wenn in der Regenzeit immer wieder ganze Hausgruppen einstürzten. Problematisch waren auch der schwierige Zugang und die fehlende Infrastruktur.

Die pittoreske Lage am Meer, die Nähe zu den Jobs und Attraktionen der Metropole, von denen die Favelas der Südzone profitierten, fehlten in der Nordzone fast ganz. Dort erstreckten sich die Armutsgebiete über viele Kilometer in den sumpfigen Niederungen der *Baixada Fluminense*, wo weniger Samba und Folklore, sondern Armut und Gewalt das Bild bestimmten. Erschreckendes Elend sah man in den *palafitas*, den improvisierten Pfahlbauten an den Ufern der Guanabara-Bucht. Offensichtlich gab es in dem riesigen Land keinen Platz für die Allerärmsten, die sich in Sümpfen und Buchten auf aufgeschüttetem Müll ansiedelten.

Ein dunkles Kapitel der wechselvollen Favela-Geschichte begann in den 1980er Jahren. Die wirtschaftliche Depression verstärkte den Drogenhandel und machte viele Favelas zu einer Operationsbasis für kriminelle Banden. Selbst die Polizei betrat diese Gebiete nur schwer bewaffnet und für kurze Zeit. Die Razzien wurden durch die labyrinthische Bebauung erschwert, wo es zu gnadenlosen Kämpfen mit den hochgerüsteten Dealern kam. Die Drogenbanden hatten viele Bewohnerorganisationen unterwandert, dabei wurden Drohungen ebenso eingesetzt wie Belohnungen. Gelegentlich verteilten die Drogenbosse Lebensmittel an die Favela-Bevölkerung, bauten Kindergärten und sorgten mit drakonischen Strafen für Ruhe im Quartier.

Das hatte den Banden einen gewissen Rückhalt bei der Bevölkerung verschafft, die nicht zwischen die Fronten geraten wollte. Der Preis für die „Wohltaten" war allerdings hoch. Die Bewohner mussten die Banditen und Waffen verstecken und liefen ständig Gefahr, Opfer der Auseinandersetzungen und Razzien zu werden. Junge Männer, oft auch Kinder, wurden als *olhão*, *avião* oder *soldado* – als Informant, Bote oder bewaffneter Bandit – in die Drogengeschäfte verwickelt, dabei bildeten die arbeitslosen Jugendlichen, die den Luxus der Südzone vor Augen hatten, eine unerschöpfliche Reservearmee.

Oft kam es zu nächtlichen Kämpfen um die Kontrolle der *bocas de fumo*, den lukrativen Verkaufsstellen im Drogenmarkt. Diese lagen meist am Eingang einer Favela, wo sich nachts Autoschlangen bildeten, die aus den reichen Vierteln von Rio kamen. Die Kämpfe zogen auch die benachbarten Mittel- und Oberschicht-Quartiere in Mitleidenschaft, weil immer mit *balas perdidas* – „verirrten Kugeln" – sowie Einbrüchen, Überfällen und Entführungen gerechnet werden musste. Das drückte den Immobilienwert, was sogar eine Diskussion über eine ermäßigte Grundsteuer in diesen „Frontzonen" auslöste.

Der Direktor der Deutschen Schule wohnte neben einer Favela und erzählte, dass es gelegentlich Schießereien in der Nachbarschaft gab, was die Nutzung seiner schönen

Terrasse etwas einschränkte. Auch seine Schule grenzte an eine Favela und die Eltern hatten Sorge wegen der „Express-Entführungen", die gerade in Rio grassierten, wobei man Gutbetuchte am helllichten Tag von der Straße aufgriff und ein hohes Lösegeld verlangte. Um dem vorzubeugen, hatte der Direktor persönliche Kontakte zur Nachbar-Favela geknüpft und lud gelegentlich die Kinder und Eltern zu kleinen Sport- und Spielfesten ein. Das funktionierte gut, meinte er, jedenfalls hatte es noch keinen Zwischenfall gegeben.

1995 wollte die Stadtverwaltung das Favela-Problem grundsätzlich angehen, weil Armut und Unsicherheit die wirtschaftliche Basis der Metropole, den Tourismus und ausländische Investitionen bedrohten. Das Programm hieß *Favela-Bairro* und hatte zum Ziel, die Favelas in *bairros* zu verwandeln, in konsolidierte, mehr oder weniger normale Stadtquartiere. Ausgewählt wurden rund 60 Gebiete, darunter Favelas auf Hügeln und Berghängen der Südzone ebenso wie Favelas in den Uferzonen und Niederungen der Nordzone. Es gab einen öffentlichen Wettbewerb, bei dem sich herausstellte, dass für die meisten Architektur- und Planungsbüros die Favelas ein völlig neues und unbekanntes Arbeitsfeld waren.

Typische Probleme waren die hohe Baudichte, enge Straßen, fehlende Freiflächen und Infrastruktur. Ein Gewirr von improvisierten Leitungen durchzog die Gassen und es gab stundenlange *blackouts*, auch das Wasser lief oft nur sporadisch oder fiel tagelang aus. Das Abwasser leitete man in offenen Rinnen oder improvisierten Rohren in Bäche und Tümpel am Gebietsrand, wo sich schon neue Hütten formierten. In der Südzone warfen manche Favelas ihren Müll einfach den Hang hinunter, wo er den bessergestellten Bewohnern von Copacabana und Leblon vor die Füße fiel.

Das Projekt zielte nicht direkt auf die Gebäude, sondern auf die Verbesserung von Straßen, Infrastruktur und öf-

fentlichen Einrichtungen. Enge Gassen wurden erweitert, Wege und Treppen befestigt und am Gebietsrand legte man Spiel- und Sportplätze an, um die Kinder und Jugendlichen von kriminellen Akti-vitäten fernzuhalten. Kindergärten waren wichtig, weil viele Eltern arbeiteten oder die Mütter alleinerziehend waren. Über die Hälfte der Favela-Bewohner waren Kinder und Jugendliche, deshalb kam diesen Einrichtungen eine besondere Bedeutung zu. Aufwand und Kosten waren enorm, um steile Hänge zu terrassieren und abzustützen. Fast jede Aktion musste mit den Betroffenen verhandelt werden, weil unvermeidlich einige begünstigt und andere benachteiligt wurden. Wo immer möglich, setzte man die Bewohner zu bezahlten Arbeiten ein, was aber oft teurer war als die Durchführung durch einen Bauunternehmer.

Mit zunehmender Erfahrung entwarfen die Architekten auch anspruchsvoll gestaltete Gemeinde- und Sportzentren, die sich von der uniformen Masse der Selbstbauhäuser abhoben. Ein argentinischer Architekt, der für *Favela-Bairro* arbeitete und dafür schon Auszeichnungen erhalten hatte, erklärte uns seine Philosophie: Es ging um die kulturelle Stärkung und Identität der Favelas durch architektonische

„Leuchttürme", um das Image von Marginalität und Abhängigkeit zu durchbrechen.

Das Projekt löste unvermeidlich eine Aufwertung der Grundstücke und Häuser aus und wo eben noch Hütten und unfertige Rohbauten standen, wuchsen in wenigen Monaten mehrgeschossige Gebäude empor. Der spekulative Kauf oder Verkauf war zwar untersagt, konnte aber kaum verhindert werden. Insbesondere in der Südzone gab es einen lebhaften Immobilienmarkt und ein gut ausgebautes Favela-Haus mit Blick auf Copacabana und das Meer kostete 50 000 US-Dollar oder mehr. Natürlich beteiligten sich auch die Drogenbanden an den illegalen Immobiliengeschäften, ansonsten war ihr Interesse an *Favela-Bairro* aber gering, weil das Projekt ihr Machtmonopol im Quartier und die illegalen Geschäfte bedrohte. Gelegentlich wurde der gerade erst verbesserte Zugang zur Favela wieder blockiert, um das Eindringen der Polizei zu verhindern und um die kriminelle Kontrolle über das Gebiet wieder herzustellen.

Natürlich waren unsere Stuttgarter Studenten interessiert, die Favelas kennenzulernen. Allerdings wollte ich keinem Armutstourismus Vorschub leisten, der darin bestand, nach einem guten Frühstück in einem 3-Sterne-Hotel in einen klimatisierten Bus zu steigen, um dann – möglichst aus dem Busfenster heraus – das krasse Elend zu besichtigen. Mir klang noch in den Ohren, was uns jemand zurief, als einige Studenten etwas indiskret die Bewohner fotografierten: „Wir sind doch kein Zoo!". So achtete ich darauf, dass unsere Favela-Besuche sich auf halbwegs konsolidierte Gebiete beschränkten und von Architekten und Bewohnern begleitet wurden. Man warnte uns auch, die Favelas auf eigene Faust zu erkunden und zu fotografieren.

Als Einführung in die Schattenseiten der sonnenverwöhnten Metropole fuhren wir mit der Metro in die *Baixada Fluminense*. Duque de Caxias war eine rauhe, ungeschminkte, aber vitale Vorstadt von Rio, wo wohlgestaltete

Fassaden so selten waren wie ein *favelado* im Maßanzug. Ich dachte ernsthaft über ein Besuchsprogramm für Architekten nach mit dem Motto „Ein Tag ohne Design" und stellte mir vor, wie der nackte Minimalismus der Gebäude den einen oder anderen Kollegen zu einem originellen neobrutalistischen Entwurfsstil verholfen hätte.

In der Metro saßen Arbeiter und Kleinhändler, jedenfalls völlig andere Passagiere als in der Südlinie, wo morgens korrekt gekleidete Angestellte in ihre Büros im Zentrum fuhren. Rios Metro war – anders als in Mexiko-Stadt – relativ teuer, deshalb war die Nordlinie nur selten voll besetzt, denn die Pendler fuhren lieber mit den billigen und überfüllten Bussen in die Stadt. Die Bahn war auf langen Strecken mit Mauern abgeschirmt, um die Leute von den Gleisen fernzuhalten, denn man fuhr endlos durch arme Siedlungen. Je weiter wir fuhren, desto ärmer wurden die Stationen und ihr Umfeld. Fliegende Händler und Kinder verkauften gefärbtes Zuckerwasser und selbstgemachtes Eis, Jugendliche zogen provozierend durch die Waggons und als ich merkte, dass bald Ärger zu erwarten war, traten wir den geordneten Rückzug an, stiegen an der nächsten Station aus und fuhren mit dem Bus zurück nach Rio.

Wir besuchten eine Favela an einem steilen Hang, wo Motorrad-Taxis die Bewohner für ein paar Cent hinauf- und hinunter transportierten. Oben empfing uns ein Bewohnerkomitee von selbstbewussten *Power*-Frauen, die in vielen Favela-Projekten die treibende Kraft waren, weil es um die Lebensbedingungen ihrer Familien ging. Die Männer – sofern vorhanden – arbeiteten in der Stadt oder saßen in der nächstgelegenen Bar. Die Frauen zeigten uns stolz einen selbstorganisierten Kindergarten und berichteten von dem Plan, einen Favela-Tourismus in Gang zu bringen, denn das neue Wegesystem bot einen spektakulären Blick auf die Nordzone. Vorbild war eine Favela in der Südzone, die Besichtigungstouren für 10 US-Dollar anbot, wahrscheinlich von der Drogenmafia selbst organisiert, denn nur

diese konnte die Sicherheit der Touristen garantieren.

In einigen Favelas gab es ein lokales Radio, das über Lautsprecher funktionierte und normalerweise das Gebiet mit Samba-Rhythmen beschallte, aber auch vor Razzien warnte oder die Bewohner zu Versammlungen und Gemeinschaftsaktionen mobilisierte. Wir trafen den Moderator in seinem kleinen Studio, er hörte sich unsere Geschichte an, nahm das Mikrofon und ließ die gesamte Favela wissen, dass jetzt eine deutsche Gruppe im Gebiet herumlief und dass man uns, *por favor*, freundlich behandeln sollte. Das entbehrte nicht einer gewissen Ironie, denn eine Nachbar-Favela war unter dem Namen *Complexo de Alemão* oder „deutsches Gebiet" bekannt, - ein Name, der angeblich in einem Drogenkrieg entstanden war, um das feindliche Territorium zu kennzeichnen.

Wir besuchten ein Projekt in der Favela Jacarezinho, wo man in Kooperation mit dem Bauhaus Dessau ein Bürgerzentrum errichtet hatte. Es war mit einer Bibliothek und Computern ausgestattet und veranstaltete Kurse für Jugendliche und Erwachsene. Vom Dach aus hatte man einen eindrucksvollen Blick auf eine Favela-Landschaft mit der Größe und der Bevölkerung einer veritablen Großstadt. Die

bis zum Horizont mit ärmlichen, ziegelroten Häusern bedeckten Hügel und Niederungen zeigten die gewaltige Dimension der Armut, mit der man es in Rio Norte zu tun hatte.

Aber auch einfallsreiche Architekten konnten sich irren, wenn es um das Bauen für „die Armen" ging. Ein Architekt hatte kunstvoll verschachtelte Ziegelhäuser mit einer ausgeklügelten Favela-Ästhetik entworfen, untypisch waren aber die Pultdächer, um zu verhindern, dass die Bewohner wie üblich das Haus weiter aufstocken konnten. Offenbar betrachtete er sein Projekt als ein fertiges Kunstwerk, dem nichts mehr hinzuzufügen war. Als ich die Häuser zwei oder drei Jahre später besuchte, gab es viele kleine Baustellen, die genau das taten, was der Architekt nicht wollte: das Haus nach eigenen Vorstellungen aus- und umzubauen.

27

20 Jahre nach meinem ersten Aufenthalt in Brasilia organisierten wir eine Exkursion, bei der auch die Hauptstadt auf dem Programm stand. Wir starteten in Rio und als wir nach einer Nachtfahrt mit einem bequemen Schlafbus die Hochebene des Planalto durchquerten und ich bei Sonnenaufgang die rostrote Erde Brasiliens sah, waren die Erinnerungen schlagartig wieder da. Es war eine willkommene Abwechslung, mich wieder einmal in einer Stadt zu bewegen, in der es keine engen Straßen, keine geschichtsträchtigen Mauern und keine Stuckfassaden gab. Die Diktatur war Vergangenheit und das Leben deutlich entspannter als zu unserer Zeit in Brasilia, als die Stadt und das Land unter strikter militärisch-bürokratischer Kontrolle standen.

Oscar Niemeyers weiße Architektur-Ikonen strahlten nach wie vor mit kraftvoller Eleganz und die Regierungsgebäude standen unverändert da wie vor 20 Jahren, als ich von meinem Arbeitsplatz das monumentale Ensemble täglich vor Augen hatte. Erst beim genauen Hinsehen bemerkte ich die Veränderungen. Natürlich respektierte man die repräsentativen Gebäude, nutzte aber auf der Rückseite jede Restfläche aus, um den Regierungsapparat mit Anbauten zu erweitern. Die *Esplanada dos Ministérios* war unangetastet, hatte aber eine neue Funktion als nationaler Fest- und Demonstrationsplatz. Demonstrationen gab es nun häufiger, vielleicht weil es nach der Diktatur immer noch einen Nachholbedarf an politischer Betätigung gab.

Im Grunde befand sich der gesamte *Plano Piloto* – die Kernstadt von Brasilia – in der gleichen Lage wie das Regierungsviertel. Die prägnante Flugzeugfigur der Stadt platzte aus allen Nähten, so dass es eigentlich nur zwei Alternativen gab: einen drastischen Stadtumbau, der über den Masterplan von Lúcio Costa hinausging, oder ein „Einfrieren" der Entwicklung durch einen strikten Denkmalschutz. Beides hatte Vor- und Nachteile und die Diskussion darüber beschäftigte die Stadtplaner schon seit Jahren.

Vor der Exkursion hatten wir in Stuttgart die Entwurfsaufgabe gestellt, einen Vorschlag für die problematische Stadtmitte zu entwerfen, ohne jedoch den *Plano Piloto* wesentlich zu verändern. Eine Idee war, die beiden relativ niedrigen Großbauten des *Conjunto Nacional* und *Conjunto de Diversões* grundlegend zu modernisieren und um zwei markante Türme zu ergänzen, sozusagen als Pendant zum Kongress-Doppelturm am anderen Ende der *Esplanada*. Warum sollte sich ausgerechnet die Stadtmitte wegducken, wo rundherum hohe Büro- und Hotelgebäude standen? Mit zwei neuen ikonischen Türmen könnte man dem Stadtzentrum die architektonische Präsenz verleihen, die diesem eigentlich zustand und gleichzeitig Raum für neue attraktive Funktionen schaffen.

Die Zeichnungen stellten wir in der Universität von Brasilia aus und in einer abendlichen Veranstaltung präsentierten die Studenten ihre Vorschläge. Ich hatte nicht mit Beifallsstürmen gerechnet, war aber überrascht, welche Entrüstung diese harmlose Entwurfsübung entfachte, vor allem bei älteren Kollegen, die es als Sakrileg empfanden, Lúcio Costas klassischen Entwurf anzutasten und das von unbefugten Ausländern. Als wir morgens in die Universität

kamen, waren die Poster abgerissen und mit wütenden Kommentaren versehen. Ich erkannte die Universität, die zu Zeiten der Diktatur ein Hort des Widerstands und der Liberalität gewesen war, kaum wieder. Natürlich war auch die Universität ein Werk Niemeyers und die Professoren hatten ihr ganzes Leben in einem Ambiente verbracht, das es ihnen fast unmöglich machte, sich von den Übervätern der brasilianischen Architektur zu lösen. Vielleicht waren sie auch eingeschüchtert von Lúcio Costas Tochter, die, wie man erzählte, wie eine Löwin um das Erbe ihres Vaters kämpfte.

1988 wurden große Teile des *Plano Piloto* zum Weltkulturerbe erklärt und unter Denkmalschutz gestellt. Das minderte den spekulativen Druck, der in jeder anderen brasilianischen Großstadt längst zu einer drastischen Verdichtung geführt hätte. Brasilia hatte darüber hinaus den Vorteil, dass der Boden im *Plano Piloto* weiterhin der öffentlichen Hand gehörte, so dass man der Bodenspekulation weniger ausgeliefert war. Aber wie in jeder großen Stadt gab es eine Eigendynamik, die nur schwer zu bremsen war. Die Kernstadt hatte eine Wohnbevölkerung von rund 400 000 und damit deutlich weniger als eine halbe

Million, für die die Stadt ursprünglich geplant war. Deshalb stand die Stadtverwaltung unter Druck, die teure Infrastruktur und die großzügigen Freiflächen intensiver zu nutzen. Man sah das im Nordflügel, der nun vollständig ausgebaut war: Die Bauhöhe war auf sieben bis acht Geschosse gestiegen, das klassische offene Erdgeschoß vielfach verschwunden und die Grundstücke durch Hecken und Zäune abgegrenzt, so dass es keinen zusammenhängenden Wohnpark mehr gab wie im Südflügel. Auch die Fassaden waren nicht mehr klassische Moderne, sondern kommerzielle Postmoderne.

Einen völlig anderen Maßstab hatte jedoch das, was um den *Plano Piloto* herum geschah. Im Westen formierten sich neue kommerzielle Einrichtungen, Wohn- und Industriegebiete, so dass die Konturen des *Plano Piloto* zu verschwimmen drohten. Mit Aguas Claras entstand ein völlig neues Wohnquartier mit 20-geschossigen Wohntürmen, weil in der Kernstadt der Platz auch für die Mittelschicht schon knapp und teuer wurde. Vor allem gab die neue Metrolinie zur Satellitenstadt Taguatinga der gesamten westlichen Peripherie einen Entwicklungsschub. Guará, Taguatinga, Ceilândia und Cruzeiro, die um 1980 noch voneinander getrennte Schlafstädte waren, verschmolzen nun zu einer einzigen großen Agglomeration.

Die Gravitationskräfte dieser Satelliten, die schon dreimal so viele Menschen zählten wie der *Plano Piloto*, war auf allen Ebenen sichtbar. Einkaufszentren siedelten sich entlang der Metrolinie an, was für die Kernstadt eine Entlastung, aber auch eine Konkurrenz darstellte. Die Satellitenstädte wurden auch für die Mittelschicht attraktiv, allen voran Taguatinga, weil man dort zum gleichen Preis, den eine Wohnung im *Plano Piloto* kostete, ein ganzes Haus kaufen konnte. Die Hauptstraße von Taguatinga war längst ein großstädtisches Geschäfts- und Gewerbezentrum und schon durchgehend mit Hochhäusern besetzt und in den Wohnquartieren hatten Neubauten die schlichten *Low-*

Cost-Häuser ersetzt. Kurzum, man sah überall, dass die Verdrängung der unteren Einkommensschichten und die „Gentrifizierung", die im *Plano Piloto* längst abgeschlossen war, nun auch auf die Satellitenstädte übergriff. Das hatte Auswirkungen auf die Lokalpolitik, denn die große Mehrheit der Wähler im Hauptstadtdistrikt (D.F.) lebte nun in den Randstädten und nicht mehr im *Plano Piloto*. Die Zeiten, als Planer und Militärs die Satellitenstädte als ärmliche „Auffang-Container" für billige Arbeitskräfte und Zuwanderer gebaut hatten, waren definitiv vorbei.

Auch außerhalb des D.F. nahm Brasilia neue Dimensionen an. Die Planungskontrolle in der Kernstadt und die Aufwertung der Satelliten lenkten den Siedlungsdruck ins benachbarte Bundesland Goias, wo die irregulären Selbstbausiedlungen ungebremst wucherten, was in nicht allzu ferner Zukunft selbst die Satellitenstädte in den Schatten stellen könnte. Im Süden erstreckte sich ein 30 Kilometer langer Siedlungskorridor in Richtung Luziánia, im Norden formierten sich die „heimlichen" Siedlungen um Planaltina und Formosa und im Westen, jenseits des Nobelquartiers Lago Sul, drangen die Selbstbaugebiete in die naturgeschützte Landschaft von São Sebastião ein. Den Bundesdistrikt konnte man halbwegs steuern, aber was in den kleinen Gemeinden außerhalb der Distriktgrenzen geschah, entzog sich jeder Planungskontrolle.

So konnte man sich für die ferne Zukunft einen riesigen Siedlungsring vorstellen, der sich um den *Plano Piloto* zusammenzog und das klassische Brasilia unaufhaltsam in einen Altstadtkern verwandelte, während sich neue Zentren und urbane Schwerpunkte anderswo formierten. Das hätten sich Lúcio Costa und Oscar Niemeyer wohl nicht träumen lassen, dass sich ihr avantgardistisches Städtebauprojekt schon nach 50 Jahren in eine denkmalgeschützte Altstadt verwandelte – ein Status, für den andere Städte einige hundert Jahre benötigten.

28

Das Hotel, das wir in Salvador da Bahia gebucht hatten, erwies sich als Fehlschlag, weil sich etliche Studenten weigerten, auf eine warme Dusche zu verzichten, die dort gerade ausgefallen war. Das nächste Hotel hatte einen Stern mehr und wurde akzeptiert. Der Besitzer war ein jovialer Mensch, der sich geduldig auf alle Sonderwünsche einließ. Er besaß zwei Chihuahuas, die im Foyer herumliefen und als ich einen streichelte, meinte er betrübt, dass er jedes Jahr einen neuen kaufen musste, weil unachtsame Gäste auf die winzigen Hunde traten.

Bei einem *cafezinho* verfolgte ich die lebhafte Diskussion zweier Männer, die sich über ein brasilianisches Lieblingsthema unterhielten: die ethnische Abgrenzung von Weiß, Farbig und Schwarz. Das Studienobjekt war der Kellner, den sie aufgrund seiner lichtbraunen Haut und gewellten dunklen Haare nicht einordnen konnten. Die beiden hatten schon etliche Flaschen Bier getrunken und kamen überein, dass ein entscheidendes Rassemerkmal das Kraushaar sei. Sie riefen den Kellner und zupften an seinen Haaren, was dieser in Erwartung eines guten Trinkgeldes nachsichtig duldete. Was anderswo ein empörender Rassismus gewesen wäre, war hier, in der lauen Tropenluft und angeheiterten Stimmung, nur eine skurrile Randszene fern jeder aggressiven Diskriminierung. Wir kamen mit einem der Männer ins Gespräch und als dieser von unserer Exkursion hörte, lud er uns zu einem *churrasco* in sein Haus am Stadtrand ein, Swimming Pool inklusive. Ich zögerte, aber die Studenten waren begeistert.

Er kam am folgenden Abend mit einem großen *pickup* und raste mit uns auf der offenen Ladefläche die kurvenreiche Landstraße entlang zu seinem Haus, wobei ich es vermied, mir die Folgen einer Notbremsung vorzustellen. Es war schon dunkel, der Grill gut bestückt, das Bier kalt und der Pool so einladend, dass bald alle im Wasser plätscherten. Es entwickelte sich eine schöne Pool-Party unterm

Tropenhimmel, den es in der kalten Heimat nicht gab. Der Rückweg mit dem nicht mehr ganz nüchternen Gastgeber war womöglich noch riskanter und so war ich erleichtert, als wir weit nach Mitternacht das Hotel erreichten.

Bei solchen Ereignissen dachte ich darüber nach, wo bei einer Exkursion meine Verantwortung begann und wo sie aufhörte. Die Studenten waren junge Erwachsene und konnten außerhalb des offiziellen Programms tun, was sie wollten, mehr noch: Ein gehöriges Maß an individueller Freiheit gehörte sozusagen zur DNA unserer Reisen, um Initiativen zu entfalten und Entdeckungen zu machen, die nicht im Programm standen. Aber ich wusste auch, dass ich bei einem ernsthaften Zwischenfall Probleme bekommen könnte.

Einen solchen hatte es im Vorfeld bereits gegeben. Drei Studenten waren zwei Wochen früher als die Hauptgruppe nach Brasilien gereist, um auf eigene Faust Land und Leute kennenzulernen und es war vereinbart, uns an einem Stichtag in Rio zu treffen. Sie tauchten auch auf, waren allerdings wenig animiert. Es kam heraus, dass ihnen bei einem geselligen Abend im Hotelzimmer brasilianische Jugendliche K.o.-Tropfen verabreicht hatten und als sie mit Kopfschmerzen aufwachten, Geld und Pässe verschwunden waren. So hatten wir mehrere Tage lang damit zu tun, die Pass- und Geldprobleme dieser Studenten zu lösen.

Die interessante Geschichte der Stadt Salvador machte den Aufenthalt zu einem besonderen Erlebnis, insbesondere die starke Prägung durch die schwarze Bevölkerung und afrikanische Kultur. Dazu gehörte die Bahia-Küche, die auf den Straßen von weiß gekleideten Frauen zubereitet wurde, deren Körperfülle die beste Werbung für ihre Kochkunst war, ebenso der Tanz- und Kampfsport *capoeira*, den man auf den Plätzen übte sowie lokale Feste und Rituale, die es nur in Salvador gab.

Bahia im Nordosten Brasiliens war eine relativ arme Region, blickte aber auf eine ungewöhnliche Geschichte zu-

rück. Salvador „an der Bucht aller Heiligen" war bis 1783 die Hauptstadt Brasiliens. Reich wurde die Stadt im 18. Jahrhundert durch die Kakao-Küste *(Costa de Cacão)* und durch den Sklavenhandel. Großgrundbesitzer und Händler bauten prächtige Stadthäuser, so dass Salvador neben Ouro Preto in Minas Gerais eine der bedeutendsten Altstädte Brasiliens besaß. An den Sklavenhandel erinnerte noch das Wort *pelourinho* oder „Schandpfahl", an dem die aufsässigen Sklaven öffentlich zur Schau gestellt wurden, was auch der Altstadt ihren Namen gab.

Anders als die spanischen Kolonialstädte mit ihrem Schachbrett-Muster reproduzierten die Portugiesen in Brasilien die mittelalterlichen Städte der fernen Heimat, an den Küsten auch die Aufteilung in eine Unter- und Oberstadt, wobei die Unterstadt vor allem dem Hafen und die Oberstadt dem Wohnen gewidmet war. Pelourinho war die alte Oberstadt, mit einem gewachsenen Stadtgrundriss, der sich geschickt in die Topografie einfügte. Es gab die Legende, dass dies den Maultieren zu verdanken war, die die kolonialen Stadtgründer vor sich hertrieben, um die optimalen Wege an den Hängen zu finden. Trafen zwei Gassen aufeinander, bildeten diese kleine, dreieckige Plätze oder *largos,* wo die prominenten Stadthäuser standen. Kirchen und Klöster an markanten Punkten trugen zum charakteristischen Stadtbild bei. Die langen und schmalen Häuser besaßen keinen Innenhof, sondern einen Hinterhof oder Garten, der im Laufe der Zeit oft überbaut wurde, so dass Dachöffnungen für die Belichtung sorgten.

Der Verlust der Hauptstadt-Privilegien und das Ende der Sklaverei 1888 bedeuteten für Salvador das Ende des Reichtums. Die afrikanischen Landarbeiter verließen in Massen die Plantagen und zogen in die Stadt, wo sie auf aufgegebenen Grundstücken, in Gärten und anderen Stadtnischen ihre Hütten bauten. Um 1900 kam die freistehende Villa in Mode und verdrängte das traditionelle portugiesische Stadthaus. Einige Jahrzehnte später hatte sich die Mittel- und Oberschicht, soweit diese nicht verarmt war, in neuen Villengebieten angesiedelt, woraus sich später moderne Stadtviertel entwickelten, mit attraktiven Apartmenthäusern, großzügigen Straßen und Einkaufszentren. Diese Neustadt zog sich an den nördlichen Stränden hin und hatte alle wichtigen urbanen Funktionen übernommen.

Gleichzeitig wurde die Altstadt ein Rückzugsgebiet für die arme Bevölkerung, die Wohndichte stieg dramatisch an, der bauliche und sanitäre Zustand verschlechterte sich und Armut und Prostitution prägten das Bild. Der Niedergang wurde durch die Vernachlässigung des umfangreichen Kirchenbesitzes ebenso beschleunigt wie durch Hausbesitzer, die durch Vermietung und Überbelegung noch einen Profit aus ihren aufgegebenen Häusern zogen. Um 1970 war Pelourinho ein großer Slum und das Verschwinden der Altstadt schien besiegelt. Eine Studie zeigte, dass die Hälfte der Familien in einem Zimmer lebte und die Mehrzahl der jüngeren Frauen Prostituierte waren. Es wurde versucht, die Prostitution in das Hafenviertel zu verlagern, das Interessengeflecht zwischen Bordellbesitzern und Lokalpolitikern war aber so resistent, dass der Plan scheiterte.

Dann kam – buchstäblich in letzter Minute – eine glückliche Wende: Die internationale Fachwelt warnte vor dem weiteren Verfall und lokale Architekten, Stadtplaner und Politiker setzten sich für Pelourinho ein. 1984 wurde die Altstadt von der UNESCO zum Weltkulturerbe erklärt, die wichtigste Voraussetzung für ein großes Stadterneuerungsprojekt, das um 1990 begann. Pelourinho sollte ein Tourismusmagnet und ein Modell auch für andere Altstädte in Brasilien werden.

Das Projektgebiet erstreckte sich über zwei Kilometer und umfasste rund 80 Hektar. Die Sanierung begann im Zentrum der Altstadt, um einen „touristischen Pol" zu schaffen, dazu wurden die Häuser enteignet und saniert, die Prostitution ausgelagert und die Mieter in Sozialwohnungen am Stadtrand umgesetzt, was die fragilen Überlebensgemeinschaften völlig zerstörte. Die Baublöcke waren stark verdichtet und oft so „verfilzt", dass eine Entkernung nötig war. Dadurch entstanden gut belüftete Höfe und halböffentliche Quartiersplätze, die nach den Romanen von Jorge Amado benannt wurden, der in „Donna Flor und ihre zwei Ehemänner" ein ähnliches Milieu beschrieben hatte. Große Teile der Altstadt wurden zur Fußgängerzone und für die motorisierten Touristen baute man am Rand der Altstadt einige Parkhäuser.

Das rigorose Sanierungskonzept gab man später zugunsten eines bewohnerfreundlichen Konzepts auf, auch weil viele ehemalige Bewohner in die Randgebiete der Altstadt zurückkehrten, was dort neue Probleme verursachte. Oft restaurierte man nur die Fassaden und baute auf den Grundstücken Kleinwohnungen, allerdings hatten viele Bewohner kein regelmäßiges Einkommen, um die Wohnungen zu kaufen. Gleichzeitig stellte man die verbliebenen Hausbesitzer vor die Wahl, entweder selbst zu sanieren oder enteignet zu werden. Das zeigte Wirkung, weil jeder von der Aufwertung profitieren wollte.

Nach 10 Jahren Laufzeit galt das Pelourinho-Projekt als erfolgreich, auch wenn noch viele Häuser auf eine Sanierung warteten. Zumindest im Altstadtkern waren die Gassen, Häuserfronten und die Dachlandschaft wieder intakt und es gab ein vielfältiges Angebot an Cafés, Restaurants, Reisebüros, Kunstmärkten und Galerien. Große Gebäude wurden von Stiftungen und Museen genutzt, in anderen Gassen wurde gewohnt. Straßenmusiker, Jung- und Alt-Hippies fanden in Pelourinho ein pittoreskes Revier und trugen zur Belebung bei, der Straßenhandel wurde jedoch strikt kontrolliert.

Im Gegensatz zum nationalen und internationalen Tourismus hatten die Bewohner von Salvadors Neustadt ihre Altstadt Pelourinho als Freizeit- und Unterhaltungsrevier noch kaum wiederentdeckt, sondern hielten sich eher in den noblen Einkaufszentren und am Strandboulevard auf.

29

Recife im Bundesstaat Pernambuco wurde 1537 von den Portugiesen gegründet. 1630/54 beherrschten die Holländer große Teile des brasilianischen Nordostens und der deutsche Adlige Johann Moritz von Nassau-Siegen, den die Niederländische Ostindien-Kompanie als Gouverneur eingesetzt hatte, baute den sumpfigen Ort unter dem Namen *Mauritsstad* zu einem Handelszentrum aus. Er brachte die Plantagenwirtschaft in Schwung und ging dabei so effizient vor, dass sich auch die portugiesischen Plantagenbesitzer mit seiner Herrschaft arrangierten. Wie 150 Jahre später Alexander von Humboldt brachte Moritz von Nassau Fachleute und Künstler ins Land, die eine umfangreiche naturwissenschaftliche Sammlung anlegten. Unter seinem Nachfolger, der offenbar weniger umsichtig war, brachen jedoch Aufstände aus, die das Ende der holländischen Herrschaft einleiteten. Ab 1654 beherrschten die Portugiesen wieder die Stadt, die nun Recife hieß. Die Stadt wurde 1823 zur Hauptstadt von Pernambuco erhoben und entsprechend ausgebaut und befestigt.

Bei meinen Reisen im Nordosten traf ich immer wieder Einheimische, die ernsthaft bedauerten, dass die Holländer nur 25 Jahre in Pernambuco geblieben waren, jedenfalls war die kollektive Erinnerung an Moritz von Nassau ausgesprochen positiv. Das erinnerte mich an meine Sammlung antiker Flaschen aus Guyana, denn auf einigen stand „Herzogthum Nassau", das im frühen 19. Jahrhundert Teil Deutschlands war und Bier und Wein in die Karibik exportierte.

Das erste Mal war ich 1980 in Recife und besuchte auch das benachbarte Olinda, eine der ältesten Kolonialstädte Brasiliens. Der Name stammte angeblich vom Ausruf „*o linda!*" – wie schön! – was ich bei einem Rundgang durch die malerische Barockstadt durchaus bestätigen konnte. Ein lokaler Architekt beklagte jedoch die Spekulationswelle, bei der Gutverdienende aus Recife und anderen Städten

die alten Häuser aufkauften und als Ferienhäuser nutzten, was die angestammten Bewohner, darunter viele einfache Leute und Fischer, zunehmend verdrängte. Bei dieser Gelegenheit zeigte er uns sein Haus, das er vor einigen Jahren in Olinda gekauft und restauriert hatte. Offenbar war er überrascht, dass andere seinem Beispiel folgten.

1997 lud mich das Goethe-Institut in Recife zu einem Vortrag ein. Ein deutscher Kollege, der schon viele Jahre dort lebte und mit einer Brasilianerin verheiratet war, holte mich vom Flughafen ab und wir besichtigten die Altstadt mit ihren historischen Gebäuden, darunter der *Palácio das Princesas,* das *Teatro Santa Isabel* und die *Basílica de Nossa Senhora do Carmo.*

Ich weiß nicht mehr, ob es letztere war, jedenfalls sah ich eine kleine Kirche, die voll war von orthopädisch anmutenden, äußerst realistisch nachgebildeten Körperteilen wie Arme, Beine, Köpfe und innere Organe, die Leidende hier aus Dankbarkeit aufgehängt hatten, weil ihre Gebete sie geheilt hatten oder sie noch darauf hofften. Kurios war auch der *Torre do Zeppelin,* ein authentischer Ankermast aus den 1930er Jahren, als Zeppeline den Atlantik überquerten.

Ähnlich wie in Ipanema in Rio bildete der moderne Stadtteil eine kilometerlange Front dicht stehender Apartmenthäuser an dem Nobel- und Tourismusstrand Praia da Boa Viagem. Vorgelagerte Korallenriffe formten kleine Buchten, so dass es hier vor Haien sicher war. Der absolute Kontrast dazu war ein Slum auf der Insel Coque mit Elendshütten, wie ich sie in Brasilien noch nicht gesehen hatte. Wir blickten in eine Hütte, wo nackte Kinder auf dem Lehmboden herumkrochen, während die Eltern, möglicherweise unter Drogen, apathisch in der Ecke hockten.

Recife war bekannt für seine hohe Kriminalität, was zum großen Teil dem Drogenproblem geschuldet war. Zufällig stießen wir in der Altstadt auf ein makabres Kunst-Happening: Lokale Künstler malten die Konturen von Menschen auf das Straßenpflaster, die man in den vergangenen Jahren erschossen aufgefunden hatte. Die Anzahl der Figuren war erschreckend und der Kollege meinte, dass sich die Polizei bei den nächtlichen Schießereien auffällig zurückhielt, weil es vor allem die Drogendealer selbst waren, die sich gegenseitig umbrachten. Kein Wunder, dass nachts kaum jemand einen Fuß vor die Tür setzte, sondern für jeden Weg das Auto nahm. Man erzählte von Überfällen in guten Restaurants, in die bewaffnete Gangster eindrangen, die Gäste ausraubten und in wenigen Minuten wieder verschwanden.

Natürlich gab es auch fröhliche Ereignisse, allen voran der spezielle Karneval dieser Region. Ähnlich wie in Rio feierten Recife und Olinda eine Woche lang ein ausgelassenes Straßenfest mit einer Parade riesiger bunter Figuren, angefeuert durch die temperamentvolle *Frevo*-Musik, die an einen schrägen New-Orleans-Jazz erinnerte. Wie viele Traditionen in Bahia war auch der Karneval afrikanisch geprägt und früher eng mit dem *Condomblé*-Kult verbunden.

Der Kollege lud mich in eine Selbstbausiedlung am Stadtrand ein, wo er mit seiner Familie lebte. In einem Land, in dem die sozialen Schichten rigoros getrennt in verschiedenen Stadtteilen wohnten, war es wohl ein einmaliger Fall, dass ein deutscher Akademiker in einem irregulären *loteamento clandestino* sein Haus gebaut hatte, weil hier die Baukosten günstig waren. Der Taxifahrer war nicht begeistert, als ich ihm die Adresse nannte, brachte mich aber für ein gutes Trinkgeld dorthin.

Es war ein großes Haus und im Obergeschoss noch ein Rohbau. Wir stiegen auf das Flachdach und schauten auf die Nachbarschaft: Gegenüber fand gerade eine Bierparty statt, mit überlauter Musik und viel Gelächter, nebenan reparierte ein Mann sein Schrottauto, dies auch mit lauter Musik, etwas weiter lärmte ein Betonmischer und auf der Straße spielten die Kinder Fußball. Man brauchte kein Fernsehen, wenn man auf dem Dach saß, denn man hatte das pralle Leben vor sich. Schließlich zeigte der Kollege auf ein Loch in der Wand und meinte: „Geschossen wird hier selten, und wenn, dann nicht auf uns, denn wir kommen mit den Nachbarn gut aus!". Man musste ein handfester Typ sein so wie er, um in diesem Umfeld auf Dauer zurechtzukommen.

30 Man konnte São Paulo mit Bildern und Zahlen beschreiben, aber wie diese Megastadt wirklich aussah und wie das Zusammenleben von 20 Millionen Menschen funktionierte, musste man vor Ort erleben. Wir stellten einen Antrag auf Förderung einer Brasilien-Exkursion und weil dieser unerwartet erfolgreich war, konnten wir das Reiseprogramm auf Porto Alegre, Buenos Aires und Montevideo ausweiten.

Neben Mexiko-Stadt war São Paulo das urbane Schwergewicht in Lateinamerika und ein paradigmatisches Beispiel einer Megastadt. Selbst Experten taten sich schwer zu erklären, was es sozial, ökonomisch und ökologisch bedeutete, wenn eine Stadt eine Bevölkerungszahl von 15 oder 20 Millionen überschritt. São Paulo war aber nicht nur eine um ein Vielfaches vergrößerte herkömmliche Stadt, sondern eine Stadtregion, die sich über 150 Kilometer von der Hafenstadt Santos bis zur Industriestadt Campinas erstreckte. Wir fuhren stundenlang durch eine chaotische Gemengelage von alten Ortskernen, Großsiedlungen, Industriegebieten, Favelas, Autobahnknoten, Mülldeponien und Abwasserkanälen, bis endlich die imposante Skyline am Horizont erschien. Die letzte Strecke führte entlang des völlig verschmutzten Rio Tieté mit zwei oder drei Autobahnen auf jeder Seite – ein gigantischer Verkehrskorridor, auf dem der Autostrom nie abriss.

Den ersten Tag in São Paulo begannen wir mit einer Art Schnitzeljagd. Die Studenten fuhren in kleinen Gruppen die vier Metrolinien ab, stiegen an einigen Stationen aus, sahen sich in unbekannten Stadtvierteln um und arbeiteten sich so bis zur Endstation vor. Ich hatte zunächst Bedenken, unsere arglosen Mittelschicht-Studenten unvorbereitet in den Megastadt-Moloch zu schicken, aber es funktionierte und die Gruppen erzählten abends angeregt, was sie in den verschiedenen Ecken und Enden der Stadt gesehen hatten. Niemand war verloren gegangen oder in Schwierigkeiten geraten, was mich sehr beruhigte.

Wir besuchten das historische Zentrum Sé, wo die Stadt 1554 gegründet wurde. Der koloniale Stadtgrundriss war noch erkennbar, allerdings hatten sich die alten Straßen längst in Straßenschluchten verwandelt, durch die sich tagsüber große Menschenmassen schoben. In den 1970er Jahren war hier das florierende Zentrum der Stadt, bis sich dieses zur Av. Paulista verlagerte, wo nun die modernen Banken und Geschäftshäuser standen. Dennoch war Sé noch immer ein wichtiges Zentrum, hatte seinen Glanz als elegantes Einkaufs- und Geschäftsviertel aber verloren und wie in Rio hatten ambulante Händler die engen Straßen in einen riesigen Bazar verwandelt.

Wir fuhren mit einem altertümlichen Fahrstuhl auf das Dach des *Edificio Martinelli* aus den 1940er Jahren und standen vor einem Penthouse, das eher einer überdimensionalen Palladio-Villa glich – eine an Exklusivität kaum zu überbietende Adresse, denn man blickte auf das unglaubliche Stadtpanorama, das bis zum Horizont nur aus Hochhäusern zu bestehen schien.

Neben dem alten Zentrum lag der Anhagabaú-Park, eine riesige und teilweise begrünte Betonplatte, unter der eine Stadtautobahn verlief und wo die großen Freiluft-Konzerte und Demonstrationen stattfanden. Um den Platz herum ragte eine eindrucksvolle Kulisse von 30-stöckigen Hochhäusern auf, dazwischen das Rathaus, die Oper und andere kulturelle und historische Gebäude. Allerdings war diese Zone nachts unsicher, auch tagsüber lagen Obdachlose in den Hauseingängen und der Drogenhandel blühte. Wir hatten in Stuttgart einen Entwurf für Anhagabaú bearbeitet und stellten diesen im Stadtplanungsamt vor. Prompt erschien am nächsten Tag ein Artikel in der *Folha de São Paulo* mit dem Titel: „*Alemães propoem Escultura para Anagabaú*" – die Deutschen schlagen eine Skulptur für Anhagabaú vor – eine öffentliche Anerkennung, die wir erfreut registrierten.

Um 1900 war das Zentrum von São Paulo noch dicht bewohnt und repräsentative Stadthäuser existierten in enger Nachbarschaft mit überbelegten Mietshäusern, bis in den folgenden Jahrzehnten neue bürgerliche Quartiere entstanden, mit unterschiedlicher Prägung durch italienische, japanische, deutsche und jüdische Einwanderer. Um 1940 setzte die Industrialisierung ein und das Stadtwachstum beschleunigte sich. Am Stadtrand wucherten Favelas und Selbstbausiedlungen, die man aber für ein Übergangsproblem hielt, das im Zuge einer andauernden Konjunktur verschwinden würde.

In den 1960er Jahren setzte sich das elegante Apartmenthaus als bevorzugte Wohnform der Mittelschicht durch und verdrängte die traditionellen Villen und Stadthäuser. Ein exemplarisches Beispiel war das Nobelviertel Higienópolis, das vielleicht so hieß, weil es außerordentlich sauber und gepflegt aussah. Bürgerliche Villen standen entlang ruhiger und baumbestandener Straßen, bis sich um 1970 eine drastische Transformation vollzog. Im Inneren überbaute man die großen Gärten mit Apartmenttürmen, ließ aber viele Villen an der Straße stehen, in denen sich Boutiquen, Restaurants und Agenturen etablierten. Ging man die begrünte Straße entlang, bemerkte man die Türme

hinter den restaurierten und umgenutzten Villen kaum. Ähnlich wie in Ipanema war hier ein dichtes, urbanes Hochhaus-Quartier mit einer hohen Wohnqualität entstanden, mit begrünten Straßen, zahlreichen Restaurants und exklusiven Läden. Ein deutscher Professor, der uns begleitete und bekannt für seine Skepsis gegenüber Wohnhochhäusern war, änderte auf der Stelle seine Meinung. Jedenfalls konnte man hier sehen, dass Apartmenttürme für die Mittel- und Oberschicht weit besser funktionierten als der vielgeschossige soziale Wohnungsbau in Deutschland.

Das aktuelle Zentrum war die Av. Paulista, die mit einer Länge von mehreren Kilometern jeden Flaneur entmutigte. Die Avenida bildete eine weltstädtische Gebäudefront mit modernen Banken und Bürogebäuden, nur hier und da unterbrochen von nobel restaurierten Villen, die nun als elegantes Entrée zum brasilianischen und internationalen Großkapital dienten. Eine ins Auge fallende *landmark* war ein großer, an zwei roten Betonbügeln aufgehängter Glaskasten – das Kunstmuseum von Lina Bobardi.

Aber in der Megastadt São Paulo stand nichts still und so formierte sich mit der Av. Brigadeiro Faria Lima schon ein neues Zentrum. Ich lernte dieses unfreiwillig kennen, als ich das deutsche Konsulat aufsuchte, weil man mir Pass und Flugticket gestohlen hatte. Ich hatte gerade etwas Geld in einer Bank gewechselt, als mich auf dem Weg zum Hotel ein älterer Herr ansprach, eine absolut vertrauenswürdige Erscheinung mit Anzug und Krawatte. Er zeigte auf meinen Rücken und meinte: „*Isso parece terrível*" – das sieht ja schrecklich aus! – zog ein gebügeltes Taschentuch hervor und tupfte auf meinem Rücken herum. Am Tuch klebte eine dunkelrote Substanz, so dass ich nun auch wissen wollte, was auf meinem Rücken los war.

Ich stellte die Tasche ab und zog das T-Shirt über den Kopf, als wie aus dem Nichts mehrere Männer auftauchten und wild gestikulierten. Ich dachte an einen Unfall, sah dann aber, wie sich einer der Männer mit meiner Tasche einschließlich Pass und Flugticket davonmachte, woraufhin auch die anderen blitzschnell verschwanden. Alle Achtung, dachte ich, so routiniert und choreografiert raubt man hier Ausländer aus, ganz ohne Gewalt und ohne Waffen. Der Trick, Touristen unbemerkt Catchup auf den Rücken zu spritzen und so zum Absetzen ihrer Tasche zu bewegen, kursierte auch in anderen Metropolen.

Der Geldverlust hielt sich in Grenzen, aber Pass und Ticket mussten ersetzt werden und so kämpfte ich mich mit dem Taxi durch den zähflüssigen Verkehr, um im Konsulat einen Notpass und bei der Fluglinie ein Ersatzticket zu beschaffen, was auch wundersamerweise gelang. Der Konsul wies mich darauf hin, dass deutsche Pässe bei Drogenschmugglern sehr beliebt seien und in diesen Kreisen oft jahrelang kursierten. Ich sollte mich also nicht wundern, wenn mein Name auf die Fahndungsliste von Interpol geriet.

In den 1990er Jahren verfolgte São Paulo eine *Global-City*-Politik, um die industriell geprägte Megastadt in eine postindustrielle Weltstadt zu verwandeln. Flughafen und Autobahnen, Einkaufs- und Bürozentren, Universitäten, Hi-Tech-Parks und luxuriöse neue Wohnviertel drängten an den Stadtrand und konkurrierten um Flächen, die man bislang den Selbstbaugebieten überließ. Diese „Peripherisierung der Mittelschicht" erfolgte vorwiegend in Richtung Südwesten und verwandelte diese Zone in ein Mosaik sehr unterschiedlicher Stadtinseln. Beschleunigt wurde der Exitus aus der Kernstadt durch den andauernden öffentlichen Diskurs über Unsicherheit und Gewalt, was das Geschäft mit der Sicherheit boomen ließ. Ein Heer von privaten Wachleuten, gepanzerte Limousinen, Hubschrauber-Shuttles, Überwachungs- und Alarmsysteme machten Shopping Malls, Geschäfts- und Büroviertel, Universitäten, Freizeitparks und gehobene Wohnquartiere zu bewachten „Zitadellen". Insgesamt trug der Rückzug der Ober- und Mittelschicht in die *protected environments* erheblich zur Erosion der Sicherheit im Rest der Stadt bei, auch verlor der öffentliche Raum an Qualität. Ärmere Stadtgebiete wurden zu *no-go-areas*, die man nur im Auto durchquerte.

Clase média meint in Brasilien die obere Mittelschicht, die sich einen gehobenen Lebensstil und ein großzügiges Apartment leisten kann. Diese relativ kleine, aber konsumkräftige Elite bestimmte maßgeblich die Stadtpolitik, während die ärmere Bevölkerung in allen Lebensbereichen – Einkommen, Wohnung, Transport, Infrastruktur, Ausbildung, Kultur, Rechtssystem, Sicherheit – mit Defiziten und Benachteiligungen zu kämpfen hatte. Die ausgeprägten Schichtunterschiede wurden oft mit dem Erbe der kolonialen Klassen- und Sklavengesellschaft erklärt, ein Rassenproblem existierte offiziell aber nicht, sondern man sprach von einem „rassischen Kontinuum", weil die Hälfte der Bevölkerung schwarz oder farbig war. Alle Sozialindikatoren – Einkommen, Ausbildung, Lebenserwartung – zeigten jedoch die große Kluft zwischen Schwarz und Weiß. Die Sensibilität für die Klassenzugehörigkeit reichte weit über ethnische Fragen hinaus und die Adresse im „richtigen" Stadtteil war von extremer Wichtigkeit, weil dies auch den sozialen Status bestimmte. Jeder Brasilianer wusste anhand von Wohnort, Sprache und Kleidung sofort, wen er vor sich hatte.

Ein Paradebeispiel für das Phänomen der abgeschotteten Privatsiedlungen, die seit den 1980er Jahren zahlreich an der Peripherie brasilianischer Großstädte entstanden, war Alphaville. Mit rund 50 000 Bewohnern war dies die größte und bekannteste *gated community* in São Paulo, eine riesige Privatstadt, deren Entwicklung von der Firma *Alphaville Urbanismo* betrieben wurde. Alphaville lag 25 Kilometer westlich vom Stadtzentrum und umfasste einige Dutzend Wohngebiete, die aber nicht mit Wohntürmen wie in Rios Barra da Tijuca bebaut waren, sondern mit Einfamilienhäusern und Villen. Nur im Schutz von Mauern und Sicherheitsdiensten wagte man es, diese bürgerlichen Wohnformen im großen Stil wieder einzuführen. An strategischen Stellen hatten sich Geschäfts- und Bürozentren, Freizeitparks, Privatschulen und Kliniken angesiedelt, so dass diese Privatstadt sich weitgehend selbst versorgte und viele Tausend Menschen beschäftigte.

Die Attraktivität der abgeschotteten Wohngebiete war nicht nur der Sicherheit zuzuschreiben, auch das „metropolitane Chaos" trieb die Mittelschicht in diese Refugien, wo die Welt noch oder wieder „in Ordnung" war. Prestige und Lebensstil, soziale Homogenität und Identifikation, Wohnen im Einfamilienhaus Wert-erhaltung der Immobilie – das alles waren Gründe, warum die „künstlichen Quartiere" sich wachsender Beliebtheit erfreuten. Nur kollektiv konnte sich die Mittelschicht den Lebensstil und die Statussymbole leisten, die sonst nur einer kleinen Oberschicht vorbehalten waren. Die Immobilienfirmen verstärkten den Trend mit aggressiver Werbung und die Stadtverwaltung erteilte in der Regel eine Baugenehmigung, weil der private Städtebau die Stadtkasse entlastete, allerdings kümmerte man sich wenig um die städtebauliche Anbindung.

Es gab in São Paulo viele sehenswerte Monumente, von denen wir aber nur wenige besuchen konnten, darunter das

COPAN-Gebäude von Niemeyer, ein riesiger, elegant geschwungener Hochhausblock, sozusagen die brasilianische Antwort auf Le Corbusiers „Wohnmaschine" oder *Unité d'Habitación*. In das *COPAN* hatte Niemeyer alles hineingepackt, was zu einer kleinen Stadt gehörte einschließlich einer Ladenstraße. Wir irrten durch ein Labyrinth von Empfangshallen, Korridoren und Fahrstühlen, bis wir auf dem Dach standen und noch einmal auf den dichten Wald von Büro- und Wohntürmen blickten.

Wir besuchten den Ibirapuera-Park mit Niemeyers *Memorial da América Latina* und seiner Skulptur „Die blutenden Adern Lateinamerikas" – ein künstlerisches Fanal gegen die Unterdrückung und Ausbeutung Lateinamerikas durch Kolonialismus, Diktaturen und fremde Mächte. Bemerkenswert waren auch das *Edifício Italiano*, früher das höchste Gebäude Lateinamerikas, und die Bus-Zentrale *Terminal Tietê*, eine gigantische Betonstruktur, die ununterbrochen unzählige Busse einsaugte und wieder ausstieß. Jenseits aller europäischen Erfahrungen bewegte man hier so gewaltige Bus- und Menschenmassen, dass man diejenigen, die das latente urbane Chaos am Laufen hielten, nur bewundern konnte.

Ähnliches galt für die Wasserversorgung, die von einigen Speicherseen im Hinterland abhing. In trockenen Jahren schrumpften die Wasservorräte so bedrohlich, dass die Stadtregierung Pläne für eine Notversorgung in der Schublade hatte, ebenso wie für die Stromversorgung, die weitgehend von der Wasserkraft abhing. Verkehr, Wasser und Energie – das waren die Bereiche, in denen diese und andere Megastädte extrem verletzlich waren.

Der Wirtschaftsboom der 1990er Jahre hatte einen gewissen Wohlstand geschaffen und es gab Projekte mit kreativen Namen wie „städtische Akupunktur", „situativer Urbanismus" und „urbane Kondensatoren", die versuchten, mit kulturellen Angeboten die sozialen Barrieren zu durchbrechen. Diesem „Projekt-Optimismus" hielten Kritiker die tief verwurzelte Ungleichheit der brasilianischen Gesellschaft entgegen, die nicht durch punktuelle Projekte, sondern nur durch einen strukturellen Wandel abgebaut werden konnte. Allerdings lief die neoliberale Stadtpolitik der 1990er Jahre Gefahr, die gesellschaftlichen Integration zugunsten der lokalen Eliten und internationalen Investoren aus den Augen zu verlieren. Der Preis dafür waren Angst und Aggression, weil die „Dritte Welt" vor den Toren der Wohlstandinseln und *gated communities* nicht verschwinden wollte.

Zum Abschluss gab es einen Workshop in einer privaten Universität, wo wir fast ausschließlich Studentinnen antrafen. Der Direktor erklärte uns – genderpolitisch nicht ganz korrekt – dass in São Paulo Architektur das probate Studienfach der höheren Töchter sei, deren Existenz ohnehin so abgesichert war, dass sie sich den Luxus der schönen Künste leisten konnten.

31 Unsere nächste Station war Porto Alegre, wo ein gemeinsamer Workshop mit der lokalen Universität geplant war. In dieser Stadt gab es viele deutschstämmige Familien, die uns schon am Flughafen mit einem Begrüßungschor empfingen. Dann folgte die Überraschung: Man hatte für jeden unserer Studenten eine Gastfamilie gefunden. Das bot interessante Einblicke in das Leben der brasilianischen Mittelschicht, war aber mit dem Nachteil verbunden, dass die Gruppe nun verstreut in der Stadt wohnte und es morgens regelmäßig Nachzügler gab, die zu lange beim Frühstück saßen oder im Verkehr steckenblieben.

Das Workshop-Thema war ein leerstehendes, festungsartiges Hafengebäude, das auf eine neue Nutzung wartete. Wir fanden das Thema spannend, die Brasilianer zögerten jedoch, weil sich gleich nebenan das Hauptquartier der *Policia Federal* befand. Offenbar wirkten die Erfahrungen mit der Diktatur noch nach, aber die Polizei hatte nichts einzuwenden und der Workshop konnte beginnen. Deutsche und brasilianische Studenten freundeten sich wie gewohnt im Handumdrehen an und begannen in Kleingruppen, das Thema zu bearbeiten. Unsere Studenten waren gewohnt, sogenannte „Stegreif-Entwürfe" sehr frei anzugehen, während sich ihre brasilianischen Partner zunächst in detaillierte Bestandsaufnahmen vertieften. So entfachten unsere Studenten schnell ein kreatives, aber von Lokalkenntnis weitgehend ungetrübtes Ideenfeuerwerk, während sich ihre Counterparts an den realen Gegebenheiten abarbeiteten. Beides zusammen fügte sich dann aber zu einer originellen Idee, die bei der Schlusspräsentation auch von den Gästen aus dem Planungsamt Beifall erhielt.

Porto Alegre war keine Dritte-Welt-Stadt, sondern stach unter den brasilianischen Großstädten durch eine gute Organisation und innovative Projekte hervor, die auch im Ausland Beachtung fanden. Hierzu gehörte die „partizipative Stadtteilplanung", bei der die Bürger in direkter Ab-

stimmung über die Investitionen in ihrem Stadtteil entschieden. Dabei kam es auch zu Kontroversen, weil es unbeliebte Einrichtungen wie Mülldeponien und Durchgangsstraßen gab, die kein Stadtteil haben wollte. Ein Vorzeigeprojekt war die Erneuerung des historischen Zentrums einschließlich der Umnutzung einer alten Fabrik in ein Kulturzentrum, in jener Zeit ein Novum in Brasilien, das auch in anderen brasilianischen Städten Schule machte.

Die prosperierende Stadt zog Zuwanderer aus den armen Regionen an, was an der Peripherie neue Armutsviertel wachsen ließ. Man bot den Migranten finanzielle Anreize und ein Busticket an, um die Stadt wieder zu verlassen, was aber nur mäßig erfolgreich war. Besser funktionierte ein anderes Projekt: Um das Müll- und Abfallproblem in den Randgebieten zu lösen und gleichzeitig die Ernährungsdefizite der armen Bevölkerung zu mindern, konnten die Bewohner an bestimmten Sammelstellen ihre Abfälle gegen Grundnahrungsmittel tauschen.

Die relativ große deutschstämmige Bevölkerung in dieser Region hatte man im 2. Weltkrieg stark reglementiert, aus Sorge, dass die Nazis hier Fuß fassen könnten, auch wurde die deutsche Sprache und Kultur aus den Schulen und aus der Öffentlichkeit verbannt. Wir machten Ausflüge ins Umland, wo man etlichen Dörfern ihren deutschen Ursprung noch ansah, ähnlich wie in Blumenau, der Hochburg deutschen Brauchtums im Bundesstaat Santa Catarina. Wir sahen alte Fachwerkhäuser, vertraute Ortsnamen und ein verfallenes Gasthaus, auf dem noch in verwitterter Schrift „Gesangverein" zu lesen war.

Unterwegs hielten wir an zu einem *café colonial*, einem üppigen Frühstück, das man früher den Landarbeitern mit auf den Weg gab, wenn diese zehn Stunden und mehr auf den Feldern arbeiten mussten. Ich war in Begleitung von zwei brasilianischen Kolleginnen und diese nutzten das nostalgische Ambiente zu einem Foto-Shooting in einem Atelier, das Originalkostüme aus dem 19. Jahrhundert bereithielt. Das fertige Bild zeigte mich als Sektenprediger mit schwarzem Hut und Soutane, eingerahmt von zwei züchtig dreinblickenden Anhängerinnen mit schönen Hüten, langen Zöpfen und bodenlangen Kleidern.

Porto Alegre war, wie der Name sagte, eine „lustige Hafenstadt" und so machten wir zum Abschluss eine Segeltour entlang der reizvollen Küste. Unsere Studenten fühlten sich in dieser sympathischen Stadt so wohl, dass einige bereits ihren nächsten Besuch ankündigten. Vielleicht hatten sie von reichen deutschstämmigen Familien gehört, die angeblich händeringend einen deutschen Schwiegersohn für ihre Tochter suchten. Als Vermittler oder Trauzeuge trat ich dabei aber nicht auf.

32

Während die Studenten ihren Aufenthalt in Porto Alegre ausklingen ließen, machte ich einen Abstecher in die „Modellstadt Curitiba". Diesen Titel verdankte Curitiba vor allem seinem innovativen Verkehrskonzept *RIT – Rede Integrada de Transporte*. Es ging um das Problem, dass in den schnell wachsenden brasilianischen Großstädten der Stadtverkehr das vorhandene Straßennetz zunehmend überforderte und man über die üblichen Stadtbusse hinaus eine Metro oder Stadtbahn brauchte, um den Massentransport zu bewältigen. Solche Investitionen konnten sich aber nur wenige Städte leisten und so hatte Curitiba ein intelligentes Bussystem entwickelt, dessen Kapazität einer Metro nahekam, aber deutlich billiger war. Das erreichte man durch die Kombination von separaten Busspuren, neuartigen Haltestellen und einer Flotte moderner Doppelgelenkbusse mit großer Kapazität.

Ergänzend dazu hatte Curitiba schon 1968 einen Master Plan verabschiedet, der ein Netz von „städtischen Korridoren" als Hauptachsen des öffentlichen Verkehrs vorsah. Das Besondere daran war, dass man diese Korridore dicht mit Apartmenthäusern für die Mittel- und Oberschicht bebaute, um diese zu einer stärkeren Nutzung des öffentlichen Verkehrs zu bewegen, denn es waren die gehobenen Schichten, die durch ihre Übermotorisierung die Verkehrsprobleme verursachten. Blickte man von einem erhöhten Standort auf die Stadt, dann sah man deutlich die Hochhaus-Ketten, die von der Stadtmitte aus sternförmig hin zur Peripherie verliefen. Die *corredores urbanos* waren durch Querverbindungen vernetzt und insgesamt leistete das flächendeckende und kostengünstige Bussystem einen großen Beitrag zur Entlastung des Stadtverkehrs.

Das Schnellbus- und Korridorkonzept wurde von anderen Großstädten in Lateinamerika kopiert, unter anderem von Bogotá und Mexiko-Stadt und verbesserte auch dort die Verkehrssituation deutlich. In Curitiba stellte ich allerdings bei einer Taxifahrt zur *rush hour* fest, dass das inno-

vative Konzept allmählich an seine Grenzen kam, denn in den Korridoren fuhren die Busse so dicht hintereinander her, dass es fast schon einer Metro glich, die sich auf die Straße verirrt hatte. Es sah ganz danach aus, dass die 2-Millionen-Stadt schon mittelfristig über eine echte Metro oder Stadtbahn nachdenken musste, mit deren Bau man dann auch einige Jahre später begann.

Curitiba galt auch als „grüne Stadt", weil man die Niederungen und Überschwemmungsgebiete systematisch in Stadtparks umgewandelt hatte. Eine interessante Idee waren die *Farois de Saber*, die „Leuchttürme des Wissens", die darauf abzielten, den Bildungsstand der unteren Schichten anzuheben. Innovativ war auch der Umgang mit dem historischen Zentrum, dessen architektonische Qualitäten man früher als anderswo erkannt hatte. Viele alte Gebäude waren bereits restauriert und die Rua de 15. Novembre zur Flaniermeile aufgewertet. Allerdings war Curitiba nicht nur für finanzstarke Investoren und für die Autoindustrie attraktiv, sondern – ähnlich wie Porto Alegre – auch für arme Zuwanderer. Aber die Planer waren zuversichtlich, auch dieses Problem vorbildlich zu lösen.

33

Wir fuhren mit einem angemieteten Bus weiter nach Buenos Aires, eine 1000-Kilometer-Fahrt, bei der die meisten Studenten sofort in einen Tiefschlaf fielen. Sie versäumten nicht viel, denn man sah viele Stunden lang nur die tischebene Pampa und war froh, wenn hier und da ein Baum oder einige Rinder dem Auge Halt boten. Nach einer langen Fahrt durch arme Vorstädte erreichten wir gegen Abend Buenos Aires. Die 150 Meter breite und fünf Kilometer lange Av.9 de Julio, eine von zahlreichen Prachtbauten gesäumte Superallee, gab uns eine Vorstellung von der städtebaulichen Grandezza, mit der sich Buenos Aires dem Besucher präsentierte. Das setzte sich fort mit der zentralen Magistrale Av. de Mayo, die mit einer großen städtebaulichen Geste auf die *Plaza de Mayo* und die *Casa Rosada*, den Sitz des Präsidenten, zulief.

Dank der Einwanderungsströme vor allem aus Italien war Buenos Aires um 1900 die größte und europäisch geprägte Stadt in Lateinamerika, die sich schon 1913 eine U-Bahn leistete, eine reiche Theaterszene besaß und sich das „Paris Südamerikas" nannte. Prachtvolle Gebäude im Stil des Neoklassizismus und Spielarten der frühen Moderne wie dem argentinischen *Racionalismo* boten dem Auge eindrucksvolle Szenerien wie die *Confiteria de Molino* von 1917, der *Palacio Barolo* von 1923 und das *Edificio Kavanagh* von 1930, ein architektonisches Unikat war auch die Nationalbibliothek im Stil des Beton-Brutalismus der 1960er Jahre. Die Architektur spiegelte die Epochen, in denen in Argentinien Wohlstand herrschte. Reich wurde das Land durch Rindfleischexporte an die kriegführenden Länder im 1. und 2. Weltkrieg und während Europa am Boden lag, war Argentinien zum reichsten Land Lateinamerikas aufgestiegen. Aber es wurde viel konsumiert und wenig investiert, die notwendigen Reformen unterblieben und so wurde Argentinien bald von Brasilien, Mexiko und Chile überholt.

Nach der Diktatur von 1976/83 gab es einen neuen Boom, der aber um die Jahrtausendwende von einer Krise abgelöst wurde. So wirkte die 9-Millionen-Metropole städtebaulich wie ein verarmter Aristokrat, dessen elegante Kleidung zwar einige Schadstellen und Löcher aufwies, der aber immer noch in tadellos stolzer Haltung dastand. Das galt allerdings nicht für die *villas misérias* am Stadtrand, auch wenn die Armutsviertel weniger auffällig waren als die Favelas in Rio de Janeiro.

Wir besichtigten die *Plaza de Mayo* mit der *Casa Rosada*, die während und nach der Diktatur Schauplatz politischer Demonstrationen war, bei denen Hunderte von weißgekleideten Frauen mit Löffeln auf Töpfe schlugen, um an ihre in der Diktatur verschwundenen Kinder zu erinnern. Die Plaza grenzte an den Hafen, wo gerade das *Madero-*Projekt fertiggestellt wurde. Es war die Zeit der großen *Waterfront-*Projekte, die in den 1990er Jahren weltweit in Angriff genommen wurden. Das Ziel dieser Projekte war, die veralteten Industriehäfen, die nach dem Bau moderner Container-Häfen ihre Funktion verloren hatten, mit neuen Aktivitäten zu füllen, wobei der Tourismus eine wichtige Rolle spielte.

Das Hafenprojekt *Madero* war das erste in Lateinamerika und wurde zusammen mit spanischen Stadtplanern entwickelt, die 1992 den alten Hafen von Barcelona für die olympischen Spiele umgestaltet hatten. Bei unserem Besuch begannen die Bewohner von Buenos Aires gerade erst, die restaurierten und gastronomisch genutzten Lagerhäuser und neuen Bauwerke zu entdecken, für die prominente Architekten wie Norman Foster und Santiago Calatrava die Entwürfe geliefert hatten.

Nach einem Rundgang durch das bunte Hafenviertel Boca, wo man an jeder Ecke Schautanz-Tango sah, schickte uns ein Szenekenner am späten Abend zu einer authentischen Milonga in einem schönen, etwas abgeblätterten *Fin-de-Siécle*-Saal. Dort tanzten vor allem ältere, mit altmodischer Sorgfalt gekleidete Paare zu den Klassikern von Carlos Gardel, dem Tango-Gott der 1920/30er Jahre, und das auf eine so ruhige und würdevolle Art, die weder mit den artistischen Schautänzen in Boca noch mit dem angestrengten Tanzstil deutscher Milongas viel zu tun hatte. Man hätte hier einen perfekten Nostalgie-Film der goldenen 1940er Jahre drehen können. Unsere Studenten übten einige Tango-Schritte, aber es wurde spät und so überließen wir den Senioren das Feld, die noch keinerlei Anzeichen von Müdigkeit zeigten und erst nach Mitternacht zur Hochform aufliefen.

In ganz Lateinamerika standen die *Argentinos* im Ruf, über ein außergewöhnliches Ego zu verfügen, wahrscheinlich gewachsen zu der Zeit, als Argentinien das reichste Land Lateinamerikas war und auf die „Wilden" in den Nachbarländern herabschaute. Ich hatte ähnliche Erfahrungen: Mit einem argentinischen Kollegen machte ich vor Jahren ein Interview mit Oscar Niemeyer und als die Zeitschrift nach einem passenden Foto fragte, schickte der argentinische Kollege ein Bild, auf dem er groß im Vordergrund und der berühmte Architekt klein im Hintergrund zu sehen war.

Die Architekturfakultät der Universität von Buenos Aires, eine der größten des Kontinents, war ein riesiger Betonbau im Stil des *beton brut*, ein Architekturstil der 1960er Jahre, der die Ästhetik des rohen, unbehandelten Betons stolz zur Schau stellte. In der Halle hingen Che Guevarra-Poster, politische Parolen und Aufrufe jeder Art und man spürte das unruhige Temperament der Studentenschaft, denen die argentinische Politik Anlass zu fast täglichen Protesten gab. Dagegen war die UNAM in Mexiko-Stadt ein Hort der Ruhe und Gelassenheit.

Wir überquerten den Rio de la Plata mit einer Fähre und waren nach drei Stunden in Montevideo. Die Hauptstadt von Uruguai ging historisch aus einer Festung hervor, die die Spanier 1724 zum Schutz des „Silber-Flusses" gebaut hatten. Die Stadt betätigte sich in früheren Jahrhunderten aktiv am Sklavenhandel und war im 19. und frühen 20. Jahrhundert wie Buenos Aires Ziel mehrerer europäischer Immigrationswellen. Mit ihren Prachtbauten entlang der Av. 18 de Julio und an der *Plaza de Independencia* nannte man Montevideo auch die „kleine Schwester" von Buenos Aires. Die Stadt besaß einen direkten Zugang zum Rio de la Plata mit endlosen Stränden, Uferparks und großzügigen Promenaden wie die *Rambla Portuaria* und man glaubte sofort, dass in Lateinamerika Montevideo in puncto Lebensqualität einen Spitzenplatz besetzte.

Mit einer Million Menschen war die Stadt wesentlich kleiner, intimer und ruhiger als Buenos Aires und unterhielt noch enge Verbindungen zur ländlichen Pampa, von deren Rinderzucht die Fleisch- und Lederproduktion der Stadt vor allem lebte. Viele Passanten trugen kunstvoll verzierte Kürbisflaschen mit sich herum, aus denen sie unaufhörlich Mate-Tee tranken. Wir sahen uns noch ein nostalgisches Hinterhofviertel oder *conventillo* an und einen Trödelmarkt mit wunderschönen Möbeln und Antiquitäten, dann verabschiedeten wir uns von dieser Stadt.

VIII.
Viva México!
Hofhauslabyrinthe und Selbstbausiedlungen Mexiko-Stadt

34 Als Hernán Cortés mexikanischen Boden betrat, hatte er sicher keine Vorstellung davon, welche Architektur sich in *Nueva España* verbreiten sollte. Er betrachtete die neue Kolonie als eine Fortsetzung Spaniens, ein tropisches Abbild des europäischen Mutterlandes. Im Laufe der Jahrhunderte verschmolzen Indios und Spanier zu einem Mestizen-Volk und in gleicher Weise vermischte sich die spanische mit der vorspanischen Haustradition. Das Herz dieser Häuser war der *patio*, der Hof. Die Räume der einfachen Hofhäuser dienten den Spaniern wie den Indios vor allem zum Schlafen, während sich das Alltagsleben im Hof vollzog. Wie die *capullis* der Azteken war das spanische Hofhaus zugleich Wohnhaus, Werkstatt und Warenlager und wurde von Großfamilien und Dienstleuten bewohnt.

Im 16. Jahrhundert bildete sich das mexikanische Stadthaus heraus, ein zweigeschossiges Hofhaus mit hauswirtschaftlichen und produktiven Aktivitäten im Erdgeschoss und Wohn- und Schlafräumen im Obergeschoss. Im Hinterhof wurden die Pferde und Vorräte untergebracht. Oft gab es zur Straße hin Läden, wo Händler und Handwerker arbeiteten. Der Hof war kein abgeschirmtes familiäres Refugium wie in der arabischen Welt, sondern eher das Gegenteil: ein geschäftiger urbaner Mikrokosmos, der durch ein Tor direkt mit dem Straßenleben verbunden war.

Das mexikanische Haus erlebte im 17./18. Jahrhundert eine Blüte. Stadtpaläste und Bürgerhäuser entstanden in

Mexiko-Stadt so zahlreich, dass Alexander von Humboldt bei seinem Besuch um 1800 von einer „Stadt der Paläste" sprach. In den alten Palästen und Bürgerhäusern gab es prachtvolle Höfe mit kunstvollen Kolonaden, Brunnen und Steintreppen, die auf die Galerien im Obergeschoß führten und oft zierten farbige Kacheln oder *azulejos* die Wände. Mit der Unabhängigkeit 1820 begann jedoch der Niedergang der kolonialen Architektur. Um sich von der ehemaligen Kolonialmacht Spanien auch kulturell zu distanzieren, wurden nun die Wohnvorbilder aus England und Frankreich importiert. Freistehende Villen mit Gärten verdrängten die Hofhäuser und das intime Zusammenleben von Herren und Knechten, das in den kolonialen Häusern üblich war, verschwand ebenso wie die intensive Nutzungsmischung in Haus und Hof. Das familiäre und gesellschaftliche Leben zog sich in die Salons zurück, wobei der Hof an Bedeutung verlor.

Um die armen Schichten unterzubringen, tauchte um 1900 eine Extremform des Hofhauses auf: die *vecindad* oder „Nachbarschaft", bei der sich zahlreiche Räume und Kleinwohnungen um einen oder mehrere Höfe gruppierten. Privatheit und Komfort, früher selbst in vornehmen Häusern

kaum vorhanden, gab es in den dicht bewohnten Hinterhöfen natürlich nicht, dennoch waren die *vecindades* keine Slums, sondern die traditionelle Wohnform der einfachen Leute. Mit der Abwanderung der gehobenen Schichten in neue bürgerliche Quartiere verwandelten sich im *Centro Histórico* auch viele aufgegebene Stadtpaläste, Klöster und Bürgerhäuser in solche Nachbarschaften und der spekulative Mietwohnungsbau errichtete labyrinthische Hinterhofhäuser mit winzigen Lichthöfen. Bis zur Mitte des 20. Jahrhunderts nahmen diese Nachbarschaften die Zuwanderer aus den ländlichen Gebieten auf, die mittellos nach Mexiko-Stadt strömten und im Zentrum einen Job und Unterkunft fanden.

Die Kleinwohnungen mit ein oder zwei Räumen und einer winzigen Küche waren nur über den Hof erreichbar und oft sorgte nur ein einziges Fenster zum Hof für etwas Tageslicht und Belüftung. Am Ende des Hofs oder Korridors gab es eine gemeinsame Waschgelegenheit und Toilette. Der Hof war Durchgangsraum, Spiel- und Waschplatz sowie kollektives Wohnzimmer zugleich, wo die Leute lebten und arbeiteten, sich unterhielten oder stritten. Das produzierte Konflikte, andererseits half man sich solidarisch in schwierigen Lebenslagen, was für die mittellosen Zuwanderer lebenswichtig war. Um 1960 beschrieb der Anthropologe Oscar Lewis das Milieu in dem Buch *„Los Hijos de Sanchez"* (Die Kinder von Sanchez). Wie man später erfuhr, hatte er seine Zeit vor allem in einem Nobelhotel verbracht, wo er sich von den Sanchez-Kindern ihre Geschichte erzählen ließ.

1995 wurde Mexiko-Stadt durch ein schweres Erdbeben erschüttert. Noch Jahre danach sah man die massiven Schäden und einige Hochhäuser standen bedrohlich schief. Aber der schwarze Hotel-Klotz *Fleming*, mein Stamm-Hotel in Mexiko-Stadt, stand unverändert da – in einem Erdbebengebiet wie Mexiko eine beruhigende Referenz. Ich war seit einigen Wochen in der Stadt und machte wieder meine Touren in der riesigen Altstadt. Es war ein Vergnügen und Abenteuer zugleich, die kolonialen Plätze, Paläste und Hinterhof-Labyrinthe zu erkunden, wobei man die spannendsten Entdeckungen oft zufällig in unbekannten Straßen machte wie halb verfallene Klöster, schöne alte Bürgerhäuser, nostalgische Läden und idyllische Plazas, auf denen die Zeit stillzustehen schien.

Man konnte das Historische Zentrum in einer Stunde besichtigen, wenn man sich an den *corredor turístico* hielt, der vom Alameda-Park direkt zum Hauptplatz *Zócalo* führte, und sah dann die Kathedrale, den Regierungspalast und die Ruinen der großen Tempel-Pyramide der Azteken. Nahm man sich drei oder vier Stunden Zeit und zog etwas größere Kreise, dann stieß man auf viele historische, sorgfältig restaurierte Gebäude, die nun öffentliche Institutionen, Museen oder Kulturzentren beherbergten. Auch teure Restaurants hatten sich in den Höfen der kolonialen Herrenhäuser etabliert, wie in dem „Haus der Kacheln" *(Casa de Azulejos)* nahe am *Zócalo*. Nördlich vom Hauptplatz musste man sich allerdings durch das Dickicht der Straßenmärkte kämpfen, die ein ganzes Stadtviertel besetzt hielten und wo jeder normale Fahrverkehr steckenblieb.

Ich wollte mir einen etwas genaueren Überblick über das 10 km² große *Centro Histórico* verschaffen und nahm mir dazu reichlich Zeit. Verlaufen konnte man sich nicht, denn das Schachbrettmuster der Straßen bot eine gute Orientierung. Das Historische Zentrum war nicht nur Altstadt, sondern auch eine Drehscheibe des Megastadt-Verkehrs und tagsüber voller Menschen, die in unzähligen Geschäften, Straßenmärkten, Büros und öffentlichen Einrichtungen arbeiteten oder anderen Tätigkeiten nachgingen. Das erklärte die Menschenmassen, die täglich ins Zentrum strömten, die aber abends, von einigen touristischen *hot-spots* wie der Plaza Garibaldi abgesehen, rasch wieder verschwanden. Das Zentrum zog im Tagesrythmus riesige Menschenmassen an und stieß sie abends wieder aus, dann wurde es in vielen Straßen dunkel, leer und unsicher.

Bog man um ein oder zwei Ecken und drang sozusagen in die Kapillaren der Altstadt ein, dann befand man sich in einem Ambiente, das aus der Zeit gefallen schien, mit alten Stadthäusern und Läden, die ihre beste Zeit schon seit Jahrzehnten überschritten hatten, wie die verstaubten Auslagen zeigten. Nachts erleuchteten nur wenige Lichter die Straßen, weil viele Häuser nur noch als Läden und Lagerhäuser genutzt wurden oder völlig leer standen. In jeder europäischen Stadt hätten diese Viertel längst eine Spekulations- und Erneuerungswelle ausgelöst, hier lagen die oft schönen, aber vernachlässigten Häuser in einem Dornröschenschlaf, bei dem man nicht wusste, ob bald wieder neues Leben einzog oder der endgültige Verfall drohte.

Dafür gab es viele Gründe, vor allem fehlte das Interesse der Immobilienwirtschaft, die ihr Geld mit neuen Privatsiedlungen am Stadtrand schneller verdiente. Auch fehlte es an einer urbanen Klientel, die bereit war, wieder im Zentrum einer Megastadt – sozusagen im „Auge des Orkans" – zu wohnen, obwohl die alten Stadthäuser wie geschaffen waren für zwei oder drei Familien, Läden, Agenturen und Ateliers jeder Art. Dem stand jedoch der Ruf des *Centro Histórico* als ein von Menschenmassen und Verkehr überlasteter und unsicherer Ort entgegen, der – ähnlich wie das *Centro* von Rio de Janeiro – kein attraktiver Wohnort für die Mittelschicht mehr war.

Bei meinen Studien waren die *vecindades* bereits ein Auslaufmodell, denn die neuen Zuwanderer hatten sich längst eine andere Wohnform geschaffen: die irregulären Selbstbausiedlungen an der städtischen Peripherie. Aber es lebten noch 50 000 Menschen in den alten Nachbarschaften und die Stadtverwaltung bemühte sich abwechselnd um eine Verbesserung der Wohnverhältnisse durch den Bau neuer Kleinwohnungen an gleicher Stelle oder durch eine Umsiedlung. Weil man in den *vecindades* kaum Miete zahlte und die Nähe zum Zentrum viele Vorteile hatte, gab es bei Umsiedlungen regelmäßig Proteste.

Nach und nach entdeckte ich die vernachlässigte Schönheit der alten Straßen und die Welt der Höfe, die sich hinter den Fassaden verbarg. Die Baublöcke waren im Inneren regelrecht perforiert von kleinen und großen Höfen, ähnlich wie in der orientalisch-islamischen Stadt, aber im Unterschied zu jener zeigten die Häuser zur Straße hin keine abweisenden und fensterlosen Mauern, sondern schö-

ne Fassaden mit einem Tor, hohen Fenstern und dekorativen Details, also ein individuelles, wenn auch gealtertes Gesicht.

Öffnete man auf gut Glück ein Tor, so war man oft überrascht von der halb verfallenen architektonischen Pracht, in der nun arme Familien lebten. Auch die Höfe mancher Mietshäuser aus dem 19. Jahrhundert waren regelrechte Filmkulissen, mit symmetrisch verzweigten Treppen und mehrere Stockwerke hohen Galerien. Betrat ich einen Hof, so verschaffte ich mir im Schatten des Torbogens einen ersten Überblick, ohne sofort bemerkt zu werden. War es ein schönes altes Bürgerhaus, kam man gut ins Gespräch, wenn man den Hof, die Säulen und Treppen bewunderte. War die *vecindad* jedoch ein degradierter Slum, dann war der Empfang weniger freundlich, denn der unbekannte Besucher kam womöglich im Auftrag der Stadtverwaltung, - wer sonst hätte Interesse an den elenden Unterkünften?

Wir widmeten diesem Thema einen Workshop und richteten dazu ein Atelier in der Altstadt ein. Die Gruppen erkundeten Höfe und Häuser, sprachen mit den Bewohnern und machten Skizzen und Fotos. Dies änderte zwar nichts an der sozialen Situation der Bewohner, aber es entstand eine Ideensammlung für einen möglichen Um- oder Neubau einiger Nachbarschaften. Dabei zeigte sich, dass nicht nur die deutschen, sondern auch die meisten mexikanischen Studenten noch nie eine authentische *vecindad* betreten hatten.

35

Ganz im Süden der Stadt lag Xochimilco mit den berühmten „schwimmenden Gärten", ein von Kanälen durchzogenes fruchtbares Gebiet, wo schon die alten Azteken Gemüse und Blumen angebaut hatten. Ein Besuch in Xochimilco wurde unser Abschiedsritual von Mexiko-Stadt und ein stimmungsvoller Ausklang jedes Workshops und jeder Exkursion. Unter der Woche war Xochimilco relativ ruhig und idyllisch, an Sonn- und Feiertagen aber ein hoffnungslos überlaufenes Freizeitrevier. Buntbemalte Boote mit feiernden und singenden Menschen füllten die Kanäle, andere Boote verkauften Bier, Tequila und Tortillas, dazwischen spielten Mariachi-Bands *Cielito Lindo* und *Cucurrucucú Paloma*, dies oft so dicht nebeneinander, dass die Musik in eine ohrenbetäubende Kakophonie überging.

Wie gewohnt steigerte sich unsere Bootsfahrt bald zu einer Fiesta, die Studenten sangen und tanzten, dass das Boot fast zu kentern drohte und die Mexikaner animierten ihre deutschen Kommilitonen zu Getränken, denen man den hochprozentigen Inhalt nicht ansah. Es sah jedenfalls nicht nach einer Situation aus, die eine Intervention der Exkursionsleitung verlangte und so nahm das Unheil seinen Lauf. Es dauerte nicht lange und einer Studentin ging es so schlecht, dass sie kollabierte und nicht mehr ansprechbar war. Wir stoppten das Boot und trugen sie ans Ufer, wo sich ihr Zustand aber nicht besserte. Im Kanallabyrinth gab es natürlich keinen Arzt und so kämpften wir uns zurück zur Anlegestelle, suchten unseren Bus und fuhren schnellstmöglich zum Hotel. Dort riefen wir einen Arzt,

der ihren Kreislauf mit einer Infusion stabilisierte und prompt erschien sie nach zehn Minuten in einer medikamentös aufgekratzten Stimmung, aber ohne jede Erinnerung an den Kollaps.

36
Die mexikanische Architektur interessierte mich wegen ihrer eigenständigen Ausdrucksformen. Ähnlich wie in Brasilien gab man sich nicht mit einer Kopie der europäischen Moderne zufrieden, sondern versuchte, eine Beziehung zur mexikanischen Geschichte und zum mexikanischen Lebensgefühl herzustellen. Dabei spielten Malerei und Plastik eine wichtige Rolle wie bei der UNAM, der Nationalen Universität von Mexiko mit ihren historisch-politischen Wandbildern von Diego Rivera, Juan O'Gorman und David Alonso Siquieros.

Als Pritzker-Preisträger von 1980 wurde Luis Barragán international bekannt. Seine Architektur war ein Minimalismus der Formen, dem er aber durch subtile Farben Originalität und Stimmung verlieh. Seine exklusiven Landhäuser wie *La Hacienda* im Wohngebiet *Las Arboledas* (1960) aus sorgfältig komponierten farbigen Wandscheiben

verbinden eine radikale Moderne mit der sinnlichen Folklore Mexikos, was den Architekturstil einer ganzen Generation mexikanischer Architekten prägte. Andere Markenzeichen der modernen mexikanischen Architektur waren plastische, oft monumentale Großbauten, große Höfe und Platzanlagen wie das *Anthropologische Museum* (1964, Pedro Ramírez Vásquez u.a.), das *Hotel Camino Real* (1968, Legorreta Arquitectos), die Elite-Universität *El Colegio de México* (1974, Teodoro Gonzáles de León und Abraham Zabludovski), die *Universidad Iberoamericana* (1987, Carlos Mijares und F. Serrano) und andere. Fast alle diese Großprojekte entstanden unter politischem Zeitdruck, was der Architektur aber nicht geschadet hat. Beeindruckend war die Größe und Kraft dieser Gebäude, die sich auch in einer 20-Millionen-Megastadt behaupten konnte.

1994 wollte sich der mexikanische Präsident ein Denkmal setzen und die in der Stadt verstreuten Kunsthochschulen an einem Ort konzentrieren, um 5000 Studierenden die Möglichkeit zu geben, interdisziplinär Musik, Tanz, Theater, Film, Malerei und Bildhauerei zu studieren. Das Projekt entstand auf dem Gelände der *Estudios de Churrubusco*, den Filmstudios im Osten der Stadt, die in den

den 1940/50er Jahre ihre Blütezeit hatten. In der goldenen Epoche des mexikanischen Films und seinen Symbolfiguren Dolores del Rio und Pedro Infante wurden die mexikanischen Filmklassiker gedreht, darunter auch *Los Olvidados* (Die Vergessenen) von Luis Buñuel. In jüngerer Zeit war vom mexikanischen Film aber nicht viel zu sehen, von der nordamerikanischen Konkurrenz fast erdrückt, entstanden in Churrubusco vor allem Telenovelas, die beliebten Fernsehserien für den mexikanischen und lateinamerikanischen Markt.

Das Nationale Zentrum der Künste CNA *(Centro Nacional de las Artes)* entstand in der Rekordzeit von einem Jahr und umfasste ein Hauptgebäude, fünf Kunsthochschulen und ein „Theater der Künste". Die Entwürfe stammten sämtlich von prominenten mexikanischen Architekten, aber schon ein kurzer Blick zeigte: Das CNA war kein Gesamtkunstwerk wie die UNAM, sondern ein heterogenes Architektur-Ensemble. Die heroische Epoche der modernen mexikanischen Architektur ging offenbar zu Ende und löste sich in diverse Strömungen auf, die zwar vielfältiger und differenzierter, aber weniger originell und kraftvoll waren als die früheren Meisterwerke.

Das über 200 Meter lange Hauptgebäude von Ricardo Legorreta hielt das Bauensemble mehr oder weniger zusammen. Als Barragán-Schüler zeigte er hier sein typisches Entwurfsvokabular: massive farbige Wände, endlose Kolonnaden, Rampen, Treppen und auskragende Sonnenblenden, alles überwölbt von einer grün gekachelten Tonne. Dieser plastische, farbige und expressive Großbau war ohne das intensive Licht und den manchmal immer noch blauen Himmel von Mexiko-Stadt nicht denkbar; was in nördlichen Breiten eine unerträgliche Wiederholung gleicher Bauelemente und Farben wäre, gewann hier durch Licht und Schatten Leben.

Bei *La Esmeralda*, der Hochschule für Malerei und Skulptur, griff Legorreta tief in das Repertoire der mexikanischen Folklore: ein massiver Baukörper, leuchtende Farben, gekachelte Kuppeln. Diese moderne *arquitectura vernácular* hatte ihren Reiz, aber es war kaum vorstellbar, dass in diesem verspielten Ambiente die mexikanische Kunst-Avantgarde des 21. Jahrhunderts heranwachsen sollte. Die Nationale Tanzakademie (Luis Vicente Flores) gleich nebenan war das architektonische Gegenstück zum Hauptbau: leicht und beschwingt wie der Tanz, dem es diente. Die Theaterschule (Enrique Norten und Partner) am östlichen Ende des Ensembles litt sichtlich unter der Enge des Baugeländes. Das offene Tonnendach ruhte auf gebogenen Stahlröhren und darunter standen die Raumobjekte wie in einem Lagerhaus.

Im Osten weitete sich das CNA-Gelände zu einem Park, dort stand in privilegierter Lage die Nationale Musikhochschule von Teodoro González de León, neben Ricardo Legorreta einer der Hauptvertreter der modernen mexikanischen Architektur. Ein „Burggraben" verstärkte die elitäre Abgeschlossenheit und machte neugierig auf das Innere. Die Räume waren zum Hof hin offen und eine Reihe von Wandscheiben, die rhythmisch die Richtung wechselten wie eine Harfe aus Beton, sorgten für akustische Isolation und Sonnenschutz. Waren die frühen Bauten von González de León massive und schwere Beton-Monolithen, so präsentierte sich die Musikhochschule leicht und in leuchtendem Weiß. Der Beton war mit weißen Marmorsplittern versetzt und wurde, wie alle seine Bauten, mit der Hand gestockt, so dass auch riesige fensterlose Betonwände nie kalt oder langweilig wirkten, sondern lebendig wie gewachsener Stein.

Insgesamt besaß das CNA keine ausgeprägte Identität, sondern war eher eine zeitgenössische Architekturausstellung. Um die Isolation und Enge zu beseitigen, unter der das Ensemble offensichtlich litt, wäre es notwendig, die harte Trennung zwischen Kunst und Kommerz, zwischen den Kunsthochschulen und den Fernsehstudios aufzuheben. Dann könnte in einem großzügigen Umfeld eine echte *Ciudad Nacional de las Artes* entstehen, - eine Kunst- und Kulturstadt, die nicht nur eine kleine Kunstelite, sondern auch die Massen der Megastadt anzog.

37

Eines Morgens klingelte das Telefon und eine Sekretärin vom Planungsamt fragte, ob ich an einen Rundflug mit dem Helikopter interessiert sei, den der Chefplaner ab und zu über der Metropole machte. In Minuten saß ich im Taxi und eine halbe Stunde später hoben wir vom Flughafen ab. Der Morgendunst hing noch über der Stadt und nur die Spitzen der Hochhausketten entlang der großen Magistralen ragten heraus. Dann drang die Sonne durch, der Dunst verschwand und man sah in der noch klaren Morgenluft die enorme Gebäudemasse, die das Hochtal ausfüllte. Früher gab es hier den Texcoco-See, in dem – ähnlich wie in Venedig – die Azteken auf einer künstlichen Insel ihre Hauptstadt Tenochtitlán errichteten und den See mit Dämmen und „schwimmenden Gärten" bewirtschafteten, was ihnen zugleich Schutz und eine gewisse Autarkie verschaffte und ihren spektakulären

Aufstieg zu einem Großreich mit einer monumentalen Hauptstadt begründete.

Nach der Eroberung dezimierten die Spanier systematisch den See, was sich bis in die neueste Zeit fortsetzte. Zahllose Tiefbrunnen ließen den See bis auf einige kümmerliche Reste und Sumpfgebiete im Osten der Stadt schrumpfen – ein ideales Aktionsfeld für die irregulären Selbstbausiedlungen, die man aus dem Helikopter heraus als ein gerastertes, betongraues Mosaik zahlreicher Baugebiete sah, in denen einige Millionen Menschen lebten. Es war die einmalige Chance, einige spektakuläre Fotos zu machen, aber in der Hektik riss der Film, so dass die fotografische Ausbeute mager war.

Der Helikopter folgte der 15 Kilometer langen Av. Reforma bis an die westliche Peripherie. Dort lag Santa Fé, früher eine zerklüftete Senke und Sandgrube, die man mit dem Müll der Metropole aufgefüllt hatte. Buchstäblich auf Sand und Müll entstand hier ab 1980 das neue *World City Center* von Mexiko-Stadt mit einer beeindruckenden Skyline von Büro- und Wohntürmen, aus der der Doppelturm *Arcos Bosques* mit dem Spitznahmen *El Pantalón* („die Hose") weithin sichtbar herausragte.

In der Kernstadt gab es kaum noch Platz und viele kommerzielle Gebäude waren veraltet oder vom Erdbeben 1995 beschädigt, deshalb siedelte sich alles, was in der Geschäftswelt Geld und Namen hatte, nun in Santa Fé an, einschließlich einiger Privatuniversitäten. Um den kommerziellen Kern herum wuchsen teure Privatsiedlungen aus der früheren Mülldeponie, zumeist hohe Apartmenttürme und Terrassenhäuser, weil das topografisch schwierige Gelände für Villen ungeeignet war.

Die Privatuniversität *Iberoamericana* war eine geschlossene Anlage mit einem großen, begrünten Hof, umlaufenden Kolonnaden und riesigen Freitreppen – fast wie ein modernes Kloster, dem aber das studentische Treiben eine junge und lebendige Atmosphäre verlieh. Man sah auf Anhieb, dass es hier elitär zuging und die Studenten an Privilegien gewohnt waren, anders als die UNAM-Studenten, die oft noch einem Job nachgingen, um ihr Studium zu finanzieren. Auf dem Parkplatz standen teure Autos und schusssichere Limousinen, um die Sprösslinge reicher Familien nach den Vorlesungen wieder sicher nach Lomas und in andere Luxus-Viertel zu bringen.

Wenn wir in Santa Fé einen Rundgang machten, folgten zahlreiche Videokameras misstrauisch unseren Bewegungen, denn Santa Fé war keine Fußgängerstadt, sondern ein Agglomerat privater Firmen, die innen und außen bewacht und gesichert waren. Kaum standen wir vor einem Gebäude, näherten sich Sicherheitsleute und forderten uns auf, zu verschwinden. Es gab auch keine Metro und nur einen umständlichen Busverkehr, was den Zugang nach Santa Fé ohne Auto schwierig machte. Man hielt die Massen der Megastadt auf Abstand, um das schöne neue *World City Center* nicht zu stören, das sich das internationale Kapital hier geschaffen hatte und wo es ausschließlich um *big business* und nicht um die Probleme einer Megastadt ging.

38

Wenn nachts das Flugzeug über Mexiko-Stadt oder einer anderen lateinamerikanischen Metropole zur Landung ansetzte, sah man den hell erleuchteten Stadtkern und die noch heller leuchtenden Verkehrsströme auf den großen Magistralen. Außerhalb dieses Kerns verschwand die urbane Struktur und verlor sich in zahllosen, schwach blinkenden Lichtern, die nur mit Mühe erkennen ließen, dass auch in den armen, kaum erleuchteten Randgebieten einige Millionen Menschen lebten. Ironischerweise zeigte sich die soziale Spaltung der Metropolen am deutlichsten nachts und aus dem Flugzeug heraus und weniger am helllichten Tag und vor Ort.

Gelegentlich fuhr ich von Mexiko-Stadt nach Toluca und dann führte die Ausfallstraße viele Kilometer an ärmlichen,

betongrauen Siedlungswellen vorbei, die fast lückenlos Hänge und Täler besetzten und die auch außerhalb der Stadtgrenze kein Ende nahmen. In Richtung Puebla ein ähnliches Bild, auch dort bedeckte ein amorphes Meer von ein- oder zweistöckigen Selbstbauhäusern die Niederungen und Sumpfgebiete des ausgetrockneten Texcoco-Sees. Dabei stieß man auf *Nezahualcóyotl*, eines der erstaunlichsten Phänomene des irregulären Städtebaus in Mexiko-Stadt. Schon in den 1960er Jahren begannen die Bodenhändler damit, das Niemandsland in kleine Grundstücke aufzuteilen und zu verkaufen. Die Größenordnung und Dynamik der illegalen Landnahme ließ den Behörden keine andere Wahl als zumindest für eine elementare Erschließung zu sorgen.

Das Ergebnis war eine 10 x 15 Kilometer große, mit maschinenartiger Präzision gerasterte und von schnurgeraden Hauptstraßen durchzogene „Spontansiedlung", ein gigantischer Siedlungsteppich mit rund 100 000 Parzellen und über einer Million Einwohnern. Noch um 1970 als „Lateinamerikas größter Slum" bekannt, hatte sich *Neza* 30 Jahre später – wenn auch auf niedrigem Niveau – als eigenständige Randstadt der Metropole etabliert, mit relativ konsolidierten Wohnquartieren, Geschäftsstraßen und dem größten Gebrauchtwarenmarkt der Stadt.

Wie war es möglich, dass aus dem Nichts heraus und weitgehend außerhalb der offiziellen Stadtplanung solche riesigen Selbstbaugebiete wuchsen? Diese Frage trieb mich zunehmend um und so fing ich an, dem Phänomen der *colonias populares*, wie man die irregulären Siedlungen in Mexiko nennt, etwas gründlicher nachzugehen. Mit der Metro, mit Bussen und mit dem Taxi fuhr ich an die Ränder der Metropole und an die Brennpunkte des „spontanen" Siedelns und Bauens, bis hin zur kleinen Nachbarstadt Pachuca, wo sich die *colonias populares* wie ein gigantisches Amphitheater um den kolonialen Stadtkern legten.

Anders als in den Favelas von Rio war es zumindest tagsüber kein Problem, diese Siedlungsgebiete zu erkunden. Hier lebte die hart arbeitende, aber schlecht verdienende Unterschicht der Metropole, die andere Sorgen hatte als einen neugierigen *gringo* zu bedrohen oder gar auszurauben. Im Gegenteil, man stieß auf ein fast kleinbürgerliches Milieu, überall wurde gewerkelt und gebaut, Baumaterialien gestapelt, provisorische Straßen geebnet, Rohre und Leitungen verlegt. Man kam auch als Fremder gut ins Gespräch, wenn man sich als UNAM-Professor vorstellte, denn die Nationale Universität kannte und respektierte jeder auch an der Peripherie.

Die irregulären Siedlungen besetzten in der Regel schwierig bebaubare Flächen, städtische Nischen oder rechtliches Niemandsland, für das sich der reguläre Boden- und Wohnungsmarkt nicht oder noch nicht interessierte. Chalco war eine neu gegründete *colonia popular*, die noch ganz in den Anfängen steckte. Erdpisten teilten das riesige Gebiet planmäßig auf, die noch unbebauten Parzellen waren mit weißgekalkten Steinen markiert, andere schon mit Baustellen, provisorischen Hütten und eingeschossigen Rohbauten besetzt. Gelegentlich zogen noch einige Kühe und Schafe irritiert über die früheren Weideflächen.

Ich folgte dem Hinweis „*se vende lotes*" – Grundstücke zu verkaufen – und fand eine Bauhütte mit einem „Architekten", wie auf einem Schild zu lesen war. Nachdem ich mein akademisches Interesse erklärt hatte, sprach er offen über sein Geschäft, das er im Auftrag eines benachbarten Dorfes betrieb. Das war ein traditionelles Genossenschaftsdorf oder *ejido*, das – wie viele andere auch – ein profitables Geschäftsmodell entdeckt hatte: Statt für einen Hungerlohn Mais und Bohnen anzubauen, vermarktete das Dorf mit Hilfe von professionellen Bodenhändlern systematisch sein Weide- und Ackerland.

Der Architekt hatte einen Übersichtsplan, an dem sich die Leute orientierten und dann vor Ort ein Grundstück aussuchten. Nach einer Anzahlung konnten sie sofort oder später mit dem Hausbau beginnen, ganz wie sie wollten. Der Kaufpreis betrug damals rund 3000 US-Dollar und musste innerhalb von zwei bis drei Jahren abbezahlt werden. Wurden die Raten nicht bezahlt, verlor der Käufer das Grundstück samt Anzahlung – harte, aber klare Regeln, ganz anders als beim sozialen Wohnungsbau, wo man Unmengen von Anträgen ausfüllen, Einkommensnachweise liefern und jahrelang warten musste, bis man endlich ein kleines *Low-Cost*-Haus zugeteilt bekam, an dem man nichts mehr verändern durfte.

In einer *colonia popular* hingegen konnten die Siedler bauen, wann, was und wie sie wollten. Die einzige, von Beginn an vorgegebene Infrastruktur war das regelmäßige Wegenetz, das für die elementare Erschließung und Aufteilung der Fläche sorgte, alles andere war Sache der Siedler. Städtebau reduziert auf eine minimale Grundordnung und maximale Baufreiheit – das war das unschlagbare Erfolgsrezept der irregulären Selbstbausiedlungen. Selbsthilfe-Bauen war deshalb immer auch Selbsthilfe-Städtebau, wobei mit unendlicher Mühe nicht nur das eigene Haus errichtet, sondern auch das parzellierte Rohbauland geebnet, entwässert und bebaubar gemacht werden musste. Nur gut organisiert und mit guten Beziehungen gab es nach Monaten oder Jahren Elektrizität, eine Wasserleitung und eine Schule.

Die beste Gelegenheit, um politischen Druck auszuüben, waren natürlich die Wahlen, bei denen man Stimmen gegen Verbesserungen – oder zumindest Versprechungen – tauschen konnte. Die Haltung der Lokalpolitiker und Planer war dementsprechend ambivalent: Die irregulären Siedlungen bedrohten die geltende Ordnung, was nach Kontrolle und Repression verlangte, andererseits verschaffte eine gewisse Toleranz den Politikern und Parteien die Stimmen der armen Bevölkerung. Deshalb waren gegenseitige Wahlversprechen längst zu einem politischen Instrument geworden, das beide Seiten virtuos beherrschten – schließlich hatte man in der Metropole schon ein halbes Jahrhundert Erfahrung damit. Dennoch hatten die Siedler oft genug mit Bedrohung und Diskriminierung zu kämpfen, denen sie von Seiten der Stadtverwaltung und der etablierten Stadtbevölkerung ausgesetzt waren.

Für arme Familien war es ein großes Risiko, in Miete zu leben, die man bei Arbeitslosigkeit oder Krankheit nicht bezahlen konnte und dann mit der Familie auf der Straße saß. Nur das eigene, selbstgebaute Haus, so prekär es auch sein mochte, war in Krisenzeiten ein sicherer Rückzugsort, wo man mit minimalen Ressourcen überlebte. In guten Zeiten konnte man das Haus ausbauen, einen Laden oder eine Werkstadt einrichten und nach eigenem Geschmack verschönern, ganz wie man konnte und wollte. *„Freedom to build"* hatte der Architekt John Turner auf der UN-Habitat-Konferenz in Vancouver gefordert, ganz nach dem Vorbild der Selbstbausiedlungen in Mexiko, Peru und vielen anderen Ländern.

Die bescheidenen Mittel der Siedler und das Fehlen von Infrastruktur brachten zunächst einen ärmlichen Siedlungsrohbau her-vor, der aber über die Jahre ausgebaut und verfestigt wurde. Viele Siedler waren im Bausektor tätig und in der Lage, mit oder ohne Unterstützung bezahlter Bauarbeiter zwei- oder dreistöckige Häuser zu errichten. Die Bauweise war überall gleich: ein minimales, mit Ziegeln oder Betonsteinen ausgefachtes Betonskelett, das man jahrelang auch als unfertigen Rohbau bewohnte, bis man endlich die Mittel hatte, den Hausbau zu vollenden. Die aufragenden Betonstützen der unfertigen Häuser waren das Markenzeichen der Peripherie und spiegelten die Hoffnungen wie auch die prekären Lebensumstände der Siedler.

Ab 1995 arbeiteten wir für einige Jahre an einem Forschungsprojekt, um die Entwicklung und Konsolidierung älterer *colonias populares* zu dokumentieren. Grundlage war eine ähnliche Arbeit aus den 1960er Jahren, die wir nun Quartier für Quartier, Block für Block und Haus für Haus aktualisierten und so die Bauentwicklung der drei zurückliegenden Jahrzehnte im Detail rekonstruierten. Für die Bauaufnahmen und Interviews organisierten wir Workshops mit deutschen und mexikanischen Studenten und machten uns mit den Quartieren und ihren Bewohnern vertraut. Bei einer ersten Erkundung fotografierte ich gerade einige Häuser, als sich einige Männer näherten und

mich zur Rede stellten. Wieder einmal stand ich im Verdacht, ein Spion zu sein – warum sonst sollte ein Ausländer mit einer kleinen Kamera am Stadtrand von Mexiko-Stadt eine ärmliche Selbstbausiedlung fotografieren? Es gab gerade politische Spannungen mit den USA und so bedurfte es einiger Erklärungen und meines UNAM-Ausweises, bis man mich laufen ließ.

Im Quartier jedoch begegneten uns die Bewohner mit mexikanischer Freundlichkeit und Neugier, schließlich interessierten sich nicht alle Tage deutsche Studenten und Professoren für ihre Häuser. Oft gab es spontane Einladungen zu einer *cerveja*, die man kaum ausschlagen konnte, ohne die gute Stimmung zu trüben, was gelegentlich den Arbeitstag schon früh beendete. Andere Bewohner verweigerten schroff den Zutritt, was seine Gründe hatte, denn es gab in den Quartieren natürlich auch illegale Aktivitäten bis hin zum Drogenhandel.

Manche Häuser standen auch nach 20 oder 30 Jahren noch immer unverputzt als gealterte und eingeschossige Rohbauten da, andere waren schon zwei- oder dreigeschossig und liebevoll mit leuchtenden mexikanischen Farben, gekachelten Fassaden und säulenbestückten Balkonen de-

koriert. Manche Architekten hielten die Farben und Dekorationen der Selbstbauhäuser für „Kitsch", aber es zeigte sich oft eine gestalterische Kreativität, die lebendiger und authentischer war als manches ausgeklügelte Architektendesign.

Ebenso das Innenleben der Häuser, das sich zwischen chaotischer Improvisation und kleinbürgerlicher Ordnung bewegte. Es gab Häuser, in denen die Familie immer noch in rohen Betonwänden und mit plastikverhängten Fenstern lebte, in anderen gab es eine gediegene Ausstattung mit guten Möbeln, Küchengeräten und einem riesigen Fernseher. Ähnlich die Innenhöfe: Manche waren gepflegte Nutz- oder Ziergärten, wo die Bewohner ihre Freizeit verbrachten, andere Höfe waren offene Werkstätten oder Küchen, noch andere vollgestellt mit Baumaterial und einem Schrottauto. Wie ein Spiegel reflektierten die Häuser die ökonomische Lage und die Persönlichkeit ihrer Bewohner.

Die in die Jahre gekommenen Erbauer der Häuser waren überwiegend stolz auf ihr Lebenswerk, das sie buchstäblich aus dem Nichts und mit vielen Entbehrungen geschaffen hatten. Auf die Frage, was sie im Quartier und an ihrem Haus am meisten schätzten, antworteten viele: die

Freiheit zu tun und zu lassen, was wir wollen. Bei den Kindern, die oft schon höhere Schulen besuchten oder sogar studierten, klang das etwas anders. Viele würden in ein besseres Stadtgebiet umziehen, sobald sie sich das leisten konnten, denn sie kannten natürlich die Diskriminierung der *colonias populares* von Seiten der etablierten Stadtbevölkerung.

Wenn ich mit Mittelschicht-Mexikanern über unser Projekt in den Selbstbauquartieren sprach, erschraken manche und rieten dringend von solchen gefährlichen Eskapaden ab, während ich mich wunderte, wie wenig die besseren Schichten über ihre ärmeren Landsleute wußten. Selbstverständlich hatte fast niemand jemals einen Fuß in ein Selbstbauquartier am Stadtrand gesetzt, allenfalls durchfuhr man diese mit dem Auto, weil das in einer Stadt, die fast zur Hälfte aus jungen und alten *colonias populares* bestand, unvermeidlich war.

Unseren Studenten machte es jedenfalls Spaß, zusammen mit ihren mexikanischen Kommilitonen die Häuser zu vermessen und die Bewohner zu befragen. Bald bewegten sich die Gruppen mit großer Selbstverständlichkeit auf den Straßen, in den Höfen und auf den Dächern, wo sie mit Maßbändern hantierten. Obwohl sie kaum Spanisch sprachen, verständigten sie sich bestens mit Hilfe ihrer mexikanischen Kommilitonen, mit Englisch oder einem schnell erlernten spanischen Grundvokabular.

Insgesamt dokumentierten wir 200 Selbstbau-Häuser samt ihrer Entstehungsgeschichte, stellten das Wachstum der Häuser zeichnerisch dar, berechneten die Bau- und Wohndichten und erhielten so ein relativ genaues Bild der städtebaulichen Entwicklung von 1960 bis 1990, einschließlich vieler interessanter Lebensgeschichten der Bewohner. Viele Häuser veränderten sich nach zwei oder drei Jahrzehnten kaum noch, weil der Raumbedarf erfüllt war und die Selbstbaukonstruktion an ihre ökonomischen und bautechnischen Grenzen stieß. Solche „saturierten" Häuser hatten üblicherweise zwei oder drei Geschosse, was auch einer Großfamilie, einem kleinen Laden oder einer Werkstatt Platz bot.

Diese älteren Selbstbau-Quartiere waren definitiv keine „Slums", wie manche behaupteten, sondern ermöglichten auch mit geringem Einkommen ein halbwegs normales städtisches Leben. Mit der fortschreitenden städtischen Expansion gerieten jedoch manche der stadtnahen und gut erschlossenen *colonias populares* in den Fokus der Immobilienspekulation, dann verschwanden die alten Selbstbauhäuser und wurden durch eine professionelle, höhere und dichtere Bebauung ersetzt – der familiäre Selbsthilfe-Städtebau hatte seine Schuldigkeit getan und konnte gehen...

Die intensiven Studien in den Selbstbaugebieten von Mexiko-Stadt erwiesen sich als äußerst fruchtbar für unsere Forschung und Lehre. Fast paradigmatisch zeigten die *colonias populares*, wie der sogenannte „informelle Städtebau" weltweit funktionierte und welche Stärken und Schwächen mit dem massenhaften Selbstbau verbunden waren. Das betraf die irreguläre Landnahme und die Vermarktung ebenso wie die räumliche Ordnung, in der Regel ein straffes Schachbrett-Muster. Auch die extrem flexible

Selbsthilfe-Konstruktion der Häuser, die jederzeit ausgebaut und aufgestockt werden konnten, entsprach einer Praxis und Erfahrung, die weltweit an den Peripherien der Süd-Metropolen zu finden war. So nutzten wir die „Regeln" dieses Selbsthilfe-Bauens auch als eine Einführung in die elementaren Grundlagen des Wohnens und des Städtebaus.

Bei diesem Projekt kooperierten wir mit der UAM (Universidad Autónoma Metropolitana) und dabei fiel mir auf, dass sich die Architektur- und Städtebaulehre in Mexiko-Stadt fast ausschließlich mit den zahlreichen Problemen der Megastadt, aber kaum mit anderen Städten und Regionen beschäftigte. So kamen wir auf die Idee, an der UAM ein Internationales Städtebau-Symposium zu veranstalten und dazu Kollegen und Kolleginnen aus lateinamerikanischen, europäischen und anderen Ländern einzuladen. Das Symposium kam so gut an, dass daraus eine jährliche Veranstaltung mit dem Namen *Seminário de Urbanismo Internacional* wurde, die in einem Kolonialpalast im historischen Zentrum stattfand.

Natürlich luden wir unsere mexikanischen Counterparts auch zu Gegenbesuchen nach Deutschland ein. Bei einem dieser Besuche wurde das in Mexiko weitverbreitete Bild der korrekten Deutschen schon bei der Ankunft in Frankfurt etwas angekratzt. Der Zug nach Heidelberg hatte Verspätung und so sah sich die Gruppe im Bahnhofsviertel in Frankfurt um, wobei sie unglücklicherweise in eine Razzia gerieten, die der Drogen- und Rotlichtszene galt. So erlebten sie hautnah mit, wie sich mehrere Polizeibusse mit randalierenden Junkies, Drogendealern, Zuhältern und Prostituierten füllten. Das hatten sie von einer Reise ins Land der Dichter und Denker nicht erwartet.

Etliche Stadtbesichtigungen und Projektbesuche in Heidelberg und anderen Städten stärkten das Bild der ordentlichen Deutschen wieder, auch wenn sich die mexikanischen Studenten mit Blick auf die vielen älteren Menschen in Deutschland gelegentlich wie im *„antesala del*

cementerio" – im Vorzimmer zum Friedhof – fühlten, wie einer meinte. Dann nahmen wir Berlin ins Programm und es war purer Zufall, dass dort gerade die *Love Parade* stattfand. So bestiegen die Mexikaner nichtsahnend einen Sonderzug, der mit beschwingten und angeheiterten Electro-Fans aus Süddeutschland gefüllt war. Umringt von einer grellbunten und alkoholisierten *Queer-Community* geriet das Bild der braven Deutschen wieder ins Wanken und brach vollends zusammen, als die Gruppe in Berlin in den Strudel einer Million entfesselter *Raver* geriet, wie sie später erzählten.

Zurück in Heidelberg stiegen wir zum Ausklang auf den Philosophenweg, wo wie bestellt die Sonne den Morgendunst durchbrach und das Schloss, die Stadt und den Fluss in ein zauberhaftes Licht tauchte. Lange herrschte Stille vor dem romantischen Bild, bis schließlich einer der Mexikaner sagte: „*Como en los cuentos de mi abuela*" – wie in den Märchen meiner Großmutter...

IX.
Ur-Stadt, Hotspot, Boomtown
Stadterkundung im Nahen Osten
Aleppo, Kairo, Palästina, Dubai,
Abu Dhabi, Oman

39 Das nordsyrische Aleppo ist eine Ur-Stadt, eine der ältesten Städte der Welt. Die endlose Reihe von Eroberern, Belagerern, Zerstörern und Neugründern begann schon im 2. Jahrtausend v. Chr.: Hethiter, Aramäer, Alexander der Große, Byzantiner, Sassaniden, Araber, Seldschuken, Kreuzfahrer, Sultan Saladin, Mongolen, Mameluken, Timur und viele andere waren dort, hatten zerstört und wieder aufgebaut. Um 1500 übernahmen die Osmanen für einige Jahrhunderte die Stadt, denen zwischen dem 1. und 2. Weltkrieg die Franzosen folgten.

1970 wurden Teile der Altstadt abgerissen, um modernen Wohnvierteln Platz zu machen, aber seit 1986 war die Altstadt ein UNESCO-Weltkulturerbe, was weitere Zerstörungen verhinderte. Von der Zitadelle hatte man einen Panoramablick über die *Medina*, man sah den Bazar, die Omayyaden-Moschee und die Neustadt im Westen. Was das Stadtbild trotz der heterogenen Architektur nahezu harmonisch zusammenhielt, war der helle Kalkstein, der sich in allen Stadtvierteln und Baustilen wiederfand.

Die mehrmals zerstörte und durch Abriss beschädigte Altstadt war immer noch das klassische Beispiel einer orientalisch-islamischen Stadt mit einer von Minaretten und Kuppeln geprägten Skyline. Das dominierende Merkmal war jedoch die riesige Zitadelle auf einem 50 Meter hohen

aufgeschütteten Hügel – ein nahezu pharaonisches Bauwerk im Verhältnis zum Rest der Altstadt. Stand man auf den Zinnen dieser Festung, dachte man an die unzähligen Kämpfe, die diese Mauern im Laufe von zwei Jahrtausenden gesehen hatten und an den reichlich mit Blut getränkten Boden.

Die rund 4 km² große Altstadt bestand aus einem Dutzend Quartiere, jedes mit einer eigenen Moschee und alten Karawansereien, denn Aleppo lag am Schnittpunkt uralter Handelswege, was der Stadt in früheren Jahrhunderten beträchtlichen Reichtum einbrachte. Auffällig war das vom organischen Gassengeflecht abweichende regelmäßige Stadtmuster in der westlichen Altstadt. Dort verliefen die Gassen nahezu geradlinig und parallel, was auf eine frühere hellenistische Stadtgründung hinwies. Dem rechtwinkeligen Grundmuster folgte auch der Basar, der sich mit seinen Hallen und Passagen über 300 Meter erstreckte, sowie das rund 100 x 100 Meter große Quadrat der Omayyaden-Moschee. Erbauer der um 333 v. Chr. gegründeten griechischen Vorgänger-Stadt war Seleukos, ein Feldherr Alexanders d. Gr. und Gründer des Seleukiden-Reichs. Auch andere orientalisch-islamische Städte standen auf hellenisti-

schen und römischen Grundmauern und hatten diese bis zur Unkenntlichkeit überbaut, ein städtebauliches Phänomen, das man auch aus dem nachrömischen Europa kennt. Eine interessante These dazu lautete, dass die städtebauliche und architektonische Introvertiertheit der orientalisch-islamischen Stadt eine Antwort auf die vielen despotischen Fremdherrscher war, die die Bevölkerung über sich ergehen lassen musste. Man hatte gelernt, zumindest den familiären Bereich durch ein verwirrendes Gassenlabyrinth und durch hohe Mauern zu schützen. Die Quartierstore wurden nachts verschlossen, weil man von außen nichts Gutes erwartete.

Die historischen Umrisse und die städtebauliche Struktur der Altstadt waren noch gut erhalten, aber drastische Eingriffe aus neuerer Zeit hatten Spuren hinterlassen, vor allem die Straßendurchbrüche zur Zitadelle und zur großen Moschee, die man durch die historischen Quartiere getrieben hatte. Auch die Stadtmauer und der Altstadtrand waren an vielen Stellen beschädigt oder verschwunden, um neuen Gebäuden Platz zu machen. Die Altstadt, wo es außer den engen Gassen, dem Bazar und den Moscheen kaum öffentliche Räume gab, war das Gegenstück zu den übersichtlichen Kolonialstädten und Plazas, die ich aus Mexiko kannte. Vielleicht deshalb befiel mich in den Gassen, die immer enger wurden, je weiter man in ein Quartier eindrang, oft eine leichte Klaustrophobie. Fensterlose Mauern, dunkle Passagen und wenige Passanten, die kaum aufblickten, wenn man vorrüberging – hier war man ein Fremder und fühlte sich auch so.

Ganz anders, wenn unsere aleppinischen Kollegen uns den Bewohnern persönlich vorstellten, dann wurden wir mit großer Herzlichkeit in den Wohnhof eingeladen, den traditionellen Empfangsraum orientalischer Häuser. Man trug Tee und Gebäck auf und unterhielt sich über alles, Politik ausgenommen, was in dem autoritär regierten Land verständlich war. Die Frauen hielten sich zurück oder verschwanden in den Innenräumen. Arme und reiche Häuser standen oft nebeneinander, ohne dass man das sofort wahrnahm, aber die Höfe zeigten deutlich den Rang und Wohlstand der früheren Hausbewohner, auch wenn die aktuellen Bewohner alles andere als reich waren.

Das Schicksal der Medina von Aleppo glich dem vieler historischer Altstädte und das Muster des Niedergangs war überall ähnlich. Die Medina war bis in die 1940er Jahre noch mehr oder weniger intakt, bis die Mittel- und Oberschicht in moderne Neubauviertel umzog, wo es komfortabler war und man die Wohnung mit dem Auto erreichte. Die Altstadthäuser wurden an arme Familien vermietet, aufgeteilt oder völlig verlassen, was auch Stadtpaläste mit den Jahren in Ruinen verwandelte.

Oft konnten sich die Großfamilien nicht über den Verkauf des Hauses einigen und jede Erneuerung wurde durch die engen Gassen und fehlende Infrastruktur erschwert. Ohne einen verbesserten Zugang, eine funktionierende Wasserversorgung, Abwasser- und Müllbeseitigung konnte es auch keine nachhaltige Erneuerung geben und ein solches umfassendes Erneuerungsprojekt war viele Jahrzehnte lang nicht in Sicht.

Teilten sich mehrere Familien ein Hofhaus, dann störte das nicht nur die Intimität des Familienlebens, sondern blockierte auch die traditionelle Nutzungsflexibilität der Häuser. In Aleppo zog man sich früher im heißen Sommer ins kühle Erdgeschoß zurück und im Winter nutzte man die Wintersonne im Obergeschoss, was in den aufgeteilten Häusern nicht mehr möglich war. Daran musste ich denken, als ich auf dem kalten Steinboden barfüßige Kinder spielen sah, während wir in Mänteln herumliefen.

Die prekäre Lage der Altstadt wurde schon in den 1980er Jahren erkannt und um 1993, zur Zeit unserer Besuche, begann ein Erneuerungsprojekt der Deutschen Technischen Zusammenarbeit und der Aga Khan-Stiftung. Es ging vor allem um die Verbesserung der Infrastruktur, auch gab es finanzielle Anreize für die Erhaltung oder Wiederherstellung der alten Häuser. Das Projekt hatte gerade erst begonnen und so war davon noch nicht viel zu sehen.

Einen beträchtlichen Teil der Altstadt nahm der Bazar ein, ein komplexes Ensemble aus Hallen und Korridoren mit einem zunft-mäßig gruppierten Warenangebot von Schmuck, Kleidung, Teppichen, Gewürzen und vielem mehr. Der Basar wurde seit Generationen von einflussreichen Familien kontrolliert und in den Hinterstuben der kleinen Läden saßen traditionelle Handwerker und Tee trinkende Männer wie seit Menschengedenken. Die Zeit, so schien es, verlief hier langsamer oder war ganz zum Stillstand gekommen, auch wenn viele Passanten und Kunden moderne Stadtmenschen waren. Der Bazar hatte sich über den historischen Bereich hinaus ausgedehnt und von den umliegenden Gassen Besitz ergriffen, wo es einen florierenden Straßenmarkt gab, der mit allem handelte, was in den Hallen und Korridoren keinen Platz mehr fand.

Wir besuchten eine private religiöse Stiftung, eine Anlaufstelle für die religiösen und sozialen Belange des Viertels. Das Amt des Predigers wurde seit Generationen vom Vater auf den Sohn vererbt und im Hof sahen wir die Mar-

morgräber der Vorfahren und Räume, in denen die religiösen Zeremonien und Feiern stattfanden. Der Prediger war mit einer deutschen Frau verheiratet, die auch bald mit wehender Burka eintraf und lebhaft von ihrem ungewöhnlichen Leben in Aleppo erzählte. Wie bei den meisten Mischehen im Orient hatte sie ihren Mann, der eigentlich Mediziner war, beim Studium in Europa kennengelernt.

Aleppo war eine Großstadt mit zwei Millionen Einwohnern und die Altstadt war ein wichtiger, aber relativ kleiner Teil des Stadtgebiets. Westlich der Altstadt erstreckten sich dichte Quartiere mit engen Straßenschluchten und alten Läden mit verwitterten Werbeschildern, weil sich das kommerzielle Zentrum längst weiter nach Westen verlagert hatte. Hier und da stieß man auf prächtige, aber vernachlässigte Gebäude aus der Zeit des französischen Protektorats.

Noch weiter westlich lagen die modernen Apartment-Viertel der Mittel- und Oberschicht. Traditionell zeigte man in der orientalisch-islamischen Stadt – vom Herrscher abgesehen – seinen Reichtum nicht mit üppig dekorierten Fassaden, sondern mit einem prächtigen Hof. Die moderne Oberschicht Aleppos wollte aber auch nach außen hin sichtbar sein und so waren viele Apartmenthäuser reichlich mit neobarocken Säulen, Portalen und Balkonen ausgestattet. Empfangen wurden wir in geräumigen Salons mit üppigen Sofas und goldglänzenden Kandelabern, die keinen Zweifel an der Gesellschaftsschicht aufkommen ließen, mit der man es hier zu tun hatte. Das öffentliche Leben in Aleppo war, wie in anderen islamischen Städten, insbesondere für Frauen eingeschränkt und so hatten die Salons über das private Wohnen hinaus eine fast halböffentliche Funktion, wo sich die Großfamilien bei religiösen und familiären Festen trafen, wo man Gäste empfing, Ehen zwischen den Familien-Clans anbahnte, Geschäfte und Erbstreitigkeiten verhandelte.

Den Kontrast hierzu bildeten die ungepflasterten Straßen und ärmlichen Häuser in den Randgebieten Aleppos, wo die Menschen mit Eimern an öffentlichen Zapfstellen anstanden und Müllsammler mit ihren Eselkarren unterwegs waren. Wie in vielen anderen Städten wuchsen die irregulären Stadtrandsiedlungen in Aleppo nach dem weltweit gleichen Muster: Die Landbesitzer im Umland teilten ihren Boden in kleine Parzellen auf und verkauften diese an arme Familien, die dort ihre improvisierten Hütten und Häuser errichteten. Das war zwar illegal, wurde aber toleriert, weil den Stadtplanern bislang auch nichts Besseres eingefallen war.

40

Die nächste Station dieser Reise war Homs. Die Stadt lag im südlichen Syrien und blickte wie die meisten Städte der Region auf 3000 Jahre Geschichte zurück. Homs hatte rund eine Million Einwohner und war die drittgrößte Stadt des Landes. Wie in Aleppo gab es eine Zitadelle, die jahrtausendelang die Stadt beherrschte. Wir waren in der Altstadt untergebracht und ich erschrak zunächst über die visuelle Tristesse, denn es war ein trüber Tag und der regennasse dunkle Stein der

Altstadthäuser machte das Ambiente nicht einladend. Die *Medina* stand unter Denkmalschutz, aber das wurde weitgehend ignoriert, wie zahlreiche Neu- und Umbauten zeigten. Offensichtlich litten hier einige Altstadtquartiere nicht an Stagnation und Funktionsverlust, sondern waren im Gegenteil Schauplatz eines dynamischen Stadtumbaus.

Als hätte die traditionelle Hofhaus-Stadt ein unaufhaltsamer Drang erfasst, sich der Introvertiertheit zu entledigen und sich nach außen zu öffnen, verwandelten Straßendurchbrüche die Sackgassen in ein enges, aber durchgängiges Straßennetz und wo immer die alten Hofhäuser anfahrbar waren, verschwanden diese und wurden durch mehrstöckige Apartmenthäuser mit Läden und Balkonen ersetzt. Auch die wenigen Hofhäuser, die es im Quartier noch gab, suchten den Kontakt zur Straße, durchbrachen die Mauern, um Läden einzurichten und den Hof zu öffnen.

Haus für Haus, Gasse für Gasse baute sich die Medina in eine mehr oder weniger moderne Neustadt um. Ein neues Altstadtgebäude war ein siebengeschossiges Geschäfts- und Apartmenthaus, das deutlich zeigte, wie die nächste Verdichtungswelle aussehen könnte. Weder der Denkmalschutz noch das islamische Erbrecht konnten offensichtlich die städtebauliche Transformation aufhalten, weil die zentrale Lage und zeitgemäße Bauformen profitabler waren als die Restaurierung alter Hofhäuser, auch ein moderner und weniger introvertierter Lebensstil verlangte nach neuen Bau- und Wohnformen.

Zum Abschluss der Reise nahmen wir an einem Symposium an der Universität von Damaskus teil. Der Vortragssaal war so kalt, dass wir in Mänteln saßen und als anschließend eine Stadtbesichtigung anstand, verzichtete ich, denn es meldeten sich alle Anzeichen einer Erkältung. Den Rückflug überstand ich gerade noch mit hohem Fieber, bis der Arzt zuhause eine Lungenentzündung diagnostizierte.

Nachtrag: Große Teile von Aleppo und Homs wurden im Bürgerkrieg seit 2011 zerstört und die Ergebnisse früherer Altstadt-Projekte sind heute nur noch Trümmerhaufen. Das ist eine nationale Tragödie, aber für die Reichen und Mächtigen im Land auch eine Gelegenheit, sich die besten Grundstücke und Startpositionen für einen profitversprechenden Wiederaufbau zu sichern. In einer Stadt, die im Laufe ihrer langen Geschichte so oft untergegangen und wieder auferstanden war, könnten auch die gegenwärtigen Verwüstungen in einigen Jahrzehnten nur noch als eine weitere Episode erscheinen, die bald wieder von einem spekulativen Boom abgelöst wurde.

41

Mein erster Eindruck von Kairo: eine kompakte, in ein warmes Rotbraun getauchte Gebäudemasse, wobei unklar war, wieweit dies dem lokalen Baumaterial oder der tief stehenden Nachmittagssonne zu verdanken war. Die 10-Millionen-Metropole am Unterlauf des Nils lag eingezwängt zwischen dem fruchtbaren Nildelta und der Wüste und man konnte es fast spüren: Die hochverdichtete Megastadt stand kurz vor einem *big bang*, einem großflächigen Überlauf sowohl in die Wüste als auch in das Nildelta hinein.

Unser Besuch galt der *Ain Chams University*, zu der die Architekturfakultät Stuttgart eine langjährige Beziehung pflegte. Es gab zahlreiche ägyptische Doktoranden, die vor meiner Zeit in Stuttgart promoviert hatten und auch ich hatte einige, die sich mit Kairo, Alexandria und Luxor beschäftigten. Die Leiterin der Architekturfakultät war eine umtriebige Dame und arrangierte sofort eine Einladung bei einem stadtbekannten Baumagnaten, der uns in seinem extravaganten Büro empfing. Das Buffet ließ keine Wünsche offen, man servierte sogar gebratene Wachteln mit streichholzdünnen Beinchen, was mich empörte, denn die Vögel wurden scharenweise mit Netzen gefangen, um als Prestigehäppchen auf den Tischen reicher Ägypter zu enden.

Ägypten ist ein islamisches Land, aber die überragende Kultur der alten Pharaonen und die offene, unkomplizierte Lebensart der Ägypter trugen dazu bei, dass man nicht das Gefühl hatte, sich in einem orthodoxen islamischen Land zu bewegen. Aber wir wussten natürlich nicht, wie es im Inneren der Gesellschaft aussah. Bei einer Altstadt-Tour mit dem Taxi fühlte sich der Fahrer sichtlich unwohl, mit einem Ausländer in den engen Gassen herumzufahren, wo man im Fußgängerstrom stecken blieb und wo seit einiger Zeit die Muslimbrüder den Ton angaben. Es dauerte aber noch einige Jahre, bis sich auch in Ägypten militante Formen des Islamismus zeigten.

Die alten Viertel um die Al Aazar-Moschee waren seit 1979 ein Weltkulturerbe, aber authentische Altbauten sah ich nur wenige. Viele Gebäude hatte man mehrfach aufgestockt und überbaut, offenbar war der Bevölkerungsdruck in Kairo so groß, dass man der Verdichtung auch in der Altstadt nahezu freien Lauf ließ. Selbst die Moscheen und Medressen hatten Mühe, sich in der dichten Baumasse zu behaupten.

Ein wichtiges Ereignis war 1860 der Bau des Suezkanals, dessen strategische Bedeutung Ägypten abrupt in den Fokus der Weltpolitik rückte. Der Bau der modernen Stadt folgte um 1880, als ein osmanischer Statthalter ein „Paris am Nil" schaffe wollte, mit Boulevards, Plätzen und repräsentativen Gebäuden, die er von französischen, italienischen und deutschen Architekten entwerfen ließ. Städtebaulich und architektonisch war das Projekt eine große Bereicherung, es trug allerdings auch zum späteren Staatsbankrott bei, der die militärische Intervention Englands und Frankreichs auslöste und 1919 zum britischen Protektorat in Ägyptens führte.

Die „Sonnenstadt" Heliopolis wurde um 1900 vom belgischen Baron E. L. Empain gegründet, der hier günstig

Land gekauft hatte. Er baute eine luxuriöse Vorstadt mit Prachtstraßen, Golfplatz und Pferderennbahn und der „Heliopolis-Baustil" mit neo-maurischen Fassaden gab der neuen Vorstadt eine besondere Prägung, wobei der Baron selbst einen Palast im hinduistischen Tempel-Stil bevorzugte. Die Vorstadt zog zunächst die einheimische Elite und reiche Ausländer an, später auch die gutsituierte Mittelschicht Kairos. Die Bevölkerung wuchs stark an und eine erste Straßenbahn zwischen Heliopolis und Kairo trug dazu bei, die Vorstadt mit der Hauptstadt zu verschmelzen.

Im Umfeld des Tahrir-Platzes, im Börsenviertel und im Stadtteil Heliopolis stieß man auf eine überraschende Fülle von Baudenkmälern, die zwischen 1880 und 1940 entstanden waren – für Architekturhistoriker ein wahres Füllhorn aller erdenklichen Stilarten des Historismus, Arabesk, Art Déco bis zum Bauhaus. Das neoklassische Ägyptische Museum von 1900 gehörte dazu, das aber im Inneren mit seinen gestapelten Mumien und einer ungeheuren Menge altägyptischer Relikte eher einer riesigen Rumpelkammer glich. Ein architektonisches Unikat war das stalinistisch inspirierte und 1950 von der Sowjetunion finanzierte *Mugamma*-Gebäude am Tahrierplatz, seinerzeit das größte Verwaltungsgebäude des Nahen Ostens, mit dem die Karriere von Gamal Abdel Nasser begann.

Nach der Unabhängigkeit 1956 und im Zuge des neuen Nationalismus verloren die alten Viertel an Prestige, weil sie als Relikte des Kolonialismus und Imperialismus galten. Die Abwanderung des Bürgertums in neue Quartiere, Leerstand, Spekulation und Bevölkerungsdruck beschleunigten den Niedergang ebenso wie das unter Abdel Nasser eingeführte Mietrecht, das Kündigungen und Mieterhöhungen fast unmöglich machte. Nur in den Romanen des ägyptischen Nobelpreisträgers Nagib Machfus war das gutbürgerliche Leben dieser Viertel noch lebendig, einschließlich einer ausgeprägten Kaffeehaus-Kultur, die es damals offenbar gab.

Funktionalismus und Internationaler Stil prägten ab 1950 die Architektur Kairos und erst um 1990 machte sich eine neue Wertschätzung der *Belle-Époque*-Quartiere bemerkbar. Auch unsere ägyptischen Doktoranden thematisierten die eklektizistische Architektur dieser Epoche, wiesen aber auf die Schwierigkeiten einer Erneuerung hin, denn der Denkmalschutz hatte gegenüber der Spekulation und dem Bevölkerungsdruck einen schwachen Stand.

Dicht wie die Menschen- und Gebäudemasse war der Verkehr, in den Gassen der Altstadt ebenso wie auf den Hauptstraßen und den Nilbrücken, wo sich vielspurige Autoschlangen nur mühsam vorankämpften. An den Brennpunkten des Megastadt-Verkehrs hatte ich den Eindruck, dass die Stadt kurz vor dem Erstickungstod stand, aber das war schon seit Jahrzehnten der Fall und würde es auch bleiben, solange es kein effizientes öffentliches Verkehrssystem gab. Um den Straßenverkehr zu entlasten, wurde 1987 die erste Metro-Linie zwischen der Industriestadt Helwan im Süden und den bevölkerungsreichen Vorstädten im Norden eröffnet.

Wie schon um 1950/60 mit den Satellitenstädten Nasr City, City of 15th May und City of 6th October setzte die Stadtplanung ganz auf eine Expansion in die Wüste. Man baute einen Umgehungsring, wo sich zahlreiche Institutionen und Wohnungsprojekte ansiedelten und im Jahr 2000 startete das Großprojekt *New Cairo* für rund zwei Millionen Menschen. Auf rund 120 km² Wüste entstanden Wohnquartiere für die Mittelschicht, aber auch Villenviertel mit riesigen Grundstücken, die mit Bäumen bepflanzt wurden, um einen Grüngürtel in der Wüste zu schaffen. Wir besichtigten einige dieser exklusiven Baugebiete, wo sich bereits Baumspitzen zeigten und auch auf Satellitenbildern waren schon einige grüne Flächen zu sehen, wo vorher noch nackte Wüste war.

Neu-Kairo konnte man als eine riesige *gated community* in der Wüste sehen, die der Mittel- und Oberschicht Kairos

die Gelegenheit bot, sich aus der überlasteten Kernstadt abzusetzen. Das Mega-Projekt steckte bei unserem Besuch noch in den Anfängen, viele der neuen Wohnungen waren verkauft, aber noch unbewohnt, weil das Mietrecht die Vermietung blockierte und die Eigentümer auf eine Wertsteigerung spekulierten. Andere zögerten mit dem Umzug, weil das tägliche Pendeln zum Arbeitsplatz im Zentrum zeitraubend war. Die Bauaktivitäten in der Wüste waren so zahlreich, dass die Einzelprojekte schon zu einer einzigen großen Agglomeration verschmolzen, gleichzeitig plante man 30 Kilometer weiter östlich eine neue Regierungsstadt, um die wichtigen öffentlichen Funktionen aus der überlasteten Kernstadt in die Wüste zu verlagern. Damit war ein Wettlauf hin zu den zukünftigen urbanen *hotspots* eröffnet, an dem sich neben der Regierung auch viele andere Investoren und Institutionen beteiligten.

Zählte man alle neuen Siedlungsflächen samt der geplanten Regierungsstadt zusammen, dann war die Gesamtfläche größer als Alt-Kairo. Aber niemand konnte unsere Frage beantworten, woher die gigantischen Mittel kamen, um rund 300 km^2 Wüste in eine Stadt zu verwandeln. Man konnte nur vermuten, dass dabei die reichen Golf-Staaten und das Militär, das große Wüstenflächen kontrollierte, eine wichtige Rolle spielten.

Unauffälliger, aber flächenmäßig ebenso bedeutsam, drangen im Westen und Norden die irregulären Baugebiete in das fruchtbare Nildelta vor. Das bedeutete einen drastischen Verlust von fruchtbarem Ackerland und darüber hinaus eine soziale Spaltung der Metropole in eine privilegierte Wüstenstadt im Osten und ausgedehnte Armutsgebiete im Westen und Norden. Es war eine offene Frage, ob Alt-Kairo in der Lage sein würde, die räumlich und sozial auseinanderdriftende Agglomeration zusammenzuhalten und ebenso, ob der Nil auch bei fortschreitendem Klimawandel in der Lage sein würde, die wachsende Megastadt ebenso wie das Agrarland im Nil-Delta mit Wasser zu versorgen.

42

Ein Instituts-Kollege hatte seit längerem einen engen Kontakt mit UNWRA *(United Nations Works and Refugee Agency)*, einer UN-Organisation, die für rund 60 Flüchtlingslager im Westjordanland, in Gaza, Syrien und im Libanon zuständig war. UNWRA unterhielt in diesen Lagern mit einigen Tausend Mitarbeitern Gesundheitsdienste, Schulen und verteilte Nahrungsmittel an Bedürftige. Wir beteiligten uns an einer Studie zur städtebaulichen Situation in den Flüchtlingslagern und reisten mit einer kleinen Gruppe zunächst nach Jerusalem und dann in die Westbank.

Ich war zum ersten Mal in Jerusalem und beeindruckt von der dichten Atmosphäre dieser uralten Stadt, deren wechselvolle Geschichte überall an den Monumenten, Mauern und Menschen abzulesen war. „Geschichte" war hier wörtlich zu verstehen, weil es unter den vielen archäologischen Schichten immer eine gab, auf die sich die verschiedenen Religionen, Kulturen und Ethnien berufen konnten. Besonders greifbar war dies in der Geburtskirche Jesu, wo

sich mehrere christliche Religionen nach einem ausgeklügelten System Raum und Zeit der heiligen Stätte teilten. Ähnliches galt für den Tempelberg, Alt-Jerusalem und diversen archäologischen Stätten, wo Moslems und Juden um alte Rechte stritten.

Die Religionen waren auch auf den Straßen sichtbar, ähnlich wie im iranischen Ghom mit seinen unzähligen Pilgern und Mullahs. Auch in Jerusalem sah man überall Priester, Mönche und Nonnen der verschiedensten Glaubensrichtungen in ihren jeweiligen Gewändern, Talaren und Kutten durch die Straßen eilen. In der Altstadt begegneten uns arabische Männer im Kaftan und Nikab-verhüllte Frauen ebenso wie orthodoxe Juden, ganz in Schwarz mit Hut und Schläfenlocken, gefolgt von Frauen in langen Kleidern und vielen Kindern. Wie unfreiwillig ähnlich sich die streng orthodoxen Religionen doch sind, dachte ich, und wie abhängig von äußeren Symbolen. An den Straßenecken standen hochgerüstete israelische Teenager-Soldaten, die diese empfindliche Gemengelage überwachten.

Mein nächster Eindruck: Das Land war viel kleiner und komplizierter, als ich mir das vorgestellt hatte. Unsere

Fahrt von Jerusalem nach Ramallah und von dort in die Palästinenserlager war – in Entfernungen gemessen – keine Reise, sondern ein Katzensprung von 10 oder 20 Kilometern. Man konnte auch sagen: ein Kurzstrecken-Hürdenlauf mit immer neuen Mauern, Absperrungen und Kontrollen. Wir fuhren in einem deutlich markierten UNWRA-Auto mit diplomatischem Status, was die Kontrollen aber nicht einfacher, sondern schwieriger machte, denn UNWRA galt in Israel als pro-palästinensische Organisation und so waren die israelischen Militärposten ausgesprochen unfreundlich.

Nachhaltig war auch der Eindruck der biblischen Landschaft. Fast jeder Hügel war von einer burgartigen israelischen Siedlung besetzt – insgesamt waren es über 300 – die ähnlich wie die Ritterburgen im Mittelalter deutlich demonstrierten, wer hier das Sagen und die Kontrolle hatte. Durch zwei palästinensische Doktorarbeiten, die sich mit Nablus und Bethlehem beschäftigten, waren mir die Mechanismen der israelischen Landnahme einigermaßen vertraut. Diese hatte die Westbank in einen unübersichtlichen Flickenteppich verwandelt, Dörfer von ihren Feldern abgeschnitten und zu Bauverboten für palästinensische Häuser und Brunnen geführt. Die Westbank war in militärische Sicherheitszonen aufgeteilt und man sah die israelischen Wachtürme, die alles und jeden im Blick hatten. Einen traurigen Anblick bot der Jordan, dem so viel Wasser entnommen wurde, dass er schon vor der Mündung ins Tote Meer nur noch ein Rinnsal war.

Die Themen Religion und Landpolitik waren unvermeidlich, wenn man sich in dieser Region bewegte. Allerdings gab es kein einfaches Pro und Contra, schon gar nicht von uns Kurzzeit-Besuchern. Die Gesamtlage war wie ein gordischer Knoten, in dem sich jeder Argumentationsfaden verhedderte und vor dem selbst der große Alexander kapituliert hätte. Greifbarer war das Trauma der Palästinenser, die sogenannte *Nakba*. Infolge der Staatsgründung Israels und des 6-Tage-Kriegs flohen 1947/48 über 700 000 Palästinenser in die arabischen Nachbarstaaten, - eine Zahl, die auf über 4 Millionen angewachsen war, davon rund 1,5 Millionen im Westjordanland. Nicht alle Flüchtlinge lebten in Flüchtlingslagern, sondern auch in den Siedlungen und Städten der Westbank.

Die *Nakba* war schon zwei Generationen her und die Nachkommen der Vertriebenen waren nicht in Israel geboren, wurden aber von UNWRA als Flüchtlinge anerkannt. Die Vertreibung und die Forderung nach einer Rückkehr waren in vielen Gesprächen präsent, aber nach einem halben Jahrhundert fast schon ein Ritual. Immer wieder hörten wir von alten Hausschlüsseln, die die Familien aufbewahrten wie eine Reliquie. An den Mauern sahen wir kämpferische politische Parolen und zehnjährige Jungen spielten in den Gassen mit hölzernen Kalaschnikows den kommenden Befreiungskrieg. Die Forderung der palästinensischen Flüchtlinge nach einer Rückkehr in die Heimat der Groß- und Urgroßeltern im heutigen Staatsgebiet Israels schien ungebrochen. „Wir sind ein Flüchtlings-Camp und brauchen keine Spielplätze oder Parks!" sagte einer der Flüchtlingssprecher, als er von den Plänen hörte, die Lager städtebaulich zu verbessern. Es waren die Lager selbst, die die kollektive Erinnerung wachhielten.

Die palästinensische Bevölkerung in den Lagern war in den vergangenen Jahrzehnten enorm angewachsen und die einstigen Zeltlager hatten sich in verdichtete Flüchtlingsstädte oder *Camp Cities* verwandelt. Ein horizontales Wachstum war nicht möglich, weil die Grenzen der alten Zeltlager festgeschrieben waren und so hatte man die Zelte im Laufe der Jahre in Hütten verwandelt, dann in kleine Häuser und schließlich in 4- bis 6-geschossige „Hochhäuser". Die Bauweise war überall gleich, aber jedes Haus ein Unikat, das sein Grundstück und seine konstruktiven Möglichkeiten maximal ausnutzte, so dass es – abgesehen von der Hauptstraße – praktisch keinen öffentlichen Freiraum mehr gab, sondern nur noch ein Geflecht enger Gassen wie

in einer echten orientalischen Altstadt. Eine weitere Verdichtung war praktisch unmöglich und die städtebaulichen Defizite sichtbar: unsichere Standfestigkeit der Gebäude, schlechte Belichtung und Belüftung der Wohnungen, defizitäre Infrastruktur, fehlende Freiräume und enge Gassen, die keine Feuerwehr und kein Krankenwagen passieren konnte. Möglicherweise war dies gewollt, denn so hatten auch die israelischen Militärfahrzeuge Mühe, in die Lager einzudringen. In vielen Häusern lebten nun mehrere Generationen: Großeltern, Eltern mit ihren Kindern und verheiratete Söhne, ebenfalls mit Frau und Kindern. Auf unsere Frage wohin mit der nachwachsenden „Überschussbevölkerung" hatte niemand eine Antwort, auch UNWRA nicht.

Jedes Lager war unterschiedlich im Hinblick auf Größe und Einwohnerzahl, Ursprung und Organisation. Auch die Nähe zur Stadt und das Angebot an Arbeitsplätzen waren unterschiedlich. Ein Lager wurde von konkurrierenden Familienclans kontrolliert, ein anderes war stolz auf seine demokratisch gewählten Vertreter, seine Internet-Präsenz und internationalen Kontakte. In einem dritten empfing uns ein Ältestenrat, der die Inkompetenz und Korruption auf allen Ebenen beklagte, einschließlich der offiziellen Hilfsprogramme und palästinensischen Politiker. Es war bei den Gesprächen oft nicht klar, ob man es mit echten Vertretern der Bewohner zu tun hatte oder mit Stellvertretern, während die lokalen Schlüsselfiguren lieber im Hintergrund blieben.

In einem Lager zeigte man uns eine kuriose „Haus im Haus"- Konstruktion wie bei den ineinander gesteckten russischen Puppen. In einer früheren Epoche hatte UNWRA kleine Fertighäuser für die Flüchtlinge aufgestellt, die man aber nicht verändern oder vergrößern durfte und so hatten die Bewohner im Laufe der Jahre die kleinen Häuser mit aufwendigen Stützenkonstruktionen und mehreren Stockwerken völlig überbaut. Die Einkommen der Familien waren niedrig, gleichzeitig zeigten die Häuser, dass es Geld für größere Investitionen gab. Viele gingen einer Arbeit nach, auch nach Israel, wo die Löhne höher waren als in der Westbank.

Die UNWRA-Grundversorgung mit Nahrungsmitteln, kostenlosen Schulen und ärztlicher Versorgung entlastete die Menschen, was manchmal sogar den Unmut der angestammten palästinensischen Bevölkerung im Umland erregte, die sich dadurch benachteiligt sah. Die Lagerbewohner waren registriert, um die Zuwendungen zu kontrollieren, aber wie viele nicht registrierte Bewohner es gab, wusste niemand. Wohlhabende Flüchtlinge hatten sich außerhalb des Lagers Grundstücke gekauft und Häuser gebaut. Stand man auf einer Dachterrasse, dann sah man die großen Häuser und Villen der „Aussteiger", aber auch diese gaben ihren offiziellen Flüchtlings-Status nicht auf, um weiter von den UNWRA Hilfsprogrammen zu profitieren. Natürlich verschärfte die selektive Abwanderung der Bessergestellten die Armut in den Lagern.

Wir konnten einige Wohnungen sehen, die einfach, aber nicht ärmlich waren. Wie in islamischen Ländern üblich, gab es einen relativ großen, mit Sofas ausgestatteten Empfangsraum für die Großfamilie und Gäste. Dieser „Salon" wurde im Alltag aber kaum benutzt, selbst wenn der Rest der Wohnung sehr knapp bemessen war. Nachts schliefen mehrere Personen in einem Zimmer oder man rollte im „Salon" Matratzen aus. Weil es praktisch keinen öffentlichen Raum mit Aufenthaltsqualität gab, spielten die Dachterrassen eine wichtige Rolle, dort erledigte man die Hausarbeit, entspannte, plauderte über die Dächer hinweg mit den Nachbarn und trieb sogar Sport. Das galt insbesondere für die Mädchen und Frauen, die sich nicht uneingeschränkt in der Öffentlichkeit bewegen konnten.

In jedem Lager gab es eine Hauptstraße mit Läden und anderen Dienstleistungen, die sich mehr oder weniger spontan entwickelt hatten. Das Angebot entsprach dem, was einige Tausend Menschen im Alltag brauchten, sogar eine kleine Kunstgalerie sahen wir, die aber keine Polit-Poster, sondern idyllische Blumenbilder verkaufte. Elektrizität und Wasserversorgung waren gegeben, aber nicht mit dem Umland vernetzt, weil die Lager mit ihrem Sonderstatus auch nach einem halben Jahrhundert als Provisorien galten und von der regulären Versorgung der umliegenden Gemeinden abgeschnitten waren. Die Lager würden verschwinden, so die offizielle Position, wenn das Ziel einer Rückkehr der Vertriebenen endlich durchgesetzt war.

So waren die 58 Flüchtlingslager in der Westbank „urbane Warteräume", deren Bewohner und Sprecher oft jede Normalisierung ablehnten, um das Recht auf Rückkehr nicht zu gefährden. Es wäre interessant zu wissen, dachte ich, wie viele Flüchtlinge insgeheim eine Kompromisslösung akzeptieren würden, etwa mit dem Angebot einer Entschädigung und einer Integrationshilfe für ein normales Leben im Westjordanland. Aber eine öffentliche Diskussion oder gar Abstimmung dazu war im gegebenen Kontext undenkbar. Die Lager waren Geiseln einer erstarrten Politik, die zu keiner Bewegung mehr fähig war. Wie es schien, hatte sich auch UNWRA auf diesen Dauerzustand eingerichtet, denn welche große Organisation wäre begeistert, durch eine plötzliche politische Wende überflüssig zu werden? Der Handlungsdruck stieg jedoch stetig an, um das Abgleiten der überfüllten *Camp Cities* in explosive *Slum Cities* abzuwenden.

43

Ein Fachgebiet, das sich mit dem internationalen Städtebau beschäftigte, musste auch einen Blick auf *Boomtown Dubai* werfen. Schon am Flughafen, der gleichzeitig eine riesige *Shopping Mall* war, wurden wir mit einer Besonderheit der Golf-Staaten konfrontiert, die ihren spektakulären Aufstieg nicht zuletzt der billigen Arbeitskraft einiger Millionen Inder, Pakistani, Nepalis und Afghanen verdankten. Wir sahen Inder, die mit ihren Ersparnissen in letzter Minute Goldschmuck kauften, weil bei ihrer Rückkehr ins Heimatdorf eine Hochzeit anstand, Pakistanis, die Whisky in unauffällige Plastikflaschen abfüllten und Nepalis, die erschöpft in einer Ecke auf dem Boden schliefen. Gleichzeitig strebten Schwärme internationaler Touristen den Luxus- und Markenläden zu, die einen Vorgeschmack davon gaben, wie man in Boomtown Dubai Geld ausgeben konnte.

Dubai zu Fuß zu erkunden war bei 35 °C keine gute Idee und auch die Distanzen in dieser Stadt, die zur Hälfte aus riesigen Baustellen bestand, waren enorm. Von einer Penthouse-Bar aus verschafften wir uns einen ersten Überblick: Der Persische Golf glänzte in der Sonne, ebenso die Küste mit der künstlichen Insel *Palm Jumera* und das ikonische *Burj-al-Arab-Hotel* mit seinem eleganten Hi-Tech-Segel – eine perfekte *landmark* am kilometerlangen Strand. Im Norden lag die Altstadt und der Creek, der aber kein Fluss, sondern eine schmale Meeresbucht war. Im Süden durchschnitt die Stadtautobahn und das aufgestelzte Betonband der neuen Metro weitere Stadtfelder und in der Ferne ragte der 800-Meter-Turm *Burj Khalifa* unfertig in den Himmel,

dahinter ein Wald von Kränen und weitere Baugebiete. Ich kannte eine ganze Reihe orientalisch-islamischer Städte, die mit wirtschaftlichen Krisen, verfallenden Altstädten und irregulären Siedlungen zu kämpfen hatten. Dubai war ein eindrucksvolles Gegenbeispiel und zeigte, zu welcher Dynamik traditionelle Gesellschaften fähig waren, wenn es Geld im Überfluss und eine politische Führung gab, die vom Fortschritt geradezu besessen war. Kairo und Dubai – das war wie ein Vergleich zwischen einer schwerbeladenen Karawane, die sich durch den Treibsand wirtschaftlicher, sozialer und politischer Krisen kämpfte, und einem turbo-verstärkten Maserati, der auf einer Rennbahn Vollgas gab. Man zögerte sogar, Dubai eine orientalisch-islamische Stadt zu nennen, obwohl das Land ein Emirat und von erzkonservativen und tiefreligiösen Ländern umgeben war.

Städtebaulich und architektonisch war jedenfalls, außer einem kompromisslosen Modernismus, keine eindeutige kulturelle Identität zu erkennen, klar war aber der ökonomische Antrieb dieses Booms. Der Boden gehörte dem Herrscher persönlich und dieser gab das Land scheibchenweise an drei große, miteinander konkurrierende Immobilienentwickler weiter mit dem Auftrag, die Wüste in Beton-Gold zu verwandeln – wie ein Rennstall-Besitzer, der seine Pferde gegeneinander antreten lässt und sich das Rennen entspannt ansieht, weil er in jedem Fall gewinnt. Auch uns relativ selbstbewussten Europäern wurde schwindelig, als wir im Planungsamt eine Präsentation der aktuellen und zukünftigen Projekte verfolgten. Dubai hatte eine Art „Themen-Städtebau" erfunden: große Gebäude-Cluster mit gleichen oder ähnlichen Nutzungen, die jeweils eine eigene „City" bildeten. Es gab schon eine *University City* mit mehreren Privatuniversitäten und eine *Health-City* mit einem Dutzend Kliniken, die auch von internationalen Patienten frequentiert wurden.

Zahlreiche weitere Cities waren geplant oder im Bau wie die *Dubai International Financial City, Dubai Media City, Dubai Silicon City, Dubai Internet City, Dubai Sports City, Dubailand City, Entertainment City, Bawadi Hospitality & Hotel City* sowie eine *Festival City*. Hinzu kamen der neue *Central International Airport* mit dem weltgrößten *Logistic Center* und der riesige Container-Hafen *Jebl Ali Port* mit angedockter Freihandelszone. Ein wichtiges Projekt war auch die neue Metro mit einer Länge von 70 Kilometern, deren Gleiskörper sich auf Betonstelzen wie eine gigantische Raupe durch die Stadt schlängelte.

Zu den profitorientierten Cities hinzu kamen noch einige kulturelle Großbauten: die *Dubai Central Library* im Cultural Village in Form eines riesigen aufgeschlagenen Buchs und das *Dubai Opera House* auf einer künstlichen Insel. Es gab große Hotels und Malls wie das *Jumerah Beach Hotel* und die *Ibn Bettuta Mall* und natürlich zahlreiche große Wohnungsprojekte wie die *Jumeirah Beach Residences* für 25 000 Bewohner und die *International City* mit dem „*Dragon Mart*", wo man 3000 chinesische Firmen ansiedeln wollte. Auch neue Inseln wurde an der Küste aufgeschüttet wie die *Palm Jebel Ali* und *The World*, beide noch größer als die *Palm Jumera*-Insel.

Der ungebrochene Zukunftsoptimismus und der Glaube an die Machbarkeit fast jeder beliebigen architektonischen oder städtebaulichen Idee waren beeindruckend und erinnerten an die fortschrittsbegeisterten 1960er Jahre, als Architekten und Stadtplaner ihrer Fantasie freien Lauf ließen und Megastrukturen mit Wohnkapseln erfanden (Arata Isozaki, 1962), schwimmende Städte im Meer (Buckminster Fuller, 1960), riesige Trichter-Städte (Walter Jonas, 1960), Supertürme (Archigram, 1961) und vieles mehr.

In Dubai entwarf man nun ähnliche Visionen, dies aber nicht nur auf dem Papier, sondern man baute diese tatsächlich – ein gigantisches Architektur- und Städtebau-Experiment, das alle konventionellen Grenzen sprengte. Vertiefende Gedanken zu den gesellschaftlichen und kulturellen Implikationen eines solchen „technoiden" Fortschritts machte man sich aber nicht, - warum auch, wo doch die Immobiliengeschäfte ganz wunderbar florierten.

Deshalb war auch in Dubai die Frage noch weitgehend offen, für welche Stadtgesellschaft man hier eigentlich baute, wo es doch, von der Minderheit der einheimischen Emiratis abgesehen, fast nur Bewohner auf Zeit gab: Internationale Investoren, Geschäftsleute, Millionäre und ausländische Experten oder *Expats* aus vielen Ländern, die hier als Architekten, Ingenieure und in vielen anderen Branchen arbeiteten. Hinzu kamen die temporären Touristen und schließlich die Billigarbeiter aus Südostasien. So war Dubai auch ein gesellschaftliches Experiment, eine Stadt für eine globalisierte, nomadisierende und heterogene Stadtgesellschaft, von der noch niemand wusste, wie stabil diese war und wie sich das Zusammenleben von allen möglichen Kulturen und Interessen gestalten würde.

Die *Palm Jumera*-Insel in Form einer überdimensionalen, im Meer aufgeschütteten Palme hatte weltweit Aufsehen erregt und stand paradigmatisch für die „Marke Dubai". Die sogenannten *Golden Islands* sollten die Küstenlinie um rund 200 Kilometer verlängern, um neue Flächen für exklusive Immobilien schaffen. Dabei hatte man nicht nur wohlhabende Europäer im Auge, sondern vielmehr die Millionäre aus den Aufstiegsländern Asiens, für die Dubai ein attraktives Konsumparadies und sicherer Hafen für Geld und Familie war. Die passende Villa dazu gab es in den Stilrichtungen modern, mediterran und orientalisch, eine dekorative, aber wie geklont aussehende Wohnarchitektur. Zur Villa auf der Palmeninsel gehörte ein privater Strand, allerdings sah das Wasser bei unserem Besuch etwas grünlich aus, weil es technische Schwierigkeiten mit der Wasserzirkulation gab.

Auch in die Wüste drangen die Megaprojekte vor, um hochwertiges Bauland zu schaffen, mit tropisch begrünten Quartieren, Golfplätzen und dekorativen Wasserkanälen wie in Venedig. Neben den Villen auf den *Golden Islands* und den Luxus-Oasen in der Wüste baute man direkt am Meer komfortable Wohntürme und großzügige Marinas, denn man hatte in Dubai erkannt, dass es weltweit einen Mangel an erstklassigen Yachthäfen und Liegeplätzen gab. Die Hochhäuser stellte man solitär oder in Clustern auf, wobei gelegentlich Dichten wie in Hongkong erreicht wurden.

Der Lebensstil, den Dubais Hochglanzwerbung suggerierte, fokussierte sich ganz auf Sonne, Meer und Luxus. Kultur und Gesellschaft, Arbeit und Gelderwerb wurden kaum thematisiert; die wundersame Geldvermehrung und ein sorgenfreies Leben schienen garantiert, wenn man sich eine Villa oder Apartment kaufte. Tatsächlich ließ sich über die Lebensqualität in den neuen Quartieren noch wenig sagen, denn viele Immobilien waren zwar verkauft, aber noch unbewohnt, wie man nachts an den unbeleuchteten Fenstern sah. Die Spekulationskette war oft noch nicht beim Endverbraucher angekommen, sondern erst bei den Zwischenhändlern, die auf Höchstpreise spekulierten. Viele Häuser und Wohnungen waren auch nicht dauerhaft bewohnt, sondern Zweit- und Dritt-Wohnsitze einer reichen Klientel, die nur einige Wochen oder Monate im Jahr in Dubai lebte.

Wer immer hier eine Immobilie kaufte, durfte nicht knapp bei Kasse sein. Die künstlichen Inseln waren der Erosion durch Meeresströmungen ausgesetzt, was ständige Nachbesserungen erforderte, auch der gewaltige Energiehunger der Stadt mit ihren zahllosen Kühlaggregaten, die Wassergewinnung aus Entsalzungsanlagen und die Bewässerung großer Wüstenflächen waren teuer. Weil ein stadtweites Abwassersystem noch fehlte, behalf man sich mit Tankschiffen, die das in Containern gesammelte Abwasser zu einer Kläranlage außerhalb der Stadt transportierten, wobei der Inhalt gelegentlich illegal ins Meer abgelassen wurde. Kein Wunder, dass Experten Dubai den weltweit größten „ökologischen Fußabdruck" bescheinigten.

Mit dem *Burj Khalifa*, ein über 800 Meter hoher Turm mit einem integrierten Hotel, Büros und Wohnungen, baute Dubai gerade sein neues Superzeichen, das ähnlich wie die Palmeninsel die Welt beeindrucken sollte. Mit dieser Höhe war der Turm tatsächlich eine Pionierleistung, denn er stieß in neue technische Sphären vor. Der Kamineffekt der Aufzugsschächte war so stark, dass man diese mit Schotten

abdichten musste, und dem flüssigen Beton wurde Eis beigemischt, damit er nicht in der Röhre erstarrte, wenn er 800 Meter hinaufgepumpt wurde.

Kurios war die Anekdote, die man über die Turmspitze erzählte, wo ein Kran einsam in der Höhe stand und im Wüstenwind um mehrere Meter schwankte. Angeblich fand man keinen Kranführer, der diesem Arbeitsplatz mental gewachsen war, erst für ein hohes Gehalt und eine kostenlose Wohnung fand sich ein Kandidat bereit, die Krankanzel zu besteigen. Wir besichtigten eine Musterwohnung, von der aus man das gesamte Emirat überblickte. Wer hier über den seltenen Wolken Dubais schwebte, war den irdischen Belangen und Widrigkeiten weitgehend enthoben und schaute auf die Welt wie auf einen aufgeregten Ameisenhaufen. Der Turm entzog sich jeder normalen Kosten-Nutzen-Rechnung, denn es war nicht der Verkauf oder die Vermietung der Immobilie, die diese gewaltige Investition rechtfertigten, sondern der internationale Imagegewinn und die Aufwertung des umliegenden *Dubai Downtown*, wo die Immobilienpreise explodierten.

Auf Dubais Straßen gab es permanente Staus, denn die gesamte Bevölkerung bewegte sich stets und überall in einer gut gekühlten Limousine oder einem überdimensionalen SUV. Ein kritischer Engpass war die Brücke über den Creek, wo auf der Stadtautobahn, die Dubai mit dem Nachbar-Emirat Sharjah verband, morgens und abends die Autoschlangen stundenlang zum Stillstand kamen. Ein Architekt erzählte, dass er deshalb schon um vier Uhr morgens seine Wohnung in Sharjah verließ und lieber zwei Stunden im Büro auf dem Sofa schlief, als die gleiche Zeit im Stau zu stehen. Abhilfe sollte die neue Metrolinie schaffen, die das Emirat von Nord nach Süd bis hin zum Nachbar-Emirat Sharjah durchquerte. Das war ein gutes Projekt für Touristen und *Expats*, den ausländischen Fachkräften, aber man konnte sich nur schwer vorstellen, dass auch die Emiratis mit ihren Familien in ein öffentliches Verkehrsmittel stiegen.

In den Läden, Cafés und Restaurants zirkulierte ein junges und internationales Publikum und es war in dem islamischen Land kein Problem, im Hotel oder Restaurant ein Bier, einen Whisky oder Cocktail zu trinken. Die Emiratis sah man eher in den luxuriösen *Shopping Malls*, wo sie in größeren Familienverbänden und traditioneller Kleidung durch die Luxus-Läden wandelten, zusammen mit Touristen aus anderen Emiraten und aus Saudi-Arabien. Lautsprecher riefen regelmäßig zum Gebet, dann ruhte der Betrieb und die Gläubigen zogen sich, nach Männern und Frauen getrennt, in die Gebetsräume zurück. Ansonsten zogen es die Einheimischen vor, in ihren Villen unter sich zu bleiben und ein abgeschirmtes Privatleben zu führen, sofern sie nicht ihren weltläufigen Geschäften nachgingen.

Eine andere Welt öffnete sich im großen Bazar am Creek, wo sich Besucher aller Nationalitäten drängten und wo das bunte Warenangebot Orientstimmung aufkommen ließ. Touristen mischten sich mit Indern, Pakistanis, Nepalis und Afghanen, die hier ihre Einkäufe machten oder kleine Läden betrieben. Nahm man eine Fähre über den Creek, sah man die traditionellen arabischen Segelschiffe oder *Daus*, die dort vor Anker lagen. Einige waren zu Restaurant-Schiffen umgebaut und bei einer nächtlichen Tour auf dem Creek bestaunten wir die Lichter-Orgie der in allen Regenbogenfarben illuminierten Türme.

Am anderen Ufer lag der Stadtteil Deira, ein dichtes urbanes Quartier, in dem vor allem indische und pakistanische Händler lebten. Die zahlreichen, auch bei größter Hitze auf den Baustellen arbeitenden „Gastarbeiter" sah man in der Stadt aber kaum, denn diese wurden mit Bussen direkt zu den Baustellen und zurück zu den Sammelunterkünften transportiert. Die Vertragsarbeiter wurden mehr oder weniger diskret überwacht, denn was man in Dubai auf keinen Fall wollte, waren organisierten Forderungen oder Proteste. Aber es gab Orte, wo sich am späten Abend die verschiedenen Nationalitäten trafen, um Informationen und Erfahrungen auszutauschen, während die Polizei mit Lamborghinis und ähnlichen Luxus-Boliden ihre Runden machte. Wahrscheinlich konnte man nur so junge Emiratis dazu motivieren, den Beruf eines Polizisten zu ergreifen.

Während es in Saudi-Arabien regelmäßig Probleme mit Extremisten gab, war in Dubai davon nichts bekannt, obwohl der internationale Tourismus, der exzessive Konsum und der relativ leichte Zugang zu Alkohol und Prostitution jedem Islamisten reichlich Angriffsflächen bot. Auch in unserem Hotel ging es nachts hoch her, denn das Haus war überwiegend von feiernden Russen belegt. Das Geheimnis dieser Immunität lag wohl darin – so erklärte es ein *Expat*-Kollege – dass die Terrorgruppen ihr Geld in Dubai parkten oder anlegten – und wer sprengt schon seine Sparkasse in die Luft?

44 Auch im Nachbar-Emirat Sharjah wurde viel gebaut, dies aber weniger futuristisch wie in Dubai. Das Emirat war als konservativ bekannt und hatte vielleicht deshalb erst spät und zurückhaltend begonnen, den Immobilien-Boom seines Nachbarn zu kopieren. Die Hochhäuser waren deutlich schlichter und die Mieten und Lebenshaltung billiger, deshalb lebte hier, soweit man es auf der Straße sah, eine Gastarbeiter-Mittelschicht von indischen Geschäftsleuten und qualifizierten Vertragsarbeitern. Das Straßenleben war mit zahlreichen Läden und Garküchen lebendig wie in Mumbai oder Islamabad, insbesondere am späten Abend, wenn die Luft kühler und frischer war als am Tag.

Wir besuchten die *American University of Sharjah*, in der es wie in allen Golf-Universitäten eine strikte Trennung von Männern und Frauen gab, die oft aus den Nachbar-Emiraten kamen. Im Außenbereich war es weniger streng, Männer und Frauen saßen in Gruppen zusammen und diskutierten, waren aber auf einen Anstandsabstand bedacht. Es gab ebenso viele Studentinnen wie Studenten, die tatsächliche Berufstätigkeit der Frauen war in den Emiraten allerdings gering. Zur *Abaya* oder *Burka* hatten viele Frauen ein pragmatisches Verhältnis, wie man uns sagte, denn es sparte Zeit, Kosmetik und Garderobe, wenn man es eilig hatte und sich einfach eine Robe und ein Kopftuch überwerfen konnte. Aber was immer die schwarze Verhüllung sichtbar ließ, glänzte von Goldschmuck und erlesenen Mode-Details.

Ein deutscher Kollege arbeitete dort seit Jahren und erzählte, dass die Studentinnen mitunter auch mit privaten Problemen zu ihm kamen, sozusagen als „Beichtvater" für das, was sie ihren eigenen Landsleuten nicht sagen konnten. In der Regel ging es um die Familien, die auf eine frühe Heirat drängten, was das Studium infrage stellte. Die Studentinnen, so sagte er, waren modern und selbstbewusst, mussten aber auf ihre konservativen Familien Rück-

sicht nehmen. Dieser persönliche Kontakt blieb nicht ohne Folgen, er trennte sich von seiner Frau, trat zum Islam über und heiratete eine Emirati. Wenige Jahre später traf ich ihn noch einmal in Deutschland. Er war etwas geknickt und erzählte, dass auch die neue Ehe bald wieder zerbrach und er bei den Scheidungsverhandlungen mit einem einheimischen Clan den Kürzeren gezogen, sprich: viel Geld verloren hatte.

Sharjah galt als besonders konservativ, hatte aber eine lebendige Kunstszene mit Galerien und Ausstellungen moderner Kunst, darunter ein fast paradigmatisches Bild: ein Meer von Sanddünen, aus denen nur noch die Turmspitzen Dubais herausragten. Dazwischen wühlten Archäologen im Sand und beluden eine Karawane mit Fundstücken aus dem 20. Jahrhundert – eine vieldeutige Metapher auf die Vergänglichkeit dieser und anderer Städte. In der Tat konnte man darüber sinnieren, ob Dubai ein neues Stadtgebilde war, das die Chancen einer rohstoffreichen, globalisierten und zunehmend auf Asien ausgerichteten Region optimal nutzte, oder ein glitzerndes urbanes Phänomen, das bei Veränderung einiger Rahmenbedingungen ebenso rasch wieder absteigen könnte wie es aufgestiegen war.

45 Abu Dhabi war das bei weitem reichste Emirat, stand aber in den Medien nicht im Vordergrund wie Dubai. Man hielt sich dort noch vornehm zurück und beobachtete etwas skeptisch die „entfesselte Globalisierung" in Dubai, - eine geschickte Strategie, um Fehlentwicklungen und eine offene Konkurrenz mit dem Nachbarn zu vermeiden. Was die Zahl spektakulärer Bauten betraf, konnte man sich noch nicht mit Dubai messen, dafür finanzierte man großzügig die Fertigstellung des *Burj Khalifa*, weil Dubai dafür das Geld ausgegangen war. Als Gegenleistung musste Dubai den ursprünglich *Burj Dubai* getauften Turm in *Burj Khalifa* umbenennen, um den früheren Präsidenten der Vereinigten Emirate – einen Scheich aus Abu Dhabi – zu ehren.

Aber natürlich hatte auch Abu Dhabi eine moderne Skyline und mit dem *Emirate Palace Hotel* ein spektakuläres Luxusgebäude, das mit seinem goldstrotzenden Dekor den Namen „Palast" mehr als verdiente. Geografisch lag Abu Dhabi auf einem natürlichen Insel-Archipel, das noch viel Raum für zukünftige Projekte bot. Es gab ein Leuchtturm-Projekt, das weltweit Aufsehen erregte und die eher profane Geldmaschine Dubai bereits zu überstrahlen begann: die Kulturinsel *Saadiyat*, die Insel des Glücks. Dort plante man eine Reihe spektakulärer Museen von Weltrang, um Abu Dhabi zu einer globalen Drehscheibe des Kunsthandels und Kultur-Tourismus zu machen. Dazu hatte man die teuersten Star-Architekten eingekauft und sich die Namensrechte berühmter Museen gesichert.

Bei unserem Besuch war der Startschuss schon gefallen, aber zu sehen gab es vorerst nur ein aufwendiges Modell. Die Museen waren an die Kulturinsel angedockt und ragten ins Meer hinaus. Das *Louvre Abu Dhabi* von Jean Nouvel fiel durch eine gigantische Kuppel auf, die eine Anzahl weißer Kuben überspannte. Man konnte in der filigranen und halbtransparenten Kuppel auch ein abstraktes Palmendach sehen, das eine von Kanälen durchzogene Kunst-Medina

beschattete. Es hieß, Abu Dhabi hatte es sich eine Milliarde US-Dollar kosten lassen, um von Frankreich die Namensrechte des Louvre zu erwerben.

Mit dem *Guggenheim Abu Dhabi* zeigte Frank Gehry seine gewohnt virtuose Dekonstruktion: wie zufällig aufgetürmte weiße Würfel und metallglänzende Röhren oder Trichter, letztere eine Referenz an die traditionellen Windtürme der Mittelost-Architektur. Dann gab es das *Center of Performing Arts* von Zaha Hadid mit organisch-fließenden Formen und das Nationalmuseum von Norman Foster, ein goldglänzendes Hi-Tech-Gebilde, das entfernt an Falkenschwingen erinnern sollte. So viel man an den Modellen sah, blieben die Star-Architekten weitgehend bei ihrem international erfolgreichen Stil, bemühten sich dabei aber um eine bildhafte Referenz an das Wüstenland.

Der zeitverzögerte Auftritt Abu Dhabis auf der architektonischen Weltbühne hatte sich ausgezahlt, denn das Museums-Projekt war im Hinblick auf Originalität und Qualität den kommerziellen Türmen in Dubai deutlich überlegen. Es machte auch Sinn für Abu Dhabi, dessen Staatskasse ohnehin prall gefüllt war, auf kulturelle Projekte und auf den globalen Kultur-Tourismus zu setzen und das Geschäftsmodell der schnellen Geldvermehrung durch einen überhitzten Immobilienmarkt Dubai zu überlassen.

Gleichzeitig vergaß Abu Dhabi sein historisches Erbe nicht. Mit großem Aufwand wurden die Altstadt-Reste restauriert, dies auch mit Blick auf den zukünftigen internationalen Tourismus. Ebenso war Abi Dhabi das erste Emirat am Golf, das ernsthaft damit begann, ökologische und nachhaltige Projekte zu planen wie die neue „ökologische Stadt" *Masdar* nach einem Entwurf von Norman Foster. Diese Öko-Stadt wollte man mit den modernsten Umwelttechnologien ausstatten, allerdings stockte das Projekt nach einem fulminanten Beginn, weil die Investoren ausblieben. Aber alle fortschrittlichen Projekte konnten nicht verbergen, dass auch dieses Emirat mehr oder weniger eine „feudale Entwicklungsdiktatur" war, die es mit den Menschen- und Freiheitsrechten nicht so genau nahm, wenn es um die Interessen der Herrschenden ging.

Was unsere Exkursion betraf, so gab es in Abu Dhabi keinen Workshop, aber eine Begegnung mit einheimischen Studenten. Bei der gemeinsamen Besichtigung einer Moschee durften unsere Studentinnen eine *Burka* tragen, - ein Zeichen des Respekts, aber natürlich auch ein folkloristischer Spaß.

46 Der Oman war kein Land, das man routinemäßig besuchte, denn die landschaftliche Schönheit und kulturelle Vielfalt verlangten mehr als einen schnellen Rundblick. Das Forschungsprojekt „Oasensiedlungen im Oman" bot die willkommene Gelegenheit, uns intensiv mit den Städten und Siedlungen im Oman zu beschäftigen, insbesondere mit den Oasensiedlungen im Hinterland und im Gebirge, wo es noch authentische Zeugnisse einer jahrhundertealten Baukultur und Lebensweise gab.

Die Modernisierung hatte sich im Oman nicht so schnell und umfassend vollzogen wie in den benachbarten Emiraten, sondern man hatte sich trotz des Öl-Wohlstands Zeit gelassen, um das fragile Gefüge der lokalen Stämme und Traditionen nicht zu überfordern. Glitzernde Hi-Tech-Türme gab es in der Hauptstadt Maskat nicht, dennoch war der Oman modern, was Wirtschaft, Infrastruktur und das Land insgesamt betraf. Weltoffenheit und Toleranz waren ein kulturelles Erbe der alten Weihrauchstraße, über die der Oman weitreichende Beziehungen bis nach Sansibar unterhielt. Diese Insel war seit 1700 eine Überseeprovinz des Oman und der Persische Golf seit Jahrhunderten eine Drehscheibe des internationalen Handels.

Die *Mascat Capital Area* war eine aufgeräumte und saubere Stadt, fern aller Kontraste, die es in anderen Südmetropolen gab. Um 1960 noch eine kleine exotische Hafenstadt, hatte Maskat 40 Jahre später schon eine halbe Million Einwohner und erstreckte sich über 40 Kilometer entlang einer Stadtautobahn, an der sich Wohngebiete, Einkaufszentren, Hotels und Bürogebäude aufreihten oder größere Zentren bildeten wie im *Mutrah Business District*. Die Gebäude strahlten in makellosem Weiß, das vom satten Grün der kilometerlangen Rasenflächen und Palmenreihen entlang der Hauptstraßen noch verstärkt wurde. Unter dem tiefblauen Himmel wirkte die Stadt modern und exotisch zugleich, fast wie eine operettenhafte Kulisse. Arme

oder improvisierte Gebäude gab es praktisch nicht. Wie in den Emiraten verrichteten im Oman asiatische Gastarbeiter die körperlichen Arbeiten, dies auch ungeschützt bei 40 °C auf den Baustellen und im Straßenbau. Man brauchte viele Hilfskräfte, um das saubere Image der Stadt und ihre Grünanlagen zu pflegen, denn jede Palme musste künstlich bewässert werden. Um eine Überfremdung der einheimischen Gesellschaft zu vermeiden, war der Aufenthalt der ausländischen Arbeiter auf wenige Jahre begrenzt.

Wir besichtigten einige Wohngebiete und sahen uns die omanischen Villen an. Hohe Mauern umschlossen die Grundstücke, dahinter kleine Märchenschlösser mit dekorativen Fassaden, Türmen und Kuppeln. Die Vorbilder stammten aus den benachbarten Emiraten oder aus Saudi-Arabien und die Entwurfskataloge der zumeist indischen Architekten ließen keine Wünsche offen. Gebaut wurde mit Beton und überdimensionale Klimaanlagen mussten für die Bewohnbarkeit sorgen. Energie war billig und so gab es wenig Anreiz für ein klimagerechtes und energiesparendes Bauen. Der Staat versprach jedem erwachsenen Omani ein eigenes Haus und vergab dazu fast kostenlos Grundstücke

und Kredite. Viele ließen sich ein Grundstück zuteilen, lebten aber weiterhin in zentrumsnahen Wohnvierteln, deshalb waren viele neue Wohngebiete nur locker bebaut. Diese großzügige Landvergabe war der Hauptgrund für die enorme Flächenexpansion der Hauptstadt, was auch den Autoverkehr auf der großzügigen Stadtautobahn bis hin zu regelmäßigen Staus anschwellen ließ. Dieses Siedlungsmodell war auf reiche Boden-, Energie- und Wasserressourcen angewiesen, aber ob das auch nachhaltig war, wenn irgendwann das Öl zur Neige ging und die Trockenheit zunahm, war eine offene Frage. Das fragten sich auch einige omanische und ausländische Architekten, die sich intensiver um ein kultur- und klimagerechtes Bauen bemühten.

Viele Omanis, die in der *Capital Area* einem modernen Beruf nachgingen, verbrachten die Wochenenden in ihrer Heimat-Oase. Das Pendeln zwischen moderner Großstadt und traditioneller Oase war ebenso selbstverständlich wie die Übernahme der Siedlungs- und Bauformen der Hauptstadt auch im Hinterland. Selbst in völlig abgelegenen Gebirgstälern oder *Wadis* sahen wir riesige Villen, die auch in Mumbai stehen könnten. Die strahlend weißen Märchenschlösser hoben sich malerisch vom grau-braunen Trockengebirge ab und schwammen wie Luxus-Boote in der ansonsten leeren Landschaft.

Oasen sind fruchtbare Inseln in einer lebensfeindlichen Umwelt und kühne Unternehmungen der menschlichen Siedlungsgeschichte, ständig bedroht von Sandstürmen, Wassermangel, Hitze und Trockenheit. Während sich in nördlichen Städten Häuser, Gärten und Landschaft intensiv durchdringen, kontrastiert die Oase mit der Leere der Trockentäler und Gebirge. Siedlung, Palmengärten, Wüste oder Gebirge – keine andere Lebensform spiegelt so elementar die Grundbedingungen menschlicher Existenz. Mit Landwirtschaft und Gartenbau, Handwerk, Markt und Fernhandel waren zumindest die großen Oasen protostädtische Siedlungsgebilde mit ländlichen und städtischen Merkmalen.

Alles Leben in der Oase hing vom Wasser ab. Das von den Persern eingeführte *Falaj*-Bewässerungssystem fing das Wasser am Fuß der Gebirge auf, leitete es in bis zu 20 Kilometer lange Kanäle und verteilte es nach komplizierten Regeln auf die Gärten und Felder. Durch die knappen Wasserressourcen bedingt, war jedes Aufblühen einer Oase mit dem Niedergang einer anderen verbunden. Stammeskriege und veränderte Handelswege trugen ebenso zum wechselvollen Schicksal der Oasen bei, wie die Ruinenfelder in den *Wadis* zeigten. Es war erstaunlich, wie viele Siedlungsspuren es selbst in völlig abgelegenen *Wadis* gab, wenn man genauer hinschaute.

Ich hatte einen Kollegen aus Mexiko-Stadt eingeladen, uns auf dieser Reise zu begleiten und für ihn war das fast menschenleere Gebirge, die Palmengärten und die absolut reine Luft eine völlig neue Erfahrung. Er hatte eine CD mitgebracht, die in diesem Jahr Furore machte und so fuhren wir – kulturell etwas unkorrekt – mit *Buena Vista Social Club* durch die wilde Wüsten- und Gebirgslandschaft, was unserer marokkanischen Doktorandin, die uns als Dolmetscherin begleitete, sichtbar missfiel.

Es war ein Erlebnis, in einem gut gekühlten Auto durch das hitzeflimmernde Gebirge zu fahren, auf abenteuerlich steilen Erdpisten und vorbei an tiefen Schluchten. Manchmal sahen wir einige Hütten und Ziegen von Nomaden, die selbst in der Unwirtlichkeit des Trockengebirges noch eine Überlebensnische fanden. Auf langen Strecken begegneten wir keinem Fahrzeug und als ich eines überholte, bog dieses plötzlich ohne jedes Vorzeichen in einen Seitenweg ab. Es kam zu einer riskanten Vollbremsung, der indische Lastwagenfahrer hielt ebenfalls, grinste und fuhr weiter. Möglicherweise gab es auf diesen einsamen Pisten einige ungeschriebene Verkehrsregeln, die ich missachtet hatte.

Je nach verfügbarem Baumaterial gab es im Hinterland Lehm-Oasen und Stein-Oasen. Mit Lehm baute man in der Ebene und in den großen Trockentälern oder *Wadis*, im Gebirge dagegen mit roh bearbeiteten Natursteinen. Während unbewohnte Lehmhäuser rasch verfallen, stehen verlassenen Steinhäuser noch viele Jahre unverändert da, was unsere architektonischen Studien begünstigte.

Wir kamen in das Bergdorf Belatzit. Ein steiles Felsmassiv überragte den Ort und warf schon am frühen Nachmittag einen willkommenen Schatten auf die Siedlung. Die Häuser klebten buchstäblich am Hang über einem fruchtbaren Tal mit Gemüse- und Getreidefeldern. Der Ort war nur teilweise bewohnt, aber man sah noch die alte Rangordnung: große und mehrstöckige Häuser dicht neben den Feldern und kleinere weiter oben am Hang. Die Gehöfte bestanden aus mehreren Gebäuden, dazwischen einige kleine Türme, der früher der Verteidigung dienten.

Feldforschung in traditionellen Oasen verlangt Zurückhaltung und Achtsamkeit, weil es noch vormoderne Regeln, Gebräuche und Empfindlichkeiten gibt. Wie ein fernes Echo der früheren Wehrhaftigkeit drohte mir ein vielleicht zehnjähriger Junge mit einem Stein, als ich seine Ziegen fotografierte. In der Tat gab es noch vor zwei oder drei Jahrzehnten auch bei geringen Anlässen bewaffnete Konflikte

zwischen den Großfamilien, Stammesgruppen und benachbarten Oasen. In einer Gasse skizzierte ich einige Ruinen und betrat einen anscheinend verlassenen Hof. Unvermittelt stand ich, den Fotoapparat noch in der Hand, vor einer Gruppe am Boden hockender Frauen, die gerade Gemüse und Früchte sortierten. Die Frauen sprangen erschrocken auf, schimpften laut und bedeuteten mir mit wütenden Gesten zu verschwinden. Offensichtlich waren in diesem Dorf noch nicht viele Fremde angekommen.

Aber die Kinder und jungen Männer hatten ein lebhaftes Interesse an uns Fremden, auch um ihr Schul-Englisch zu testen. „*What's your name?*" war die Standardfrage von Schulkindern, die ich gelegentlich mit „*Abdullah*" beantwortete, woraufhin die Kinder ungläubig lachten. Als ich einige Schulmädchen nach ihren Namen fragte, klang es wie aus 1001 Nacht: *Aleyna, Safiya, Alishba...*

Erst seit wenigen Jahren gab es Elektrizität, auch die Straße hatte man erst kürzlich verbessert und ein öffentliches Telefon mit einer Solarzelle aufgestellt. Die Dorfbevölkerung war durch Abwanderung geschrumpft, aber die ältere Restbevölkerung lebte weiter im traditionellen Rhythmus. Frauen breiteten an einem Wasserbecken ihre

Wäsche aus, ein Junge trieb Ziegen auf die Weide und alte Männer in langen Kaftanen schlurften durch die Gassen. Ein vitales Dorfleben war das nicht und junge Männer und Frauen waren nur wenige zu sehen. Auch die nur noch lückenhaft bestellten Felder ließen vermuten, dass das Dorf kaum noch von den eigenen Erzeugnissen lebte, sondern von den Zuwendungen der nach Maskat oder in die Emirate ausgewanderten Familien- und Stammesmitglieder.

Ein alter Mann hantierte an den Bewässerungsgräben und es stellte sich heraus, dass er die Autorität für das Kanalsystem war, die Lebensadern jeder Oase. Jede Familie, die ein Feld besaß, besaß auch Wasserrechte, die oft viele Generationen zurückreichten. Er kannte diese Rechte genau und seine Aufgabe war es, die kleinen Kanäle, die direkt in die Felder führten, in einem festgelegten Zeittakt zu öffnen und zu schließen, damit jedes Feld eine exakt bemessene Wassermenge bekam. Früher, so erzählte er, las er nachts die Zeit an den Sternen ab, was aber ungenau war, wenn doch einmal Wolken aufzogen. Nun benutzte er eine Uhr. Seine Autorität beruhte auf dem absoluten Vertrauen der Dorfbewohner, denn jede Unstimmigkeit bei der Wasserzuteilung führte zu Konflikten. Aber er wusste auch, dass mit der zurückgehenden Landwirtschaft das über Jahrhunderte ausgeklügelte Kanalsystem an Bedeutung verlor, denn es gab schon die ersten Tiefbrunnen im Tal. Auch der alte Basar war halb verfallen und die alltägliche Versorgung hatte nun ein Pakistani mit einem kleinen Laden übernommen.

Selbst in abgelegenen Orten gab es Fernsehen. Wir besuchten das Haus eines Dattelbauern und kamen über unsere Dolmetscherin ins Gespräch. Als der Hausherr hörte, dass einer unserer Kollegen Mexikaner war, begrüßte er ihn mit einem tadellosen *„Buenos dias, amigo!"*. Wir waren verblüfft. Er klärte uns auf, dass er gerne mexikanische Telenovelas sah, die im omanischen Fernsehen liefen. Offensichtlich hatte die Globalisierung ihre Tentakel bereits bis in das omanische Hinterland ausgestreckt.

Wenn es um die Zukunft der traditionellen Oasen ging, war oft vom Tourismus die Rede und zweifellos hatten einige Orte in dieser grandiosen Gebirgslandschaft ein touristisches Potenzial. Es gab Initiativen, um das Hinterland mit Gästehäusern für den Individualtourismus zu erschließen, aber auch das waren letzten Endes Tentakel der internationalen Tourismus-Industrie, was unvermeidlich ambivalente Auswirkungen auf das traditionelle Oasenleben hatte.

47

Nach der Bergoase Belatzit machten wir eine detaillierte Studie in der Lehmstadt Al Hamra. Diese lag rund 30 Kilometer östlich der Provinzhauptstadt Nizwa und hieß „die Rote" wegen des rötlichen Lehms, aus dem man früher die Häuser baute. Der Ort, dessen Ursprung bis ins 18. Jahrhundert zurückreichte, lag zwischen einem Gebirgszug und einem gelegentlich überfluteten Wadi. Die Oase war durch Berge und Wehrtürme geschützt, eine Mauer gab es aber nicht, denn den Wasserkanal und die ausgedehnten Palmengärten konnte man nicht ummauern.

Für unsere Forschung brauchten wir gute Luftbilder und weil es damals noch keine Drohnen gab, hatte ein Geograf einen Ballon mitgebracht, den man mit Helium aufblasen und mit einer Kamera bestücken konnte. Die Kinder staunten, als der rote Ballon über der Oase schwebte. Ich hatte Bedenken, dass ein misstrauischer Dorfbewohner seine antike Waffe aus der Truhe holen und auf das verdächtige Objekt schießen könnte, aber das war nicht der Fall, denn es lebten nur noch wenige alte Menschen in der Lehmstadt.

Um den fruchtbaren Boden zu erhalten, hatte man die Häuser auf einen felsigen Hang gebaut. Der alte Siedlungskern umfasste rund 200 Häuser, in denen früher etwa 2000 Menschen lebten. Die Lehmstadt war dicht bebaut und drängte hin zu den Palmengärten, ohne jedoch den Wasserkanal zu überschreiten, der die Grenze zwischen Siedlung und Gärten bildete. Nichts war an diesem Siedlungsorganismus zufällig, alles war vom Wasser bestimmt, vor allem die Siedlungsgröße und die Dattelgärten, die exakt der ökonomischen und ökologischen Tragfähigkeit des Trockentals entsprachen. Die Dattelpalmen waren die materielle Lebensgrundlage, im Sommer boten die Gärten darüber hinaus Schatten und Kühle.

Die Lage von Moschee und Basar, Badehaus und Waschplatz, reichen und armen Häusern – alles richtete sich nach dem Zugang zum Wasser. Der Fließrichtung entsprechend schöpfte man das Trinkwasser am oberen Eingang der Siedlung, weiter unten lagen die Waschplätze der Frauen und das Badehaus, dann kamen die Wasserstellen der Handwerker und Metzger und die Endstation bildete ein verfallenes Gebäude, wo man früher die Toten wusch, danach floss das Wasser in die Gärten.

Ein kleiner Platz mit einem Tor war der Empfangsbereich für Gäste und Reisende. Die alte Hauptstraße verlief direkt neben dem Kanal, wo die ehemals reichen, drei- bis viergeschossigen Lehmhäuser standen. Die Gassen waren

gerade und durchgängig und in den Haus-Clustern lebten weitläufige Familienclans. Der nackte Fels bildete ein natürliches Pflaster, das durch die jahrhundertelange Benutzung wie poliert erschien. Der rote Lehm, der blaugraue Stein und der strahlend blaue Himmel bildeten eine elementare Harmonie, die jede zusätzliche Farbe oder Dekoration überflüssig machte. Wie aus einer riesigen Lehmmasse herausgeschnitten, erschien die Siedlung wie eine handgeformte Plastik, ohne exakte Gerade oder Senkrechte, aber mit einer inneren Ordnung, die überall spürbar war.

Die kompakten, nach oben verjüngten Häuser wirkten höher als sie waren und die Gebäude standen dicht an dicht, berührten sich aber nicht – wie Wehrtürme, die man eng zusammengerückt hatte. Abweichend vom Hofhaus, dem Baustein der orientalisch-islamischen Stadt, besaßen die Häuser in Al Hamra keine Höfe, waren also kompakte Häuser mit einer inneren Treppe. Selbst das klassische Hofhaus war dem Extremklima nicht gewachsen, deshalb mussten dicke Lehmwände und eine ausgeklügelte Luftzirkulation für ein erträgliches Raumklima sorgen.

Die Fassaden waren klar gegliedert: ein fensterloses Erdgeschoss, darüber ein oder zwei Wohngeschosse und ganz oben die Dachterrasse mit einer Kochstelle. So konnte sich das Familienleben im Rhythmus des Tages und des Jahres in die unteren oder oberen Räume verlagern. Bei großer Hitze nutzte man das kühle und dunkle Erdgeschoss, in dem auch die Datteln lagerten, in anderen Jahreszeiten das mit Fenstern und Klappläden versehene Obergeschoss oder die luftige Dachterrasse. Die wehrhaften, an der Basis mit Steinen verstärkten Lehmwände verjüngten sich im Obergeschoss, wo es Fenster und Wandnischen gab,- eine Entmaterialisierung des massiven Lehms, die sich bis zur Dachterrasse fortsetzte. Dort sorgten halbhohe Zinnen für Sichtschutz und Verteidigung, gleichzeitig war das Dach ein transparenter, zum Himmel geöffneter Raum, der den fehlenden Hof ersetzte.

Noch um 1975 war Al Hamra mehr oder weniger intakt, bis plötzlich ein Exodus einsetzte, der sich zunehmend beschleunigte. Bei unserer Studie war die Oase schon eine Geisterstadt. Wenige Familien hatten dem Sog der Abwanderung widerstanden, nur entlang der alten Hauptstraße und am Rand der Siedlung, wo es befahrbare Wege gab, lebten noch einige Menschen. Wie hatten die Bewohner ihre Häuser verlassen? Widerstrebend oder in Eile, den Verlust beklagend oder froh, den alten Mauern zu entrinnen? Die alte Lehmstadt wurde nicht kampflos aufgegeben. Ein Kabelwirrwarr durchzog die Gassen, Wasserleitungen wanden sich über die nackten Felsen, Abwasserrohre durchstießen die Lehmwände, hier und da ragte eine Klimaanlage aus dem Fenster. Wir sahen ausgebesserte Dächer, Fenster und Türen, einige Häuser waren mit Zementputz überzogen, der natürlich schnell wieder brach, weil er auf dem Lehm nicht hielt.

Im Inneren zeigten Stromzähler, weiß gestrichene Wände und Reparaturen die vergeblichen Anstrengungen, die Häuser zeitgemäß herzurichten. Die verlassenen Häuser wurden verschlossen oder an pakistanische Gastarbeiter vermietet, was die Lehmstadt noch eine Weile am Leben hielt, wenn auch auf niedrigem Niveau. Die Häuser wurden aber nicht mehr repariert, was sie in kurzer Zeit zerstörte. Der Verfall nagte an Dächern, Fenstern und Türen, der Lehmputz bröckelte, die Wände zeigten Risse, schließlich stürzte das Dach ein. Die Deckenbalken waren aus Palmholz, das ungeschützt rasch verrottete. Ein kleiner Lehm- und Schutthügel war alles, was nach Jahren übrigblieb.

Als hätte der Exodus die alte Oase überrascht, stand diese noch wie erstarrt, bevor sie ganz zusammenbrach. Türen standen offen, Wände und Dächer waren vom Einsturz bedroht, nur hier und da regte sich noch Leben vor oder hinter den dicken Mauern. Ein blinder Greis tastete sich durch die Gassen, eine alte Frau kehrte den Lehmstaub vom Dach, eine andere saß einsam am Waschhaus, das früher der Treffpunkt der Frauen war. Halbwüchsige durchstreiften die tote Stadt zusammen mit Katzen, Hühnern und Ziegen.

Die fast noch intakten Mauern ließen Bilder aufsteigen, die nur zwei oder drei Jahrzehnte zurücklagen: Männer, die mit ihrem Arbeitsgerät in die Gärten ausschwärmten, in Palaver und Brettspiele vertiefte Greise, der Gebetsruf des Muezzins, der den Rhythmus des Tages bestimmte. Ein zeitlos dahinfließendes Leben, nur unterbrochen durch fremde Händler, Feste oder Warnzeichen der Wachttürme, wenn Stammesfehden die Oase bedrohten oder der Steuereintreiber sich näherte. Der traditionelle Markt oder *Suq* war noch um 1980 in Betrieb und mit Leben, Waren und Gerüchen gefüllt. Jetzt bot er ein trostloses Bild: Das Dach brach ein, die Verkaufsstände waren leer oder mit Gerümpel gefüllt, die Nischen als Latrinen missbraucht. Nur ein alter Silberschmied betrieb noch sein Gewerbe, dies wie zum Trotz und offensichtlich ohne Kunden. Ich kaufte eine der letzten Silberketten, die an der völlig verrußten Lehmwand seiner kleinen Werkstatt hingen.

Die verlassenen Gassen waren schattig und aus den offenen Häusern drang eine Grabeskühle. Fast jedes Haus konnten wir betreten, soweit es der bauliche Zustand erlaubte. Im Halbdunkel, manchmal auch im grellen Sonnenlicht, das durch die eingestürzte Decke fiel, boten sich gespenstische Bilder: alte Matratzen, Kisten, zerbrochene Tonkrüge, auf einem Teller vertrocknete Datteln. Möbel gab es kaum oder wurden beim Auszug mitgenommen. So zeigten die Häuser ihre archaisch einfache Ausstattung: in den Lehm geschnittene Nischen und Stäbe zum Aufhängen der Kleider und Töpfe. Der einzige Schmuck waren die bemalten Deckenbalken. An den Lehmwänden haftete noch ein undefinierbare Geruch der jahrhundertelang bewohnten Häuser.

Al Hamra, die Rote, war zu einem Freilicht-Museum geworden, das unaufhaltsam zerfiel. Unmöglich, diese unbewohnte Lehmstadt komplett zu erhalten, auch weil es zweifelhaft war, ob eine omanische Familie, die ein Auto besaß und die neuen Villengebiete vor Augen hatte, die engen Gassen und dichten Haus-Cluster überhaupt noch akzeptieren würde, selbst wenn es großzügige Mittel für die Erhaltung der Häuser gäbe. In der Provinzhauptstadt Nizwa hatte man die alten Monumente nicht mit Lehm, sondern mit lehmfarbenem Beton restauriert, was zwar nicht authentisch, aber dauerhaft war. Der normale Tourist jedenfalls bemerkte den Unterschied kaum und so war dies wahrscheinlich die einzige Möglichkeit, die Lehmarchitektur auf Dauer zu konservieren. Hierfür bot unsere Studie eine gute Grundlage, denn wir hatten die komplette Oase und einige Dutzend Häuser vermessen und dokumentiert.

Während die rote Lehmstadt Al Hamra starb, wuchsen daneben neue Wohngebiete mit den gleichen weißen Villen und der verschwenderischen Landnahme wie in Maskat. Die Verwandlung der traditionellen Oase in eine moderne Provinzstadt war fast schon vollzogen und dabei hatte sich die Siedlungsfläche von „Groß-Al-Hamra" in drei Jahrzehnten fast verzehnfacht, während die Bevölkerung kaum dreifach gewachsen war.

Wie die traditionelle Baukultur, so kriselte auch die traditionelle Landwirtschaft. Die Dattel-Kulturen lohnten sich kaum noch, vor allem fehlten Arbeitskräfte, denn jede Palme musste mehrmals im Jahr bestiegen, bestäubt, beschnitten und abgeerntet werden. So waren die Gärten potenzielles Bauland, auch wenn das Abholzen der Palmen strikt verboten war. In den kleinen Oasen hielt man sich noch daran, in Nizwa hingegen hatten sich die Palmengärten teilweise schon in einen locker bebauten Wohnpark verwandelt. Die Bewässerung übernahmen nun zunehmend Tiefbrunnen und Pumpen, was den Grundwasserspiegel absinken und Palmen absterben ließ.

Wir waren während unserer Oasen-Studie in einem Gästehaus der *Sultan Quaboos University* untergebracht und konnten so den Universitätsbetrieb aus der Nähe beobachten. Die Universität war ein zweistöckiger, sandfarbener Gebäudekomplex mit schattigen Galerien und Innenhöfen, - eine moderne Wüsten-Architektur, die klimatisch und ästhetisch gut in die Landschaft passte. Die jungen Männer, alle zum Verwechseln ähnlich in ihrer blütenweißen, bis zu den Füßen reichenden *dishdasha* und mit einer *kumma* auf dem Kopf, hielten sich im Erdgeschoß auf,

während sich die ebenso einheitlich in schwarze *abayas* gekleideten Frauen auf der Galerie im Obergeschoß bewegten.

Zum Projektende veranstalteten wir ein Symposium, zu dem neben dem ägyptischen Direktor der Fakultät und den omanischen Kollegen auch hochrangige Würdenträger erschienen, alle in traditioneller Kleidung und mit einem goldverzierten Krummdolch am Gürtel, der stolz wie ein Orden getragen wurde. Nach einem Rundgang durch die Ausstellung begannen die Vorträge, dies aber weitgehend ohne die Ehrengäste, denn diese verschwanden nach dem Foto- und Pressetermin. So präsentierten wir uns gegenseitig unsere Erkenntnisse und es entspann sich doch noch eine interessante Diskussion.

Wie die traditionellen Altstädte gerieten auch die Oasen zunehmend in den Sog neuer Lebensstile und so markierte unsere Oman-Studie wohl auch den Punkt, an dem eine uralte und authentische Siedlungsform langsam zerfiel und in ein künstlich am Leben gehaltenes historisches Erbe überging, das man vor allem touristisch nutzen wollte.

X.
Auf Alexanders Spuren
Stadterkundung in Vorder- und Zentralasien - Izmir, Teheran, Isfahan, Taschkent, Buchara

48 In Stuttgart gab es einen internationalen Master-Kurs *Infrastructure Planning* und Teil des Studiums war eine Fallstudie in Izmir in der Türkei. Diese Stadt bot alles, was wir von einer Fallstudie erwarteten: ein interessantes urbanes Ambiente, handfeste Planungsprobleme und überschaubare Reisekosten.

Wie die gesamte türkische Mittelmeerküste hatte Izmir eine wechselvolle Vergangenheit. Siedlungen gab es dort seit 5000 Jahren und um 1000 v. Chr. bauten die Griechen eine erste Polis, in der auch der griechische Dichter Homer gelebt haben soll. Smyrna, wie die Stadt unter den Griechen hieß, war eine weltoffene Handelsstadt, die in den nachfolgenden Jahrhunderten mehrmals zerstört und neu gegründet wurde. 673 eroberten die Araber die Stadt, dann die Türken und im 15. Jahrhundert die Mongolen. Danach teilten sich Osmanen und Kreuzritter die Herrschaft, bis Smyrna im 16. Jahrhundert ganz an die Osmanen fiel. Die Bevölkerung bestand aus Armeniern, Griechen und Juden und die Stadt entwickelte sich wieder zu einer kosmopolitischen Handelsstadt.

Im Zuge des osmanischen Nationalismus im frühen 20. Jahrhundert vertrieb man die Griechen und Armenier aus Izmir, wie die Stadt nun hieß. Nach der türkischen Niederlage im 1. Weltkrieg besetzten die Griechen die Stadt, die aber 1922 im nachfolgenden Griechisch-Türkischen Krieg von den Türken zurückerobert wurde. Die verbliebenen Griechen und Armenier vertrieb man endgültig, die gesam-

te Ägäis-Küste wurde türkisches Staatsgebiet und Izmir entwickelte sich erneut zu einer weltoffenen Hafenstadt.

Der Empfang in Izmir war herzlich. Ein Lokalpolitiker lud uns zu einem Abendessen auf einer Dachterrasse ein, mit einem spektakulären Blick auf die Stadt, die sich wie ein Lichterband um die dunkel glänzende Bucht legte. Am anderen Ufer sahen wir die hell beleuchtete Uferfront von Karçiaka und dahinter weitere Stadtgebiete, deren Lichter sich an Berghängen verloren.

In den nächsten Tagen erkundeten wir die Innenstadt mit ihren gepflegten Apartmentvierteln, Cafés und Restaurants. Die Studenten fühlten sich schnell heimisch, auch weil ein Getränk oder Mittagessen in einem sonnigen Straßencafé nur die Hälfte dessen kostete, was sie in Stuttgart bezahlten. Im Stadtplanungsamt diskutierten wir die Planungsprobleme von Izmir. Mir war schon in der Nacht ein störender Geruch aufgefallen und der Stadtplaner bestätigte, dass es ein Abwasserproblem in der Bucht gab, deshalb wollte man mit Unterstützung der Weltbank eine Ringleitung um die gesamte Bucht legen. Auch die Uferstraße, die die Stadt vom Wasser trennte, war zu Spitzenzeiten hoffnungslos überlastet. Abhilfe sollte eine Metro schaffen, die

ebenfalls in Planung war. Die schmale Küstenebene war schon völlig bebaut, so dass die Stadt nun in die Täler des Küstengebirges eindrang, wo die Topografie noch schwieriger war.

Das markanteste Merkmal Izmirs war der Kontrast von gepflegten innerstädtischen Apartmentvierteln und den irregulären Selbstbausiedlungen an den Berghängen. Die Mittelschicht lebte zentral in den ufernahen, mit Handel und Dienstleistungen durchmischten Apartmentvierteln, die vom Verkehr überlastet und dicht bebaut, aber dennoch die privilegierten Wohnstandorte waren. Die arme Stadtbevölkerung, meist anatolische Zuwanderer, lebte an den Berghängen in den irregulären Siedlungen oder *Geçekondus* in kleinen, selbstgebauten Häusern. Die Stadtverwaltung tolerierte die „Spontansiedlungen", jedenfalls war die rigide Abrisspolitik früherer Jahre nicht mehr durchzusetzen und so beschränkte man sich auf den Schutz von privatem Boden, ökologisch und landwirtschaftlich wertvollen Flächen und Risikogebieten.

Bei einer Stadtbesichtigung sahen wir einen langgestreckten Berghang, wo gerade eine neue Siedlung entstand. Die Landbesitzer hatten den Hügel mit Erdpisten

zugänglich gemacht, den Boden in kleine Parzellen aufgeteilt und an einkommensschwache Familien verkauft. Weitere Investitionen gab es nicht. Die ersten Familien waren gerade dabei, buchstäblich auf der grünen Wiese provisorische Hütten aufzustellen und Ziegel für den Bau fester Häuser aufzuschichten. Einige hatten damit begonnen, den Hang zu terrassieren, um ein ebenes Baugrundstück zu schaffen. Ein mit Baumaterial beladener Lastwagen arbeitete sich die Piste hoch, Frauen waren mit Wasserbehältern unterwegs und Kinder in Schuluniformen liefen hinunter zur Straße, wo es eine Busstation gab. Das wäre der ideale Ort für eine Langzeitstudie, dachte ich, wo man in Abständen von Monaten dokumentieren könnte, wie im Zeitraffer „Stadt" entsteht, ganz ohne Stadtplaner oder Architekten.

Viele *Geçekondus* waren schon einige Jahrzehnte alt und mehr oder weniger konsolidiert. Auch wenn es noch viele Mängel gab, so waren die Selbstbaugebiete keine Slums, sondern die übliche Wohnform der unteren Einkommensschichten. Die Bewohner waren meist ländlicher Herkunft und hatten sich einige dörfliche Lebensformen bewahrt wie Gemüsegärten, Hühner- und Ziegenhaltung. Das Image der *Geçekondus* bei der etablierten Bevölkerung war aber schlecht, weil man die Selbstbaugebiete mit Armut und Illegalität in Verbindung brachte. Die Zuwanderer hingegen, die oft aus dem gleichen Dorf oder der gleichen Provinz stammten, hatten nur eines im Sinn: durch harte Arbeit in der Stadt Fuß zu fassen und für ihre Familien ein kleines Haus zu errichten.

Die Stadtverwaltung reagierte auf die städtebaulichen Probleme der Selbstbaugebiete, wenn überhaupt, nur in kleinen Schritten. Hier und da baute man eine Straße aus, verbesserte Wege und Treppen sowie die Wasserversorgung, Drainagen und Abwasserleitungen, um Krankheiten zu verhindern. Die besten Chancen hierfür gab es vor den kommunalen Wahlen, wenn die *Geçekondus* mit ihren Wahlstimmen Druck ausüben konnten. Auch andere Akteure hatten das politisch-religiöse Potenzial der irregulären Stadtgebiete erkannt, unter anderen die Golf-Staaten, die in Izmir viele Quartiersmoscheen finanzierten.

Erkannte die Stadtverwaltung nach vielen Jahren ein *Geçekondu* formell an und bestätigte die Besitzverhältnisse, dann löste das neue Bauaktivitäten aus: Kleine Bauunternehmer kauften die Selbstbauhäuser auf, rissen diese ab und ersetzten sie durch mehrgeschossige Apartmenthäuser. Die ursprünglichen Siedler erhielten im Tausch für ihr Grundstück ein oder zwei moderne Wohnungen in dem neuen Gebäude, während der Bauunternehmer die restlichen Wohnungen verkaufte. Das war legal, aber die massive Nachverdichtung stellte die Stadtverwaltung vor neue Probleme beim Ausbau der notwendigen Infrastruktur.

Wir fanden ein geeignetes Fallstudiengebiet im Stadtteil Karçiaka an der westlichen Peripherie. Die Küstenebene war bereits von einem Industriegebiet, vom Flughafen und von der Universität besetzt, deshalb baute man die neuen Wohnsiedlungen an den Hängen, wo üblicherweise irregulär gesiedelt wurde. Auf einer Hügelkette reihte sich über 10 Kilometer hinweg eine Großsiedlung an die andere, mit Wohnblöcken, Hoch- und Terrassenhäusern, die kaskaden-

artig die Hänge bedeckten und starke Akzente in die karge Landschaft setzten.

Der Wohnungsbau wurde vom Staat gefördert, um den Wohnungsmangel und die Arbeitslosigkeit zu bekämpfen und dabei spielten die Wohnungsgenossenschaften eine wichtige Rolle. Die öffentliche Förderung hing aber von der Kreditwürdigkeit ab, deshalb kamen die ärmeren Schichten kaum zum Zuge und auch die *Geçekondus* waren gezwungen, in die Täler und topografischen Nischen auszuweichen, die unter Naturschutz standen und wo es kaum längerfristige Entwicklungschancen gab.

Die Studenten machten Vorschläge zur Entwicklung dieses „urbanen Korridors" mit dem Ziel, die angrenzende Landwirtschaft, die Wälder und Gewässer zu schützen. In einer Schlussveranstaltung stellten wir das Ergebnis dem Bürgermeister von Karçiaka vor, der sich die Vorschläge interessiert anhörte, dabei aber wahrscheinlich an die komplizierte Gemengelage von politischen und wirtschaftlichen Interessen dachte, die er im Auge behalten musste, um die nächste Wahl zu gewinnen. Zum Abschluss gab es ein Buffet und einen Bauchtanz, der deutlich demonstrierte, dass Izmir eine weltoffene und liberale Hafenstadt war.

49

Ein iranischer Kollege schlug eines Tages vor, uns an einem Städtebauprojekt für *Parand City* zu beteiligen, einer neuen Satellitenstadt in Teheran. Wir hatten bereits Kontakte zur dortigen Universität und weil wir schon länger eine Iran-Exkursion planten, flogen wir zur Vorbereitung nach Teheran. In Lateinamerika war das spanische oder portugiesische Erbe immer präsent und man fühlte sich nie wirklich fremd, im Iran jedoch tauchte man ein in eine andere Welt, über der halb väterlich, halb drohend Ayatolla Chomeini schwebte, sei es in Form von riesigen Bildnissen oder apodiktischen Worten zur Religion. Mit Blick auf das altpersische Weltreich verstand man auch, dass wir Nordeuropäer im Iran, wenn auch scherzhaft, als Emporkömmlinge der Geschichte galten, die erst mit 2000 Jahren Verspätung die Weltbühne betreten hatten.

Wir hielten einige Vorträge in der Universität, wo man gut Englisch sprach, so dass wir keine Übersetzung brauchten. Die jungen Männer und Frauen saßen getrennt voneinander, die Männer im weißen Hemd, ihre Kommilitoninnen im schwarzen *Tschador*, hinter dem jede Individualität verschwand. Letzteres täuschte allerdings, wie man uns sagte, denn die iranischen Frauen konnten sich in puncto Mode durchaus mit westlichen Frauen messen, dies allerdings nur in den eigenen vier Wänden. Man hörte uns aufmerksam zu und stellte kluge Fragen nach der Bedeutung unseres Vortrags für die iranische Realität, was schwierig zu beantworten war. Ich gab wie gewohnt einer iranischen Kollegin beim Abschied die Hand, - ein Tabubruch, der aber lächelnd hingenommen wurde. Internationale akademische Kontakte waren damals selten im Iran und so behandelte man uns besonders freundlich und aufmerksam, so dass das Gefühl der Fremdheit in diesem Land schnell verschwand.

Die dichte Bebauung Teherans zog sich bis zum schneebedeckten Elburs-Gebirge hin. Neue Büro- und Apartment-

türme durchbrachen an vielen Stellen die ältere Bebauung – ein deutliches Zeichen, dass die Stadt unter hohem Wachstumsdruck stand. Teheran stieg zum Gebirge hin um rund 800 Meter an und weil die höhergelegenen Stadtteile ein angenehmes Klima hatten, lebten hier die besseren Schichten in modernen Apartmenthäusern. Blickte man von Süden her auf die Stadt, so sah man eine gestaffelte, nach Norden hin ansteigende, aber nach Süden hin orientierte Baumasse, die auch den Betrachter mit Hunderttausend Fensteraugen anzustarren schien.

In den älteren Stadtvierteln gab es noch traditionelle, baumbestandene Straßen mit alten Wasserkanälen, deren leises Rauschen im heißen Sommer ein Gefühl von Frische und Kühle verbreitete. Die ein- oder zweigeschossigen Häuser waren von Mauern abgeschirmt, was den Gassen einen ruhigen und introvertierten Charakter verlieh und hinter den hohen Mauern blühende Garten-Oasen vermuten ließ. Nach Süden hin wurden die Häuser ärmer und kleiner, die Wohndichte stieg deutlich an und man sah auf den mit jungen Menschen und Schulkindern überfüllten Straßen, wie die Stadt mit dem Bevölkerungswachstum und dem akuten Wohnungsmangel kämpfte.

Der Verkehr war im Wortsinn atemberaubend. Unmöglich, eine Straße mit der üblichen Vorsicht zu überqueren, denn es gab keine Lücken im vielspurigen Fahrzeugstrom. Man stürzte sich einfach hinein und auf wundersame Weise umkurvten die Autos jedes menschliche Hindernis. Auf den Gehsteigen drängten sich fast nur junge Menschen, denn zwei Drittel der Stadtbevölkerung waren jünger als 35 Jahre. Ich fragte mich, wie es möglich war, dass eine so junge und zukunftshungrige Bevölkerung von alten, bärtigen Männern regiert wurde, die vor allem die Tradition und nicht die Zukunft im Blick hatten.

Wir besuchten den berühmten Basar von Teheran, der eine zentrale Lage im südlichen Stadtzentrum einnahm. Ein unaufhörlicher Menschenstrom schob sich durch die Hallen und Passagen und wie im Brennglas zog ein Querschnitt von Teherans Bevölkerung vorbei: reiche Goldhändler, Teeverkäufer, junge Männer in paramilitärischen Uniformen, elegante Städterinnen mit riesigen Sonnenbrillen, abgearbeitete Lastenträger und sonnenverbrannte Bauern, die von weither kamen, um einen Sack Gemüse zu verkaufen.

Der Basar von Teheran galt als der größte der Welt mit einem kilometerlangen Labyrinth aus Korridoren, mosaikgeschmückten Hallen und Kuppeln, auch Moscheen, Medressen und andere öffentliche Einrichtungen gehörten zum Basar. In den Gängen fanden rund 1000 Läden Platz und die engen Passagen mit Goldschmuck, Teppichen und Gewürzen hatten sich seit Jahr-hunderten ebenso wenig verändert wie das traditionelle Handwerk in den kleinen Silber- und Goldwerkstätten. Mehrere Anläufe der Stadtplaner, den Basar städtebaulich neu zu ordnen, waren gescheitert, denn der Einfluss der traditionellen Großhändler reichte weit in die Politik hinein.

Die Stadt lenkte den Wachstumsdruck hin zu den Satellitenstädten, aber auch dort wurden die Flächen knapp, denn die Hauptstadt war im Norden und Osten vom Gebir-

ge und im Westen und Süden von Agrarflächen und Wüste umgeben. Wir fuhren zur neuen Entlastungsstadt *Parand City* in der Nähe des Flughafens, aber man war wohl nicht an der Kooperation mit einer ausländischen Universität interessiert. Auf dem Rückweg sahen wir neue Wohngebiete mit schlichten, sandfarbenen Häusern, die hervorragend in die Wüstenlandschaft passten. Wer so etwas baute, konnte *Parand City* auch ohne uns planen.

In den Hotels gab es kaum Gäste oder ausländische Touristen und an eine umfangreiche Speisekarte erinnere ich mich nicht. Obwohl die iranische Küche viele Feinheiten kennt, sind mir vor allem Fleischspieße mit Reis und Erbsen in Erinnerung. Nach einem heißen Tag in der staubigen Stadt vermisste ich abends ein kühles Bier, das es im Land der Ayatollas aber nicht gab. Das in einer offenen Karaffe gereichte Wasser war mir suspekt und die Flaschengetränke zu süß, so dass ich unmerklich dehydrierte und mir der Arzt nach meiner Rückkehr eine regelrechte Trinkkur verordnete.

50 Unsere nächste Station war die 130 Kilometer südlich von Teheran gelegene Stadt Ghom, eine wichtige Pilgerstadt und die theologische Hauptstadt des Landes. Ghom hatte – wie alle alten Städte dieser Region – eine verwirrende Geschichte hinter sich, beginnend mit dem Sassanidenreich, das bis ins 6. Jahrhundert existierte und dann von den Arabern erobert wurde. Es folgte eine endlose Reihe von Kämpfen, Herrschafts- und Glaubenswechseln, Zuwanderungen und Vertreibungen, bis im 10. Jahrhundert unter den persischen Byiden eine gewisse Ruhe eintrat und Ghom sich als Zentrum der schiitischen Gelehrsamkeit etablierte.

Ungewöhnlich für die 1-Millionen-Stadt war die kompakte, kreisförmige Stadtfigur mit einer scharfen Abgrenzung zum Umland, was vor allem den uralten Friedhöfen geschuldet war, die in großer Zahl die Stadt umgaben. Der Fluss Ghom durchquerte die Stadt und an seinem trockenen Flussbett erstreckten sich Parks und Grünflächen. Das religiöse Zentrum lag in der Stadtmitte, ein 25 Hektar großes Areal mit der schiitischen Universität, der Iman Hasan Askari Moschee sowie vielen anderen theologischen Institutionen. Das wichtigste Monument der Stadt war das Mausoleum der *Fatima Masuma*, einer Schwester des 8. Schiitischen Imans. Die goldglänzende Kuppel überragte die flache Bebauung und das Mausoleum war, zusammen mit anderen Grabmonumenten, einer der wichtigsten Wallfahrtsorte im Iran. Rund 50 000 Kleriker lehrten und studierten in Ghom, darunter viele Abkömmlinge alter Iman-Familien. Ghom spielte in der Islamischen Revolution, die 1979 zur Absetzung von Schah Reza Pahlavi und zur Beendigung der Monarchie führte, eine herausragende Rolle und natürlich stammte auch der Ayatollah Chomeini aus Ghom und lenkte die theokratische Republik von dort aus.

Die Atmosphäre der Stadt war dementsprechend ernst und fast klösterlich: Schwarz verhüllte Frauen trauerten vor dem Monument der Fatima und überall sah man Aya-

tollas und Mullahs mit weißen Turbanen und schwarzen oder braunen Umhängen. Niemand kam hier auf die Idee, gegen eine religiöse Tradition, eine Kleider- oder Verhaltensvorschrift zu verstoßen. Moscheen, Schreine und Monumente durften wir nicht betreten und die Stadtatmosphäre, so interessant diese auch war, animierte nicht zu ausgedehnten Erkundungen. Ghom war für schiitische Pilger gemacht und nicht für ausländische Stadtforscher oder Touristen und so fuhren wir 250 Kilometer weiter in den Süden nach Isfahan, wo sich eine andere Seite des Islams zeigte.

51 Isfahan war eine 2-Millionen-Stadt und besaß ähnliche städtebauliche Merkmale wie Ghom: eine kompakte, dichtbebaute Oasenstadt, an deren Peripherie es noch viele alte Friedhöfe und landwirtschaftliche Flächen gab. Der Fluss Zayandeh durchquerte die Stadt und die Ufer waren wie in Ghom öffentliche Stadtparks. Der Stadtgrundriss war aber nicht organisch gewachsen wie in Ghom, sondern ein regelmäßiges Straßennetz und eine Hauptachse verwiesen darauf, dass Isfa-

han um 1500 als privilegierte Residenzstadt der Safawiden gegründet wurde.

In Ghom war die Stadtmitte von Moscheen und religiösen Schulen besetzt, in Isfahan gab es ein ebenso großes, aber weltliches Ensemble von Palästen, Parks und Gärten. Damit war Isfahan eine Art Gegenmodell zu Ghom, insbesondere der wunderbare Ali-Qapu-Palast mit dem Iman-Platz aus dem 16. Jahrhundert. Die riesige Hof-Garten-Anlage mit Wasserbecken und Brunnen war ein aus Stein und Pflanzen geformtes Paradies, das an alte persische Teppichmuster erinnerte. Die Palastarchitektur und der Iman-Platz strahlten eine Leichtigkeit und Heiterkeit aus, die den Islam früherer Epochen kennzeichneten, als dieser noch weniger dogmatisch und asketisch war. Die Blaue Moschee, der Blickfang an der Stirnseite des Palastgartens, war nicht nur eine Gebetsstätte, sondern mit ihrem leuchtend blauen Gewölbe ein Fest fürs Auge. Diese Moschee betrat man staunend und nicht betend.

Die riesige Veranda, die dem Ali-Qapu-Palast wie eine Theaterloge aufgesetzt war, verwandelte den Iman-Platz in eine Bühne, auf der man nicht nur den Herrscher, sondern auch die Architektur, die Kunst, die Natur und wohl auch die Menschen feierte, alles überragt und beschützt von den ebenso in pure Schönheit verwandelten Moscheen. Vielleicht versammelte sich hier an Festtagen das Volk und huldigte dem Herrscher in seiner Loge oder es fanden Unterhaltungsspiele statt. Die ganze Palastanlage zeigte eine urbane, weltzugewandte Offenheit, anders als viele andere islamische Städte, wo die Sultane und Kalifen dem Frieden und dem Volk nie recht trauten und abgeschottet in ihren Zitadellen saßen.

Eine Attraktion war der Fluss mit seinen Brücken, die älteste aus dem 5. Jahrhundert, andere aus den 17. Jahrhundert und aus neuerer Zeit. Die nachts romantisch beleuchteten Brücken und Parks am Flussufer verwandelten sich jeden Abend und an den Feiertagen in einen beliebten Erholungsort, allerdings beleuchteten die Lichter immer seltener einen kühlenden und spiegelnden Flusslauf, sondern ein ausgetrocknetes Flussbett, was auf das schlechte Wassermanagement zurückgeführt wurde, das für Isfahan ebenso katastrophal war wie für andere Städte der Region.

Der Opulenz der Stadtpaläste und Moscheen stand die karge und hitzeflimmernde Landschaft gegenüber, die bei Überlandfahrten an uns vorüberzog, nur selten unterbrochen von kleinen Oasenstädten und Dörfern, deren erdfarbene Häuser und Hütten sich kaum von den Feldern abhoben. Wenn ich in den Bergen die Lehmhäuser wie Schwalbennester an den steilen Hängen kleben sah, dachte ich an unseren iranischen Doktoranden und an seine Arbeit über das Erbebenrisiko, das immer über dieser Landschaft lag.

52 Mit einem Forschungsprojekt zum postkommunistischen Umbruch in den Städten Usbekistans ergab sich die Gelegenheit zu einem Sprung nach Zentralasien, einer Region, von der ich zuvor noch keine konkrete Vorstellung hatte. Die Unabhängigkeit der früheren Sowjetrepublik lag erst zehn Jahre zurück und so wollten wir, sozusagen als forschende Zeitzeugen, den urbanen Systemwechsel vom Kommunismus zur kapitalistischen Marktwirtschaft dokumentieren.

Bei Taschkent, Buchara und Samarkand denkt man an die alte Seidenstraße und an ein zutiefst orientalisches Ambiente. Weniger bekannt ist, dass 50 Jahre russische Kolonialherrschaft und 70 Jahre Sowjetrepublik das Land und seine Städte drastisch überformt hatten. Schon beim Anflug sahen wir die planmäßig angelegten Dörfer, die sich über viele Kilometer hinzogen und sich in regelmäßigen Abständen zu kleinen Zentren verdichteten. Die ganze Region war eine riesige Flussoase mit endlosen Baumwoll-, Sonnenblumen- und Maisfeldern, aber die Schutthügel in der flachen Landschaft erinnerten daran, dass dies auch eine uralte Kulturlandschaft war, wo es schon vor 2000 Jahren blühende Städte gab.

Tashkent, die Hauptstadt Usbekistans, war mit zwei Millionen Einwohnern die größte usbekische Stadt, gefolgt von Samarkand und Buchara. Die alte Oasenstadt blickte auf eine eindrucksvolle Geschichte zurück, die eng mit der legendären Seidenstraße verbunden war. Wer aber zahlreiche Moscheen, Basare und eine orientalische Altstadt erwartete, wurde enttäuscht. Nahezu das Gegenteil war der Fall, denn der altrussische und sowjetische Städtebau hatten in Taschkent eine veritable Garten- und Parkstadt hinterlassen, auf deren großzügigen Alleen sich die Menschen und der Verkehr fast verloren, selbst die Architektur verschwand hinter Bäumen.

Koloniale Eroberer bringen hybride Kulturen und Städte hervor, aber dennoch war ich überrascht, wie stark sich

die ehemalige Kolonialmacht städtebaulich manifestierte. Dabei gingen die Russen und später die Sowjets ganz ähnlich vor wie die Engländer in Indien oder die Franzosen in Algerien und formten die alten zentralasiatischen Oasenstädte systematisch nach ihren Vorstellungen um. Ein Unterschied war, dass Usbekistan im Zarenreich zwar eine Kolonie, aber ab 1918 eine autonome Sowjetrepublik war, die im 2. Weltkrieg mit ihrer Rüstungsindustrie eine wichtige Rolle spielte.

Das russische Leitbild war – wie das der kolonialen Engländer und Franzosen – eine repräsentative und gut kontrollierbare Kolonialstadt mit einem europäischen Zentrum. Die russische Neustadt entstand um 1850 und dockte mit einer Hufeisen-Figur, die im Inneren einen Park umschloss, von Osten her an die Altstadt an, ohne diese jedoch zu zerstören. Auch den traditionellen Basar tolerierte man und an der Nahtstelle zwischen der Alt- und Neustadt entstand ein Grüngürtel als klassischer *cordon sanitaire*. Für die russischen und sowjetischen Planer war eine geometrisch geordnete Stadtfigur und ein dominanter öffentlicher Raum mit großzügigen Boulevards, Plätzen und Parks das Gegenmodell zur dichten und unübersichtlichen orientali-

schen Stadt. Während man aber in der zaristischen Epoche das Nebeneinander und die historische Charakteristik der alten Stadt duldete, sollte die sowjetische Stadt egalitär und einheitlich sein.

Die Rüstungsindustrie im 2. Weltkrieg löste einen Modernisierungsschub aus, der Taschkent zur Großstadt wachsen ließ. In der Folge gingen die sozialistischen Planer rigoros mit der restlichen Altstadt um, rissen ganze Quartiere ab und etablierten an gleicher Stelle ein neues administratives und kulturelles Zentrum, ein Stadion und einen Park. Straßen und Plattenbauviertel im Stil der Moskauer *Rayons* trieb man wie einen Keil in die restliche Altstadt hinein, was deren Struktur völlig zerstörte. Ein verheerendes Erdbeben bot 1985 die Gelegenheit, weitere alte Quartiere abzureißen und auch den traditionellen Basar durch eine moderne Markthalle zu ersetzen. Schulen, Sport- und Erholungsflächen, Läden und andere Versorgungseinrichtungen wurden dezentral auf einzelne Stadtviertel oder *Rayons* verteilt.

Mit der Unabhängigkeit 1991 geriet in Usbekistan, ähnlich wie in anderen postkommunistischen Ländern, auch das sozialistische Stadtmodell ins Wanken. Die alten Pläne und Normen griffen nicht mehr, Improvisation und ad-hoc-Aktionen mussten das Vakuum füllen. Russische Fachkräfte verließen das Land, was die Krise noch verschärfte. Man holte alte Nationalhelden wieder hervor, die man im Kommunismus fast vergessen hatte und ersetzte die Statuen von Lenin, Marx und Engels durch Amir Timur, einen mongolischen Herrscher des 13. Jahrhunderts, der ähnlich wie Dschingis Khan den Nachbarvölkern durch brutale Eroberungen in unguter Erinnerung war. Die im Kommunismus vernachlässigten historischen Monumente wurden restauriert, vor allem die Moscheen, aber man betrieb keine aktive Re-Islamisierung, weil sich in fernen Provinzen schon die Islamisten regten.

Aber auch nach 70 Jahren staatlich verordnetem Atheismus war die Religion noch oder wieder präsent, wie wir bei einem Abendessen mit usbekischen Kollegen feststellten, das mit Gebeten und traditionellen Begrüßungsformeln begann, dann aber bald zum Honig-Wodka überging, einem usbekischen Getränk, das eine ähnlich fatale Wirkung hatte wie die *caipirinha* in Brasilien, wenn man nicht achtsam war.

Die Transformation zu einer modernen Dienstleistungs- und Konsumgesellschaft vollzog sich weitgehend spontan, wobei man der überall aufsprießenden Marktwirtschaft einen großen Spielraum einräumte, weil es keine Alternativen gab. Der Boden gehörte aber weiterhin dem Staat und die Stadtverwaltung mischte zunehmend im Bodenmarkt mit, weil die Verpachtung von staatlichem Boden eine lukrative Einkommensquelle war. Die Unabhängigkeit warf aber die grundsätzliche Frage auf, wieweit die russisch-sowjetische Stadt ein erhaltenswertes Erbe war oder ein koloniales Implantat, das man möglichst zurück- oder umbauen sollte. Die in sowjetischer Zeit gut ausgebildeten usbekischen Stadtplaner hatten noch keinen klaren Kurs, sondern waren noch auf der Suche nach der neuen „usbekischen Stadt".

Taschkent war eine Wüstenstadt, also eine Oase, und das üppige Grün vielleicht der einzige Luxus, den der Kommunismus den Menschen zu bieten hatte. Es war nicht nur dekoratives Stadtgrün, die Bevölkerung nutzte die Parks und an Feiertagen sah man Familien, junge Leute und Hochzeitsgesellschaften, die sich vor der Statue des Großen Timur zum Foto-Shooting aufstellten. Die Frauen trugen reichlich Goldschmuck, aber auch die Männer zeigten gern ihre blitzenden Goldzähne als eine Art Statussymbol. Das Überangebot an gepflegten öffentlichen Parks und Grünanlagen unterschied die usbekischen Städte drastisch von anderen orientalischen Städten und man konnte nur hoffen, dass diese Qualität nicht durch ein neues Städtebau-Leitbild verlorenging.

Es machte Spaß, auf den großzügigen, baumbeschatteten Boulevards die Stadt zu erkunden, wozu auch das Fotografieren gehörte. Aber wir wurden schon beim Hinflug gewarnt, dies nicht zu tun, wenn es um wichtige städtische Einrichtungen ging. Ein guter Teil des alten Überwachungsapparats existierte vermutlich noch und so war ich vorsichtig, um nicht wie in Rio als verdächtiger „Spion" auf einer Polizeiwache zu landen, denn dort hätte es Verständigungsprobleme gegeben. Fast überall auf der Welt konnte ich mich mit Englisch, Französisch oder Spanisch gut in den Städten bewegen, aber nicht in Usbekistan, weil die allgemeine Verkehrssprache immer noch Russisch war. Trotz einiger Russisch-Stunden in einer Schweriner Grundschule verstand ich kein Wort, hörte aber auf den Straßen oder im Café gerne den Menschen zu, denn Russisch ist eine klang- und kraftvolle Sprache.

Ich suchte systematisch die neuen kommerziellen Zentren auf, um zu sehen, welche Kräfte eine freilaufende Marktwirtschaft entfaltete und wo die Investoren mit ihren Konsumangeboten in die Stadt eindrangen. Den alten *Chorzu Basar*, früher das pulsierende Herz der Altstadt und eine wichtige Station auf der Seidenstraße, hatte man

schon 1985 abgerissen und durch eine riesige Kuppelhalle ersetzt, die nun die Skyline Taschkents prägt. In der Halle handelte man vor allem mit Obst, Gemüse und Gewürzen, unter freiem Himmel auch mit Textilien und so war dieser Markt einer der wenigen Orte in Tashkent, wo es ein buntes, orientalisches Ambiente gab. In Usbekistan trugen die Frauen wunderbare, mit Blumenmustern bedruckte Kleider, deshalb glich das Markttreiben einem exotischen Folklore-Markt, obwohl es hier für viele um die nackte Existenz ging. Die Menschen waren arm, aber von einer kleinen Schicht Neureicher abgesehen bestand die Nivellierung der sozialistischen Gesellschaft offenbar noch fort, jedenfalls waren Bettler und andere Anzeichen absoluter Armut kaum zu sehen.

Im alten zaristischen Zentrum sollte ein neues Geschäftsviertel entstehen, aber die Investoren hielten sich zurück, weil die Rechtslage ungeklärt war. So belebten vor allem Studenten und Schüler den Amir-Timur-Park und den nahen Broadway, der schon zur Zarenzeit eine beliebte Promenade war. Dort gab es einen lebendigen Unterhaltungs- und Freizeitbetrieb mit Restaurants, Videoläden, Jeans-Shops, Bars und Supermärkten, die oft von türkisch-

en Investoren betrieben wurden. Ins Auge fiel ein riesiger neuer „Geschäftspalast", der aber eine verlassene Baustelle war. Die Schicht der konsumkräftigen Kunden war noch schmal und der Tourismus begrenzt, so dass die Investoren auch mit Risiken rechnen mussten.

Die größte kommerzielle Einrichtung im alten russischen Zentrum war nach wie vor das Kaufhaus ZUM. Das sowjetische Zentrum wurde weiterhin von Staats- und Kulturbauten beherrscht, ein nüchterner architektonischer Funktionalismus wie in anderen sozialistischen Ländern auch. Nur am Wochenende zogen der City Park und das Stadion viele Menschen an. Insgesamt hatte sich weder das altrussische noch das sowjetische Zentrum wesentlich verändert, - eine ambivalente Situation, die Optionen für die Zukunft offenhielt, aber auch Gefahr lief, von neuen konkurrierenden Zentren überholt zu werden.

Ein neues *World City Center* hatte sich bereits vier Kilometer weiter nördlich formiert mit einem Fernsehturm, Nationalbank, Intercontinental-Hotel, Kongress- und Messegebäuden. Auch die Amir-Temur-Straße, die vom alten zu diesem neuen Zentrum führte, war nun ein verkehrsreicher, dicht mit Hotels und Geschäften besetzter Stadtkorri-

dor. Dort stand der *City Business Complex*, Tashkents erste *Shopping Mall*, die sich eines intensiven Besucherstroms erfreute, auch wenn nur wenig gekauft wurde, weil die Preise im benachbarten Oloy-Basar viel günstiger waren. Wer sich in Usbekistan die Marken Boss und Versace leisten konnte, kaufte meist ohnehin im Ausland ein.

Das wichtigste Versorgungszentrum für die Massen, wenn es um Bekleidung ging, war der *Hipodrom-Basar* im Südwesten der Stadt. Dieser bestand aus zwei riesigen Hallen, dem „usbekischen" und dem „koreanischen" Markt, jeweils mit einigen hundert Verkaufsständen, wo Billigwaren aus China, Korea und der Türkei verkauft wurden.

Das Spektrum der Wohnformen war in Taschkent wie in anderen usbekischen Städten begrenzt. Es gab die traditionellen Hofhäuser in den wenigen, noch intakten Altstadt-Quartieren und im Westen der Stadt große Flachbau-Gebiete mit geraden Straßen und schönen, einfachen Häusern aus den 1930/60er Jahren, vom Typ her modernisierte Hofhäuser, die noch viele traditionelle Merkmale aufwiesen. Der Zusammenbruch der staatlichen Wohnungsversorgung löste überall neue Bauaktivitäten aus, Häuser wurden umgebaut und aufgestockt, um Wohnraum zu schaffen oder einen Laden einzurichten. Zumeist kleinteilig und familiär, zunehmend aber auch kommerziell und spekulativ vollzog sich in vielen Stadtteilen ein Funktionswandel, der auf eine spontane Verdichtung und Vertikalisierung der Bebauung hinauslief.

Im Südwesten der Stadt gab es, versteckt hinter alten Bäumen, ein großes russisches Altbauviertel mit mehrgeschossigen, desolaten Ziegelbauten. Um das altrussische und das sozialistische Zentrum herum lagen die *Rayons*, die Hochhaus-Quartiere aus sowjetischer Zeit mit 10-stöckigen Plattenbauten. Der orientalische Hang zum Dekor hatte vor der „Platte" nicht Halt gemacht und so waren viele Hochhäuser reichlich mit Beton-Ornamenten verziert.

Viele Wohnungen aus der russischen und sowjetischen Zeit hatte man günstig an die Mieter verkauft, aber weil den neuen Besitzern das Geld für eine grundlegende Sanierung fehlte, veränderten diese improvisiert und anscheinend ungehindert von städtischen Vorschriften die Fassaden der Altbauten, durchbrachen Wände, um Läden und Werkstätten einzurichten, eigneten sich Freiflächen an und stellten improvisierte Blechgaragen auf. Ich schaute mir diese nahezu anarchische Metamorphose halb erschrocken, halb erheitert an, aber immerhin zog neues Leben in die alten Ziegel- und Plattenbauten ein. Auch anderswo in der Stadt sprossen überall Läden hervor, selbst Kellerräume verwandelten sich in Restaurants, Internet-Cafés, Video-Shops und Friseurläden. Eine Welle kleiner Existenzgründungen hatte die Hauptstadt erfasst, gleichzeitig verschwand damit das staatliche Versorgungs- und Handelssystem und wurde durch private Läden, Bürogebäude und Einkaufszentren ersetzt.

Zu Beginn der Unabhängigkeit hatte man aus politischen Gründen Grundstücke fast kostenlos verteilt, nun wurden die Nutzungsrechte meistbietend versteigert, wobei vor allem die dünne Schicht der Neureichen zum Zuge kam, die ihren Status mit großen Villen demonstrierte. Wir be-

suchten ein solches Gebiet und standen gerade vor einem Neubau, als der Bauherr aus einem schwarzen BMW stieg und zu unserer Überraschung offen und mit Stolz unsere Fragen beantwortete. Für ihn war das neue kapitalistische System ideal, meinte er, denn wer clever war, konnte schnell reich werden und sich ein Traumhaus bauen. Sein ummauertes Grundstück war rund 600 m² groß und der Baustil bewegte sich irgendwo zwischen traditionellem Hofhaus und protziger Villa. Solche Häuser kosteten 100 000 Euro und mehr, - eine unvorstellbare Summe in einem Land, wo ein Akademiker kaum 100 Euro im Monat verdiente.

Allerdings schien die ökonomische Lage der reichen Bauherren auch nicht sonderlich stabil zu sein, denn es gab auch halbfertige Villen, an denen sich keine Bauaktivität mehr regte. Die Stadt wurde in diesen Gebieten kaum tätig und so finanzierten die Reichen auch ihre Infrastruktur selbst, was diese Baugebiete praktisch zu Privatsiedlungen machte. Damit hatte auch die räumliche und soziale Segregation begonnen, die in der sozialistischen Stadt fast verschwunden war.

53 Die Stadtgeschichte von Buchara reichte 2000 Jahre bis zu den Samaniden zurück und hatte eine außergewöhnlich gut erhaltene Altstadt hinterlassen. Diese blühte um 1400 als Handelszentrum der alten Seidenstraße und war schon früh ein Zentrum islamischer Gelehrsamkeit – insbesondere des Sufismus – mit zahlreichen Moscheen und theologischen Hochschulen oder *Madrasas*.

Buchara hatte rund 250 000 Einwohner, war aber keine Großstadt. Eine provinzielle Ruhe prägte die Stadt, auch die *Mahalla*, wie man die Altstädte in Usbekistan nennt. Der Blick von der Zitadelle zeigte eine etwas chaotische Dachlandschaft, wozu die Blechschirme über den alten Lehm- und Ziegelhäusern beitrugen, die diese vor Sonne und Regen schützten und unter denen man früher das Viehfutter lagerte. Aber die leuchtend blau-grünen Kuppeln der Moscheen und Koranschulen machten deutlich, dass wir hier auf ein uraltes, 1995 von der UNESCO anerkanntes Weltkulturerbe blickten, das nach über 100 Jahren russisch-sowjetischer Vernachlässigung wieder eine wichtige Rolle zu spielen begann.

Buchara war seit 1850 ein Protektorat des russischen Zaren, wurde aber bis zur russischen Revolution von einem Emir regiert, was die Altstadt vor drastischen Eingriffen verschonte. Wir besuchten den Palast des Emirs, ein kleines, exotisches Märchenschloss. Es gab ein großes Wasserbecken vor dem Palast, in dem sich an heißen Sommerabenden die Ehefrauen und Konkubinen des Emirs kühlten, wie unser usbekischer Kollege erzählte. Der Emir erschien dann auf dem Balkon, warf eine Rose ins Wasser und ergötzte sich an dem Gerangel der Damen, denn wer die Rose ergatterte, durfte die Nacht mit ihm verbringen. Vielleicht fand der russische Zar das Spiel so originell, dass er den Emir im Amt und Buchara unbehelligt ließ.

Die Altstadt, in der rund 70 000 Menschen lebten, war noch weitgehend intakt und besaß eine lebendige Stadtmit-

te mit restaurierten Monumenten aus dem 13. bis 17. Jahrhundert. Einige Koranschulen waren wieder in Betrieb, andere hatten sich in Souvenirläden, Restaurants und Kunstmärkte verwandelt, was zwar nicht der Tradition entsprach, aber die Nutzungsflexibilität der großen Hofhäuser demonstrierte. Die Monumente waren von Freiflächen umgeben, die durch den Abriss des alten Basars geschaffen wurden. Dort entstand nun ein Gebäudekomplex mit Läden und Hotels, der aber weniger an Zentralasien, sondern an eine mediterrane Ferienarchitektur erinnerte.

Die Häuser der Altstadt waren fast alle bewohnt, aber man beklagte die schlechte Bausubstanz, mangelhafte Wasserversorgung und fehlende Heizung, was die Häuser im harten usbekischen Winter unkomfortabel machte. Das Erscheinungsbild vieler Gassen war mehr oder weniger intakt, die kleinen Quartiersmoscheen verfielen jedoch. Die Altstadt war relativ gut erschlossen, was den spontanen Umbau stimulierte. Einerseits verschwanden alte und authentische Gebäude, andererseits bremste die kleinteilige Erneuerung den Verfall und die Abwanderung aus der Altstadt. Noch fehlte ein umfassendes Altstadt-Projekt, sah man von den restaurierten Monumenten ab.

In einer Gasse konnten wir die uralte Technik des Lehmbaus beobachten: Zwei Männer mischten in einem großen Bottich Lehm, Sand, Strohhäcksel und Pferdemist, kneteten alles gründlich durch und ließen die Mischung fermentieren. Die Masse wurde dann in Blöcke geformt und war nach dem Trocknen so fest, dass die Häuser bei guter Pflege Jahrhunderte überdauerten.

Es gab einige große und schöne Hofhäuser, deren Besitzer ihre Chance ergriffen und Räume an Touristen vermieteten. Wir übernachteten in einem solchen Haus. Die Räume waren liebevoll mit alten Teppichen ausgelegt, im Hof gab es einen Brunnen, einen schattigen Baum und darunter den traditionellen *Tapschan*, eine quadratische Plattform auf vier Stützen, die wahlweise als Ess-, Ruhe- oder im Sommer auch als Schlafplatz diente. Die Gastleute gaben sich große Mühe, servierten Tee und fragten, ob alles in Ordnung sei. Ich wachte in der Nacht auf, weil es an den Beinen krabbelte, machte Licht und sah Kolonnen von Wanzen aus den alten Wandschränken zielbewusst dem Bett zustreben. Den Rest der Nacht verbrachte ich bei Licht und mit einer Lektüre.

Ich wollte die Start-Up-Hoteliers nicht frustrieren und beschwerte mich nicht, schlief aber in der nächsten Nacht im Hof auf dem *Tapschan*. Es war eine schöne und klare, aber unruhige Nacht. Über mir raschelte es im Baum und ich blickte in die reflektierenden Augen einer Katze. Je weiter die Nacht fortschritt, desto intensiver wurden die Altstadt-Geräusche, fast wie ein lebendiger Organismus, der unruhig atmete und gute oder schlechte Träume hatte. Blechdächer knirschten, Baumkronen rauschten, Brunnen plätscherten, man hörte Stimmen und Gelächter, eine Tür schlug zu, eine Welle von Hundegebell lief durch das Quartier und verlor sich in der Ferne.

Die Neustadt von Buchara war wie in Tashkent eine großzügig angelegte Gartenstadt mit radial auf die Altstadt zulaufenden Boulevards und vernachlässigten Plattenbauten. Auf der Grenze zwischen Alt- und Neustadt befand sich das sowjetische Zentrum mit einem Stadion und Stadtpark. Im Stadtplanungsamt diskutierten wir den schwierigen Systemwechsel von der kommunistischen zur kapitalistischen Stadt, mit der die usbekischen Planer noch wenig Erfahrung hatten. Die Gesetzgebung befand sich im Übergang, so dass es in vielen Bereichen keine klaren Regeln gab. Das städtische Wachstum war fast zum Stillstand gekommen, denn Gas-Pipelines, Bahnanlagen und Baumwollfelder behinderten die Expansion und veraltete Gesetze blockierten eine Umwidmung landwirtschaftlicher Flächen in städtisches Bauland.

Aber es gab auch einige neue Projekte: ein Sportstadion, eine medizinische Hochschule und ein Verwaltungsgebäude für den staatlichen Erdgaskonzern. Öffentlichen Wohnungsbau aber nicht mehr, dafür hatte nun die Restaurierung der religiösen Monumente Priorität, auch wenn es an Fachleuten fehlte, die die traditionelle Bautechnik noch beherrschten. In der Architektur experimentierte man nach russischem Kolonialstil, stalinistischen Prunkbauten und sozialistischem Funktionalismus nun mit einem „usbekischen Stil" – eine dekorative Mischung aus modernen, historischen und orientalischen Formen, natürlich drang auch die internationale Kommerzarchitektur massiv in die Städte ein.

Ansonsten war die Stadtverwaltung bemüht, das Bild einer modernen Gartenstadt intakt zu halten – bislang mit Erfolg, wie die gepflegten Boulevards und Parkanlagen zeigten. Aber der Druck nahm zu, die überdimensionalen Freiflächen zu reduzieren, umzunutzen oder an private Investoren zu verpachten.

XI.
Spiritualität und Armut
Tempelstädte und Metropolen
Kathmandu, Sri Lanka, Mumbai, Kolkata,
Varanasi, Chandigarh

54 Wir hatten in Stuttgart Studenten aus Nepal, die nach ihrem Studium höhere Posten im Stadtplanungsamt von Kathmandu oder in der Universität besetzten und einer dieser Ex-Studenten lud uns zu einem Besuch ein. Kathmandu entzog sich jedem Vergleich mit anderen Städten. Ich hatte eine traditionelle Palast- und Tempelstadt vor Augen, aber bei unserem Besuch 1999 war Kathmandu eine schnell wachsende Agglomeration mit einer Million Menschen. Der mittelalterliche Reiz der drei Königsstädte Kathmandu, Patan und Bhaktapur war noch präsent, aber man sah schon auf der Fahrt vom Flughafen, dass das gesamte, rund 650 km² große Hochtal unter einem enormen Verstädterungsdruck stand.

Kathmandu teilte sich in eine Altstadt und Neustadt auf, beide durch den Königspalast und die Freifläche des Tundikhel voneinander getrennt. Umschlossen wurde das engere Stadtgebiet von den Flüssen Bishumati, Dhobi-Khola und Bagmati. Das Herz der Altstadt war der Durbar-Square mit rund 40 Palästen und Tempeln, darunter der *Jagannath-Tempel*, der *Taleju Bhawani-Tempel* und der ehemalige Königspalast *Hanuman Doka Durbar*, die eine unregelmäßige Hof- und Platzfolge bildeten. Die Architektur war vom Hinduismus und Buddhismus geprägt und spiegelte die Nähe Indiens, Tibets und Chinas. Der Haupt-

platz Durbar-Square hatte nicht nur religiöse Funktionen, sondern war auch Markt und öffentlicher Raum, zu dessen Harmonie die traditionellen Pagoden, Stufentempel und andere zeremonielle Gebäude ebenso beitrugen wie das dunkle Ziegelrot der Monumente.

Wie durch ein Zeitfenster blickte man auf eine lebendige mittelalterliche Kultur: Priester zelebrierten ihre Rituale und Gläubige opferten einer Vielfalt buddhistischer Reliquien oder Inkarnationen Brahmas, Krishnas und Vishnus, ohne dass das eine vom anderen klar zu trennen war. Auch wenn nicht alle Bewohner Kathmandus tiefgläubig waren, so verbreitete die Allgegenwart von Tempeln und Schreinen in der gesamten Altstadt eine intensive spirituelle Atmosphäre. Gleichzeitig überraschte die religiöse Toleranz, denn fast jeden Tempel konnte man betreten, Götterstatuen berühren, Gebetsmühlen betätigen und Rituale aus der Nähe verfolgen.

Weniger mittelalterlich waren die Souvenirhändler, die hinter ihren Waren saßen, die *tourist guides* auf den Tempelstufen und die Cafés und Restaurants, die sich auf den Dachterrassen der umliegenden Häuser etabliert hatten, wo Touristen den Logenblick auf eine untergehende mittelalterliche Kultur genossen. Aber auch alte Kulturen und Religionen passen sich neuen Gegebenheiten an. Ein heiliger Mann mit geschorenem Kopf und leuchtend gelber Robe näherte sich freundlich, tippte mir mit dem Zeigefinger einen roten Punkt auf die Stirn und sagte: *„long and happy life – one dollar please!"*.

Am sichtbarsten war der Tourismus im Stadtteil Thamel mit seinen zahlreichen Hostels, Trekking-Agenturen, Restaurants und Souvenirläden. Früher war dieses Quartier bei den Hippies beliebt, von denen es auch noch einige gealterte Exemplare gab, aber das Hauptgeschäft war der Naturtourismus im Hinterland. In den etwas abgelegeneren Gassen waren Touristen aber noch selten, jedenfalls sprang ein Straßenhund alarmiert auf, als ich vorbeiging. Die Einheimischen dagegen einschließlich der Kinder beachteten den Fremden kaum.

Die Altstadt war noch um 1960 ein intakter Organismus, aber 30 Jahre später hatte sich das Bild drastisch verändert. Die Klöster waren aufgelöst, die wohlhabenden Familien in neue Stadtviertel abgewandert und mittellose Zuwanderer drängten in die Altstadt. Dennoch waren Stadterkundungen immer noch voller Überraschungen. Trat man durch einen unscheinbaren Eingang ins Innere eines Häuserblocks, so befand man sich in einem Geflecht aus eng verzahnten Wohn- und Klosterhöfen, die trotz des unübersehbaren Verfalls die Harmonie einer alten, gewachsenen Kultur ausstrahlten. In jedem Hof gab es einen kleinen Tempel oder Stupa und die Zeichen intensiver Religiosität zogen sich durch die Höfe bis in die Häuser hinein. Niemand schaute befremdet auf, als ich das Labyrinth der Wohnhöfe durchstreifte und in immer privatere Bereiche geriet.

In starkem Kontrast zur klösterlichen Atmosphäre der Wohnhöfe stand der ausufernde Handel auf den Hauptstraßen. Die Basarstraße, die als Diagonale das regelmäßige Gassennetz der Altstadt kreuzte, war ein uralter Han-

delsweg zwischen Indien und Tibet, der die drei Malla-Königreiche Kathmandu, Patan und Bhaktapur im 16./17. Jahrhundert reich gemacht hatte. Einige Märkte boten seit Jahrhunderten traditionelle Waren an, andere billige Importe wie viele Straßenmärkte weltweit. Der informelle Handel drang auch in die angrenzenden Höfe ein und überwucherte sogar Tempel und Schreine.

Das traditionelle *Nevar*-Haus war ein Großfamilien- und Gewerbehaus mit einer breiten Front und reichem Schnitzwerk an der Fassade. Die Lager- und Produktionsräume lagen im Erdgeschoss, die Schlafräume im Obergeschoss und darüber die Wohn-, Empfangs- und Ritualräume. Das Schlafgeschoss war einfach und niedrig, die Wohn- und Empfangsräume darüber hoch und reich dekoriert. Die Küche befand sich unter dem Dach und war traditionell nur den Frauen zugänglich. Schnitzereien schmückten vor allem das zweite, durch ein vorstehendes Dach hervorgehobene Wohn- und Ritualgeschoss. Ein massiver Mauerkern stabilisierte das Haus und wirkte ausgleichend bei den großen Temperaturunterschieden zwischen Tag und Nacht, Sommer und Winter. Massive Stützwände, niedrige Geschosshöhen, starke Fenster- und Türrahmen gaben dem

Haus eine gewisse Erdbebensicherheit. Ein näherer Blick zeigte aber die Probleme des mittelalterlichen Hauses: niedrige, dunkle und verrußte Räume, schlechter Bauzustand und fortschreitender Verfall der komplizierten Konstruktion und der aufwendigen Schnitzereien, weil es kaum noch traditionelle Handwerker gab.

Viele alte Häuser waren bereits verschwunden und wurden durch Neubauten ersetzt, an denen manchmal nur noch ein Detail an das alte Haus erinnerte. Beim Abriss wurden die breiten Grundstücke in mehrere Parzellen aufgeteilt und jeder erwachsene Sohn baute für seine Familie ein eigenes, schmales und bis zu sechs Geschosse hohes Haus, eine fragile Beton- und Ziegelkonstruktion, die alle Regeln eines erdbebensicheren Bauens ignorierte. Das veränderte nicht nur das Straßenbild, sondern auch die Lebensweise der Großfamilien drastisch, denn jeder Sohn lebte nun unabhängig mit seiner Familie und vermietete einige Stockwerke als Wohn- und Gewerberäume.

So wuchs aus der alten eine neue Altstadt heraus, wobei die Neubauten nach und nach geschlossene Straßenfronten bildeten, dazwischen auch moderne Fassaden, die den Rahmen der schlichten Ziegelarchitektur sprengten. Ein lokaler Architekt erklärte uns den „nepalesischen Stil" seiner Projekte, wobei es vor allem um die äußerlichen Merkmale des *Nevar*-Hauses ging, etwa um das vorspringende Dach und das Holzschnitzwerk, die nun als Betonimitation seine Neubauten schmückten. Von innovativen Konzepten zur behutsamen Modernisierung der traditionellen Architektur und der komplexen alten Hofanlagen war man offensichtlich noch weit entfernt.

Dass auch traditionelle Häuser neue Nutzungen aufnehmen konnten, zeigte sich bei einem Abendessen mit unseren nepalesischen Kollegen in einem sorgfältig restaurierten alten Haus, das nun als Restaurant fungierte. Auch an den touristischen *hotspots* gab es erneuerte alte Häuser, die touristisch genutzt wurden, wie die mit Sonnenschirmen bestückten Dachterrassen zeigten. Das entbehrte nicht einer gewissen Ironie, denn traditionell waren die Küche und die Dachterrasse der privateste und nur den Frauen vorbehaltene Bereich des *Nevar*-Hauses und exakt dieser wurde nun von Touristen aus aller Welt frequentiert.

Man konnte sich auch andere Nutzungen der alten Häuser vorstellen, aber als großfamiliäre Wohnhäuser schien ihre Zeit abgelaufen. Insgesamt hatten Um- und Neubauten die historische Bausubstanz der Altstadt schon stark dezimiert und das Stadtbild verändert. Wohnen in den neuen Stadtgebieten war teuer und so drängten die arme Bevölkerung und Zuwanderer in die Altstadt, was den spontanen Stadtumbau unaufhaltsam vorantrieb und die alten Häuser verschwinden ließ, andererseits aber auch die Altstadt am Leben hielt.

In den südlichen und westlichen Altstadt-Quartieren, wo die niederen Kasten lebten, zeigten sich dagegen Stagnation und Verfall. Viele traditionelle Berufe waren verschwunden und damit auch die Einkommen für die unteren Schichten, so dass die Armut unmittelbar sichtbar war. Ich sah alte, in Lumpen gehüllte Menschen und Kinder, die barfüßig in die Schule gingen. Der Bishumati-Fluss, der die

Altstadt im Westen begrenzte, war zur Kloake verkommen und am Ufer standen armselige Hütten, deren Bewohner von der Müllverwertung lebten – ein krasser Niedergang des einst heiligen Flusses.

Die Neustadt bemühte sich um Modernität und einige historische Gebäude setzten Akzente, ansonsten prägten profane Bauten aus den verschiedenen Epochen das Bild. Abseits der Hauptstraße Durbar Marg waren die Baublöcke oft unvollständig oder improvisiert bebaut und so zeigte sich die Moderne weniger in der Architektur, sondern im Verkehr, wo sich Busse, Autos und Dreirad-Vehikel chaotisch drängten. Die Zweitakter sorgten zur *rush hour* für einen infernalen Lärm und Smog, - das Gegenteil einer reinen Gebirgsluft, die man in 1300 Meter Höhe erwartete.

Seit den 1980er Jahren gab es eine Umgehungsstraße, um die Innenstadt zu entlasten, was die Bauern und Landbesitzer fast zwangsläufig zu Bodenspekulanten machte. Die Neubauten standen isoliert in den Reis- und Gemüsefeldern, improvisierte Wege wanden sich durch das Gelände und es war ein großes Problem für die Stadtplaner, im Nachhinein für die Infrastruktur in den planlos wuchernden Baugebieten zu sorgen.

Der Siedlungsdruck lastete nicht nur auf den drei historischen Städten Kathmandu, Patan und Bhaktapur, sondern auf dem gesamten Kathmandu-Tal. Der Wohnungsbau konkurrierte mit umweltbelastenden Zement- und Ziegelfabriken, Berghänge wurden abgeholzt, um neue Anbauflächen oder Brennholz zu gewinnen, auch das Wasser wurde im Kathmandu-Tal knapp, weil die verschmutzen Flüsse weniger Wasser führten und der Grundwasserspiegel durch zahllose Brunnen rapide sank.

55 Im Vergleich zu Kathmandu präsentierte sich die 20 Kilometer entfernte Königsstadt Bhaktapur in einem wesentlich besseren Zustand. Das war auch das Verdienst einer Kooperation mit Deutschland, die viele Jahre lang die Tempel und Paläste restauriert und die städtebauliche Erneuerung einiger Quartiere in Gang gesetzt hatte. Die Bevölkerung pflegte nun wieder selbst ihre zahlreichen Tempel – eine Tradition, die in Kathmandu fast verschwunden war. So bewegte man sich in Bhaktapur wieder in einem weitgehend intakten Ensemble traditioneller *Nevar*-Architektur mit ihrer intimen und spirituellen Atmosphäre.

Die erfolgreiche Restaurierung der kleinen Stadt zog den Tourismus an, in dem armen Land eine der wichtigsten Einkommensquellen. Um die knappen öffentlichen Kassen aufzustocken, erhob die Stadt von Ausländern eine Eintrittsgebühr, die wir gerne bezahlten, um die Projekte zu unterstützen. Wie Bhaktapur letztlich mit dem wachsenden Besucherstrom umgehen würde, war aber eine offene Frage und man konnte nur hoffen, dass die Stadt hierfür eine verträgliche Lösung fand.

Gleichzeitig rückte die expandierende Hauptstadt näher, so dass eine zukünftige Verschmelzung von Kathmandu und Bhaktapur absehbar war. Schon gab es einen durchgehend bebauten Korridor, wobei Bhaktapur zunehmend die Rolle eines attraktiven Vororts von Kathmandu zufiel. Meine Frage, ob auch in Bhaktapur wohlhabende Ausländer alte Häuser als Feriensitz kauften wie in Marrakesch und in anderen pittoresken Altstädten, konnte niemand beantworten. Anderswo hatte sich gezeigt, dass dies gut für die Restaurierung einzelner Objekte war, aber weniger gut für den Verbleib und den sozialen Zusammenhalt der angestammten Bevölkerung.

Wir fragten unsere nepalesischen Kollegen, warum es in Kathmandu kein ähnliches Projekt gegeben hatte wie in Bhaktapur und die Antwort lautete: Man konnte in der

Millionen-Stadt nicht einfach das Bhaktapur-Projekt kopieren, weil die politischen und finanziellen Bedingungen völlig andere waren. Aber natürlich wurde auch in Kathmandu über die Lage nachgedacht wie in der Studie *Environmental Planning and Management of the Kathmandu Valley* von 1999. Noch waren die lokalen Institutionen aber überfordert, wenn es um komplexe Programme und ihre Umsetzung ging, deshalb tummelten sich zahlreiche ausländische Hilfsorganisationen im Lande. China, Russland, Japan, Indien, – kaum ein Land, das nicht mit Hilfs- und Kooperationsprojekten in Nepal vertreten war. Deutschland half beim Aufbau der lokalen Stadtplanung und die Europäische Union unterstützte das *Kathmandu Valley Mapping Project*. Natürlich nahmen auch junge nepalesische Stadtplaner, die im Ausland studiert hatten und die nun in der höheren Verwaltung, in den internationalen Projekten oder an der Tribhuvan-University tätig waren, zunehmend Einfluss auf die Stadtplanung.

Gegen Ende unseres Aufenthalts besuchten wir noch einige besondere Orte im Kathmandu-Tal wie den Stupa von Boudhanat und einen heiligen Hain, in dem einige Hindu-Asketen saßen, fast nackt und in akrobatischen Yoga-

Stellungen versunken. Kaum hatten wir unseren Obolus entrichtet, entspannten sich die Yogis und plauderten miteinander, nahmen aber rasch wieder ihre Posen ein, wenn sich der nächste Tourist näherte. Es ging also nicht nur um die innere Erleuchtung, sondern auch um ein oder zwei Dollar, die in die bereitstehende Büchse fielen. Das war die Macht der Globalisierung, dachte ich, wenn sogar die weltabgewandten Yogis im Handumdrehen verstanden, wie der spätkapitalistische Verwertungsprozess funktionierte.

Der krönende Abschluss unserer Reise begann vor Sonnenaufgang. Ein Kollege holte uns ab und fuhr mit uns in das Vorgebirge zum Himalaya. Es war stockdunkel und sehr kalt, als wir eine Anhöhe erreichten, von der aus schemenhaft das dunkle Hochgebirge zu sehen war. Es dauerte nicht lange, dann erglühten mit dem ersten Sonnenstrahl die schneebedeckten Gipfel – ein so starkes Bild, dass ich den Fotoapparat völlig vergaß.

Nachtrag: 2015 wurde das Kathmandu-Tal von einem schweren Erdbeben erschüttert, das mehrere Tausend Opfer forderte, viele Tempel zerstörte und in die Straßen und Gassen der Altstadt große Lücken riss. Der Wiederaufbau hat begonnen, aber die fachgerechte Rekonstruktion ist aufwendig und teuer, auch fehlen Fachleute, spezialisierte Handwerker und authentisches Baumaterial. Man schätzt, dass es mindestens zehn Jahre dauern wird, bis die größten Schäden behoben sind.

56 Es gab in Baden-Württemberg eine private Initiative, die eine Mädchenschule in Sri Lanka aufgebaut hatte. In den ländlichen Gebieten gingen die Töchter armer Familien oft nicht zur Schule, weil das Schulgeld fehlte oder man sie im Haushalt und auf den Feldern brauchte. Die Initiative, die offensichtlich einen reichen Spendenzufluss hatte, wollte eine zweite und größere Schule bauen und so wurden wir gefragt, ob wir den neuen Schulcampus entwerfen könnten. Zurück zu den Wurzeln, dachte ich, denn das Fachgebiet hieß in den 1970er Jahren noch „Bauen in den Tropen" und entwickelte sich erst später zum „Städtebau in Asien, Afrika und Lateinamerika" und dann zum „Internationalen Städtebau".

Beim Tropenbau geht es um die Anforderungen, die ein trockenheißes oder feuchtheißes Klima an das Bauen stellt. In trockenheißen Regionen sind Beschattung und Sonnenschutz wichtig, in feuchtheißen zusätzlich eine gute Belüftung. Diese einfachen Regeln wurden wissenschaftlich durch die sogenannte „Komfortzone" begründet, ein bestimmter Temperatur- und Luftfeuchtigkeitsbereich, in dem sich die meisten Menschen wohl fühlen. Wichen Temperatur, Luftfeuchtigkeit und Luftbewegung deutlich von dieser Komfortzone ab, wird es „unkomfortabel" und auch gesundheitlich kritisch. Dabei konnte man viel von der traditionellen Architektur in den tropischen und trockenheißen Regionen lernen, wo man von jeher mit einfachen Mitteln und lokalen Materialien klimatisch gut angepasste Häuser und Städte baute wie in Südostasien oder in der Wüste Arabiens.

Das Klima, die Menschen und die üppige Natur in Sri Lanka erinnerten mich an Guyana, allerdings hatte am Weihnachtstag 2004 ein Tsunami die Küste verwüstet, was fast 40 000 Menschen das Leben kostete. Auf der Fahrt entlang der dürftig reparierten Küstenstraße sah man noch die Fundamente zerstörter Häuser, geköpfte Palmen und umgestürzte Eisenbahnwaggons. Einige Fischerboote hatte die gigantische Welle viele hundert Meter ins Inland gespült, wo die Trümmer noch surreal in den Bäumen hingen. Gleichzeitig tobte im Osten und Norden des Landes ein erbitterter Krieg zwischen Tamilen und Singhalesen, wobei es um die Forderung nach einem unabhängigen Tamilen-Staat ging.

Es war also nicht gerade das paradiesische Urlaubsland, an das man bei Sri Lanka gewöhnlich dachte, aber rund 90 Kilometer südwestlich von Colombo war die Welt noch in Ordnung. Der Schulcampus lag in einer hügeligen Landschaft inmitten sattgrüner Reisfelder und Palmenhaine und das Hauptgebäude, das Gästehaus und die Unterrichtsgebäude gruppierten sich locker um eine große Freifläche mit einem Fahnenmast in der Mitte. Die Bauweise war ortstypisch: auf Sockeln stehende Gebäude, überstehende Regendächer, Veranden, viele Fenster und halbhohe Wände, um eine gute Ventilation zu gewährleisten.

Die Initiative hatte diese Schule gegründet, um unterprivilegierten Mädchen in der ländlichen Region eine Ausbildung zu ermöglichen. Wir wohnten einige Tage auf dem Campus und konnten den Schulbetrieb beobachten, der morgens mit einem Appell begann. Zwei Dutzend Lehrerinnen und rund 300 Schülerinnen versammelten sich in ihren Schuluniformen, man zog die Landesfahne auf, sang die Nationalhymne und die Schulleiterin hielt eine kurze Ansprache. Dann gingen alle zu ihren Klassenräumen und der Unterricht begann. Die einheimischen Lehrkräfte wurden durch deutsche Abiturienten und Studenten verstärkt, die hier ein freiwilliges soziales Jahr absolvierten, ohne Bezahlung, aber mit einem hohen Lehrpensum, wie einige im privaten Gespräch monierten. Die deutschen Hilfslehrer hatten meist keine pädagogische Vorbildung oder Lehrerfahrung und sahen es vor allem als eine Herausforderung und Abenteuer an, ein Jahr an dieser Schule zu verbringen.

Die Mädchen wohnten nicht in der Schule, sondern kamen zu Fuß oder wurden auf Motorrädern gebracht. Das

deutsche Initiatoren-Ehepaar hatte viel zu tun, wenn es im Lande war, vor allem Verhandlungen mit den lokalen Behörden, denn es gab natürlich viele Vorschriften und offizielle Lehrpläne, an die sich die private Schule halten musste. Eine der Schwierigkeiten war, wie wir hörten, einen Ausgleich zu finden zwischen dem damals noch sehr autoritären Unterrichtsstil in Sri Lanka, der auch Stockhiebe kannte, und aufgeklärten Lehrpraktiken nach westlichem Muster.

Man wollte nun eine zweite Schule mit einem Internat und einem Waisenhaus bauen, weil die soziale Lage vieler Familien nach der Flutkatastrophe noch prekärer geworden war. Der neue Campus sollte 600 Schülerinnen Platz bieten und dafür stand ein großes Grundstück in der Nähe eines Dorfes bereit. Wir besichtigten das Gelände, wo außer dem dichten Regenwald noch nichts zu sehen war, fotografierten und machten Skizzen. Dann malten wir uns den neuen Campus aus: eine große Lichtung mitten im Tropenwald, die Gebäude großzügig auf dem abfallenden Gelände verteilt, mit offenen, jede Luftbewegung auffangenden Gebäuden und schattigen Veranden, auf denen am Abend gelernt, geplaudert und musiziert wurde.

Mit dieser Vorstellung machte ich mich auf die Rückreise nach Deutschland, zunächst mit einem Taxi nach Colombo. Es war die ungünstigste Tageszeit, denn auf der Landstraße drängte sich chaotisch alles, was Beine oder Räder hatte: Menschen, Kühe, Hunde, Handkarren, Autos, Lastwagen, Busse und absurd überladene Motorräder sowie unzählige, von Lärm und Abgaswolken begleitete Dreirad-Taxis oder *Tuk-Tuks*, die in Rudeln halsbrecherisch vorbeirasten. Die Vision einer schönen Dschungelschule verflog endgültig, als sich auf der Straße nichts mehr bewegte und mein Flugtermin ernsthaft gefährdet war. Ich stieg um auf ein motorisiertes Dreirad-Taxi, das sich etwas wendiger im Verkehr bewegte und erklärte dem Fahrer mein Problem. Für ein gutes Trinkgeld startete er einen Höllenritt, artistisch und rücksichtslos zugleich überholte der Karren alles und jeden und man konnte nur staunen, was der winzige 4-PS-Motor hergab, wenn es denn sein musste.

In Stuttgart bearbeiteten wir die Sri-Lanka-Schule als Entwurf und Diplomthema. Die Studenten stellten Recherchen zum traditionellen Bauen an und ließen sich von alten Stadt- und Tempelanlagen und von den traditionellen Dörfern Südostasiens inspirieren. Die Vorschläge entsprachen dem, was man eine „regionale Moderne" nennt – eine Architektur, die sowohl modern als auch an die lokale Kultur und an das Klima angepasst ist. 2006 war der Entwurf für den Schul- und Wohn-Campus fertig und wurde in den folgenden Jahren nach und nach gebaut.

57

2009 reisten wir nach Indien, um Kontakte zu knüpfen und aktuelle Forschungsthemen zu diskutieren. Natürlich wussten wir, dass es in dem riesigen Land mit seiner vielschichtigen Kultur unmöglich sein würde, als Kurzzeitreisende die Komplexität der indischen Groß- und Megastädte zu erfassen, aber wir wollten es wenigstens versuchen. Wir besuchten die Wirtschaftsmetropole Mumbai (früher Bombay), Indiens Kulturhauptstadt Kolkata (früher Kalkutta), die Pilgerstadt Varanasi (früher Benares) und Chandigarh, die von Le Corbusier entworfene Planstadt im Norden Indiens.

Die Stadtgeschichte in Indien begann schon vor 5000 Jahren mit der Harappa-Kultur im Indus-Tal, es folgten zahlreiche Handels- und Residenzstädte der jeweils herrschenden Maharadschas und Mogule, bis in der Neuzeit die britische Kolonialisierung das gesamte Städtesystem radikal überformte. Viel mehr wussten wir nicht und wenn man unsere Vorstellung von Indien in wenige Worte fassen wollte, dann war das der enorme Kontrast zwischen dem spirituellen Reichtum auf der einen und der materiellen Armut auf der anderen Seite. Aber Indien war natürlich viel mehr als das: Ein Milliardenvolk, das etwas später als China, aber mit einer ähnlichen Größenordnung und Dynamik zu einem ökonomischen Aufbruch antrat und einen angemessenen Platz in der Welt beanspruchte.

Mein erster Eindruck von Mumbai: überall Menschen, ein scheinbar regelloses Durcheinander von Fußgängermassen und lärmenden, luftverpestenden Fahrzeugen, eingerahmt von unzähligen Läden und Verkaufsständen – ein wahrer Bienenstock menschlicher Aktivität. Nach dem wintergrauen Deutschland ein endloser Bilderbogen farbiger Urbanität, ein Fest und ein Schock fürs Auge. Wo es nach europäischen Maßstäben kein Durchkommen mehr gab, bewegten sich hier Menschen und Fahrzeuge so elastisch und flexibel, dass es nur selten zum völligen Stillstand kam. Auch ambulante Händler, Lastenträger und

eine trommelnde und tanzende Hochzeitsgesellschaft, die fast die ganze Straße in Beschlag nahm, hatten in dem Gedränge noch Platz. Endlose Menschenströme auch am *Victoria Terminus*, dem 1887 erbauten Hauptbahnhof im Italienisch-Gotischen Stil und Knotenpunkt der Pendlerzüge in die nördlichen und östlichen Vororte.

Schon um 1500 hatten die Portugiesen hier einen Stützpunkt, den die britische Ostindien-Kompanie um 1600 zu einem Hafen und Handelszentrum ausbaute. Im 19. Jahrhundert sorgte die florierende Baumwollindustrie für einen gewissen Wohlstand, der ein eindrucksvolles Stadtzentrum im viktorianisch-gotischen und britischen Mogulstil entstehen ließ. Der Boom stagnierte aber nach der Unabhängigkeit 1946, weil die veraltete Industrie dem globalen Markt nicht mehr gewachsen war, gleichzeitig wuchs die Bevölkerung durch die Zuwanderung verarmter Landbewohner stark an.

20 Jahre später als Shanghai hatte die Globalisierung nun auch Mumbai erfasst, was die Stadt in kurzer Zeit völlig veränderte. Schrittmacher des Booms war aber nicht die Industrie wie in China, sondern der Sprung in die moderne IT-Welt mit internationalen Dienstleistungen und

der Filmindustrie Marke Bollywood. Viele westliche Firmen lagerten Call-Center, Programmentwicklung, Kundenbetreuung, Buchhaltung und Werbung nach Indien aus, weil dies konkurrenzlos kostengünstig war. Das brachte in Mumbai, Delhi und Bangalore eine neue Elite und schnell wachsende Mittelschicht hervor und damit auch einen wachsenden Bedarf an Arbeitskräften im Baugewerbe, Handel und im häuslichen Bereich.

Die sozialen Aufsteiger schufen sich ihre privilegierten Enklaven, in der Regel komfortable Apartment- und Hochhausviertel, die nun die älteren Villenviertel und andere Wohnquartiere verdrängten. Auch hier trieb die Mittel- und Oberschicht die Vertikalisierung der Stadt voran, ganz ähnlich wie in Rio de Janeiro und São Paulo. Zu den besten Adressen im Mumbai gehörten die Malabar- und Kumbala-Hills, Wohnort der indischen Superreichen, der politischen Prominenz und der Bollywood-Filmstars, wo die Immobilienpreise das Niveau westlicher Metropolen noch übertrafen.

Aber auch in weniger prestigeträchtige Quartiere drang der Bauboom ein, wo neue Einkaufszentren, Büro- und Wohngebäude überbelegten Altbauten verdrängten. Der Abriss ganzer Straßenzüge durch einen entfesselten Immobilienmarkt ließ viele Obdachlose zurück, die in provisorischen Camps entlang der Straße lebten. In winzigen Karton- und Plastikverschlägen am Straßenrand kochten, aßen und wuschen sich die Menschen, während kleine Kinder zwischen den Passanten im Großstadtverkehr spielten. Menschen hausten in aufgestapelten Betonröhren und an offenen Abwasserkanälen. Ich sah eine angebohrte städtische Wasserleitung, ein riesiges Rohr, aus dem eine Fontaine in die Höhe schoss, umlagert von einigen Dutzend Menschen mit Eimern und Kanistern. Offenbar bezog ein benachbarter Slum hier sein Wasser.

Die besseren Schichten Mumbais flohen aus der überlasteten Kernstadt, um dem Megastadtverkehr und den Men-

schenmassen zu entkommen. Schon bildete sich im Norden ein regelrechter Speckgürtel heraus, mit neuen IT-Unternehmen, Geschäftszentren und Dutzenden neuer Wohnquartiere. Aber die Privilegierten, die vor der städtischen Armut flohen, verzichteten natürlich nicht auf billige Dienstleistungen und so formierten sich um die neuen Stadtgebiete herum in Nischen, Sümpfen und Müllhalden schon wieder neue Slums, weil sich die Hilfskräfte lange Wege zum Arbeitsplatz nicht leisten konnten.

Die Bodenspekulation hatte sich längst jedes profitversprechende Bauland gesichert, so dass es kaum noch Flächen für öffentliche Projekte gab – bei einigen Millionen Slumbewohnern ein sozialer Sprengstoff, denn die Tage vieler innerstädtischer Slums waren gezählt. Die Slum-Diskussion wurde ebenso intensiv wie widersprüchlich geführt. Für viele waren die Hüttenviertel ein notwendiges Übel, weil die städtische Wirtschaft – insbesondere der Bausektor – die billigen Arbeitskräfte brauchte. Andere hingegen sahen ihr ambitioniertes Bild von einer modernen Weltstadt durch die Slums gestört, so dass man diese am liebsten *bulldozen* würde, wie ein Gesprächspartner sagte. Klar war aber auch, dass ohne das unerschöpfliche Heer

der billigen Arbeitskräfte die Wirtschaft Mumbais sofort zusammenbrechen und einige Millionen Menschen ihre Existenz verlieren würden.

Die enge Verzahnung von Slums und städtischer Wirtschaft demonstrierte eine gigantische Wäscherei unter freiem Himmel, mit Hunderten von Waschtrögen, hinter jedem Trog ein Mann mit einem Wäscheberg. Hotels, Krankenhäuser und große Firmen ließen hier waschen, trocknen und bügeln, was sicher mehr als 1000 Menschen aus den umliegenden Slums beschäftigte. Ein ununterbrochener Strom von Kleintransportern und Motorrädern sammelte und verteilte die Wäsche in allen Winkeln der Millionenmetropole. Allerdings war auch schon von einer automatisierten Großwäscherei die Rede, die auf einen Schlag alle Arbeitsplätze vernichten würde.

Dharavi, mit einer halben Million Menschen einer der größten Slums Asiens, war durch den Film „*Slum Dog Millionaire*" weltweit bekannt geworden. In Begleitung eines Architekten verbrachten wir einen Tag in dieser riesigen Hüttenstadt. Man konnte Dharavi, wie es auch der Film zeigte, als ein von Ausbeutung und Gewalt geplagtes Elendsquartier sehen, aber ebenso als eine vitale „Stadt in

der Stadt" voller produktiver Aktivitätentäten. Es gab zahllose informelle Werkstätten und Kleinfabriken, die Textilien, Holz und Metall verarbeiteten, was einigen zehntausend Menschen ein minimales Einkommen verschaffte. Kein Stück Karton, Blech oder Holz und keine Flasche ging hier verloren, vor allem Plastik in jeder Form wurde sortiert, in Säcke verpackt, auf den Blechdächern gelagert und einer Wiederverwertung zugeführt. Ebenso gab es zahlreiche Garküchen und Backstuben, die ihre Produkte an die Straßenmärkte, Restaurants und Hotels der Stadt lieferten. Sogar die Abwasserkanäle dienten der Produktion von Schweinen und Hühnern, die im organischen Müll wühlten.

Die chaotische Dachlandschaft aus rostigem Blech täuschte darüber hinweg, dass es in vielen Gassen und in den teilweise farbig bemalten Hütten familiär, geordnet und sauber zuging. Frauen saßen auf den Stufen oder kehrten die Gasse, plauderten mit der Nachbarin und hüteten die Kinder. Männer sah man nur wenige, denn diese gingen irgendwo in der Metropole einer Arbeit nach. In jeder Gasse gab es einen improvisierten Tempel mit einer Hindu-Gottheit, der die Menschen Blumenopfer darbrachten. Auch wenn es an allem fehlte, so erkannte man doch eine gewisse

Ordnung und soziale Strukturen, die über das bloße Überleben hinaus ein Familien- und Zusammenleben ermöglichten. Der Dharavi-Slum entstand vor vielen Jahrzehnten auf einem Sumpfgelände, das man nach und nach trockenlegte und wo sich Zuwanderer aus den ländlichen Regionen ansiedelten, die von der boomenden Megastadt angezogen wurden. Ich fragte den Architekten, warum es hier keine allmähliche Konsolidierung der Hütten gegeben hatte wie in den Selbstbausiedlungen Lateinamerikas und er erklärte, dass die Stadtregierung keine dauerhafte Verfestigung der innerstädtischen Slums wollte und deshalb Bautätigkeiten untersagte. Auch die informellen *landlords*, die eine oder mehrere Hütten vermieteten, hatten kein Interesse an einer Veränderung des Status Quo. Mehr als die Hälfte der lokalen Bevölkerung waren Mieter und hatten keine Möglichkeit, ihre Behausung in Eigeninitiative zu verbessern oder an gleicher Stelle eine neue zu bauen. Das komplexe Macht- und Interessengeflecht im Slum war undurchschaubar, aber man ahnte, dass die Stadtverwaltung, spekulierende Immobilienfirmen, politische Parteien, Vermieter und Mieter, das lokale Gewerbe und kriminelle Gangs jeweils eigene Interessen verfolgten, wobei natürlich auch die Korruption eine wichtige Rolle spielte.

Eine neue Metrolinie gab dem Bauboom im nördlichen Mumbai einen kräftigen Schub. Auf dem nordöstlichen Festland jenseits des Thane Creek hatte man schon in den 1970er Jahren die Satellitenstadt Neu-Mumbai oder *Navi Mumbai* gebaut, die mittlerweile über eine Million Einwohner zählte. Nun expandierte die ganze Stadt nach Norden und verwandelte diese Zone in eine riesige Baustelle. Das Stadtwachstum hatte *Dharavi* eingeholt und überholt, so dass der Slum zunehmend in den Fokus der Bodenspekulation geriet. Der offizielle Plan sah vor, dass private Investoren den Boden nutzen konnten, sofern sie Ersatzwohnungen für die abgerissenen Hütten bauten. Als Ergebnis wuchsen planlos und verstreut vielgeschossige Wohnblocks aus den Blechdächern.

Wir besichtigten eine dieser Wohnungen mit zwei kleinen Zimmern, Küche und Bad, die aber nur solchen Slumbewohnern zugeteilt wurden, die schon vor 1995 in *Dharavi* gelebt hatten und Eigentümer einer Hütte waren. Das schloss die Mieter und später Zugewanderten – also die Mehrheit der Slumbewohner – praktisch aus. Der Umzug in eine neue Wohnung bedeutete für viele einen sozialen Aufstieg, für andere dagegen den Verlust ihres informellen Gewerbes, von dem sie lebten. Arme Familien konnten sich das Leben in einer Sozialwohnung oft kaum leisten, weil regelmäßig Strom, Wasser und Reparaturen bezahlt werden mussten, deshalb war es für viele verlockend, die Wohnung rasch wieder zu vermieten oder zu verkaufen, auch wenn das offiziell verboten war.

Vom Dach des Wohnblocks bot sich ein beeindruckendes Bild: Auf allen Seiten erstreckte sich kilometerweit eine einzige, rostrote Blechdach-Fläche, nur unterbrochen von einigen Kanälen mit vermüllten Ufern. Hier und da ragte ein neuer Wohnblock heraus und weit entfernt, fast schon am Horizont, sah man die Silhouette der näher rückenden IT-Firmen, Call-Center und Hochhaus-Cluster. Die Alternative zum stückweisen Abriss des Slums wäre eine umfassende Sanierung gewesen mit einer verbesserten Infrastruktur und dem Bau einfacher *Low-Cost*-Häuser, aber das wurde nicht mehr diskutiert. So war das allmähliche Verschwinden des Slums wohl besiegelt, denn niemand konnte die Dynamik aufhalten, die von der günstigen Lage und dem steigenden Bodenwert ausging.

Wir besuchten ein soziales Wohnungsprojekt, in dem die Baublöcke so dicht nebeneinanderstanden, dass sich die Bewohner gegenüberliegender Wohnungen buchstäblich die Hand reichen konnten, - ein menschlicher Bienenstock in Beton, in dem auch ein ähnlich dichtes Treiben herrschte. Humaner sah ein älteres *Sites-and-Services*-Projekt aus, eine Projektform, die um 1970 als Schlüssel zur Lösung der Wohnungsnot in den Städten der Entwicklungsländer galt. Dabei stellte man den Wohnungssuchenden kleine, mit minimaler Infrastruktur ausgestattete Grundstücke zur Verfügung und unterstützte den Bau von kostengünstigen Selbstbau-Häusern. Was wir vier Jahrzehnte später sahen, war ein sympathisches, konsolidiertes Mittelschicht-Quartier, wobei aber unklar war, ob hier noch die Ursprungsbevölkerung lebte oder längst eine Mittelschicht, die die Häuser nach und nach aufgekauft und ausgebaut hatte.

Wir wohnten in einem alten Kolonialhotel, in dem noch die viktorianische Pracht zu erleben war. Nach ein paar Stunden Stadterkundung war die Hotelhalle eine ruhige, kühle Oase, um zu regenerieren. Ich verstand plötzlich die britischen Kolonialherren, die mit ihren Prachtbauten nicht nur ihr Empire feierten, sondern sich selbst etwas Gutes taten, denn in diesem Klima war auch die Herrschaftsausübung schweißtreibend.

Sicherheitsprobleme hatten wir in Indien nie. Diebstahl und Überfälle, in vielen armen Ländern an der Tagesordnung, waren mit der religiös geprägten Kultur nicht vereinbar, wie man uns erklärte, auch weil dies nicht nur den Täter, sondern die gesamte Familie stigmatisierte. Erstaunlicherweise schien es keinen direkten Zusammenhang zwischen Armut und Kriminalität zu geben wie in Lateinamerika. Aber das war natürlich ein oberflächlicher Eindruck, denn es gab in den Tiefen der indischen Gesellschaft alle möglichen Formen von Kriminalität und Gewalt, von denen wir nichts ahnten. Eine davon war die weit verbreitete Prostitution von misshandelten, entführten und manchmal sogar verkauften jungen Mädchen, die aus den ärmsten Dörfern und Provinzen kamen.

Offene und aggressive Bettelei sahen wir kaum, aber viele ärmliche Gestalten, die in den Straßen nutzlose Dinge verkauften. Die einzige übergriffige Belästigung erlebte ich auf dem Horniman Circle im kolonialen Stadtzentrum, wo sich tagsüber viele Touristen aufhielten. Ein Mann ganz in weiß gekleidet wie ein Mediziner näherte sich, griff nach meinem Ohr und machte sich mit einem Instrument daran zu schaffen. Er erklärte mit Nachdruck, dass eine gründliche Ohrreinigung nach ayurvedischer Tradition erforderlich sei und ließ nicht locker, so dass ich ihn schließlich abschüttelte und wir uns eilig entfernten.

Um sich von Mumbai zu verabschieden, war der *Gateway of India*, das Tor Indiens, der richtige Ort. Nachts war der riesige Platz bunt beleuchtet und eine große Menschenmenge genoss vor der bunt leuchtenden Prachtfassade des *Taj-Mahal*-Hotels die Brise, die vom Arabischen Meer herüberwehte.

Wir hatten schon Studien in anderen Südmetropolen gemacht, aber Mumbai war, was die Intensität und Dichte des Stadtlebens anging, eine neue Erfahrung. Der umbaute Raum war derart knapp und teuer, dass nicht nur viele Menschen auf den Straßen lebten, sondern auch das, was anderswo in Läden, Werkstätten, Restaurants oder Wohnungen stattfand, hier in den öffentlichen Raum überquoll – wie ein wuchernder Pilzbefall, vor dem keine Straße, kein Hauseingang, keine Freifläche oder sonstige Stadtnische sicher war. Eine maximal gesteigerte Urbanität auf minimalem Raum, in dem unendlich viele Menschen jeden Tag aufs Neue um ihre Existenz kämpften und dabei jederzeit bereit waren, uns Fremden mit einem Lächeln oder einer witzigen Bemerkung zu begegnen.

58

Unsere nächste Station war Kolkata, wie sich Kalkutta seit 1995 nannte. Kolkata war lange die koloniale Hauptstadt und bengalisches Handelszentrum und die exotische Mischung von viktorianischen Villen und nachempfundenen Mogul-Palästen ließen den damaligen Wohlstand erahnen. Dieser fand 1911 ein abruptes Ende, als die Briten die Hauptstadt nach Delhi verlegten.

1947, nach der Unabhängigkeit und Aufteilung der Kronkolonie in Indien, Pakistan und Bangladesch, überfluteten Flüchtlingsströme die Stadt, was die Zahl der Slums enorm anwachsen ließ. Große Bereiche der Innenstadt waren überbelegt und in schlechtem Zustand, hinzu kamen über eine Million Menschen, die in Blech- und Erdhütten am Stadtrand lebten, wo die Stadt in die Dörfer überging, die womöglich noch ärmer waren.

Es war wie ein Wunder, wenn wir durch städtische Randgebiete fuhren und für einen Augenblick keine Menschen sahen. Wir stiegen aus dem Taxi, um die Landschaft und Stille zu genießen, aber es dauerte nur Minuten, bis uns eine Schar neugieriger Kinder umringte. Es war unmöglich, dem demografischen Druck zu entrinnen, der in Indien gleichermaßen auf den Städten und Dörfern lastete. Junge Menschen und Kinder überall, so dass ich mir hier die gleiche Frage stellte wie in Äthiopien: War diese „Menschenflut" ein enormes Potenzial oder aber eine riesige Last für eine rasche Entwicklung?

Kolkata galt als Inbegriff einer verarmten und chaotischen Megastadt, zu der auch Günter Grass einen apokalyptischen Essay verfasst hatte, obwohl hier das intellektuelle Zentrum Indiens und die Heimat vieler indischer Dichter und Schriftsteller war. Paradoxerweise hatte man aber den Eindruck, dass in Kolkata die sozialen Kontraste weniger ausgeprägt als in Mumbai waren, wo das Aufeinanderprallen von globalisierter Hi-Tech-Ökonomie und desolaten Slums so schockierend war. In Kolkata dagegen war, von

einigen Wohlstandinseln abgesehen, die Armut Normalität und überlagerte die gesamte Stadt.

Das überbordende Straßenleben, das wir in Mumbai gesehen hatten, verdichtete sich hier nochmals zu einem fluiden urbanen Chaos, dem nur die bröckelnden Prachtfassaden aus besseren Zeiten etwas Halt gaben. Von der Hauptstraße Red Road abgesehen, waren viele Straßen völlig mit Verkaufsständen, Garküchen, Mini-Werkstätten und Straßenhändlern zugewuchert. Um den New Market herum gab es keinen normalen Straßenverkehr, jedes Fahrzeug blieb hier unvermeidlich stecken. Die Warenverteilung hatten einige Zehntausend Lastenträger übernommen und es war ein beeindruckendes Bild, wie die Warenbündel, Kisten und Möbel auf den Köpfen der Träger durch die Menschenmenge schwebten. Es war unbegreiflich, mit welcher Logistik hier das unübersehbare Heer von Zuträgern gesteuert wurden. Man dachte unwillkürlich an einen geschäftig wimmelnden Ameisenhaufen, der sich ohne erkennbare Hierarchie und Struktur nur durch die direkte Kommunikation aller Beteiligten organisierte.

Ähnlich verhielt es sich mit den *dabbawallas*, den Essenträgern, die täglich die Behälter mit den selbstgekochten Mittagessen bei den Ehefrauen abholten und dieses *just in time* am Arbeitsplatz des Ehemannes ablieferten. Der gesamte Warenstrom der Stadt bewegte sich für alle sichtbar auf den Köpfen und Rücken von Trägern, auch die in weiße Tücher gehüllten Toten, die man auf einer offenen Bahre und ohne jedes Aufsehen durch die Stadt zu den Verbrennungsplätzen und Krematorien trug.

Die alte Straßenbahn, die es nur noch in Kolkata gab, fuhr langsam und die Waggons waren rundum offen, - ein perfektes Vehikel, um die Stadt kräfteschonend zu erkunden. Wie ein Film zog die Stadtkulisse vorbei und ich wurde nicht müde, die von Menschen und Aktivitäten, Farben und Zeichen überquellende Szenerie aufzunehmen. Halbnackte Gestalten wuschen sich an öffentlichen Hydranten und an den Straßenecken wühlten Kühe im Müll, die offenbar gelernt hatten, Altpapier und Plastik zu verdauen. Moos und Farne überzogen viele Dächer und dschungelartiges Grün hing von den Dachsimsen. Es sah aus, als wollte sich die Natur von oben her die Stadt zurückerobern, weil weiter unten im Menschengewühl kein Grashalm mehr wuchs. Durch die offenen Fenster halb zerfallener Fassaden sah ich neonbeleuchtete Räume, wo Menschen kochten, aßen, vor dem Fernseher saßen oder erschöpft auf den Betten lagen. Privatheit war in Indiens Großstädten ein seltenes und für die meisten wohl auch unbekanntes Gut, denn in den armen Quartieren, engen Behausungen und Dörfern war das Leben von jeher weitgehend kollektiv.

War die Stadt tagsüber ein einziger Basar, so zeigte sich nachts in den kaum beleuchteten Straßen und Gassen die Armut schonungslos. Noch heute habe ich Bilder vor Augen, wie die Menschen zu Hunderten auf einem Stück Pappe in Hauseingängen, auf Karren und auf dem Bürgersteig schliefen oder um kleine Feuer herumsaßen. Ein wahrer Endzeitfilm, aber auch hier war die Realität differenzierter, als es zunächst schien: Viele *street dweller* sparten sich das tägliche Pendeln zum Arbeitsplatz, Kleinhändler schliefen

nachts vor ihren Verkaufsständen und Lastenträger auf ihren Karren. Andere lebten jedoch ständig auf der Straße, wo sie sich als ambulante Bettel-Händler über Wasser hielten. Aber selbst in der apokalyptischen Düsternis der nächtlichen Straßen stellte sich nur selten ein Gefühl der Unsicherheit ein.

Entlang der Red Road standen die modernen Apartmenthäuser und Wohntürme der Mittel- und Oberschicht, aber im Vergleich zu Mumbai waren die privilegierten Stadtinseln relativ klein. In den 1980er Jahren gab es in Kolkata einen bescheidenen Boom und in der Hoffnung auf einen wirtschaftlichen Aufschwung hatte man sogar eine Metro gebaut. Trotz einer investorenfreundlichen Politik und der Ansiedlung von IT-Firmen und Industrie blieb die wirtschaftliche Dynamik hinter Mumbai, Delhi und Bangalore zurück, was die Zuwanderung aber kaum bremste. So hielten Überbevölkerung und städtische Armut seit Jahrzehnten eine kommunistische Stadtregierung im Amt, die ebenso wie zahlreiche Bürgerinitiativen das Elend mit Sozialprogrammen bekämpfte.

Unbestritten war Kolkatas traditionelle Rolle als Indiens Kultur-Hauptstadt, wo viele Verlage und Zeitungen ihren Sitz hatten, natürlich stammte auch der Nationaldichter und Nobelpreisträger Rabindranath Tagore (1861-1941) aus Kolkata. Wir wollten einen Blick in die Kulturszene werfen und sahen uns einen Bollywood-Film an, verließen aber bald das Kino, denn die zweieinhalbstündige, haarsträubend turbulente Geschichte von zwei Zwillingsbrüdern, die das Schicksal auf absurde Weise getrennt und dann wieder zusammengeführt hatte, war mit europäischen Augen nicht zu verfolgen. Aber genau diese Irrationalität war das Geheimnis der Bollywood-Filme, denn sie zeigten eine märchenhafte, imaginäre Welt, die Millionen von Menschen ihre Armut und ihren täglichen Existenzkampf für einige Stunden vergessen ließ. Noch wichtiger waren die Bollywood-Filme als ein nationales Bindemittel, die das Land über die unterschiedlichen Lebensbedingungen, Regionen, Religionen, Sprachen und Traditionen hinweg zusammenhielten.

Abends besuchten wir einen klassischen indischen Tanz. Der Künstler tanzte virtuos den gleichen nordindischen Kathak, den Hellen im *Indian Cultural Center* in Guyana gelernt hatte, aber es war eine etwas nostalgische Veranstaltung, denn der Saal war nicht voll und das Publikum nicht mehr jung. Wie es schien, hatte es die traditionelle Kunst auch in Indien schwer, sich neben den omnipräsenten Medien und Bollywood-Filmen zu behaupten.

Bei einem letzten Rundgang zur Howrah Bridge, einem Wahrzeichen der Stadt, blickte ich auf den Malik-Ghat-Blumenmarkt, angeblich der größte seiner Art in Indien. Die Blumen waren am Flussufer in einem safrangelb leuchtenden Muster ausgelegt und für die zahllosen Schreine und Altäre der Göttin Kali bestimmt, die in Kolkata besonders verehrt wurde. Der leuchtende Blütenteppich neben dem völlig verschmutzten Hugli-River – das war fast ein Symbol für eine indische Grundhaltung, die der spirituellen und religiösen Sphäre ungleich mehr Bedeutung zumaß als der materiellen Umwelt.

59 Dieser Eindruck verfestigte sich in Varanasi, eine der ältesten hinduistischen Pilgerstätten in Indien. Der Ganges, der heilige Fluss der Hindus, änderte an dieser Stelle seine Richtung nach Norden, wo der heilige Berg Kalisch lag, im Hinduismus ein Symbol für das Leben. Seit vedischer Zeit galt der Ganges an dieser Stelle als heiliger Ort und so diente Varanasi seit 2500 Jahren ununterbrochen als religiöses Zentrum. Auch die Buddhisten verehrten diesen Ort, weil der Legende nach Buddha hier seine erste Predigt hielt. Die Stadt beherbergte zahllose Schreine, Tempel und Institutionen, darunter die renommierte Hinduistische Universität, die führend in der Sanskrit-Forschung war. Varanasi war nicht nur eine Pilger-Stadt, sondern auch der wichtigste Ort hinduistischer Gelehrsamkeit.

Der Ganges floss breit und träge dahin und das andere Ufer war, soweit wir sahen, unbebaut, um die eindrucksvolle Uferfront von Varanasi nicht zu stören. Dort erhoben sich über den *Ghats*, den Ufertreppen am Ganges, die alten Paläste, die sich in früherer Zeit feudale Herrscher aus ganz Indien gebaut hatten, um hier zu sterben und ihre Asche dem Fluss zu übergeben. Es gab in der Stadt rund 1000 Tempel und Schreine und Millionen von Pilgern kamen jedes Jahr, um am Ufer des Ganges ihre Rituale zu vollziehen. Fast ununterbrochen feierte man religiöse Feste, was auch Touristen anzog.

Die zentralen *Ghats* waren zu jeder Tageszeit voller Menschen, die langsam die Treppen hinabschritten, um ein rituelles Bad zu nehmen. Die Stimmung war nicht feierlich wie bei einer christlichen Andacht, sondern freudig und erwartungsvoll, weil man endlich am Ziel einer vielleicht schon lange geplanten Pilgerreise war. Die Menschen tauchten ein in das trübe Wasser und sprachen rituelle Formeln, dann stiegen sie die Stufen wieder hinauf und verschwanden in einem der vielen Tempel. Auf den etwas weiter entfernten *Ghats* war es ruhiger, dort meditierten

Gläubige allein oder in Gruppen, manche angeleitet von Brahmanen. Auch Asketen saßen dort in Yogaübungen versunken, dies vielleicht schon tage- oder wochenlang, wie man an den Schlafmatten und anderen Utensilien sah.

Einige *Ghats* waren der Kremation von Toten vorbehalten. Am Ganges zu sterben und die Asche dem heiligen Fluss zu übergeben, war eines der höchsten Heilsversprechen für gläubige Hindus. Die Verbrennungsplätze waren ständig in Betrieb, wie man an den aufsteigenden Rauchsäulen sah. Vor den Kremationsplätzen hatte man Bänder gespannt, um neugierige Touristen fernzuhalten, ansonsten vollzog sich die Verbrennung in aller Öffentlichkeit und überraschend formlos, soweit ich das aus der Distanz beobachten konnte. Vielleicht hatte das auch damit zu tun, dass der Tod im Hinduismus kein endgültiger Abschied war, sondern „nur" ein Übergang in eine andere Existenzform. Männer stapelten Holzscheite und sammelten die Aschereste, während andere einen verhüllten Leichnam herantrugen. Eine größere Trauergemeinde oder Frauen sah man auf dem Platz nicht. Etwas irritierend war die indische Pop-Musik, mit der sich – so schien es jedenfalls – die professionellen Leichenverbrenner ihren Job erträglicher machten, denn jede Kremation begann damit, den Toten den Schädel zu öffnen.

Für eine klassische Verbrennung brauchte man einen großen Stapel Holz, den sich aber nur wenige leisten konnten, deshalb waren die meisten Toten auf das städtische Krematorium angewiesen. Jemand erzählte, dass man verbotenerweise auch Tote mit einem Stein beschwerte und direkt in den Ganges versenkte, was das morbide Bild in mir aufsteigen ließ, wie am Flussgrund gespenstisch die Wasserleichen schwebten, während unweit davon die Menschenmenge ihr rituelles Bad nahm. Aber vielleicht stimmte es ja, was ich in einem wissenschaftlichen Artikel gelesen hatte, dass der Ganges aufgrund einer biochemischen Besonderheit weniger kontaminiert und gesundheitsgefährdend war als man gemeinhin annahm.

Unvergesslich war eine Bootsfahrt am frühen Morgen. Der Morgendunst überzog den Fluss und der religiöse Großbetrieb am Ufer ruhte noch. Nur wenige Menschen – vor allem Touristen – waren auf den *Ghats* unterwegs. Wir warteten auf ein Boot, als ein unheimliches, surreales Gelächter vom Fluss her zu hören war, das wir uns nicht erklären konnten. Dann glitt langsam ein vollbesetztes Boot mit lauthals lachenden Menschen vorbei, mit einem Brahmanen als Vor-Lacher. Das hatten wir nicht erwartet: Lach-Yoga war auch in Varanasi angekommen, aber niemand konnte uns erklären, wie traditionell oder authentisch diese Yogavariante eigentlich war. Dann stiegen auch wir in ein Boot und glitten im dunstigen Morgenlicht lautlos auf dem Ganges dahin.

Bei einbrechender Dunkelheit bot sich auf den *Ghats* ein beeindruckendes Schauspiel. Auf den Stufen und auf Booten versammelte sich eine große Menschenmenge und an der Uferkante saßen auf kleinen Podesten und von Scheinwerfern angestrahlt junge Brahmanen-Priester in orangefarbenen Hemden, dem Ganges zugewandt und vor sich Blumen, Kerzen und Räucherwerk, das in sichtbaren

Schwaden über der Menschenmenge hing. Auf ein Zeichen hin standen die Brahmanen auf, bliesen in Muschelhörner, bewegten sich choreografisch hin und her und standen dann wieder bewegungslos wie beleuchtete Statuen vor dem nachtschwarzen Fluss – ein theaterhaft schönes Bild, das wir auch genossen, ohne den Sinn der Rituale zu kennen. Die Zeremonie dauerte eine Stunde, dann übergaben die Menschen kleine Schalen mit Blumen und brennenden Kerzen dem Fluss, wo bald Hunderte von Lichtern dahintrieben und in der Ferne verschwanden.

Im Hinduismus hing die Wirkung der Rituale von der exakten Ausführung ab, schon der kleinste Fehler konnte eine Zeremonie entwerten. Die zahllosen uralten Vorschriften und Gebetsformeln kannten natürlich nur die Brahmanen, die damit ein Monopol über die Religionsausübung besaßen. Jede Hochzeit, jeder Todesfall und jedes andere wichtige Ereignis bedurften einer speziellen Opferzeremonie und der Mitwirkung mehrerer Brahmanen. Natürlich beschenkten die Menschen die Priester reichlich, damit diese sich bei der Ausführung besondere Mühe gaben.

Einige Tempel konnte man als Nicht-Hindu betreten, andere nicht. Noch war die religiöse Rolle der Stadt ebenso dominant wie die Zahl der Pilger, so dass der Tourismus fast noch eine Randerscheinung war. Aber bei der Abendzeremonie sah es schon anders aus, als ich mich im Publikum umsah. Wie in Kathmandu ließen die Restaurants und Coffee-Shops auf den Dächern hoch über den *Ghats* ahnen, dass sich auch diese uralte Pilgerstätte langsam in eine pittoreske Bühne für den internationalen Tourismus verwandelte. In Venedig und anderen Städten sprach man vom *overtourism*, der die Infrastruktur und den öffentlichen Raum extrem belastete, in Varanasi warf der Tourismus tiefergehende Fragen auf: Wie konnte man die Authentizität und Magie dieses Orts bewahren, wenn immer mehr Nicht-Hindus die heiligen Stätten belagerten und kommerzielle Interessen ins Spiel kamen? Natürlich war das durch den Tourismus generierte Einkommen der Stadt hochwillkommen, aber man musste abwägen, welche Rolle der Stadt wichtiger war: die religiöse oder die touristische.

Hinter den *Ghats* lag die Altstadt, ein Gassenlabyrinth mit teilweise maroder Bausubstanz, aber dicht bewohnt und lebendig. Dort drängten sich auf engem Raum zahlreiche Läden mit Hindu-Devotionalien und gelegentlich blockierte eine in Abfällen wühlende Kuh den Weg, an der sich die Menschen respektvoll vorbeidrängten. Hier mischte sich das religiöse mit dem profanen Stadtleben, aber der historische Charakter der Altstadt war gefährdet, weil man die typischen Höfe und Gärten überbaute, um neue Hotels und Restaurants unterzubringen.

Wie alle indischen Großstädte stand Varanasi, wo es auch eine moderne Neustadt und Industriegebiete gab, unter einem enormen Bevölkerungsdruck. Mit einem Anstieg auf zwei Millionen Menschen wurde schon mittelfristig gerechnet, was die Infrastrukturprobleme, insbesondere die rudimentäre Abwasser- und Müllbeseitigung, noch verschärfte. Das Ökosystem des Ganges war geschädigt und die dringende Sanierung der Uferpaläste kam nicht voran. Es gab zwar einen Aktionsplan der Stadt, aber dieser war in der Realität noch kaum angekommen, ebenso wenig die überfällige Bewerbung als UNESCO-Weltkulturerbe, die schon seit Jahren in Vorbereitung, aber immer noch nicht eingereicht war.

60 Die letzte Station unserer Indienreise war Chandigarh, das städtebauliche und architektonische Spätwerk von Le Corbusier, das er in den 1950/60er Jahren geplant und gebaut hatte. Ein amerikanisches Planungsteam war ausgefallen und so bot sich für Le Corbusier die einzigartige Gelegenheit, eine komplette Stadt zu bauen, nachdem seine modernistischen Entwürfe für Paris und Algier auf dem Papier geblieben waren.

Chandigarh sollte die neue Hauptstadt des Bundesstaates Punjab werden, nach politischen Wirren wurde Chandigarh dann die gemeinsame Hauptstadt der Bundesstaaten Punjab und Haryana. Der Entwurf sah eine Gartenstadt für eine halbe Million Einwohner vor, mit einer konsequenten Trennung von Wohnen, Arbeiten, Erholung und Verkehr, wie es die „Charta von Athen" von 1933, die Bibel der modernistischen Stadtplanung, verlangte. Den repräsentativen Kopf der Stadtfigur bildeten das Kapitol mit dem Parlament, Ministergebäude und Justizpalast sowie andere öffentliche Gebäude. Es bedurfte einer längeren Diskussion, ehe wir den von Soldaten bewachten Regierungskomplex betreten durften, weil man wegen einiger Terroranschläge in der Region das Regierungsviertel hermetisch abgeriegelt hatte, auch die Bevölkerung konnte den großen Park, der das Kapitol umgab, nicht zur Erholung nutzen.

Die Regierungsgebäude standen wie riesige Betonskulpturen in der Landschaft, ein spektakuläres, aber auch etwas fremdartiges Bild vor der Silhouette des Himalaya-Vorgebirges. Es war schwierig, die virtuose Beton-Architektur auf Anhieb als intuitiv erfassbares Symbol der indischen Geschichte, Gesellschaft und Kultur zu begreifen, viel eher waren die Gebäude Monumente ihrer selbst und ihres Schöpfers Le Corbusier. Am Bau der Planstadt waren auch indische Architekten beteiligt, aber die Dominanz von Le Corbusier hatte wohl verhindert, dass diesen eine wich-

tige Rolle zufiel. In dem kleinen Chandigarh-Museum wurde vor allem das Erbe Le Corbusiers gefeiert und man vermisste etwas die indische Identifikation, den Stolz und die Begeisterung für das Projekt, wie es bei Brasilia der Fall gewesen war. So hatten die Brasilianer wohl gut daran getan, ihr nationales Prestigeprojekt zwei jungen brasilianischen Architekten anzuvertrauen und nicht Le Corbusier, der sich selbst beim brasilianischen Präsidenten für das Brasilia-Projekt empfohlen hatte.

Die Großbauten zeigten die Leidenschaft Le Corbusiers für den Beton, den er ähnlich frei interpretierte wie Oscar Niemeyer in Brasilia. Man fand hier alle typischen Elemente seiner Architektursprache wieder, vom Sonnenschutz der *brises de soleil* bis zu den plastischen Dachaufbauten, auch die spiegelnden Wasserbecken fehlten nicht. Weniger klassisch ging es in den Gebäuden zu, denn zahlreiche Um- und Einbauten hatten die Innenräume stark deformiert. Um das wachsende Heer der Bürokraten unterzubringen, hatte man die großzügigen Räume teilweise in kleine Schreibstuben unterteilt und auch äußerlich hatte das Tropenklima dem Beton zugesetzt, so dass an vielen Stellen gearbeitet und repariert wurde.

Die Stadt bildete eine quadratische Figur von 7 x 7 Kilometern, die sich durch Grünflächen deutlich von den umgebenden Satellitenstädten und Slums abgrenzte – ein klassischer *cordon sanitaire*, der die Armut auf Distanz hielt. Ein regelmäßiges Straßennetz, großzügige Alleen und kleine Wohnparks gliederten die Stadt und die Wohnquartiere waren so intensiv begrünt, dass man die Häuser und Villen kaum sah. Das Hauptzentrum war eine große, von mehrgeschossigen Geschäftshäusern umgebende Plaza, wo sich das Leben in einem gemächlichen Tempo bewegte, auch gab es kleine, regelmäßig über die Stadt verteilte Versorgungs- und Einkaufszentren.

Chandigarh war, verglichen mit anderen indischen Großstädten, eine ruhige und grüne Oase für eine privilegierte Beamtenkaste. Mit ihrer geplanten Ordnung und abgeschirmt von den Widrigkeiten indischen Großstadtlebens besaß die Stadt einen postkolonialen Charme, der die Bezeichnung *City Beautiful* zu Recht verdiente. Die Armut war weitgehend ausgesperrt, aber die Stadt und die Beamtenschicht beschäftigten natürlich ein Heer von schlechtbezahlten Hilfskräften, die am Stadtrand außerhalb der Stadtgrenze lebten. Dort hatte sich ein Ring von armen Siedlungen und Slums gebildet, in denen schon mehr Menschen lebten als in der *City Beautiful* selbst. Offenbar konnte auch dieses Architektur- und Städtebaumonument der Armut nicht entkommen, sondern zog diese unvermeidlich an.

XII.
China
Post-Mao-Stadt und Turbo-Verstädterung
Peking, Shanghai, Longquan,
Wuhan, Suzhou

61 Bei meiner ersten Reise nach China 1993 hatte sich das Land schon geöffnet und verfolgte die neue Wirtschaftspolitik von Deng Xiaoping, die sich aber noch auf wenige Sonderwirtschaftszonen beschränkte, mit Shanghai und Shenzhen an der Spitze. Die kommunistische Regierung wollte territorial begrenzte und politisch kontrollierte Erfahrungen mit dem Kapitalismus sammeln, ehe das ganze Land von einem irreversiblen Systemwandel erfasst wurde. So ließ der Wirtschaftsboom in Peking noch auf sich warten und die Stadt präsentierte sich weiterhin als eine kommunistische Mao-Stadt, auch wenn der Große Vorsitzende schon seit 1976 tot war.

Dies machte den Besuch so interessant, denn ich fühlte mich wie ein Zeitzeuge, dem sich die seltene Gelegenheit bot, einen Blick auf die Endphase einer historischen Epoche zu werfen. Dazu gehörten die kommunistischen Arbeitskollektive oder *Danweis*, die alten Ziegelbauten, die blauen Arbeitskittel und Ballonmützen, zahllose Fahrräder, schlecht beleuchtete Straßen und Schaufenster, die ihre Leere mit der legendären roten Mao-Fibel und lebensgroßen Akupunktur-Postern verdeckten. Aber auch wenn es noch keine Investitionswelle wie in Shanghai gab, so regte sich schon der Kleinkapitalismus, denn der Warenfluss aus Shanghai und Shenzhen erreichte natürlich auch die Hauptstadt. Überall gab es kleine Verkaufsstände, die sich gelegentlich zu größeren Straßenmärkten ballten.

Unsere Gast-Universität war ein *Danwei*, ein typisches Arbeits- und Wohnkollektiv in einem ummauerten Gebäudekomplex mit vierstöckigen alten Ziegelbauten, in denen Studenten, Dozenten und andere Beschäftigte arbeiteten und lebten wie in anderen Großbetrieben auch. Ausländer war man nicht gewohnt und so sahen mich die Studenten etwas scheu, aber mit Neugier an. Es ging um eine Regionalplanung, zu der mich ein Stuttgarter Kollege eingeladen hatte, er verschwand jedoch bald in der Provinz und ich war, von einigen sprachlich mühsamen Treffen mit chinesischen Kollegen abgesehen, weitgehend mir selbst überlassen. So nutzte ich die Zeit, um mich im Post-Mao-Peking umzusehen.

Der Tag begann sehr früh mit markigen Revolutionsliedern aus Lautsprechern, bald darauf kamen die Studenten aus ihren Unterkünften und strebten mit einer Blechschüssel in der Hand der Gemeinschaftsküche zu. Dort bekamen sie einen Schlag Nudelsuppe, den sie schon auf dem Rückweg zu ihren Zimmern auslöffelten. Als Dozent durfte ich mich in die Kantine setzen und bekam als Prominentenbonus ein Porzellanschälchen, das man aus dem gleichen Kochkessel füllte. Die Nudeln schmeckten gut, von einigen

Kakerlakenbeinen abgesehen, die man gelegentlich als Einlage mitbekam.

Es war eine Zeit, in der noch Spucknäpfe neben den Tischen standen und die Leute, fast auf dem Tisch liegend, die Suppe so laut in sich hineinschlürften, dass es in der spartanisch ausgestatteten Kantine widerhallte. Ich hatte einen kleinen Raum mit Tisch, Stuhl und Bett sowie ein Heizungsrohr, das Tag und Nacht vor Hitze glühte, obwohl es draußen schon Frühling war. Im Herbst wurden alle Heizungen in Nordchina am gleichen Tag an- und im Frühjahr wieder abgestellt, egal wie die tatsächliche Wetterlage war. Anfang der 1990er Jahre heizte man in Peking noch flächendeckend mit Kohle, so dass oft ein zum Schneiden dicker Smog über der Stadt hing, der durch die Sandstürme aus dem Norden gelegentlich eine rötliche Farbe annahm.

Nach ein paar Tagen wagte ich mich aus dem Eingangstor, achtete aber auf die Richtung, denn es gab weit und breit niemanden, den ich auf Englisch nach dem Weg hätte fragen können. Das Problem verschwand aber, als ich das regelmäßige Grundmuster der Stadt begriff: Wie auf einem Schachbrett musste man nur die Straßen und Blöcke zählen, um zum Ausgangspunkt zurückzufinden. Das klappte gut in den Hauptstraßen, im Inneren der Quartiere und Kollektive jedoch verlor man sich leicht in den Gassen- und Wegelabyrinthen mit ziegelroten oder zementgrauen Gebäuden.

Das Verständigungsproblem aber blieb. Ich wollte in einem kleinen Laden ein *Xingdao*-Bier kaufen, das mir der Kollege empfohlen hatte, zeigte auf die Flaschen im Regal und hielt einen Finger hoch, woraufhin der Verkäufer mich ratlos ansah. Auch ein zweiter Versuch mit einem anderen Finger schlug fehl. Inzwischen sammelte sich eine Gruppe Chinesen um mich, dann eine größere Menge, man staunte, zeigte auf mich und lachte, weil dieser merkwürdige Fremde die einfachsten Zahlen und Fingerzeichen nicht kannte. Ich ergriff schließlich eine Flasche und legte einen Geldschein hin. Später sagte man mir, dass auch die Handzeichen in China etwas anders waren als bei uns.

Von den Autokolonnen und Megastaus, die 15 Jahre später auf den Straßen herrschten, war noch nicht viel zu sehen. Es fuhren vor allem alte Lastwagen, Busse und Fahrräder herum, ein Auto hatte außer den kommunistischen Funktionären fast niemand. Man brauchte es auch kaum, denn die meisten Menschen wohnten direkt am Arbeitsplatz, also in unmittelbarer Nähe zu den Fabriken, Schulen, Kliniken und anderen Arbeitsstätten. Das änderte sich später mit der Auflösung der Kollektive: Wohnen, Arbeiten, Versorgung und Erholung rückten auseinander, was eine sprunghafte Verkehrszunahme einleitete.

Die Radfahrer fuhren dicht an dicht wie von einer Schwarmintelligenz gesteuert. Ich traf einen deutschen Gastdozenten, den es an die gleiche Universität verschlagen hatte. Er kam auf einem Fahrrad und transportierte seine zwei kleinen Kinder in einem Anhänger. Er erzählte vom Abenteuer, als Ausländer mit einer Familie in Peking zu leben: Die Versorgung war knapp, aber ausreichend, der Wohnraum ebenso und mit den Studenten kam er gut zurecht, weil er Chinesisch sprach. Trotzdem war er nicht sicher, ob er lange bleiben würde. Ich wollte ein Fahrrad leihen, was er für möglich, aber nicht für ratsam hielt. Die alten Mao-Räder waren schwere Eisengeräte, mit denen man gut Lasten transportieren, aber schlecht manövrieren konnte. Um unfallfrei in einem Pulk mitzufahren, musste ich Teil der Schwarmintelligenz werden, was ich mir noch nicht zutraute.

Die Wohnquartiere waren standardisierte Ziegel- oder Betonbauten, vier bis sechs Geschosse hoch und stammten meist aus den 1950/60er oder noch früheren Jahren, weil man danach in den Wirren der Kulturrevolution kaum etwas gebaut hatte. Der Zahn der Zeit nagte an den Gebäuden und der Wohnstandard betrug Anfang der 1990er Jahre rund 10 m² pro Person. Zwischen den Häusern saßen alte

Leute im Mao-Look beim Brettspiel, plauderten oder übten sich in Tai Shi.

Die Patina der rotbraunen Ziegelbauten und die baumbestandenen Nischen zwischen und hinter den Gebäuden hatten ihren Reiz, aber diese scheinbare oder tatsächliche Idylle verschwand wenig später, weil viele Kollektive das Nutzungsrecht an ihrem Boden an Investoren verkauften und ihre Leute mit einer Abfindung entließen. Für junge Familien war eine neue Wohnung ein großer Sprung nach vorn, für die Alten hingegen ein herber Verlust, denn ihr soziales Umfeld wurde abrupt zerstört, was auch die besseren, aber anonymen Neubauten nicht ersetzen konnten.

Ähnlich sah es in den *Hutongs* aus, den historischen Hofhaus-Vierteln von Peking. Große Hofhäuser hatten die Kommunisten enteignet und auf mehrere Familien aufgeteilt, so dass nun viele Höfe mit Anbauten und Unterteilungen regelrecht zugewuchert waren. Um wenigstens die sanitären Missstände zu beheben, gab es seit Maos Zeiten in größeren Abständen Toilettenhäuser in den Gassen.

Auf dem Tiamanmen-Platz hielten sich – möglicherweise wegen dem Studenten-Massaker von 1989 – auffällig viele Polizisten auf. An den Feiertagen prominierten dort

Familien und man sah bildhaft das Ergebnis der 1979 eingeführten Ein-Kind-Politik: Eltern und Großeltern – also sechs Erwachsene – umsorgten das Einzelkind und lasen insbesondere dem einzigen Sohn oder „kleinen Prinzen", wie Soziologen diese Generation getauft hatten, jeden Wunsch von den Lippen ab.

Die „Verbotene Stadt" mit dem Kaiserpalast war nur teilweise zugänglich, weil dort in guter proletarischer Tradition nun die hohen Parteifunktionäre lebten. Stundenlang stand ich in einer Menschenschlange vor dem Mao-Mausoleum, um für einen Augenblick das bleiche Wachsgesicht des Großen Vorsitzenden zu sehen, der ein halbes Jahrhundert lang nach Belieben über das Milliardenvolk geherrscht hatte. Das kommunistische Manifest von 1848 hatte anderes im Sinn, aber die Geschichte Chinas ging eigene Wege, wobei es den Regierenden dieses Riesenvolkes auf einige Millionen Opfer durch Hungersnöte oder Kulturrevolutionen nicht ankam. Nicht nur für die Kommunisten, auch für die Qing- und Ming-Kaiser war das Volk oft nur Mittel zum Zweck bei ihrem absoluten Herrschaftsanspruch und ihren pharaonischen Projekten.

62

Von 1863 bis 1943 besaßen Engländer, Amerikaner, Franzosen und andere Mächte Territorien in Shanghai, die man den Chinesen im Opium-Krieg abgepresst hatte und die man *International Settlements* nannte. Auch das Deutsche Reich war damals in Shanghai präsent und gründete 1907 eine deutsch-chinesische Medizinschule, aus der die Tongji-Universität hervorging, die sich später als Spitzen-Universität in den Bereichen Architektur, Ingenieur- und Wirtschaftswissenschaften einen Namen machte.

Meine zweite Reise nach China galt dieser Universität, wobei ich in Shanghai wieder zufällig Zeitzeuge eines historischen Mega-Experiments wurde. Getreu dem Wort von

Deng Xiaoping: „Shanghai soll sich jedes Jahr ändern und alle drei Jahre komplett verwandeln" begann gerade ein gigantischer Stadtumbau, mit dem China das Tor zur Welt aufstieß und das mit einer Wucht und Größenordnung, wie man es noch nicht gesehen hatte.

Es hatte seine Logik, dass man sich für das Kapitalismus-Experiment Shanghai ausgesucht hatte, denn die Stadt lag nicht nur strategisch am Huangpu-Fluss, an der Jangtse-Mündung und am Meer, sondern war auch ein historischer Sonderfall. Hier hatten die europäischen Kolonialmächte eine wichtige Rolle gespielt, deshalb war Shanghai kein „heiliger Gral" der chinesischen Geschichte und Kultur wie Peking, sondern die Brückenfunktion zwischen Kommunismus und Kapitalismus war der Stadt historisch auf den Leib geschrieben.

Das Wirtschaftsexperiment erforderte einen totalen Um- und Ausbau der 13-Millionen-Megastadt: Der Hafen war veraltet, das Stadtgebiet voller Altindustrie und der Wohnraum dramatisch knapp. Obwohl es noch kaum Privatfahrzeuge gab, standen Autos, Busse und zahllose Taxis regelmäßig im Stau. Kritische Engpässe gab es auch bei der Energieversorgung, Telekommunikation und anderen Infrastrukturen, ebenso boten Flüsse und Gewässer ein desolates Bild.

Die Großprojekte waren kaum noch zu zählen: zwei neue Brücken über den Huangpu-Fluss, ein innerer und ein äußerer Stadtring, mehrere neue Metrolinien, der höchste Fernsehturm Asiens sowie einige Hundert neue Bürotürme und andere Großbauten sollten Shanghai im Zeitraffer in die Zukunft katapultieren. Die Stadt quoll auch ins Umland über wie in den nordwestlichen Minhang-Distrikt, wo fast über Nacht riesige Industrie- und Siedlungsflächen entstanden. Der Boom erreichte sogar das 50 Kilometer entfernte Xingpu, eine idyllische Seenlandschaft, die sich in ein El Dorado für Shanghais neue Elite verwandelte, die vom Experimentier-Kapitalismus profitierte.

Die Großprojekte wurden rasch und autoritär von halbstaatlichen Entwicklungsgesellschaften vorangetrieben. Wie überall in China gehörte der Boden dem Staat und wurde nicht verkauft, sondern langfristig an Investoren verpachtet, wobei die Preise einer kapitalistischen Bodenverwertung nicht nachstanden. Aus den enormen Profiten finanzierte der Staat die öffentlichen Entwicklungskosten – ein effizientes Modell, das seine Vorgänger in Hongkong und Singapur hatte.

Die großen Fabriken, Arbeits- und Wohnkollektive vermarkteten ihr Nutzungsrecht am Boden auf eigene Rechnung, um ihre maroden Betriebe zu retten, eine neue Fabrik am Stadtrand zu gründen, die Renten zu sichern oder den freigesetzten Arbeitern eine Abfindung zu zahlen. Dem konnte sich die kommunistische Zentralregierung kaum widersetzen und so fand überall ein lebhafter Grundstückshandel statt, der die Investoren mit Flächen versorgte, um neue Einkaufszentren, Büro- und Wohntürme zu errichten.

Das Megaprojekt, mit dem Shanghai in die elitäre Gruppe der *Global Cities* aufsteigen wollte, war Pudong im Osten der Stadt. Das Projekt war nach Deng Xiaoping „der ökonomische Drachenkopf am unteren Jangtse-River". Pudong war mit 500 km² größer als das alte Schanghai, nur durch den Huangpu-Fluss vom alten Stadtzentrum getrennt und deshalb ein ideales Expansionsgebiet. Pudong war aber keine grüne Wiese, sondern eine Gemengelage aus alten Hafenanlagen, Arbeiterquartieren und Dörfern, die nun überplant und, wenn erforderlich, beseitigt wurden.

Ich verbrachte einige Tage damit, Pudong zu erkunden, was streckenmäßig einem Halbmarathon glich. Der städtebauliche Kern war die *Lujiazui Finance and Trade Zone* mit dem *Central Financial District*, der als Shanghais neues „Manhattan" Maßstäbe setzen sollte. Die neue Finanz- und Bürostadt war rund 200 Hektar groß und lag direkt gegenüber dem *Bund*, der kolonialen Uferfront von Alt-Shanghai. Die Nähe zur alten Stadt stellte besondere Anforderungen, deshalb gab es einen internationalen Wettbewerb, den R. Rogers mit dem Plan einer „ökologischen Stadt" gewann.

Das tatsächliche Projekt vereinte verschiedene Konzepte, auch La Défense in Paris diente als Vorbild. So war das Ergebnis weniger eine ökologische Stadt, sondern eine gigantische Architekturkulisse, die dem alten Shanghai herausfordernd gegenüberstand. Dem Finanzzentrum war ein Uferpark mit dem *Oriental Pearl Tower* und der *Oriental Concert Hall* vorgelagert, beide die größten ihrer Art in Asien. Der Fernsehturm ähnelte entfernt dem Eiffelturm, den man um zwei riesige „Perlen" bereichert hatte, in denen ein Luxus-Hotel, eine Diskothek und Restaurants untergebracht waren. Der Turm war bereits zum neuen Superzeichen avanciert und wurde gerade eröffnet, deshalb reihte ich mich in die Warteschlange ein und konnte, überwacht von uniformierten Aufsichtsdamen, möglicherweise als einer der ersten Ausländer auf der 350 Meter hohen Aussichtsplattform die Giga-Baustelle bestaunen.

Es war interessant zu beobachten, wie die Bewohner Shanghais sich dem kapitalistischen Schaufenster näherten, das sich vor ihrer Haustür auftat, darunter viele modisch gekleidete junge Leute, die den neuen Coffee-Shops zustrebten, wo ein Getränk das dreifache kostete wie in der alten Stadt. Auch eine *Shopping Mall* hatte schon geöffnet, wurde aber weniger zum Einkaufen, sondern zum Promenieren genutzt. Die Älteren trauten sich noch nicht so recht in die internationalen Markenläden, sondern hielten sich vor allem am Uferpark auf, um den glitzernden *Jinmao-Tower* und den Fernsehturm zu bewundern.

Im *Financial Central District* bildeten mehrere Dutzend Bürotürme schon eine eindrucksvolle Skyline und man konnte sich die enorme Baumasse vorstellen, wenn das Projekt in einigen Jahren vollendet war. Mittelpunkt bildete der 88 Stockwerke hohe, metallglänzende *Jinmao-Tower*, der erste von drei geplanten Supertürmen. Das Konzept sah eine Vernetzung der Großbauten durch *pedestrian decks* vor, die aber noch nicht existierten, auch die Freiflächen waren noch unfertige, mit kilometerlangen Blumenrabatten dekorierte Stadträume.

Die *Central Avenue* durchquerte den Finanzdistrikt in ost-westlicher Richtung und verband durch einen Tunnel das neue mit dem alten Zentrum. Diese Stadtachse war das eigentliche Rückgrat von Pudong, das die zahlreichen neuen Stadtfelder zusammenhielt. Nach Osten hin reichte die acht Kilometer lange *Central Avenue* weit über den Finanzdistrikt hinaus bis an den *Central Park*, wo der neue Sitz der Stadtregierung lag. Während in Alt-Shanghai noch Fahrrad-Schwärme die Straßen bevölkerten, waren diese auf der *Central Avenue* wie weggezaubert. Offensichtlich passten Fahrräder nicht mehr in die *World-City*-Vision der Planer, die auf Transrapid-Bahnen, neue Metrolinien und die zukünftige Massenmotorisierung setzten, die wenige Jahre später begann.

Außer dem Finanzdistrikt entstanden auf der riesigen Fläche von Pudong zahlreiche Industriegebiete und Hi-Tech-Parks. Die Besetzung dieser Flächen mit in- und ausländischen Unternehmen war im Gange, aber noch längst

nicht abgeschlossen. Ein neues Autobahn- und Straßennetz, mehrere Tunnel und Brücken, eine Metrolinie, ein internationaler Flughafen mit Transrapid-Anbindung und ein Containerhafen komplettierten die Infrastruktur. Hinzu kamen Großprojekte der Energieversorgung, Telekommunikation, Wasserversorgung und neue Abwassersysteme. Die gigantischen Investitionen strahlten auch in die angrenzenden Gebiete aus, wo neue Geschäftsstraßen und Wohnviertel entstanden, in denen auch kleinere Investoren und solche Nutzungen zum Zuge kamen, die im teuren Finanzdistrikt keine Chance hatten.

Am sogenannten *Bund*, der alten kolonialen Uferfront von Schanghai, standen zu jeder Tageszeit Hunderte von Chinesen und blickten stolz auf die futuristische Kulisse von Pudong am gegenüberliegenden Ufer. Die Kolonialbauten aus dem 19. Jahrhundert bildeten den perfekten Kontrast zu den neuen Türmen des Finanzzentrums, die wie in Beton gegossene Superzeichen die Botschaft verkündeten: „Mit Pudong hat das großartige China das koloniale Trauma für alle Zeiten überwunden und überflügelt nun auch die europäischen Kolonisatoren!", was auch die Medien stolz im ganzen Land verbreiteten.

Das traditionelle Leben in Shanghai war damit aber noch nicht verschwunden. Frühmorgens übten sich ältere Herrschaften wie eh und je auf der Uferpromenade in Tai Shi und die Jüngeren absolvierten Tango- und Salsa-Kurse unter freiem Himmel. Auch die schlecht beleuchteten Nachtmärkte gab es noch, mit Bottichen voller Fische, Krebse, Aale und allem, was sonst noch essbar war wie Schlangen, die beim Kauf geköpft, aufgeschlitzt und in Zeitungspapier verpackt wurden. Ich kaufte etwas Obst, steckte das Wechselgeld ein und stellte im Hotel fest, dass die Scheine simple Kopien aus dem Drucker waren.

Die alten *Lilong*-Viertel waren das Kontrastprogramm zur Glitzerwelt Pudongs. Im kolonialen Shanghai hatte sich ein besonderer Haustyp für die Chinesen entwickelt, die in den *International Settlements* lebten: eine Kreuzung zwischen dem englischen *Terrace House* und dem traditionellen chinesischen Hofhaus. *Lilong* hießen die Wohngassen mit solchen zwei- bis viergeschossigen Reihenhäusern, in denen auf engstem Raum zahlreiche Menschen lebten. Die sanitäre Einrichtung bestand bis in die 1990er Jahre oft nur aus einem Wasserhahn und einem Kübel, der morgens abgeholt und geleert wurde.

Während ein paar Kilometer entfernt an einer Zukunftsvision gebaut wurde, liefen morgens in den *Lilong*-Gassen die Bewohner mit großer Selbstverständlichkeit in Schlafanzügen herum und putzten sich vor dem Haus die Zähne. Die Gassen waren tagsüber ein Aufenthaltsraum, wo man seiner Hausarbeit und anderen Tätigkeiten nachging. Privatheit war so gut wie unbekannt, dafür lebte man in einer engen, wahrscheinlich ebenso solidarischen wie konfliktreichen Gemeinschaft. Nachts wurden die Hutong-Gassen mit einem Tor verschlossen.

Früher waren die labyrinthischen Gassen ein ideales Versteck für Opiumhöhlen und andere Laster, die es in Shanghai um 1900 reichlich gab, auch die KPC, die Kommunistische Partei Chinas, wurde 1920 in diesem unübersichtlichen Milieu gegründet. Nun waren die *Lilongs* – ähnlich wie die alten Hofhaus-Quartiere in Peking – zu Überlebensnischen für die ärmsten Schichten abgesunken und der Erhaltungszustand oft so schlecht, dass sich eine Sanierung kaum mehr lohnte. Gleichzeitig erhöhte der hohe Bodenwert im Zentrum den Druck, diese Viertel abzureißen, auch wenn einige engagierte Architekten sich für die Erhaltung dieser typischen Shanghaier Wohnform einsetzten. In der Tat war es vorstellbar, die heruntergekommenen Gassen und Häuser mit großem Aufwand zu modernisieren und in kleine Stadthäuser zu verwandeln, ideal für eine künstlerisch-urbane Klientel und für Freiberufler jeder Art. Als ich Jahre später wieder nach Shanghai kam, gab es bereits ein Gastronomie- und Amüsierviertel im *Lilong*-Stil, das sich allerdings als eine gute Kopie herausstellte.

63 Bei meinem dritten Besuch in Peking bekam ich langsam einen Überblick über die Megastadt. Im Großraum Peking lebten rund 12 Millionen Menschen, davon 7 Millionen in der Kernstadt, 2 Millionen in den Rand- und Satellitenstädten und 3 Millionen in den Kleinstädten und Dörfern der Provinz. Hinzu kamen über 2 Millionen nicht registrierte Wanderarbeiter oder *floating people*, die vor allem auf den Baustellen arbeiteten.

Die baumbestandenen Straßen gaben der Metropole ein freundliches Gesicht, dennoch war Peking keine Fußgängerstadt. Viele Wege waren nicht fußläufig, die überdimensionalen Hauptstraßen luden nicht zum Promenieren ein und manche Kreuzungen waren zu Hochstraßen ausgebaut, die riesige Schneisen in das Umfeld schlugen. Bewegte man sich ziellos durch die Metropole, konnte man Entdeckungen machen, die in keinem Reiseführer standen, vor allem die alten Viertel aus der Mao-Zeit, neben denen oft schon die Bagger und Kräne standen. Meine Stadterkundungen füllten schließlich ein Foto-Archiv mit einigen hundert Bildern, die heute fast schon historische Dokumente sind.

Peking liegt in einer Küstenebene, die im Norden und Westen vom Gebirge und im Osten vom Meer begrenzt wird. Die Hitze und Kälte Zentralasiens bestimmen das Klima und im Frühling verdunkeln Staubstürme den Tag. Im Sommer ist Peking grün – fast eine Gartenstadt – im Winter prägt eine raue Kargheit das Bild. Die nur 60 Kilometer entfernte Große Mauer erinnerte an die mongolischen Nomadenvölker, die jahrhundertelang eine Bedrohung darstellten, gleichzeitig aber die Herrscher-Dynastien der Ming- und Qing-Kaiser begründeten.

Seit 600 Jahren war Peking die „nördliche Hauptstadt", die den dünn besiedelten Westen und Norden mit dem subtropischen Süden verband, wo die Mehrheit der Chinesen lebte. Große Städte waren in China nicht neu, schon im 8. Jahrhundert hatte die alte Hauptstadt Changan fast eine

Million Einwohner. Nach mehrfacher Zerstörung und Erweiterung entstand im 15.Jahrhundert unter der Ming-Dynastie das mittelalterliche Peking und um 1700 hatte auch die Hauptstadt eine Million Einwohner und war eine der größten Städte der Welt. In der „Verbotenen Stadt" lebten abgeschirmt vom Volk insgesamt 26 Kaiser und regierten das Land mit absoluter Macht, bis 1911 mit dem Sturz des letzten Qing-Kaisers die Dynastie zu Ende ging.

Das von einer Nord-Süd-Achse durchschnittene Quadrat war die Grundfigur der chinesischen Stadt und gleichzeitig das Schriftzeichen für China, dem Reich der Mitte. Die riesige Palast-Anlage orientierte sich – wie fast alle Gebäude in China – nach Süden. Im vorderen südlichen Palastbezirk standen die zeremoniellen Tempel und Empfangshallen, der nördliche Bereich war dem Privatleben der Kaiserfamilie vorbehalten. Dort gab es schöne alte Hofhäuser und intime, baumbestandene Plätze, wo früher die zahlreichen Frauen und Konkubinen des Kaisers mit ihren Kindern lebten. Innerhalb der Palastmauern zählte man angeblich 9999 Räume, was die ewige Herrschaft der Dynastie symbolisierte. Wenn es kein Touristengedränge gab, konnte man sich gut in das einstige Leben am Kaiserhof hineinversetzen, das aber keine Idylle war, denn Rangkämpfe und Intrigen waren an der Tagesordnung.

Vor dem „Tor zum Himmlischen Frieden" lag der Tiananmen-Platz und die einst ummauerte innere Stadt, südlich davon die äußere Stadt. Zunehmend wandelte sich der vorgelagerte monumentale Tiananmen-Platz vom traditionellen Zeremonial- und Paradeplatz zum zivilen Stadtplatz, Freizeit- und Touristenziel. Am Wochenende bevölkerten einige Tausend Familien, chinesische Besuchergruppen und Touristen aus aller Welt den Platz, Kinder ließen Drachen steigen, Hochzeits- und Liebespaare posierten vor Fotografen und gelegentlich beschallten Lautsprecher den Platz mit patriotischen Chören.

Neben der monumentalen Dimension unterschied sich die Stadtmitte Pekings auch funktional von europäischen Städten. Wo sich in letzteren Marktplatz, Kirche und Rathaus befanden, da lag in Peking die „Verbotene Stadt", hinter deren hohen Mauern nur die geschwungenen, bis zu 40 Meter hohen Dächer sichtbar waren. Die Palaststadt und die umgebenden Beamten- und Handwerkerquartiere waren wie das gesamte Alt-Peking auf den „Sohn des Himmels" ausgerichtet, der mit gottgleicher Macht sogar die Farben monopolisierte, damit sich die goldgelben Dächer und roten Mauern der Paläste umso prächtiger vom unscheinbaren Zementgrau der einfachen Quartiere abhoben.

Bei meinem ersten Besuch in den frühen 1990er Jahren war die Öffnung Chinas auf wenige Wirtschaftssonderzonen wie Shanghai und Shenzhen beschränkt und Peking verharrte noch in Wartestellung, zehn Jahre später hatte die Dynamik die Hauptstadt umso stärker erfasst, was man sofort am dichten Verkehr und an den zahllosen Großbaustellen sah. Noch war die Mehrheit der Bevölkerung in die Arbeitskollektive und staatlichen Großbetriebe eingebunden, was die sozialen Kontraste in Grenzen hielt, aber der Umbruch der sozialistischen Einheitsgesellschaft zur individuellen Konsumgesellschaft war nicht mehr aufzuhalten.

Das erforderte eine politische Gratwanderung, um das rasche Wirtschaftswachstum mit sozialer Stabilität zu verbinden und spiegelte sich im Fernsehen, einer Mischung aus Patriotismus und aggressiver Konsumwerbung.

Ein Jahrzehnt nach Shanghai drang der Investoren-Städtebau nun auch in die Hauptstadt ein, brach die alten Strukturen auf und besetzte die attraktiven Standorte. Das Kapital kam aus Hongkong und Taiwan, vor allem aber aus China selbst, wo die Lokalverwaltungen, Staatsbetriebe und Kollektive relativ selbständig wirtschafteten. Universitäten bauten auf ihrem Campus Hotels, Apartments und Bürotürme, desolate Fabriken verpachteten ihren Boden und zogen an den Stadtrand, Provinz-Banken traten in Peking als Investoren auf.

Es war erstaunlich, wie trotz der kaum gezügelten Dynamik die „Verbotene Stadt" immer noch das Wachstum der Megastadt prägte. Wie ein räumliches Echo übertrugen die fünf großen, symmetrischen Ringstraßen das innere Rechteck der Palaststadt auf die Gesamtstadt, wobei Diagonalen die Symmetrie noch verstärkten. Die straffe Geometrie der großen Ringstraßen zwang die aus allen Nähten platzende Megastadt in eine kompakte, rund 20 x 20 Kilometer große Stadtfigur, die sich aber an den Rändern auflöste und teilweise schon mit den Satellitenstädten verschmolz. Auf der Makroebene bildeten die Ringstraßen ein übersichtliches Koordinatensystem und dem Besucher eine gute Orientierung, diese löste sich aber in den Hofhausvierteln, Arbeits- und Wohnkollektiven im Gewirr kleiner Gassen auf.

Um die historische Skyline der Paläste nicht zu stören, war die Bauhöhe im Stadtzentrum begrenzt, stieg aber mit zunehmender Entfernung zum Kaiserpalast an. Ab der 3. Ringstraße schossen die Gebäude fast unbegrenzt in die Höhe und so war die Kernstadt im Profil eine riesige „Schüssel" mit einem niedrigen Zentrum und hohen Rändern, umgekehrt wie amerikanische Großstädte mit ihrer

Vertikalen City und flachen *suburbs*. Der Changan-Boulevard war die wichtigste Ost-West-Achse der Stadt, die weit über die Kernstadt hinaus bis zu den östlichen und westlichen Satellitenstädten führte. Im Zentrum war diese Magistrale mit älteren Ministerien und anderen Staatsbauten besetzt, wurde nun aber zu einem linearen *World-City* Zentrum ausgebaut, das sich mit neuen Hotels, Regierungs-Geschäfts- und Bürogebäuden über viele Kilometer erstreckte. Die neuen Gebäude waren riesig, aber weil das Höhenlimit in der Stadtmitte keine Hochhäuser wie in Schanghai zuließ, wirkten sie massig und gedrungen.

Die sozialistische Stadt war durch ein hohes Maß an Selbstversorgung der Arbeits- und Wohnkollektive geprägt – auch dieses System brach nun auf, weil überall neue Läden und Einkaufs-zentren entstanden. Am 1. Ring, ganz in der Nähe der Verbotenen Stadt, baute man gerade mehrere neue Kaufhäuser und in der Wangfu-Straße, die schon früher eine wichtige Einkaufsmeile war, entstand mit der *Oriental Plaza* ein gigantischer Geschäfts- und Bürokomplex. In den neuen Konsumpalästen wurden fast europäische Preise verlangt, auch deshalb bewegten sich die Massen dort noch wie neugierige Besucher und weniger wie alltägliche Konsumenten. Aber es gab in der 12-Millionen-Metropole auch schon einige Millionen kaufkräftige Kunden, die sich das neue Angebot leisten konnten. Einen Kultur- und Freizeitbetrieb mit Weltstadt-Format besaß Peking allerdings noch nicht, sah man von einigen Theatern und Kinos ab. Trotz zahlreicher Restaurants klang das Straßenleben abends in weiten Bereichen bis auf den Nullpunkt ab. Fast zufällig entdeckten wir eine alte Fabrik, ein Geschenk der DDR aus den 1960er Jahren, wo sich eine junge Kunstszene etabliert hatte, deren freizügige Happenings keinen internationalen Vergleich zu scheuen brauchten.

Wie die altchinesischen Städte war auch Peking von einem „Gemüsegürtel" umgeben, ein Ring von Grün- und Agrarflächen, der die Bevölkerung traditionell mit Nahrungsmitteln versorgte und die Kernstadt von den Satellitenstädten trennte. Die Satelliten waren keine Schlafstädte, sondern Großstädte mit einigen hunderttausend Einwohnern und komplett ausgestattet mit städtischen Einrichtungen und Industriegebieten. Die Bebauung drang nun von allen Seiten in den Grüngürtel ein, wobei ein äußerer Autobahnring den Siedlungsdruck noch verstärkte, so dass sich der traditionelle „Gemüsegürtel" in eine unübersichtliche Gemengelage aus Autobahnen, Industrie- und Wohnungsprojekten, Vergnügungsparks, Gemüse- und Obstplantagen verwandelte.

Auch die Kleinstädte und Dörfer der Provinz wurden vom Strukturwandel erfasst. Weil viele Jüngere in der Hauptstadt arbeiteten oder studierten, lebten in den Dörfern vor allem Alte und Kinder. Dennoch herrschte dort keine Armut, wie viele Baustellen zeigten. Besonders pittoreske Orte stellten sich auf den Tourismus ein – bei einer Bevölkerung von 1,4 Milliarden Menschen ein unbegrenztes Potenzial. Das zeigte sich bei den Ming-Gräbern und an der Großen Mauer, die am Wochenende von Besuchermassen buchstäblich überrannt wurden, wie Hunderte von Touristenbussen auf den großen Parkplätzen zeigten.

64 Während Shanghai kompromisslos auf einen rigorosen Stadtumbau und auf Supertürme setzte, suchte man in Peking noch nach einer Architektur, die der historischen und kulturellen Rolle der Hauptstadt entsprach. Die Zeiten, in denen der Bürgermeister von Peking eine „chinesische Architektur" durch das Aufsetzen von Pagoden-Dächern verordnete, waren allerdings vorbei.

Das *Institute of Architecture and Design* in Peking war die wichtigste Instanz, wenn es um architektonische Projekte ging. Wir sahen einen Arbeitssaal, in dem über hundert Architekten und Architektinnen in kleinen Abteilen vor ihren Computern saßen, neben sich westliche Architekturzeitschriften und Werkbücher prominenter Architekten, aus denen man sich freizügig bediente. *Anything goes* – jeder Stil war möglich, so schien es jedenfalls. Für die Chinesen, die lange unter ihren Möglichkeiten gelebt hatten, war das aber kein Problem, sondern Teil einer gigantischen Aufholjagd. Entwicklungshunger und Zukunftsoptimismus herrschten vor, auch wenn es kritische Stimmen gab, die auf das verschwindende historische Erbe und auf die wachsenden Umweltprobleme hinwiesen. Viel stärker war aber der Wunsch, endlich den Rückstand aufzuholen und zu den führenden Weltstädten aufzuschließen.

Um das Bauvolumen zu bewältigen, waren in China viele ausländische Architekten tätig, in der Regel als Co-Designer chinesischer Partner. Dabei hatte sich schon fast eine internationale Arbeitsteilung herauskristallisiert: Amerikanische Architektur-Multis entwarfen die Supertürme, französische Star-Architekten die Kulturbauten und deutsche Architekten und Stadtplaner waren im Wohnungs- und Städtebau präsent. Aus den weltweit importierten Planungskonzepten und Architektursprachen war ein verwirrendes Stil-Chaos entstanden, wobei der Sprung vom sozialistischen Einheitsgrau zur glitzernden Investoren-Architektur so rasch erfolgte, dass es eine solide Alltags-

chitektur und individuelle Bauherren noch kaum gab, weil das Baugeschehen ausschließlich in den Händen großer Investoren und staatlicher Institutionen lag.

Um sich von der Masse abzuheben und als *urban landmark* zu gelten, wurden auch weltbekannte Gebäude kopiert, etwa die *Bank of China* in Hongkong, so dass ich beim Anblick mancher Großbauten ein *Déjà-vu*-Erlebnis hatte. Der Architektur- und Städtebau-Import wurde akzeptiert, weil es noch zu wenig Eigenständiges gab, war aber vor allem Test- und Spielmaterial für einen noch zu findenden eigenen Stil. Das unbekümmerte Klonen konnte man auch auf die konfuzianische Tradition zurückführen, die das Kopieren der Meister zur Tugend erhob, tatsächlich setzten auch die schiere Masse sowie extrem kurze Planungs- und Bauzeiten dem individuellen Entwerfen enge Grenzen. In der allgemeinen Bauhektik wirkten die Prunkbauten aus kommunistischer Zeit in ihrer historisierenden Monumentalität wie ruhige Festpunkte, die sich dem Wettlauf um Originalität und Auffälligkeit entzogen.

Aber es gab keinen Zweifel, dass eine junge Architektengeneration mit wachsender internationaler Erfahrung dies rasch ändern würde. Immer häufiger tauchten in der

Gebäudemasse auch qualitätvolle und innovative Entwürfe auf, vor allem öffentliche Bauten, die der Kapitalverwertung weniger rigoros unterlagen als die kommerziellen Projekte. Manche ließen bereits erkennen, wie eine „chinesische Moderne" aussehen könnte: symmetrische Großformen, zurückhaltende Fassaden, großzügige Atrien, Treppen und Höfe. Natürlich fehlten auch die traditionellen Zitate nicht, vor allem der Kreis und das Quadrat, die in China Himmel und Erde symbolisieren, sowie ein dominierendes, auf Stützen schwebendes Dach. An einem Neubau der *Tsingua*-Universität wurde dies so abstrakt interpretiert, dass es eine echte gestalterische Bereicherung war.

Gleichzeitig regte sich Kritik an der „entfesselten Moderne", in der das historische Erbe unterzugehen drohte. Schon erfreuen sich die *Hutong*-Gassen in Peking, die *Lilong*-Häuser in Shanghai und die traditionelle Alltagsarchitektur der Kleinstädte und Dörfer einer neuen Wertschätzung, auch der wachsende Inland-Tourismus stärkte diese Tendenz. So war in China alles in Bewegung und viele Bausünden konnten auch wieder verschwinden, weil der steigende Bodenpreis alle zwei oder drei Jahrzehnte eine neue Gebäudegeneration hervorbrachte.

65 Das Stadtplanungsamt von Peking war beeindruckend groß wie fast alle öffentlichen Gebäude in China. Die jungen Planer sprachen offen und unbürokratisch über ihr ehrgeiziges Ziel, Peking in eine „erstklassige internationale Metropole" zu verwandeln. Dazu mussten eine Viertel Million Menschen umgesiedelt und Altindustrien ausgelagert werden, um Flächen für neue Projekte freizumachen, vor allem für den Olympia-Park, der den gesamten Norden der Metropole aufwerten sollte. Insgesamt ging es um rund 600 km² neue Entwicklungsflächen, die man zur Modernisierung der Hauptstadt brauchte, was einer Verdoppelung der aktuellen Stadtfläche entsprach. Ausgebaut wurden auch die Satellitenstädte, um die Kernstadt zu entlasten, darüber hinaus plante man regionale Zentren oder *key towns* und eine metropolitane Region bis hin zur Küstenstadt Tianjin.

Die 1,5 Millionen Fahrzeuge, die in Peking zirkulierten, gehörten vor allem staatlichen Firmen und Institutionen, hinzu kamen rund 100 000 kollektiv organisierte Taxis. Nur 15 % der Familien besaßen ein Privatauto, dennoch kam es auf den Hauptstraßen oft zum Dauerstau, wo sich der Autoverkehr, Buskolonnen und Fahrrad-Pulks chaotisch mischten. Es gab zwei Metrolinien: eine Ringlinie um die Verbotene Stadt und eine Ost-West-Linie, die in die Satellitenstädte führte. Das war für eine Megastadt völlig unzureichend, deshalb wollte man die Metro und ein Stadtbahnnetz auf 200 Kilometer ausbauen.

Um den Charakter einer Gartenstadt zu stärken und das Mikroklima zu verbessern, wurden in der Stadt einige Hunderttausend Bäume gepflanzt und Naturschutzgebiete im Umland eingerichtet. Auch die Aufforstung der nahen Gebirge hatte begonnen, um die periodischen Staubstürme zu reduzieren. Zur Verbesserung der Wasserversorgung gab es den Plan, mit einem 100 Kilometer langen Kanal den Yangtse-Fluss anzuzapfen.

66 Eine große Herausforderung war der Wohnungsmangel, ein Erbe der Kulturrevolution und der rigorosen Anti-Stadt-Politik früherer Jahrzehnte. Die fast kostenlose Wohnungsversorgung aus sozialistischer Zeit wurde von einem dynamischen Wohnungsmarkt abgelöst, der vor allem die neue Mittelschicht bediente. Die Zahl großer Wohnungsprojekte allein in Peking ging in die Hunderte und auf den Wohnungsmessen drängten sich die Massen, darunter auch viele, die sich eine neue Wohnung noch gar nicht leisten konnten. Insgesamt wollte man bis 2020 rund 1,5 Millionen Wohnungen bauen, wobei das Spektrum vom Wohnturm bis zur exklusiven Stadtvilla reichte.

Wenn sich in den riesigen Hallen des Militärmuseums von Peking die Besuchermassen drängten, war nicht das Kriegsgerät der chinesischen Revolution die Attraktion, sondern die halbjährlich stattfindende Wohnungsbau-Messe. Diese bot nicht nur den Wohnungssuchenden einen Überblick über einige Hundert Projekte, sondern auch uns Stadtforschern einen interessanten Einblick in den chinesischen Wohnungsmarkt. In der Regel ging es um komplette Wohnquartiere, die von Investoren aus China, Hongkong und Taiwan geplant, gebaut und vermarktet wurden. Die Interessenten waren vor allem junge Paare, die sich reichlich mit Prospekten versorgten und die überdimensionalen Poster und Modelle bestaunten, während eine riesenhafte Mao-Statue im Hintergrund stoisch auf das kapitalistische Treiben herabschaute.

Einen freien Wohnungsmarkt gab es erst seit 15 Jahren; eben noch eine uniforme sozialistische Masse, sortierte sich die städtische Gesellschaft völlig neu. Die Stadtplanung in Peking war relativ flexibel und überließ es weitgehend den Investoren, die im Umbruch untergehenden Altbauquartiere zu ersetzen und neue Wohnformen einzuführen. Der Spielraum, den man den Bauinvestoren dabei gewährte, war größer als in jeder kapitalistischen Stadt.

Die Wohnungsmessen lieferten die plakativen Leitbilder für ein konsum- und statusorientiertes Wohnen – *a new lifestyle* für die aufstrebende Mittelschicht. Geworben wurde mit einer eindrucksvollen, hyperrealistischen Show. Manche Modelle standen in dunklen Räumen und wurden kunstvoll beleuchtet wie ein kostbarer Schrein, vor dem die jungen Paare andächtig verharrten. An den Wänden sah man riesige Abbildungen mit allen Details bis hin zu den Blumenbeeten, die man im neuen Quartier anlegen wollte. Nüchterne Abstraktion war nicht gefragt, transportiert wurde bildhaft, bunt und detailliert das Image einer schönen, neuen Wohnwelt. Der Kontrast zu den grauen sozialistischen Altbauten, in denen viele Kaufinteressenten noch lebten, konnte nicht größer sein.

In der 12-Millionen-Megastadt waren Gärten und Parks ein Luxus und so spielten die Grünflächen eine wichtige Rolle bei der Werbung. Die in Modellen und Grafiken dargestellte Idylle wurde durch blumige Quartiersnamen wie „Garten der Vier Jahreszeiten" oder „Lotus Paradies" unterstrichen, auch Glück bringende Feng-Shui-Symbole hatten hier ihren Platz. Es war, als wollte man den Garten-Luxus, den früher nur der Kaiser und eine kleine Ober-

schicht genossen, nun allen zugänglich machen. Was den Architekturstil betraf, so hielten sich trotz der aggressiven Werbung die gestalterischen Exzesse in Grenzen, vielleicht weil man in der Hauptstadt schon eine gewisse Routine mit modernen und internationalen Bauformen hatte. Auch lösten sich die Projekte in schneller Folge ab, so dass manche der älteren schon wieder aus der Mode gekommen und schlecht zu vermarkten waren.

An einem einzigen Wochenende wurden über 2000 Wohnungen verkauft. Ein regelrechter „Wohnungshunger" schien in Peking ausgebrochen zu sein, der die städtische Gesellschaft in ungeahnte Bewegung versetzte. Vor den Hallen standen Busse, um die Kaufinteressenten zu den Projekten zu fahren. Wir stiegen in einen Bus, was die Verkaufsleiterin etwas irritierte, aber weil sie eventuelle ausländische Käufer nicht abschrecken wollte, konnten wir die Tour mitmachen. Nur unser eifriges Fotografieren nervte sie sichtlich, weil – wie uns ein chinesischer Kollege erklärte – die Investoren befürchteten, dass ihre besten Entwurfsideen umgehend von der Konkurrenz kopiert würden.

Zu sehen gab es vor allem Wohntürme, vielgeschossige Blöcke oder Zeilen. Einfamilienhäuser und Villen waren ein

exklusives Luxus-Segment, das nur an der Peripherie oder im Umland zu finden war. Die Gebäude, zu denen man uns führte, zeigten keinen besonderen „chinesischen Stil", sondern konnten in ihrer kommerziellen Modernität fast überall auf der Welt stehen.

Einheitlich und „typisch chinesisch" war aber die Orientierung der Gebäude nach Süden. Der praktische Sinn dieser alten Feng-Shui-Regel war, sich dem kontrastreichen Klima anzupassen: Eine nach Süden gerichtete Hausfront war im Winter vor den kalten Nordwinden geschützt und fing die tiefstehende Wintersonne ein. Im Sommer dagegen konnte man die hochstehende Sonne leichter abschirmen und auch die Sonneneinstrahlung am Nachmittag reduzieren. Das galt für traditionelle, ein- und zweistöckige Häuser, ob das auch bei modernen Hochhäusern Sinn machte, war eine andere Frage.

Jedenfalls rüttelte der Investoren-Wohnungsbau, der sich vor allem am Profit und weniger an den Traditionen orientierte, nicht an diesem Prinzip. Die Käufer interessierten sich anscheinend nur für Feng-Shui-konforme, südorientierte Wohnungen, deshalb gab es die „richtungslose" europäische Blockbebauung kaum, auch wenn sich insbesondere deutsche Architekten darum bemühten. Gab es Baublöcke im europäischen Stil, so füllte man diese in Ost-West-Richtung meist mit kommerziellen Nutzungen und nur die nach Süden orientierten Bauzeilen mit Wohnungen.

Auch das städtebauliche Konzept war bei vielen Projekten ähnlich: ein klar abgegrenztes Quartier mit einer Nord-Süd-Achse und mehr oder weniger symmetrisch verteilten Gebäudegruppen. Auch die Symmetrie war ein altes chinesisches Prinzip, das für die Investoren praktische Vorteile enthielt, denn man konnte so die großen Baumassen schnell und einfach ordnen.

Die neuen Quartiere grenzten sich durch Mauern, Zäune und Tore voneinander ab, es waren also *gated communities*. Aber auch diese hatten eine lange Tradition in Peking, wo die historischen Viertel ebenso durch Mauern und Tore gesichert waren wie die kommunistischen Arbeits- und Wohnkollektive. In einem abgeschlossenen, halbautonomen Quartier zu leben, war eine Tradition und so wunderte es nicht, dass auch der Investoren-Städtebau diese aufgriff und die Stadt als eine Addition in sich abgeschlossener Siedlungszellen sah und weniger als ein integriertes und durchgängiges System von öffentlichen Straßen und Räumen wie in der europäischen Stadt. Die „künstlichen Quartiere" mit ihren blumigen Namen boten in der sich rasant verändernden Megastadt den Käufern Orientierung, Übersichtlichkeit und Identifikation, was offensichtlich gerne angenommen wurde.

Die Musterwohnungen, die wir sahen, waren modern und funktional, was den Wohnwünschen der Käufer entsprach, die nach vielen Jahren uniformer und oft desolater Wohnverhältnisse nun möglichst modern und nach internationalem Standard wohnen wollten. Die Wohnungen waren relativ groß, wobei 100 m² fast schon als bescheiden galt. Die soziale Spaltung der Metropole, wo sich noch viele Familien mit ein oder zwei Räumen begnügen mussten, schritt also rasch voran. An den relativ geringen Einkommen gemessen waren die Wohnungen nicht billig, die Verschuldung vieler Familien daher signifikant und setzte eine stabile Beschäftigung in der Zukunft voraus.

Schätzungsweise eine Million Familien war auf der Suche nach einer neuen Wohnung, was den gigantischen Bauboom erklärte. Dieser wurde durch günstige Kredite gefördert, weil auch der Staat ein Interesse an einer florierenden Bauwirtschaft hatte. Von der Planung bis zum Verkauf der Projekte dauerte es selten länger als ein Jahr und der Investor musste mindestens den Rohbau erstellen, bevor er mit dem Verkauf beginnen konnte. In der Regel setzten die Investoren ihre Projekte rücksichtslos in die alten Stadtviertel, weil sie davon ausgingen, dass die Altbauten und *Danweis* ohnehin verschwinden würden. Die neuen Quartiere zogen kommerzielle Aktivitäten an, so dass im Umfeld auch neue Geschäftsstraßen entstanden, einschließlich großer Einkaufszentren und Möbelhäuser.

Zum sozialen Aufstieg gehörte auch ein Auto und das war in Peking relativ neu. Noch vor wenigen Jahren konnte sich niemand eine so rasche private Motorisierung vorstellen, die natürlich auf Kosten der Frei- und Grünflächen ging, weil man mehr Platz für Zufahrtsstraßen und Stellplätze brauchte. Es gab auch schon Tiefgaragen, was aber die Wohnungskosten in die Höhe trieb.

Die Projekte lagen meist in der Kernstadt von Peking, vor allem am 3., 4. oder 5. Ring, wo es praktisch keine Bauhöhenbegrenzung gab. Attraktiv waren der Norden mit dem neuen Olympia-Park und der Osten, wo gerade der neue *Central Business District* entstand. Dabei bildeten sich gute und weniger gute Wohnlagen heraus – auch das ein Hinweis auf die beginnende sozialräumliche Segregation. Nicht nur die Einkommensschichten, auch die Generationen rückten auseinander, weil vor allem junge Paare in die Neubauten zogen, während die Eltern und Großeltern oft noch im alten Quartier verblieben. Die Stadtpolitik griff kaum in den Segregationsprozess ein, allenfalls wurde den

Bewohnern der abgerissenen Viertel eine Hilfestellung bei der Beschaffung einer neuen Wohnung gewährt.

Es war nicht ganz einfach, bewohnte Neubauquartiere zu besichtigen, oft scheiterten wir schon am Eingang und erst ein persönlicher Kontakt öffnete das Tor. Wenn wir mit Hilfe unserer Dolmetscherin mit den Bewohnern sprachen, so zeigten sich diese mit der Wohnsituation zufrieden. Viele Nachbarschaften hatten eine eigene Homepage, um Probleme zu diskutieren und Gleichgesinnte in diversen Sport- und Hobby-Gruppen zu finden.

Nach dem Verkauf ging das Quartier in die Selbstverwaltung der Bewohner über, was eine professionelle Hausverwaltung erforderte. Die Neben- und Unterhaltungskosten der neuen Wohnungen wurden auf der Wohnungsmesse kaum thematisiert, waren aber später ein Dauerthema und machten den Bewohnern gelegentlich Sorgen. Es gab Klagen über Bauschäden in den schnell erstellten Gebäuden und in der Tat sahen auch wir schon Risse im Putz oder andere kleine Schäden. Die Heizungskosten im Winter und die Klimaanlagen im Sommer waren noch relativ billig, aber jeder wusste, dass sich das ändern konnte.

Der Wohnungswert stieg rasch an, und so spekulierten viele darauf, ihre Wohnung nach einiger Zeit günstig zu verkaufen, um dann in eine größere Wohnung zu ziehen, auch wegen der Eltern, die man eventuell zu sich holen wollte, weil es noch kaum Altersheime gab. Für manche jungen Paare der Ein-Kind-Generation bedeutete das im Extremfall, sich für ein späteres Zusammenleben mit vier Großeltern einzurichten.

67

Nach mehreren Aufenthalten in Peking war die Zeit reif für einen gemeinsamen Workshop mit der *Beijing Technical University*. Für die meisten chinesischen Studenten war dies die erste direkte Begegnung mit ausländischen Partnern und so bestimmte eine zurückhaltende Neugier das Treffen, was aber schnell in einen kollegialen Austausch überging. Am Abend, wenn bei unseren Studenten Feierlaune aufkam, zogen sich ihre chinesischen Kommilitonen aber schon früh zurück mit dem Hinweis auf den anstrengenden nächsten Tag. Ob der Lebensstil der chinesischen Studenten tatsächlich so unterschiedlich war oder ob man diesen nahegelegt hatte, nicht allzu eng mit uns Ausländern zu fraternisieren, wussten wir natürlich nicht.

Abends saßen ein Stuttgarter Kollege und ich im kleinen Uni-Restaurant ratlos vor einer chinesischen Speisekarte und gingen das Wagnis ein, blindlings auf ein Gericht zu tippen. Die Bedienung schaute uns verwundert an, verschwand in der Küche und nach kurzer Zeit starrte das gesamte Küchenpersonal durch die Küchentür, flüsterte und kicherte. Die Bedienung kam nochmals, zeigte nachdrücklich auf ein anderes Gericht in der Karte und wir nickten. Es kamen dann – völlig unspektakulär – gebratene Nudeln mit Huhn. Bald kannten wir uns auf der Karte besser aus und stellten fest, dass die Gerichte zwar ähnlich hießen wie in deutschen China-Restaurants, aber anders schmeckten. Was das Küchenpersonal aufgeschreckt hatte, blieb ein Geheimnis, das wir auch mit neugierigen Fragen nicht klären konnten. Möglicherweise hatten wir auf frittierte Hühnerembryos oder panierte Maden getippt, die wie andere uns unbekannte Delikatessen in den kleinen Garküchen einer nahegelegenen „Fressgasse" zubereitet wurden.

Uns fiel auf, dass chinesische Übersetzungen deutlich kürzer waren als der entsprechende deutsche Text. Wie war es möglich, einen gegebenen Inhalt in einer Sprache viel kürzer auszudrücken als in einer anderen? Schließlich fand mein Kollege eine Erklärung: Was wir im Deutschen als eine Folge von Buchstaben und Worten als Satz formulierten, packten die Chinesen sozusagen übereinander in vier oder fünf komplexe Schriftzeichen, die aber, rein schreibtechnisch gesehen, ähnlich viele Schreibbewegungen erforderten wie ein deutscher Satz, wie wir experimentell feststellten. Wir waren beruhigt, dass die Chinesen, was ihre Schrift betraf, doch nicht so viel genialer waren als wir.

Das Thema des Workshops waren die *Hutongs*, die alten Hofhaus-Viertel Pekings, die meist aus dem 19. Jahrhundert stammten. Ich war nicht sicher, ob es auch das Wunschthema der chinesischen Kollegen war, zusammen mit uns Ausländern die oft ärmlichen Hofhäuser der Altstadt zu untersuchen, wo es doch so viele beeindruckende neue Projekte gab. Aber die Diskussion über die Zukunft der Hofhaus-Viertel nahm gerade Fahrt auf und so ließ man sich auf das Thema ein. Ein zugkräftiges Argument war der Hinweis auf den Tourismus, denn die Olympiade 2008 würde Millionen von ausländischen Besuchern anziehen, die sich nicht nur für spektakuläre Neubauten, sondern auch für traditionelle Altstädte interessierten.

Der Bauboom setzte insbesondere die zentral gelegenen Hofhaus-Quartiere unter Druck und Straßendurchbrüche, Neubauten und Abriss hatten bereits viele zerstört. Mit Toren und Tempeln, engen Gassen, Handwerk und Kleinhandel boten manche *Hutongs* noch immer ein reizvolles Bild, ein näherer Blick zeigte aber, dass die Idylle brüchig war, denn labyrinthisch überbaute Höfe und Gänge, öffentliche Toiletten und schlechte Bausubstanz machten jede Sanierung schwierig und teuer. Viele Viertel waren zur Sozialnische abgesunken, wo nun der ärmste Teil der Stadtbevölkerung und die Wanderarbeiter den Abbruch der Häuser erwarteten. Der Abriss ganzer Straßenzüge wurde nicht öffentlich diskutiert, sondern war ein autoritärer

administrativer Akt, der die Bewohner einige Wochen vor Ankunft der Bagger vor vollendete Tatsachen stellte.

Das Verschwinden der historischen *Hutongs* stieß nicht nur bei den betroffenen Bewohnern, sondern auch bei engagierten Architekten, Stadtplanern und Bürgern auf Kritik, was gelegentlich auch Wirkung zeigte. Einige Hofhaus-Viertel standen bereits unter Schutz und in anderen hatte man einige Häuser restauriert und die Gasse zum „touristischen Korridor" erklärt. Andere *Hutongs* wurden aber nur ummauert, um den desolaten Zustand zu verbergen.

Wir fanden ein exemplarisches Untersuchungsgebiet in der Nähe des Tiananmen-Platzes. Ich weiß nicht, welche offiziellen Genehmigungen es dazu brauchte, denn Feldforschung von Aus-ländern war in China strikt reglementiert. Bei der Besichtigung sah ich mir eine Gemeinschaftstoilette an, die seit Maos Zeiten in der Gasse stand, und stieß mir dabei den Kopf an der niedrigen Tür, was einige herumsitzende Alte köstlich amüsierte. Die Empathie mit neugierigen Langnasen hielt sich offensichtlich in Grenzen, dennoch bekamen wir mit Hilfe der chinesischen Studenten einen guten Kontakt zu den Bewohnern. Die Frage, die bei diesem Workshop zu beantworten war, lautete: Welche Zu-

kunft hat ein armes, aber lebendiges Quartier mit einstöckigen, vielfach desolaten Hofhäusern im Zentrum einer boomenden Megastadt? Die Gruppen studierten Pläne, fertigten Skizzen an, sprachen mit den Bewohnern und beschäftigten sich mit altchinesischen Hausformen. Wir rekonstruierten zeichnerisch den Originalzustand einiger Häuser, wozu es einen fast archäologischen Spürsinn brauchte, denn die Gebäude waren voll von improvisierten Anbauten und Veränderungen aus neuerer Zeit. Einige schlugen eine authentische Rekonstruktion vor, wobei man aber Ersatzwohnungen brauchte, um die Wohndichte zu reduzieren, andere wollten die Viertel abreißen, um die zentral gelegenen Flächen adäquat zu nutzen. In Seoul, wo es ähnliche Hofhaus-Quartiere gab, hatten sich einige zu attraktiven Unterhaltungs- und Gastronomievierteln entwickelt – möglicherweise war dies auch eine realistische Perspektive zumindest für einige *Hutongs*.

Bei der Abschlussveranstaltung bekam jeder Teilnehmer eine Urkunde und ein Banner an der Wand feierte die internationale Kooperation. Eine feuchtfröhliche studentische Abschieds- und Verbrüderungsparty, wie sie in Lateinamerika nach solchen Workshops üblich war, gab es aber nicht, dafür ein gemeinsames Abendessen in einem Restaurant groß wie eine Bahnhofshalle. Ich war beeindruckt, welche Fülle an Speisen man da auffuhr und lernte, dass die wahre Kunst der Peking-Ente darin bestand, nur die knusprige Haut und die zarte Fettschicht vom Kellner abschälen zu lassen und ihn mit dem Rest wieder fortzuschicken, ganz ähnlich wie es angeblich die Kaiser der Ming-Dynastie gemacht hatten.

Zum Gegenbesuch kam eine Gruppe chinesischer Dozenten nach Stuttgart und wir besuchten unter anderem ein „ökologisches Viertel" in Freiburg, wo vor allem umweltbewusste Akademiker wohnten, was man schon an den vielen Kindern, Fahrrädern und Kräutergärten sah. Natürlich waren die Häuser individuell, umweltfreundlich und energiesparend. Die Chinesen schauten sich etwas ratlos um, bis schließlich einer sagte: „Diese Häuser sind aber nicht schön!". Man stellte sich damals in China schöne Häuser mit säulen- und arkadengeschmückten Fassaden vor und nicht als raffiniert konstruierte Energiesparhäuser und so hatten wir einige Mühe, dieses neue Architekturkonzept zu vermitteln.

Wir besuchten auch die Frauenhofer-Gesellschaft, die uns eine neue Bautechnik vorstellte. Der diskrete Hinweis, dass es sich um eine interne Forschung handelte, befeuerte den Eifer der Gruppe, den Prototyp von allen Seiten zu fotografieren, so dass uns der Forscher rasch weiterführte. Darüber hinaus war der Umgang mit chinesischen Gruppen aber unkompliziert, denn sie waren neugierig, humorvoll und hatten Respekt vor älteren Personen, also vor uns. Auch die Ernährung der Gruppe, die zum ersten Mal im Ausland war, war unproblematischer als gedacht. Wir baten den Koch, die üblichen deutschen Gerichte zu servieren, aber möglichst kleingeschnitten und mundgerecht auf großen Platten arrangiert. Als Favorit stellte sich dabei ein fein zerstückeltes Eisbein mit Klößen und Sauerkraut heraus.

68 Die chinesischen Großstädte waren längst gigantische Baustellen, der Boom hatte aber viele ländliche Regionen übersprungen oder noch nicht erreicht. Millionen armer Bauern wanderten in die Städte, wo sie auf den Baustellen gebraucht wurden, aber wenig Rechte hatten. Allerdings war diese ambivalente Politik kaum mehr durchzusetzen, so dass einige Städte den Zuwanderern bereits einen dauerhaften Aufenthalt gewährten. Auch der Staat war daran interessiert, die Bauwirtschaft mit billigen Arbeitskräften in Schwung zu halten und gleichzeitig den Armutsdruck auf dem Land und in den Dörfern durch eine kontrollierte Abwanderung zu verringern.

Wir fuhren mit dem Auto durch die Provinz Hangzhou entlang schnurgerader Pappel-Alleen durch endlose Reis- und Gemüsefelder mit vielen Fischteichen. Die Menschen in den Dörfern waren freundlich und mit Hilfe unserer Dolmetscherin konnten wir einige Gehöfte besuchen. Das waren traditionelle Hofhäuser, in der Regel ein Haupthaus mit zwei Nebengebäuden, die einen U-förmigen Grundriss bildeten. Natürlich waren die Häuser nach alten Feng-Shui-Regeln gebaut, das Haupthaus blickte nach Süden und war selbst an einem kalten Frühlingstag gut temperiert, weil die Wintersonne durchs Fenster schien.

Wir hielten in einer kleinen Siedlung, die wie ein traditionelles Dorf aussah, aber ein ländliches Arbeitskollektiv war, das zu einer Ziegelfabrik gehörte. Das schien ein florierendes Gewerbe zu sein, denn überall stapelten sich gewaltige Mengen an Baumaterial. In den nächsten Dörfern sahen wir den Grund dafür. Im Gegensatz zu den armen, abgelegenen Provinzen stieß man in der Hangzhou-Provinz auf eine überraschende Prosperität. Offensichtlich erzielten die land-wirtschaftlichen Produkte einen guten Preis und viele Dorfbewohner arbeiteten in der Stadt.

So war im Umland von Hangzhou, einer dynamischen Industriestadt im Südwesten Chinas, ein regelrechter

"Speckgürtel" entstanden. Überall wurden die schlichten grauen Bauernhäuser aus der Mao-Zeit großzügig umgebaut oder durch Neubauten ersetzt. Wie die alten, so bildeten auch die neuen Häuser südorientierte Zeilen, freistehende Einzelhäuser gab es praktisch nicht. Die Bauern hatten ein permanentes Nutzungsrecht und der Ausbau der Häuser an alter Stelle wurde toleriert, planloses Bauen in den Gemüse- und Reisfeldern aber nicht.

Der plötzliche Höhensprung von zwei auf vier bis sechs Geschosse verlieh den Dörfern einen fast städtischen Charakter. Wie unfertige Straßenzüge standen die Hauszeilen in den Feldern, wobei sich der neue Haustyp überall glich: ein zurückgesetztes Erdgeschoss, das als Laden, Werkstatt oder Lager diente, darüber mehrere Wohngeschosse. Gebaut wurde mit Ziegeln, die in lokalen Fabriken hergestellt wurden. Die Häuser waren groß, der innere Ausbau, soweit wir sahen, aber eher rudimentär. Ganze Geschosse wurden kaum genutzt – anscheinend baute man viel auf Vorrat, weil dies als gute Kapitalanlage galt. Wegen der Ein-Kind-Politik gab es praktisch keine vielköpfigen Großfamilien, deshalb wohnten in den Häusern meist Kleinfamilien und Großeltern, in der Regel nicht mehr als fünf oder sechs

Personen. Der Raumstandard in diesen gut situierten Dörfern war damit ungleich höher als in der Stadt, wo viele noch beengt in Altbauten lebten.

Die schlichten Ziegelfassaden verschwanden, sobald das Einkommen stieg. Dann wurde das Haus mit farbigen Kacheln, Spiegelfenstern und Balkonen überzogen; die Krönung war ein „chinesisches Dach" mit Turm, geschmückt mit orientalischen Goldkugeln oder riesigen Antennen, die an Eiffelturm-Miniaturen erinnerten. Kurzum: Die rustikalen Rohbauten verwandelten sich in vertikale Villen, in eine exotisch-pittoreske Wohnarchitektur, die dem Bedürfnis nach Farbe und Dekor freien Lauf ließ. Die Metamorphose von ärmlichen, grauen Bauernhäusern in üppig dekorierte Stadthäuser inmitten der Reis- und Gemüsefelder bot ein seltsames Bild, so als ob man sich nicht entscheiden konnte, ob man Dorf bleiben oder Stadt werden wollte.

Der ländliche Bauboom stellte eine interessante Variante zum städtischen Bauen in China dar, das fast ausschließlich in den Händen von kommerziellen Großinvestoren lag. So war das ländliche Bauen auch eine kleinteilige, vernakulare „Volksarchitektur" und ein Hinweis darauf, dass sich die gigantische Bauwelle in China regional zu differenzieren begann. Problematisch waren natürlich die städtebaulichen Folgen der weitläufig in den Gemüse- und Reisfeldern stehenden Bauinseln mit improvisierten Straßen und mangelhafter Infrastruktur.

Gleichzeitig expandierten die Großstädte und das Zusammenwachsen mit den „vertikalen Dörfern" im Umland war unaufhaltsam. Sicher verschwanden dabei einige dieser eben erst erneuerten Dörfer, um kommerziellen Großprojekten Platz zu machen. Die expansive Verstädterung in Südchina vernichtete jedes Jahr viele Hunderttausend Hektar fruchtbares Reis- und Ackerland, was der Regierung zunehmend Kopfzerbrechen bereitete.

69

Wir fuhren weiter durch eine bergige und bewaldete Region nach Longquan. Die kleine Stadt lag in einer reizvollen, schwarzwaldähnlichen Landschaft in einem Tal und war früher nur über den Fluss zu erreichen. Die fruchtbare Talsohle war mit Reisfeldern bedeckt und die Bauernhäuser drängten sich an die Hangkante, um das wertvolle Ackerland zu schonen. Der historische Ortskern, nun eine vernachlässigte Altstadt, lag an einer engen Stelle zwischen Fluss und Hang, wo es früher auch einen Hafen gab.

Longquan hatte rund 80 000 Einwohner, war also für chinesische Verhältnisse ein winziger Ort. Die neue Uferfront war dicht mit Läden besetzt, aber dahinter standen alte, von Umbauten und Werbung völlig überwucherte Plattenbauten. In den Seitengassen sahen wir ärmliche Straßenmärkte, die anscheinend viele Menschen über Wasser hielten. Die gesamte Stadt war eine einzige Fußgänger- und Fahrradzone, aber schon zeigte sich die lärmende Vorstufe der Motorisierung: zahlreiche Motorräder, die regellos Fußgänger, Fahrräder und Fahrrad-Taxis überholten, auch die Zahl der Autos stieg rasch an. Kleinstädtisch war auch das öffentliche Leben. Wie in der Provinz üblich, machte die

Stadt eine ausgedehnte Mittagspause und abends versammelten sich die Menschen am Fluss und erfreuten sich an farbigen Laserspielen als Ersatz für den noch fehlenden Kultur- und Unterhaltungsbetrieb.

Wir trafen den Bürgermeister und andere Honoratioren, wobei wie so oft in China nicht ganz klar war, wer hier das Sagen hatte. Man hatte uns eingeladen, Vorträge zum nachhaltigen Bauen zu halten, aber unsere eher unspektakulären deutschen Beispiele, bei denen es um Energiesparhäuser, Flächenrecycling und Verkehrsberuhigung ging, trafen wohl nicht ganz die Aufbruchsstimmung in dieser kleinen Stadt. Wir benutzten für unsere Vorträge damals noch Dias, aber die Chinesen hatten für uns einen elektronischen *beamer* bereitgestellt, der in deutschen Universitäten noch recht selten war. So holten sie einen verstaubten Dia-Projektor hervor, der schon beim ersten Bild mit einem zischenden Geräusch und einer kleinen Rauchwolke den Geist aufgab. Glücklicherweise gab es einen zweiten, der den Vortrag tadellos überstand.

Die Zuhörer waren kein akademisches Publikum, sondern Beamte aus allen Fachgebieten, die man zum Vortrag beordert hatte. Man hörte höflich zu und nach einer Weile

sank hier und da ein Kopf auf das Pult zu einem kurzen Nickerchen – das sei so üblich, beruhigte uns die Dolmetscherin. Fragen und Kommentare gab es kaum, vielleicht auch wegen einiger Übersetzungsschwierigkeiten, denn wir stellten verwundert fest, dass ein langer Satz von uns in der Übersetzung oft zu wenigen chinesischen Silben schrumpfte, während ein kurzes Statement eine längere chinesische Satzkaskade auslöste. Offensichtlich war die deutsche mit der chinesischen Fachsprache noch nicht gut synchronisiert, so dass es unklar blieb, was wir inhaltlich vermitteln konnten.

Lebhafter war die abendliche Einladung in einem Restaurant. Die Chinesen unterhielten sich angeregt, wovon wir aber trotz einiger Übersetzungsversuche wenig verstanden. Man servierte die besonderen Spezialitäten dieser Region und unsere Gastgeber beobachteten gespannt, wie wir etwas ratlos auf die Leckerbissen schauten. Bei gerösteten schwarzen Skorpionen lief es auf eine echte Mutprobe hinaus, die wir aber bestanden, wie wir dem anerkennenden Nicken entnahmen. Das Abendessen wurde durch häufige *Campei*-Trinksprüche mit einem hochprozentigen Schnaps unterbrochen, wobei man das Glas in einem Zug leerte. Nach drei oder vier Durchgängen füllte ich diskret das Glas mit Wasser nach und mir kam der Verdacht, dass die Chinesen das ebenso taten, denn kein Mensch vertrug so viel Alkohol wie es die vielen Trinksprüche verlangten.

Es wurden immer neue Gerichte aufgetragen und die noch halbvollen Platten abgeräumt. Ich begriff, dass es bei solchen formellen Essen weniger um eine gute Mahlzeit ging, sondern um eine Demonstration von Luxus und Überfluss, indem man wählerisch mit den Stäbchen einige Häppchen herauspickte, den großen Rest aber abtragen und eine neue Platte kommen ließ. Vielleicht war das die provinzielle Nachahmung der früheren kaiserlichen Gepflogenheiten, bei denen der Herrscher vor 200 verschiedenen Gerichten saß. Das machte Sinn in einem intriganten Palastumfeld, in dem der Kaiser immer mit Giftanschlägen rechnen musste, uns erschien dies als pure Verschwendung.

Wir besichtigten Longquan und sahen, dass es hier mit der provinziellen Ruhe bald vorbei sein würde. Seit dem Bau einer neuen Überlandstraße expandierte die kleine Stadt in einer Weise, die fast schon großstädtische Dimensionen hatte. Offensichtlich sprang in China die Wachstumsdynamik auf die mittleren und kleinen Städte über, die mit aller Kraft versuchten, den Erfolg der großen zu wiederholen. Der Boom hatte Longquan fast über Nacht erfasst, so dass es kaum Zeit für eine vorbereitende Planung gab. Man sprach zwar von einem Entwicklungskonzept, das aber, wie uns schien, nahezu deckungsgleich mit dem spekulativen Bodenmarkt war. Die Ausweisung neuer Industrie- und Wohngebiete war, wie überall in China, profitabel für die Stadt, die den Boden meistbietend an Investoren verpachtete. Deshalb stellte man die Weichen hin zu einer ungebremsten Expansion, wobei auch ganze Dörfer abgerissen wurden, wenn sie im Weg standen. Die wichtigen Entscheidungen fielen in den geschlossenen Zirkeln der Stadtverwaltung, der Partei und Technokraten und es gab

keinen Hinweis darauf, dass die Bevölkerung in irgendeiner Weise beteiligt war. Moderne Stadt- und Verkehrsplanung, Stadterneuerung, Landschafts- und Umweltschutz waren durchaus Themen in der lokalen Diskussion, die aber von der Wachstumsdynamik überrollt wurde.

Die umliegenden Hänge waren mit Teeplantagen, alten Familiengräbern und Wald bedeckt, deshalb hatte sich die Stadt für die Bebauung der Talsohle entschieden. Die ausgedehnten Reisfelder waren nun Schauplatz einer hektischen Bauaktivität und wer es sich leisten konnte, zog in den neuen Stadtteil, so dass eine soziale Entmischung absehbar war. Einkaufszentren und Läden folgten, was die wichtigen städtischen Aktivitäten hin zur Neustadt verschob. Die Aufbruchstimmung wurde durch den Bau einer Autobahn verstärkt, was die Lokalpolitiker zu weitgreifenden Visionen verführte. Der Bürgermeister erzählte stolz, dass sich die Siedlungsfläche in den nächsten zehn Jahren verdoppeln würde – ein Kraftakt, dessen Konsequenzen und Folgekosten wahrscheinlich niemand überblickte.

Das Leben hatte sich bislang uniform in den Wohn- und Arbeitskollektiven vollzogen und wir hätten gern näher erforscht, was der drastische Umbruch für die Stadt und

ihre Bewohner bedeutete, aber dazu fehlte die Zeit. Wo sollte gebaut werden und wo nicht? Wo die neuen Industrie- und Gewerbegebiete ansiedeln und wohin mit dem Verkehr im engen Tal? Solche Entscheidungen wurden nahezu ad hoc und kurz vor Baubeginn getroffen. Es war sicher richtig, die Hügel und Berghänge zu schonen, aber auch die Aufsiedlung der Talsohle war problematisch, weil der Reisanbau komplett aus dem Tal verschwand und damit auch die natürlichen Überschwemmungsflächen – ein Risiko, das auch die Dämme und Uferbefestigungen nicht völlig beseitigen konnten.

Die historische Altstadt am westlichen Stadtrand geriet dabei weiter ins Abseits. Der Zustand der alten Häuser war schlecht, dennoch konnte man sich noch gut das traditionelle Kleinstadtleben vorstellen. Vor einem Haus saßen Körbe flechtende Frauen wie schon Generationen zuvor und in der gewundenen Hauptgasse stießen wir auf eine Werkstatt, in der uralte Geräte und Werkzeuge herumstanden wie in einem verstaubten Heimatmuseum. Offenbar hatten die Stadtoberen aber ausschließlich die Neustadt im Blick und kümmerten sich wenig um die historische „Stadt am Fluß", obwohl diese noch viele authentische Merkmale aufwies.

In den Gesprächen wurde nie ganz klar, worauf sich der plötzliche Bauboom in Longquian eigentlich gründete. Die in ganz China berühmte jadegrüne *Celadon*-Keramik dieser Region bot eine Chance, reichte aber als ökonomische Basis kaum aus. So war es noch offen, ob Longquan in Zukunft ein regionales Dienstleistungszentrum, eine moderne Industriestadt oder ein Kultur- und Tourismus-Ort werden wollte. Offen war auch, was nach der kompletten Bebauung der Talsohle geschehen sollte, die schon mittelfristig absehbar war, so dass man schon den Bau einer Satellitenstadt in einem anderen Tal diskutierte.

Aber noch herrschte in der Stadt – wie in anderen chinesischen Boom-Städten – eine verwirrende Ungleichzeitigkeit von traditionellen Reisfeldern und Bauern, Korbflechtern, hektischen Baustellen, Supermärkten und neuen Apartmenthäusern. Offensichtlich hatte in dieser von Bergen und Fluss eingeengten Stadt die Forderung nach einer „nachhaltigen Stadtentwicklung" eine besondere Bedeutung. Hätten wir das im Voraus gewusst, wäre unser Vortrag anders ausgefallen und vielleicht hätte der eine oder andere Beamte im Saal auf sein Nickerchen verzichtet.

Zum Abschluss überreichte uns der Bürgermeister eine jadegrüne Keramikschale und spendierte uns eine chinesische Fußmassage mit der Ankündigung, dass wir danach wie auf Wolken wandeln würden. Bemerkenswert war der Ablauf der Prozedur. Der erste Akt bestand darin, die Füße einzuweichen, um nicht zu sagen: aufzukochen. Drei junge Frauen in dekorativer Arbeitskleidung – dem Eindruck nach angelernte Bauernmädchen – tauchten unsere Beine in Bottiche mit heißem Kräuterwasser und dies so lange, bis der Schmerz nach einigen Minuten nachließ.

Dann saßen sie auf Hockern vor uns und begannen im gleichen Takt die Waden zu klopfen und zu massieren. Auf ein geheimes Zeichen hin ergriffen sie die Füße, walkten und kneteten auch diese gründlich durch. Ein neues Kommando galt unseren Zehen. Jeder einzelne wurde maximal gezogen und gedreht, bis die Knöchel knackten. Und dann kam, was nur mit dem Zahnarzt vergleichbar war: Wieder im genau gleichen Takt bohrten die Mädchen ihre Daumen in die weichen Stellen der Fußsohlen, so dass der neue Schmerz den alten völlig vergessen ließ.

Danach erstellten die Mädchen Schnelldiagnosen anhand der Nervenenden, die sie an den Fußsohlen ertasteten. So wussten wir bald, welche Herz-, Nieren- und anderen Probleme in Zukunft auf uns warteten. Zum Schluss salbten und ölten sie die krebsrot angelaufenen Füße und wir wurden entlassen. Der Bürgermeister hatte Recht – wir gingen erfrischt und leichtfüßig wie auf einer Wolke.

70 Die südchinesische Stadt Suzhou, seit Marco Polo auch das „Venedig des Ostens" genannt, blickte auf eine 2500-jährige Geschichte zurück. Als Zentrum der Seidenproduktion und am alten Kaiserkanal gelegen, der im alten China mit rund 1000 Kilometer Länge Südchina und Nordchina verband, war die Stadt schon früh ein bedeutendes Handelszentrum, wie die prachtvollen historischen Häuser und Gärten der reichen Händler und Beamten zeigten. In kommunistischer Zeit nahm man allerdings wenig Rücksicht auf das historische Erbe, wie überall in China wollte man die „ausbeuterische Feudalstadt" in eine „produktive Industriestadt" verwandeln. Ganze Quartiere verschwanden, um neuen Zentren, Wohn- und Industriegebieten Platz zu machen, gleichzeitig wurden viele Kanäle zugeschüttet und in Stadtstraßen verwandelt, was das komplexe Kanalsystem und die Wasserzirkulation schwer beschädigte.

Seit 1985 war Suzhou eine Sonderwirtschaftszone mit rund einer Million Einwohnern und die dynamische Entwicklung ließ eine Neustadt mit Wohngebieten und Hi-Tech-Industrie entstehen. Auch die Seidenproduktion war nach wie vor ein wichtiger Wirtschaftsfaktor, ebenso der

wachsende Inland-Tourismus. Seit 1997 standen die alten Tempel und Gärten als UNESCO-Weltkulturerbe unter Schutz, insbesondere der „Garten des bescheidenen Beamten" von 1513 mit einer Miniatur-Landschaft, der „Garten des Verweilens" mit Aussichtpavillons und künstlichen Felsen und der „Tigerhügel" mit der siebenstöckigen Wolkenfelsen-Pagode.

Um die restliche Bausubstanz stand es aber schlecht. Ganze Quartiere verfielen, man reparierte die alten Häuser mit unpassenden Materialien und verlegte die Eingänge vom Kanal hin zur Straße, was die Häuser völlig veränderte. Die alten Anlegestellen verfielen, Algen und Müll sammelten sich im stehenden Wasser an und die Bewohner, die früher mit kleinen Booten die Nachbarn und den Markt besuchten, bewegten sich nun als Fußgänger oder motorisiert auf den Straßen.

Seit einigen Jahren stemmte sich die Stadtverwaltung dem Verfall entgegen. Das Kanalsystem wurde teilweise erneuert, auch wenn es kaum noch echte Funktionen hatte. Das erforderte neben einer Säuberung die Erneuerung der Uferanlagen und Brücken sowie die Wiederherstellung der Wasserzirkulation. Man beschäftigte sich wieder mit der traditionellen Architektur und um das alte Stadtbild wenigstens annähernd zu erhalten, wurden Häuser im alten Suzhou-Stil gebaut, wobei man in China kein Problem mit guten Architekturkopien hatte.

Nicht nur in Suzhou, in ganz Südchina prägten zahllose Kanäle das Landschaftsbild, die ihre Bedeutung für den Warentransport aber weitgehend verloren hatten, weil man alles auf den Straßen transportierte. Nur selten sah man noch ein Motorschiff mit mehreren Kähnen, die mit Kohle oder Kies beladen waren. So boten die kleinen Wasserstädte – trotz oder wegen der Vernachlässigung – ein malerisches Bild. Die jahrhundertealten Kanäle waren von Bäumen überwuchert und Lastkähne aus der Mao-Zeit lagen halb versunken am Ufer. Überrascht stellte ich fest, dass die Boote aus einer einzigen Betonschale bestanden, - eine genial einfache und fast unverwüstliche Konstruktion.

Wir besuchten eine dieser kleinen Wasserstädte. Der Weg führte über eine kunstvolle Steinbrücke und durch ein Tor, dann über einen kleinen Platz mit einem Tempel, bis wir in der gewundenen Hauptgasse des Städtchens standen, ein aus der Zeit gefallenes Ambiente mit alten schwarz-weißen Fachwerkhäusern, die fast japanisch anmuteten. Jedes Haus hatte einen direkten Zugang zum halb verfallenen Kanal, auf dem noch etliche Boote dümpelten – ein romantisches Bild wie geschaffen für einen Kunst-Fotografen oder Maler.

Ich blickte durch eine offene Tür und sah eine alte Frau am Herd hantieren. Der Raum war dunkel und rußgeschwärzt, nur von einem winzigen Fenster fiel ein Lichtstrahl auf ihr Gesicht und auf die weißen Haare – auch dies ein Bild wie von den alten Holländern gemalt. Das konnte keine touristische Inszenierung sein.

71

Ein chinesischer Doktorand hatte gute Kontakte nach Wuhan und so erhielten wir überraschend die Einladung, uns an einem städtebaulichen Wettbewerb zu beteiligen. Es ging um eine Insel im Jangtsekiang-Fluss, die neu bebaut und als „Kulturinsel" die Stadtgebiete auf beiden Flussseiten verbinden sollte. Wir entwickelten ein Konzept, zeichneten Pläne und bauten ein Modell. Zur Vorstellung flogen wir nach Wuhan, wo in einer offiziellen Veranstaltung die Entwürfe präsentiert werden sollten. Unsere Sorge war, dass das Modell, das wir zerlegt und als Flugfracht vorausgeschickt hatten, auf dem langen Weg möglicherweise verloren ging und wir buchstäblich mit leeren Händen dastanden. Aber das Modell war da und wir bauten unsere Präsentation neben zehn anderen chinesischen Wettbewerbern in einem Saal auf.

Was wir dann an den Wänden und auf den Präsentiertischen sahen, ging weit über das hinaus, was in Deutschland bei solchen Wettbewerben üblich war: computergenerierte Simulationen oder *randerings* im Tapeten-Format, hyperrealistisch wie Postkarten und dazu detailreiche und effektvoll beleuchtete Modelle aus Plexiglas. Wir ahnten, dass es hier eine andere Vorstellung davon gab, wie eine städtebauliche Idee zu vermitteln war: Der Vorschlag musste so bildhaft und detailreich wie möglich sein, um den Bürgermeister und andere Lokalpolitiker zu beeindrucken, die keine Architekten oder Planer waren. Wir fühlten uns mit unserer reduzierten Darstellung, die vor allem die Idee und weniger ein schönes Image transportierte, wie Veganer, die sich auf ein üppiges Grillfest verirrt hatten. Unser Vortrag versuchte zu retten, was zu retten war, was auch einigermaßen gelang, denn wir erhielten immerhin eine Anerkennung.

Später verstanden wir besser, wie Wettbewerbe in China funktionierten. Die wichtigsten Akteure waren die *Institutes of Architecture and Design*, große, halbstaatliche Architekturbüros, die die offiziellen Projekte der Stadt

entwarfen und auch im freien Bausektor kräftig mitmischten. Diese Institute, mit besten Kontakten zu den politischen Entscheidungsträgern, lobten die städtischen Wettbewerbe aus und – das war das Überraschende – nahmen auch selbst daran teil und das oft mit mehreren Teams gleichzeitig. Natürlich saßen die Institute auch in der Jury – ein einzigartiger Vorteil, der kaum einzuholen war, so dass der Hauptpreis meist auch an das städtische Architekturinstitut ging. Die anderen Vorschläge wurden mit Trostpreisen bedacht und als Ideenreservoir für den endgültigen Plan genutzt. Erfreulich unbürokratisch war die Honorar- und Unkostenabrechnung, die mit der diskreten Übergabe eines Umschlags erledigt war.

XIII.

Endspiel
City of Excellence, neue Großstädte,
steigender Meeresspiegel
Singapur, Yogyakarta, Semarang,
Surabaya, Bandung, Jakarta

72 Von Zeit zu Zeit sollte man sich die Städte in anderen Ländern genauer anschauen, um die manchmal etwas selbstzufriedene Gewissheit, dass Europa der Nabel der Welt und die europäischen Städte ein unübertroffenes Vorbild seien, etwas zu relativieren. Singapur wäre ein gutes Beispiel, denn in ganz Südostasien orientierte man sich, wenn es um Städte- und Wohnungsbau ging, an dieser *„Tropical City of Excellence"*.

Unsere Erkundungsreise, an der sich die Professoren und Mitarbeiter des Instituts beteiligten, begann damit, dass wir im Hotelaufzug steckenblieben. Dieser war für zehn Personen zugelassen, wir waren nur sechs, dennoch schrillte die Alarmglocke. Das zulässige Gewicht war deutlich überschritten, was wir auch nachvollziehen konnten, als wir die eher kleinen und zierlichen *Singaporeans* auf der Straße sahen. Mir fiel auch auf, dass wir als interessierte Architektur-Flaneure, die sich gemächlich bewegten und vor allen bemerkenswerten Gebäuden stehenblieben und diskutierten, dem geschäftigen asiatischen Fußgängerstrom wie deutsche Eichen im Weg standen.

Im Inselstaat Singapur lebten dreieinhalb Millionen Chinesen, Malaien und Inder, - ein ethnischer *melting pot*, der eine gewisse Brisanz enthielt, politisch aber unter Kontrolle war. Die frühere Rassentrennung spiegelte sich noch

in den alten Quartiersnamen China-Town und Little India, die Gesellschaft sortierte sich aber zunehmend nach Einkommen und weniger nach Ethnien. Die Reichen lebten in Luxusapartments in City-Nähe, die Mehrheit der Bevölkerung in den Satellitenstädten oder *New Towns* 20 bis 40 Kilometer von der Kernstadt entfernt.

Eine autoritäre, aber innovative und weitgehend korruptionsfreie Politik hatte den Kleinstaat in kaum 30 Jahren von einem drittklassigen Hafen in eine der modernsten Metropolen Südostasiens verwandelt. Mit einem der weltgrößten Container-Häfen und einem modernen Geschäftszentrum war Singapur eine „Mini-Weltstadt", die mit den großen *World Cities* durchaus mithalten konnte. Um diese Position weiter auszubauen, wurden vor allem spezialisierte Dienstleistungen, Forschung und innovative Technologien gefördert, während die konventionelle Industrie in andere Länder – insbesondere nach China und in die ärmeren Nachbarländer – ausgelagert wurde. Die Einkommen stiegen und Wachstumsraten von 6 % p. a. waren nahezu die Regel. Die Bevölkerung sollte aber nicht über vier Millionen wachsen, deshalb steuerte man die Einwanderung selektiv nach Ausbildungsstand und Kapitalbesitz. Allerdings sank die Geburtenrate, so dass man sich wieder Gedanken über das Bevölkerungswachstum machte.

Das Hauptproblem für den Inselstaat war die knappe Fläche von rund 700 km^2, was etwa der Fläche von Berlin entsprach. Siedlungen, Gewerbe und Infrastruktur bedeckten schon 75 % der Insel und erforderte einen sorgfältigen Umgang mit dem Boden und anderen natürlichen Ressourcen. Das Planungssystem stützte sich auf drei Institutionen: *Town Corporation, National Planning and Conservation Authority* und *Housing Development Board*. Das ehrgeizige Ziel war, Singapur in eine „*Tropical City of Excellence*" und in eine „Weltstadt mit asiatischer Identität" zu verwandeln. Dabei stützte man sich auf den umfangreichen staatlichen Bodenbesitz, der eine umfassende Planungskontrolle ermöglichte und enorme Gewinne abwarf, was wesentlich zur Finanzierung der öffentlichen Infrastruktur und staatlichen Wohnungspolitik beitrug.

In jüngerer Zeit verfolgte der Staat weniger quantitative als qualitative Ziele. *Quality, identity, variety* – so hieß die Formel, wobei man vor allem auf *joint ventures* setzte, große Projekte, die gemeinsam von staatlichen und privaten Entwicklungsträgern realisiert wurden. Kernstück war der *Concept Plan*, ein langfristiger Flächennutzungs- und Verkehrsplan mit einem Zeithorizont von 25 Jahren, den man alle 5 Jahre aktualisierte. Ein „Siedlungsfächer" sollte die Kernstadt entlasten und dazu wurden neue Regionen und Zentren eingerichtet, die gut an das Metro- und Schnellbahnnetz angeschlossen waren. Aus dem *Concept Plan* leiteten sich die detaillierten Bebauungspläne ab, die es für alle Stadtquartiere und Teilgebiete der Insel gab. Das Ganze war ein lückenlos ineinandergreifendes Planungssystem, das jeder europäischen Stadt Ehre gemacht hätte.

Um die Attraktivität des Kleinstaates zu steigern, hatte die Umweltplanung einen hohen Stellenwert. Ein dichtes Netz von Naturschutzgebieten, Grünanlagen, Sport- und Erholungsflächen überzog die Insel, auch der Gewässer-

und Küstenschutz wurde strikt gehandhabt. Ebenso war Flächenrecycling ein wichtiges Thema, um aufgelassene Industriegebiete für den Wohnungsbau zu nutzen. Die Inselfläche hatte man durch Landgewinnung um rund 100 km² vergrößert, wobei sich die kostspielige Aufschüttung von flachen Küsten und Buchten durch den hohen Bodenpreis rechtfertigte, den das Neuland erzielte. Geplant war eine weitere Landgewinnung, was aber potenzielle Konflikte mit den Nachbarländern enthielt, weil sich damit auch die Hoheitsgrenzen im Meer verschoben.

Das Finanzzentrum mit rund 200 Banken und Konzernzentralen konnte kaum noch wachsen, deshalb plante man eine neue City auf einer künstlichen Halbinsel: *Marina Bay* oder *New Downtown*, ein neues, futuristisches Stadtzentrum mit hochwertigen Dienstleistungen, Wohnungen und Freizeitanlagen. Der Entwurf entsprach dem, was alle *Comprehensive Development Projects* in Ostasien charakterisierte: kommerzielle Großbauten mit komplexen Innenwelten, ambitionierte Banken- und Bürotürme, exklusive Wohnviertel mit Freizeitnutzungen und Yachthäfen.

Bis in die 1990er Jahre wurden die kolonialen Altstadt-Quartiere rigoros abgerissen und neu bebaut, nun wurden diese sorgfältig restauriert, um die historische und kulturelle Identität des Kleinstaates zu bewahren. Das Nebeneinander von neuen und alten, hohen und niedrigen Gebäuden erzeugte eine lebendige Mischung und trug dazu bei, auch im *Financial District* einen humanen Maßstab zu erhalten. Überall gab es tropische Grünflächen, Fußgängergalerien und einige *skywalks* zwischen den großen Gebäuden boten einen einen spektakulären Ausblick.

Über 80 % der Familien in Singapur waren Besitzer einer eigenen Wohnung, - weit mehr als in Deutschland, wo nur knapp die Hälfte der Bevölkerung eine Immobilie besaß. Das wichtigste Instrument der Wohnungspolitik war aber nicht der kommerzielle Investoren-Städtebau wie in China, sondern die *High Density Building Estates (HDB-Estates),* hoch verdichtete, öffentliche Wohnungsprojekte, die der Kontrolle des *Housing Development Board* unterstanden. Damit war Singapur eines der wenigen kapitalistischen Länder, die eine aktive und umfassende Wohnungspolitik unter staatlicher Regie betrieben. Die Wohnungen konnten günstig erworben werden, wobei aber auf eine Durchmischung der chinesischen, malaiischen und indischstämmigen Bevölkerung geachtet wurde.

Die *New Towns* waren alle nach dem gleichen Konzept geplant, jede mit rund 50 000 Wohnungen und 160 000 Einwohnern, mit einer sehr hohen Baudichte, die aber durch großzügige Parks und Sportflächen gemildert wurde. Einkaufszentren, Schulen, Sportplätze sowie ein gutes Metro- und Schnellstraßennetz waren selbstverständlich, so dass man die Arbeitsplätze in der Kernstadt und die Industrieparks bequem erreichte.

Der Wohnstandard der *HDB-Estates* wurde ständig verbessert und Wohnungen mit 100 m² Wohnfläche bei einer Haushaltsgröße von 3,5 Personen waren die Regel. Auch mit *Low and Medium Rise Housing* wurde experimentiert, was aber auf der kleinen Insel an Grenzen stieß. Man war bemüht, die älteren *New Towns* in einem guten Zustand zu

erhalten und organisierte Kampagnen zur Verbesserung der Gebäude und Freiflächen. Erschien dies zu aufwendig, dann riss man die alten Wohnquartiere ab und bebaute die Fläche neu.

Ich fuhr mit der extrem sauberen und schnellen Metro in eine Satellitenstadt und war überrascht, wie positiv der erste Eindruck war. Zwischen den 10- bis 15-geschossigen Gebäudegruppen lagen gepflegte Sport-, Spiel,- und Grünflächen sowie Restaurants, Biergärten und *event locations* für private Feiern. Die Erdgeschosse der Hochhäuser waren offene und beschattete Aufenthaltsbereiche. Trotz der hohen Dichte gab es von Vernachlässigung und Vandalismus keine Spur. Die Bewohner waren in der Regel Eigentümer und einer unserer Doktoranden hatte festgestellt, dass es in den Wohnblöcken und -türmen ganze Cluster miteinander verwandter Haushalte gab, so dass sich die Anonymität in Grenzen hielt. Auch Umfragen zeigten, dass die Wohnungspolitik und die *New Towns* auf eine große Akzeptanz bei der Bevölkerung stießen.

Natürlich wurde auch der Verkehr auf der kleinen Insel intensiv geplant und kontrolliert. Um die Zahl der 500 000 Fahrzeuge einzudämmen, verteuerten Steuern und Abgaben den Autobesitz extrem. Ein neues Auto kostete fast so viel wie eine Wohnung, auch war die Zahl der Neuzulassungen begrenzt. Zusätzlich gab es zahlreiche Nutzungsbeschränkungen, vor allem in der City, wo die Autofahrer durch ein elektronisches Mautsystem zur Kasse gebeten wurden. Hohe Benzinpreise und limitierter Parkraum trugen dazu bei, den privaten Autobesitz unattraktiv zu machen. Im Gegenzug wurde der Fußgänger- und Fahrradverkehr gefördert, wichtiger war aber das effiziente Metro- und Bussystem, das die Kernstadt mit allen *New Towns* verband und durch einen guten Service vorbildlich war.

Singapur erschien mir wie eine gut geölte und gestylte Stadtmaschine, ohne Patina und ohne Schmuddelecken. Auch wenn manche die Stadt als „steril" empfanden, so war Singapur doch das unbestrittene wirtschaftliche und städtebauliche Modell für die gesamte Region. Allerdings war vieles, was auf der kleinen Insel gut funktionierte, nicht direkt auf die großen Nachbarländer Malaysia und Indonesien übertragbar, wie etwa die umfassende Wohnungs- und Verkehrspolitik.

Der Erfolg Singapurs stützte sich auf ein autoritäres Regierungssystem, das aber bei der Bevölkerung so lange mit Akzeptanz rechnen konnte, wie es sich durch einen stetig steigenden Lebensstandard legitimierte. Natürlich forderte die gut ausgebildete und gutverdienende Bevölkerung zunehmend mehr Rechte und individuelle Freiheiten, was die Regierung zu Kompromissen zwang. Eine Schattenseite des Singapur-Modells war – ähnlich wie in den Golf-Staaten – die große Zahl von temporären Kontraktarbeitern und Hilfskräften aus den ärmeren Nachbarländern, die in der Öffentlichkeit aber kaum sichtbar waren, weil sie an verborgenen Stellen der Stadt in Gemeinschaftsquartieren lebten.

73 Die letzte große Reise meiner aktiven Zeit in Stuttgart führte mich nach Indonesien. Geografisch gesehen schloss sich damit ein Kreis, der in Afrika begann, dann nach Lateinamerika übersprang, sich in der orientalisch-islamischen Welt fortsetzte, um nach Usbekistan, China und Indien schließlich Indonesien am anderen Ende der Welt zu erreichen.

Ein Ex-Doktorand, inzwischen Professor an einer Privatuniversität in Yogyakarta, hatte mich eingeladen, die Ausstellung „Die Welt wird Stadt" in Indonesien zu zeigen. Diese Ausstellung war eine fotografische Dokumentation unserer Forschungsprojekte und die großformatigen, mit Städtebildern und Texten bedruckten Fahnen wurden ursprünglich in den IfA-Instituten Stuttgart und Berlin gezeigt. Wir hatten uns mit Indien, Sri Lanka und Singapur schon nah an dieses große und vielfältige Land herangearbeitet. Und so freute ich mich darauf, einige indonesische Ex-Doktoranden zu treffen, die inzwischen eine akademische Karriere gemacht hatten. Das Bild, das mir die Doktorarbeiten von Indonesien vermittelt hatten, wartete darauf, vor Ort vertieft zu werden. Natürlich hatte ich auch Trauminseln und tropische Strände vor Augen, wenn der Name Java oder Bali fiel.

Aber der Blick aus dem Flugzeug auf die Smog-Glocke über Jakarta erinnerte daran, dass Indonesien mit rund 220 Millionen Menschen den vierten Platz unter den bevölkerungsreichsten Ländern einnahm – gleich nach China, Indien und den USA. Die Bevölkerung war in zehn Jahren um rund 30 Millionen gewachsen und die Hälfte der Indonesier drängte sich auf der Insel Java. Mit 90 % Muslime war Indonesien das weltweit größte islamische Land, der Islam war aber keine Staatsreligion und so hatten auch andere religiöse Minoritäten ihren Freiraum, auch wenn es in einigen Provinzen extremistische Umtriebe gab.

Die alte Königsstadt und Provinzhauptstadt Yogyakarta lag im Zentrum von Java nahe der Südküste, hatte eine

halbe Million Einwohner und ein tropisches Monsun-Klima. Die Region blickte auf eine lange Geschichte zurück, wie buddhistische und hinduistische Tempelruinen aus dem 9. Jahrhundert zeigten. 1945/49 spielte die Stadt eine wichtige Rolle als provisorische Hauptstadt im Befreiungskrieg gegen die Holländer, was den Fortbestand des Sultanats und dem Sultan eine Sonderrolle als Gouverneur der Provinz sicherte. Yogyakarta galt auch als Kulturhauptstadt Javas, mit mehreren Universitäten und Ausbildungsstätten für klassischen indonesischen Tanz, für die traditionelle Gamelan-Musik, Batik und Silberschmuck. Das alles machte Yogyakarta auch für den internationalen Tourismus attraktiv.

Mein Kollege holte mich vom Flughafen ab und brachte mich in einem kleinen Bungalow in einem *Kampong* unter. *Kampong* bedeutet ursprünglich „Dorf", bezeichnet aber auch einfache Wohnquartiere und Slums, die es in allen größeren Städten gab. Ein Slum war das Viertel jedoch nicht, sondern ein sympathisches, gewachsenes Quartier mit gewundenen Straßen, tropischer Vegetation und bunten Häusern, wo ich gerne zu Fuß ging und gut die Stadtmitte und die Universität erreichte. Der Bungalow stand zusammen mit anderen in einem umzäunten *compound* mit einem Palmenhain in der Mitte, so dass man sich wie in einem tropischen Garten fühlte. Früh am Morgen, es war noch dunkel, weckte mich ein eigenartiger, sehnsüchtiger Gesang, der durch die ganze Nachbarschaft schallte. Mein Kollege klärte mich auf, dass dies ein spezielles Musikgenre mit islamischen Lobgesängen sei, die man vor dem Morgengebet abspielte, um die Gläubigen zu wecken. Fortan brauchte ich keinen Wecker mehr und als ich Yogyakarta wieder verließ, vermisste ich das sanfte Morgenkonzert, den Palmengarten vor der Tür und das entspannte und exotische Ambiente.

Verblüfft stellte ich fest, dass es in Yogyakarta über ein Dutzend kleine Universitäten und andere akademische Einrichtungen gab, jede mit einer relativ engen Spezialisierung. Die private *Universitas Kristen Duta Wacana*, wo die Ausstellung stattfand, bot neben Architektur und Design auch Studiengänge in Informatik, Biotechnologie, Management und Theologie an. Zwei große Gebäude umschlossen einen tropischen Garten und die Laubengänge waren mit Palmen bepflanzt, was eine wohnliche und klimatisch angenehme Atmosphäre verbreitete. Jeder kannte hier jeden und die indonesische Freundlichkeit machte es dem Neuankömmling leicht, sich hier wohlzufühlen. Vor dem Eingang standen wie fast überall zahllose leichte Motorräder, mit denen sich die halbe Nation permanent fortzubewegen schien. Ein Student näherte sich auf einem solchen, begrüßte uns und stellte lächelnd seinen „Rucksack" vor, offenbar eine gängige Bezeichnung für die Freundin, die hinten auf dem Motorrad saß und sich an den Fahrer klammerte.

Wir richteten die Ausstellung im Foyer ein, eine mehrstöckige Halle mit umlaufenden Galerien, von denen man wie in einem Theater herabschaute. Am Eröffnungstag versammelten sich Professoren und Studenten zu einer festlichen Vernissage, der Rektor hielt eine Begrüßungs-

rede, dann folgte ein traditioneller Tanz. Begleitet von Trommel und Xylophon zeigte eine Tänzerin im goldverzierten Kostüm und Kopfschmuck die klassischen Gesten, jede mit einer besonderen Bedeutung. Auch wenn man diese nicht kannte, begeisterte die reine Ästhetik des Tanzes.

Vom Dach der Universität überblickte man kilometerweit ein- und zweigeschossige Häuser mit roten Ziegeldächern, hier und da unvermittelt überragt von einem Hochhaus – ein typisches Bild in indonesischen Städten, wie ich später feststellte. Die kleinstädtische Bebauung von Yogyakarta spiegelte nicht die Bevölkerungszahl von einer halben Million, aber dieses Phänomen kannte ich bereits aus Afrika und Lateinamerika, wo man sich oft in einer anscheinend kleinen Provinzstadt bewegte, die aber schon einige Hunderttausend Einwohner hatte. Die Erklärung war natürlich, dass der Wohnstandard und Flächenverbrauch pro Einwohner deutlich geringer waren als in europäischen Städten mit gleicher Bevölkerungszahl.

In Yogyakarta zeigte sich die Stadtgröße nicht in der Dichte und Höhe der Gebäude, sondern in den überbevölkerten Straßen, Plätzen und Märkten. Die Hauptstraße *Jalan Malioboro* war ein Paradebeispiel südostasiatischer

Geschäftigkeit, mit einer überbordenden Lebendigkeit und einem dichten Verkehr bis tief in die Nacht. Die mehrere hundert Meter lange Ladenfront mit vorgesetzten Kolonaden, die im Tropenregen Schutz boten, spottete jeder architektonischen Stilkunde. Die Gebäude verschwanden fast hinter wuchernden Vor- und Anbauten, ausladenden Werbetafeln, Fahnen und sonstigen Dekorationen, mit denen jeder Laden um Aufmerksamkeit kämpfte. Auf der Straße ein ähnlich quirliges Durcheinander von Menschen, Autos, Rikscha-Taxis und Motorrad-Pulks, die rechts und links an jedem Hindernis vorbeizogen – ideal für enge und überfüllte Straßen, jedoch nicht für die Luftqualität. Ohne strikte Verkehrsregeln oder Ampeln glich der Verkehrsstrom einem Vogelschwarm, in dem sich jeder ebenso frei wie aufeinander abgestimmt bewegte.

Nach der Vernissage gab es noch einige Vorträge und dann hatte ich Zeit, die Stadt zu erkunden. Bei meinen Streifzügen in Yogyakarta fühlte ich mich auch nachts absolut sicher, denn in einem traditionellen Sultanat konnte ich mir keine Straßenkriminalität vorstellen. Später hörte ich, dass die Diebe, die es natürlich auch hier gab, sich von Ausländern fernhielten, weil es viel Ärger mit der Polizei bedeutete, sich an Touristen zu vergreifen. Viele Bürgersteige waren von Straßenhändlern besetzt, so dass man auf den Asphalt ausweichen musste, wo sich Hitze, Lärm und Staub besonders stauten. Nach ein oder zwei Stunden erreichte ich einen Erschöpfungsgrad, der nach einer Abkühlung und Kaffeepause verlangte. Der ideale Ort hierfür war, wie in anderen heißen Ländern, ein klimatisiertes Café, Restaurant oder eine *Mall*.

Den luxuriösen Einkaufstempel, in dem ich schließlich landete, frequentierte eine völlig andere Klientel als auf der Straße zusehen war und so konnte ich einen Blick auf die gehobenen Schichten und die *jeunesse dorée* von Yogyakarta werfen, die sich in den Luxus-Läden die Zeit vertrieben. In der *Mall* bot man mir eine besondere Kaffee-Spezialität an: Es gab in dieser Region eine Schleichkatze, die große Mengen Kaffeebohnen fraß und diese leicht fermentiert wieder ausschied, was den gerösteten Bohnen einen erdigen Geschmack verlieh. Aber es war wohl weniger der Geschmack, sondern das Prestige, das dieser teure Kaffee vermittelte und so bestellte ich einen Normalkaffee.

Der Sultanspalast, ein weitläufiges Ensemble mit großen Pavillons, war eine tropisch offene und transparente Architektur, die nichts von der steinernen Schwere europäischer Herrschaftssitze hatte. Reich dekorierte Säulen und Balken trugen die riesigen Dächer, unter denen kostbare Möbel, Antiquitäten und traditionelle Musikinstrumente ausgestellt waren. Der Palast war zugleich Wohnsitz des Sultans, Museum und Kulturzentrum für traditionelle Konzerte, Tanz, Schattenspiele und Puppentheater. Im großen Hof erholte sich die Bevölkerung und spielten Kinder. Eine Legende versprach jedem, dem es gelang, mit verbundenen Augen vom Eingangstor aus zwischen zwei großen Bäumen in der Platzmitte hindurchzugehen, viel Glück. Unweit vom Palast stand ein verfallenes Wasserschloss aus dem 18. Jahrhundert, in dessen Schwimmbecken und Badehäusern sich einst der erste Sultan mit seinen Frauen, Kindern und Konkubinen amüsierte. Vom Palast aus führte ein Fluchttunnel zum Wasserschloss, in dem sich der Sultan während des Kolonialkriegs konspirativ mit den Freiheitskämpfern traf, was ihm fortan einen unantastbaren Status verschaffte.

Das Kontrastprogramm zu den Monumenten der alten Königsstadt waren die Slums von Yogyakarta. Mein Kollege war Aktivist und beriet verschiedene Slumorganisationen und so besuchten wir einige Slum-*Kampongs* an den Ufern der drei Flüsse, die das Stadtgebiet durchqueren. Die Gebäude waren improvisierte Holzkonstruktionen, zwei oder drei Stockwerk hoch, mit rostigen Blechdächern und verwitterten Bretterwänden, dazwischen auch feste Häuser mit rohen Ziegelwänden und -dächern. Viele Häuser stan-

den wegen der permanenten Überschwemmungsgefahr auf Stelzen, - ein Risiko, das man wegen der Nähe zu den Märkten in Kauf nahm, wo die Slumbewohner Arbeit fanden. Mit den Jahren verdichtete sich die Bebauung, die Häuser wuchsen und es wurden Räume an Zuwanderer vermietet, die als Straßenhändler ein mageres Auskommen fanden.

Das Slum-*Kampong* hatte kurz vor unserem Besuch ein Hochwasser überstanden und man sah noch die aufgeschichteten Sandsäcke, schlammige Wege, unbewohnte Erdgeschosse und vom Wasser angegriffene Wände. Offensichtlich reichte die betonierte Uferbefestigung als Hochwasserschutz nicht aus. Früher gab es in den Flüssen ein Müllproblem, weil die Slum-Bewohner ihre Abfälle in den Fluss warfen. Das führte zu einer Initiative für einen „sauberen Fluss", die offenbar erfolgreich war, denn wir sahen kaum noch Müll im Wasser. Mit einer *Merti Code* genannten Veranstaltung und begleitet von Aufklärungs- und Säuberungsaktionen zelebrierten die Slumbewohner seitdem die Bedeutung der Flüsse für ihre Siedlungen.

Die Bewohner waren gut vernetzt und wurden von Hilfsorganisationen und Universitäten beraten. Die inten-

sive Öffentlichkeitsarbeit, bei der auch die lokalen Zeitungen wohlwollend über die Slums berichteten, übte Druck auf die Stadtverwaltung aus, allerdings besaß niemand den Boden, auf dem die prekären Hütten und Häuser standen, und so konnte die Stadt viele Forderungen abwehren.

Wir besuchten das *Kampong Kali Cho-De*, in dem es in den 1980er Jahren ein bemerkenswertes Projekt gegeben hatte, das 1992 sogar den Architekturpreis der Aga Khan-Stiftung gewann, eine renommierte Auszeichnung für den innovativen Umgang mit traditioneller Architektur. Die Stiftung beschrieb das Projekt wie folgt: Der Slum stand auf einem ehemaligen Müllplatz am Ufer des Cho-De-Flusses, wo rund 40 Familien lebten, die auf dem nahen städtischen Markt arbeiteten. Die Hütten aus Plastikplanen und Karton lösten sich bei starkem Regen auf, ebenso wie der Boden, auf dem diese standen.

1983 wollte die Stadtverwaltung den Slum beseitigen, wurde aber vom Chef des *Kampongs* und einem Aktivisten, der gleichzeitig Schriftsteller, ehemaliger katholischer Priester und Autodidakt für traditionelle Architektur war, überzeugt, ein Verbesserungsprogramm zu entwickeln. Beide starteten eine Presse-Kampagne, um die notwendigen Mittel zu mobilisieren mit dem Ziel, eine „urbane Version" traditioneller Häuser aus Holz und Bambus zu bauen. Zunächst wurden der Hang und der Müll im Untergrund mit Mauern stabilisiert, dann stellte man die leichten Holzkonstruktionen auf einfache Betonfundamente. Tür- und Fensterrahmen, Böden und Wände waren aus Bambus bzw. gespaltenem Bambus und die Dächer wurden mit Wellblech oder Ziegeln gedeckt. Das Projekt beschäftigte lokale Zimmerleute, Maurer und Kunststudenten, die die Bewohner anleiteten, die Häuser mit traditionellen Tier- und Pflanzenmotiven zu bemalen. Die Jury stellte fest, dass das Projekt zwar klein, aber „ein immenser humaner Erfolg und ein herausforderndes Modell für die Welt" war.

Als wir das Gebiet 25 Jahre später besuchten, waren noch viele der neo-traditionellen Häuser vorhanden, auch die bemalten Wände existierten noch. Die leichten Holz- und Bambus-Konstruktionen erwiesen sich als überraschend dauerhaft und architektonisch reizvoll. Eine Gedenkstätte erinnerte an den Erfinder des Projekts, allerdings ließ in der neuen Bewohnergeneration der Elan, die originellen Häuser zu pflegen und zu erhalten, offensichtlich nach, denn es gab viele improvisierte Anbauten aus Holz, Ziegeln und Beton wie in anderen Slums. Wie es schien, hielt nach einer Generation die Slum-Normalität wieder Einzug und ein umfassendes Erneuerungsprojekt wäre erforderlich, um den Originalzustand der Häuser zu erhalten oder wiederherzustellen. Soweit ich hörte, wurde das „herausfordernde Modell für die ganze Welt" nie kopiert und an anderer Stelle wiederholt, was mich wunderte, aber niemand erklären konnte.

Slums gab es in allen indonesischen Großstädten und natürlich setzten sich auch die Regierung und die Stadtverwaltungen seit Jahrzehnten mit dem Problem auseinander. Auch in Yogyakarta gab es ein *Kampong Improvement Program*, das auf Verbesserungen der sanitären Infrastruktur abzielte wie Drainagen, öffentliche Toiletten,

Müllbeseitigung und auf die Befestigung von Flussufern, Wegen und Treppen. Verglichen mit den Favelas in Rio de Janeiro, die oft von bewaffneten Banden beherrscht wurden, machten die Slum-*Kampongs* von Yogyakarta einen deutlich friedlicheren, aber dennoch wehrhaften Eindruck, wenn es um die Rechte und Forderungen der Bewohner ging, auch die solidarische Unterstützung von Seiten engagierter Gruppen und Universitäten war bemerkenswert.

Wir besuchten ein traditionelles Java-Haus, in dem die Großeltern eines bekannten Architekten wohnten. Es war ein sogenanntes *Joglo*-Haus mit einem flachen, weit überstehenden Dach, auf das ein zweiter, von vier verzierten Holzsäulen getragener steiler Dachkegel aufgesetzt war. Das symmetrische Gebäude war eher ein Pavillon, denn es gab kaum feste Wände. Die Konstruktion bestand aus altem Teakholz, stand auf einem Steinsockel und einige Stufen führten über eine Veranda zum Eingang. Man betrat einen großen Raum, der auch für traditionelle Puppen- und Schattenspiele benutzt wurde, dahinter lagen die Privaträume der Familie. Fast alles in Java hatte über den praktischen Nutzen hinaus eine spirituelle Bedeutung wie der spitze Dachaufsatz, der einen Vulkan symbolisierte, und die Veranda, die auf die Gastfreundschaft der Javaner hinwies.

Wie verwurzelt der Glaube an übernatürliche Kräfte auch unter aufgeklärten Akademikern war, erlebte ich bei einem indonesischen Kollegen, der sehr ernsthaft über die traditionellen Marionetten sprach, die beim Schattenspiel mit Stäben bewegt wurden. Er erzählte von einer besonderen Nacht, in der die Geister von Verstorbenen diese Figuren bewohnten, so dass man sie besser in Ruhe ließ. Tat man dies nicht, so führte die Marionette den Frevler mit einer geheimnisvollen Kraft bis an ein Grab, wo man den Leichtsinnigen am nächsten Morgen tot auffand.

Eines Tages besuchte ich das Haus meines Kollegen, ein noch unfertiger Rohbau in einem dschungelartigen Umfeld.

Betonstützen und Streben bildeten einen hohen, noch weitgehend offenen Innenraum wie in einer Mini-Kathedrale. Wir saßen vor dem Haus und schauten hinüber zum Nachbarn, wo einige Hunde herumliefen. Die Hunde hatten oft Junge, meinte der Kollege und weil diese regelmäßig verschwanden, rätselte er, ob der Nachbar die Welpen verkaufte oder als Hundebrust-Spießchen grillte, eine traditionelle Delikatesse in Indonesien. Möglicherweise holte sich auch ein Python ab und zu eine Mahlzeit. In dieser Nacht schlief ich schlecht und träumte von einem Riesenpython, der lautlos aus den Büschen in Richtung meiner Hängematte glitt.

Wir fuhren zu dem 30 Kilometer entfernten Vulkan Merapi, einer der gefährlichsten Vulkane weltweit, der ein Jahr zuvor mit mehreren Eruptionen hintereinander viele Dörfer zerstört und fast 400 Menschen getötet hatte. Der Merapi spielte in der Mythologie Yogyakartas eine wichtige Rolle und der Sultan hatte einen Vulkanwächter eingesetzt, der im Ruf stand, die Ausbrüche zuverlässig vorauszusagen. Im Oktober 2010 brach der Vulkan dann aus, mit so gewaltigen Gas- und Aschewolken und pyroklastischen Strömen, die sogar Dörfer in 20 Kilometer Entfernung erreichten. Wir sahen noch die verschütteten Straßen, zerstörten Häuser und riesigen Felsbrocken, die der Asche- und Gasstrom über viele Kilometer mitgerissen hatte.

Der Vulkan stand natürlich nicht nur durch den Sultan unter Beobachtung, sondern auch durch wissenschaftliche Institute und die Vorzeichen hatten die Behörden veranlasst, eine Evakuierung im Umkreis von 15 Kilometern anzuordnen, so dass in der akuten Phase über hunderttausend Menschen in Notquartieren untergebracht wurden. Allerdings weigerten sich viele Bauern, ihre Dörfer zu verlassen, was die Zahl der Opfer deutlich erhöhte. Auch der traditionelle Vulkanwächter kam bei diesem Ereignis um.

Als wir uns dem Vulkan näherten, stauten sich die Autos und Motorräder auf der Zufahrtsstraße. Der Weg zu

einem zerstörten Dorf glich einem Pilgerpfad, auf dem sich Hunderte von Menschen bewegten. Ein regelrechter Ausflugsbetrieb mit Getränkebuden und Souvenirverkäufern hatte sich hier etabliert. Zu sehen war eine verkohlte und von grauer Asche bedeckte Landschaft, aus der einige Baumstümpfe und Mauern herausragten. Man konnte sich vorstellen, wie die zurückgebliebenen Familien in letzter Minute mit Kind und Kegel auf einem überladenen Motorrad geflohen waren und wenn man den Boden berührte, vermeinte man noch die Restwärme der ungeheuren Hitze zu spüren, die den Ausbruch begleitete. Etwas weiter unterhalb begann schon die Wiederbesiedlung, obwohl dies gegen die offiziellen Anordnungen verstieß. Es war nicht die zerstörte Landschaft, sondern die vom Vulkanausbruch erneuerte Fruchtbarkeit des Bodens, welche die Bauern unwiderstehlich anzog, denn überall zeigte sich schon wieder frisches Grün.

Zwei Wochen später fuhren wir noch einmal zum Vulkan, weil es dort eine Zeremonie mit einer symbolischen Aufforstungsaktion gab. Es wurden Löcher gegraben und einige Hundert Bäume gepflanzt, an denen die Spender ihre Namen anbringen konnten. Auch ich durfte einen

Baum pflanzen und wünschte diesem ein gutes Gedeihen an diesem gefährlichen Ort.

Bei unseren Ausflügen ins Umland sah man, dass Yogyakarta keine klaren Bebauungsgrenzen hatte, sondern die Stadt nach allen Seiten hin diffus in die Reiskulturen eindrang. Offensichtlich parzellierten und verkauften die Bauern einzelne Felder, die dann ohne weitere Planung mit kleinteiligen Hauszeilen bebaut wurden, - ein Muster, das man bis in die Kernstadt hinein verfolgen konnte. Auch entlang der Überlandstraßen nahm die lockere Bebauung kein Ende, ganz Java schien ein einziges Straßendorf zu sein, das sich in kurzen Abständen zu kleinen Siedlungen und Zentren verdichtete. Selten sah man eine von Bebauung völlig freie Reis- und Palmenlandschaft. Die hohe Bevölkerungsdichte war in Java nicht nur in den Städten, sondern auch auf dem Land mit den Händen zu greifen.

Auf den Landstraßen herrschte ein städtisch dichter Verkehr, weil sich die Menschen alltäglich von einem Straßendorf zum anderen oder in die nächste Stadt bewegten. Ein ständiger Strom von Autos, Lastwagen und Bussen, viele davon bedenklich überladen, bewegte sich auf den Straßen, vor allem aber Motorräder, auf denen komplette Familien mit mehreren Kindern saßen und mit denen man die sperrigsten Güter transportierte. Ich nahm mir vor, die grenzenlose Flexibilität, mit der man hier die Zweiräder zum Personen- und Lastentransport einsetzte, mit Fotos zu dokumentieren.

Ich beendete mein Programm in Yogyakarta mit einem Vortrag in der Islamischen Universität und erwartungsgemäß herrschte dort ein strengeres Reglement als in anderen Universitäten. Männer und Frauen saßen strikt getrennt voneinander, die Frauen in einem langen, meist schwarzen Überkleid und weit in die Stirn gezogenem Kopftuch, so dass man das Gesicht kaum sah. Obwohl ich natürlich wusste, dass in den Roben interessierte und lebhafte Studentinnen steckten, sah ich vor mir nur streng verhüllte Gestalten, die kaum eine Reaktion erkennen ließen. Der Gedanke stieg in mir auf, dass diese von den Arabern übernommene asketische Wüstentradition eigentlich nicht gut zu der farbenfrohen Tropeninsel und ihren Menschen passte. Zwischen dem orthodoxen islamischen Habitus vor mir und dem extrovertierten Sonnen- und Körperkult, den ich aus Rio kannte, lagen Welten, obwohl die natürlichen Gegebenheiten fast die gleichen waren. Weiter kam ich mit meinen Überlegungen nicht, denn ich musste mich auf den Vortrag konzentrieren.

74 Mittlerweile stand das Besuchsprogramm für die Städte fest, in denen die Ausstellung gezeigt werden sollte: Semarang, Surabaya und Bandung. Als Abschluss war eine Ausstellung im Goethe-Institut in Jakarta geplant. Viel Zeit gab es in den Städten nicht, die Ausstellung bauten wir jeweils an einem Tag auf und blieben dann noch ein oder zwei Tage zu Vorträgen und Stadtbesichtigungen, während die Ausstellung noch eine oder zwei Wochen lang zu sehen war.

Auf diesen Reisen zogen im schnellen Wechsel tropische Landschaften, Reisfelder und Dörfer vorbei, dann tauchten wir wieder ein in den atemberaubenden Verkehr indonesischer Großstädte, so dass ich im Nachhinein große Mühe hatte, die Eindrücke nach Ort und Zeit zu ordnen. Es war keine Forschungsreise im üblichen Sinn, sondern eher ein intensiver *crash course* in das Land und seine Städte, ganz ähnlich wie bei unserem mexikanischen Mittelstadt-Projekt in den 1980er Jahren.

Die indonesischen Provinzstädte hatten auch vieles mit den „schnellwachsenden Mittelstädten in Mexiko" gemein, die wir damals bereist und dokumentiert hatten. Fast die Hälfte der 220 Millionen Indonesier lebte noch auf dem Land und in Dörfern – ein enormes Migrationspotenzial, auf das sich die Städte einstellen mussten. Schnellstraßen,

Industrieparks, Universitäten und Wohngebiete trieben die städtische Expansion voran und neue Geschäftszentren und exklusive Wohnviertel trugen zur Entmischung der Einkommensgruppen und zum Niedergang traditioneller Stadtviertel bei.

Man sah deutlich, dass sich die indonesischen Städte in einem rasanten Aufbruch befanden. Auch in der Architektur vollzog sich mit großer Dynamik das, was unser indonesischer Doktorand in seiner Dissertation vorausgesagt hatte: dichtere und höhere Bauformen in den Städten, weil der Bevölkerungsdruck, Wohnungsmangel und steigende Bodenpreise dies verlangten. Näherten wir uns einer Stadt, so kündigte schon die Skyline an, dass sich hier eine traditionelle Provinzstadt in eine regionale Metropole verwandelte. Hotels, Büro- und Wohntürme wuchsen unvermittelt aus den *Kampongs* heraus, oft mit einem enormen Höhensprung von 20 und mehr Geschossen. Aber wie in Mexiko zeigten sich auch in Indonesien die negativen Begleiterscheinungen der „Turbo-Verstädterung": Verlust von Agrarflächen, Verschmutzung der Flüsse, Probleme bei der Wasserversorgung, dem Abwassersystem und der Müllbeseitigung, die mit dem Stadtwachstum nicht Schritt hielten.

Semarang war ein kleines Sultanat, bis die Holländer 1750 ein Handelszentrum errichteten. Dabei folgte die koloniale Machtergreifung dem damals üblichen Muster: Der Sultan verschuldete sich bei den Europäern und überließ diesen dafür ein Stück Land. Dort bauten die Holländer ihre *Outstat* nach dem Muster ihrer heimischen Städte und eine Festung kontrollierte das chinesische und muslimische Stadtviertel. Das verbindende Element war der Markt, wo die einheimischen Javaner, Chinesen, Inder, Araber und andere Minoritäten mit den Europäern Handel trieben. Die Holländer bauten das Straßennetz in Mittel- und Süd-Java aus, dem folgte um 1880 die Eisenbahn, was die Stadt als wichtiges Handelszentrum etablierte. Es entstanden repräsentative Kolonialbauten wie das Hauptquartier der Eisenbahngesellschaft *Lawang Sewu*, auch „Haus der tausend Türen" genannt und die protestantische *Gereja Blenduk*-Kirche.

Die chinesische Präsenz in Semarang war von jeher stark, vielleicht zurückgehend auf den chinesischen Admiral und Entdecker Zheng He, der um 1420 den Ort mit einer Flotte anlief. Chinatown war eines der ältesten Stadtviertel mit einer charakteristischen Architektur und vielen Tempeln, darunter der älteste und wichtigste *Sam Po Kong*-Tempel. Die zweistöckigen Reihenhäuser waren kombinierte Geschäfts- und Wohnhäuser mit einem chinesisch geschwungenen Dach.

Im 19. Jahrhundert wuchs die prosperierende Stadt stark an und die Überbevölkerung in den *Kampongs* führte zu Epidemien, was die Holländer um 1913 zu sanitären Verbesserungen und zum Bau neuer Wohnquartiere veranlasste. 1942/45 besetzten die Japaner die Stadt, dann folgte die Unabhängigkeit, die Semarang als Zentrum von Mittel-Java etablierte. Mit einer Million Einwohnern war Semarang die wichtigste Hafenstadt an der Nordküste Javas mit einer florierenden Industrie. Hafen und Industriegebiete riegelten die Stadt weitgehend vom Meer ab, so dass die

Stadt ins Inland und in die Küstenebene expandierte. Aber da gab es ein Problem: Ein großer Teil der Stadt, die sogenannte *Lower Town*, lag praktisch auf Meereshöhe und der Entzug von Grundwasser und Austrocknung ließen den Boden weiter absinken, so dass viele Viertel in der Regenzeit und bei Flut unter Wasser standen. Fast die Hälfte der Stadtfläche war davon betroffen, einschließlich einiger Geschäftszentren in der Innenstadt. Vor allem aber traf es die alte holländische *Outstat* mit rund 50 gut erhaltenen Kolonialgebäuden aus dem 18. bis 20. Jahrhundert.

Wir besuchten eine Familie in einem alten holländischen Haus, dessen Eingang wegen der Überschwemmungen um einige Stufen erhöht worden war und auch im Wohnraum hob man den Boden ständig an, so dass der Raum unter der Zimmerdecke langsam knapp wurde. Es roch feucht und ungesund und die Bewohner wussten, dass ihr Haus in einigen Jahren unbewohnbar sein würde wie das gesamte Quartier. Die Straßen verwandelten sich mehrmals im Jahr in Wasserflächen, weshalb man das Viertel auch das „Venedig von Java" nannte. Hier war der Klimawandel nicht fern und abstrakt, sondern real und sichtbar. Die langsam im Meer versinkenden Stadtviertel kämpften mit Dämmen und Entwässerungskanälen dagegen an, auf lange Sicht stand jedoch unausweichlich die Entscheidung an, ob man sich – vielleicht vergeblich – gegen die Naturgewalten stemmen oder sich rechtzeitig auf sicheren Boden zurückziehen sollte.

75 Die nächste Station war Surabaya, die zweitgrößte Stadt in Indonesien. Surabaya hatte eine verwirrende Geschichte von hindu-buddhistischen Königreichen und Sultanaten hinter sich, die sich ständig bekämpften und einander ablösten. Um 1420 erreichte eine chinesische Flotte auch diesen Ort, was – wie in Semarang – die chinesische Präsenz verstärkte. Um 1500 fasste der Islam in Java Fuß und unter dem Sultan Mataram wurde Surabaya Handelszentrum und politische Großmacht.

1743 übernahm die holländische Ost-Indien-Gesellschaft die Stadt und beherrschte bald durch Verträge mit den lokalen Moguln und Sultanaten ganz Java. Um 1850 war Surabaya die größte Stadt im holländischen Ost-Indien, ein wichtiger Flotten-Stützpunkt und Zentrum der Plantagenwirtschaft. Ähnlich wie in Samarang gab es javanische Kampongs und chinesische *shop-houses*, hinzu kamen einige holländische Kolonialbauten wie das Hotel *Majapahit* und das *Surabaya Post Office*. 1942 besetzten die Japaner Surabaya und nach deren Niederlage 1945 ergriffen indonesische Freiheitskämpfer die Macht. Es kam zu einer verlustreichen Schlacht, diesmal mit den Briten, die das Erbe der Holländer retten wollten. Die Kämpfe mit den Kolonialmächten brachten Surabaya den Titel „Stadt der Helden" ein, weil damit die Unabhängigkeit besiegelt wurde.

Aufgrund der strategischen Lage im Insel-Archipel und in der Region war Surabaya ein wichtiges Finanz- und Industriezentrum, das gerade einen regelrechten Boom durchlief. Ein Dutzend Hochhäuser bildeten schon eine ein-

drucksvolle Skyline und viele weitere waren im Bau, so als hätte man plötzlich erkannt, dass diese Millionen-Stadt architektonische „Leuchttürme" brauchte, um mit Singapur und Kuala Lumpur schrittzuhalten. Ein architektonisches Unikat war der *Intiland-Tower* des amerikanischen Architekten Paul Rudolph, ein 12-geschossiges Bürogebäude, dessen expressiver Beton-Brutalismus sich stark von den gläsernen Büro- und Hoteltürmen abhob.

Ein neues Stadtviertel an der Peripherie demonstrierte die Prosperität der Stadt. Dabei ging es nicht um eine schlichte Stadterweiterung, sondern um ein neues, exklusives Städtebau-Modell. Üblicherweise waren in den indonesischen Städten die internationalen Hotels, Banken und Firmenzentralen die Schrittmacher des vertikalen Bauens, hier war es eine 30-geschossige Wohnanlage mit Pool-Landschaft und tropischen Gärten. Wie es schien, löste sich die moderne Mittelschicht von der familiären Bautradition und eiferte Singapur nach, dessen moderne Wohntürme man in der Region vor Augen hatte.

Der Sprung von den kleinen, traditionellen Familienhäusern zum vielgeschossigen Luxus-Ensemble war gewaltig. Die Ausstattung machte klar, dass dies eine exklusive

Wohnform für eine neue urbane Elite war wie international tätige Manager und gutverdienende *professionals*. Diese Schicht konnte nicht allzu klein sein, denn um die vertikale Luxus-Insel herum standen auch Villen in verschiedenen Stilrichtungen zum Verkauf. Eine *Shopping Mall* und ein Park vervollständigten die exklusive Randstadt. Das Projekt zeigte wieder einmal die Präferenz von Investoren und Baufirmen für die „grüne Wiese", weil man am Stadtrand ungehinderten Zugriff auf große Flächen und weitgehende Baufreiheit hatte. Der Preis dafür war die Vernachlässigung der alten Stadt mit ihren historischen Quartieren, die weiterhin auf ihre Erneuerung warten mussten.

76

Auch in Bandung war ein Vortrag geplant, was mir die Gelegenheit gab, nach vielen Jahren einen indonesischen Studienfreund zu treffen. Als Architekt hatte er in Indonesien Karriere gemacht und unter der Vorgängerregierung regionale Flughäfen und andere Großprojekte gebaut. Er lebte mit seiner deutschen Frau in einem runden Haus, von dem er schon in seiner Studienzeit geträumt hatte und zeigte mir sein riesiges Büro, das nun aber leer stand, weil er schon mehr oder weniger im Ruhestand war.

Bandung, die „Stadt der Blumen", war die Hauptstadt von West-Java mit einer Bevölkerung von rund zwei Millionen. Die Stadt war berühmt für ihre besondere Atmosphäre, was nicht nur der kühleren Höhenlage zu verdanken war, sondern auch ihrer städtebaulichen Entwicklung. Diese begann etwas verspätet um 1800 mit den Holländern, die an den Hängen der umliegenden Vulkanberge Tee und Kaffee anbauten und eine intensive Plantagenwirtschaft in Gang brachten. Eine Eisenbahnverbindung nach Jakarta – dem alten Batavia – trug zum weiteren Wachstum bei.

Schon um 1920 war Bandung das „Paris des Ostens", wo sich Plantagenbesitzer und europäische Touristen erholten

und amüsierten. In dieser Zeit entstanden die berühmten Gebäude im Stil des „tropischen Art Déco", eine europäisch-lokale Stilmischung, die zur kulturellen und touristischen Attraktion der Stadt beitrug wie das *Bandung Institute of Technology*, ein tempelähnlicher Bau mit riesigen traditionellen Dächern, der Regierungssitz *Gedung Sate*, ein repräsentatives Gebäude mit einem pagodenähnlichen Turm, das dynamisch abgerundete, auf Stützen schwebende *Savoy Homann Hotel* von 1939 und die steingewordene Hochzeitstorte der *Villa Isola*. Das koloniale Architekturerbe hinderte Bandung aber nicht daran, ebenso wie Semarang und Surabaya in eine stürmische Wachstumsphase einzutreten, die in kurzer Zeit die Skyline der Stadt um einige Dutzend neuer Hotels, Büro- und Wohntürme bereicherte.

77

Die letzte Station der Reise war Jakarta. Die Metropole verschmolz zunehmend mit den Nachbarstädten Bogor Bogor, Depok, Tagerang und Bekasi und wurde deshalb auch *Jabotabek* genannt, - eine Agglomeration, die sich über 60 Kilometer entlang der Küste und 50 km weit ins Inland erstreckte. Von der überschaubaren Stadtlandschaft der großen Provinzstädte konnte hier keine Rede sein, schon aus dem Flugzeug heraus sah man ein endloses Mosaik aus Hafenanlagen, Industriegebieten, Hochhaus-Clustern, Villenvierteln, traditionellen Kampongs und Slums. Dutzende von Bürotürmen, Menschen- und Verkehrsmassen ließen keinen Zweifel daran, dass Jakarta in der Liga der Weltstädte eine wichtige Rolle spielte.

Die Ausstellung im Goethe-Institut war gut besucht, was in Jakarta nicht selbstverständlich war, denn bei tropischen Regen-güssen brach der Verkehr völlig zusammen, so dass nur wenige Interessierte die Veranstaltungen überhaupt erreichten. Auf dem Weg dorthin fuhren wir durch tiefliegende Stadtteile, in denen das Wasser einen halben Meter hoch in den Straßen stand. Es war stockdunkel und beängstigend, mit dem Toyota durch die Wasserfläche zu pflügen und den Rücklichtern vorausfahrender Fahrzeuge zu folgen, ohne die Straße zu sehen – ein vorweggenommenes Endzeit-Szenario einer Megastadt, die in Teilen unaufhaltsam im Meer versank.

Um dieses Schicksal abzuwenden und zumindest den Regierungsapparat in Sicherheit zu bringen, plante die Regierung schon seit Jahren den Bau der neuen Hauptstadt *Nusantara* auf der Insel Borneo. Auch diskutierte man ein anderes Megaprojekt: einen 100 Kilometer langen Damm entlang der Küste, den uns ein indonesischer Ingenieur erklärte. Es war unvorstellbar, welche Ressourcen der Kampf mit dem Meer verschlang und wie viele Wohnungen, Schulen und Krankenhäuser man damit bauen könnte.

Am nächsten Morgen fuhr mich mein Ex-Doktorand und Kollege zum Flughafen und damit war nicht nur mein Programm in Indonesien, sondern auch meine aktive Zeit in Stuttgart beendet. Ein idealer Abschluss meiner Forschungs- und Reisejahre, denn in Indonesien konnte ich noch einmal meiner Leidenschaft nachgehen und ein neues Land, einen neuen Kulturkreis und neue Städte erkunden. Die persönlichen Begegnungen, Eindrücke und Erkenntnisse in diesem Land waren eine enorme Bereicherung und so war ich froh, dass ich mit der Ausstellung und mit meinen Vorträgen auch etwas zurückzugeben konnte.

Es gab noch einige Dissertationen und Einladungen von Hochschulen und ausländischen Kollegen, die ich aber zumeist ablehnte, denn meinen fast 40 Reisejahren war kaum etwas hinzuzufügen. Eindrücke des *déjà-vu* würden sich häufen, Orte und Aktivitäten wiederholen, auch meine Neugier und Reiselust waren weitgehend saturiert. Man musste ja nicht der Hybris verfallen, alle Länder dieser Welt zu bereisen. Ganz im Gegenteil – es war gut zu wissen, dass die urbane Welt kein endliches, sondern ein nahezu unendliches Universum ist, mit zahllosen, sich ständig wandelnden Stadtgebilden, Baukulturen und Lebensfor-

men, die keine Forschung je erfassen kann.

Vor allem aber tat es gut, wieder eine intensive Zeit mit der Familie zu verbringen, die mit bewundernswerter Geduld meine häufige Abwesenheit gemeistert hatte. Unsere beiden Kinder gingen längst eigenen Wege und so zog für uns eine familiäre Ruhe und Beständigkeit ein, die wir viele Jahre lang nicht gekannt hatten. Das war nicht selbstverständlich – zu oft hatten wir in Expertenkreisen und bei Berufsreisenden erlebt, wie Familien unter schwierigen Umständen, bei häufiger Abwesenheit des Partners oder durch exotische Versuchungen zerbrachen. So konnten wir nun mit Stolz feststellen, dass die jahrzehntelange familiäre Odyssee unserer Beziehung nicht geschadet, sondern diese gefestigt hatte. Was mich betraf, so dachte ich an Hermann Hesse:

„*Wir sollen heiter Raum um Raum durchschreiten, an keinem wie an einer Heimat hängen...*".

Also machte ich mich auf zu neuen Räumen, genauer: zur Suche nach solchen Neigungen und Talenten, die in den langen Universitäts- und Reisejahren vernachlässigt oder noch nie zum Zuge gekommen waren. Und da gab es einige, aber das ist eine andere Geschichte.

Eckhart Ribbeck

geb. 1942, studierte Architektur und Städtebau in Aachen und Stuttgart und arbeitete zunächst als Stadtplaner in Stuttgart (1971/72) und als wiss. Mitarbeiter am Institut für Tropenbau in Darmstadt (1973/75). Dem folgte die Tätigkeit als Experte für Wohnungs- und Städtebau bei UNDP (United Nations Development Programme) in Guyana (1976/80) und GTZ (Gesellschaft für Technische Zusammenarbeit) in Brasilia (1980/82). Nach der Promotion an der Universität Karlsruhe arbeitete Eckhart Ribbeck in der Stadtforschung in Mexiko und Peru (1986/88) und war Gastdozent an der UNAM (Nationale Autonome Universität von Mexiko) in Mexiko-Stadt (1988/90). 1991 erfolgte die Berufung zum Professor an der Fakultät für Architektur und Stadtplanung der Universität Stuttgart, wo er bis zur Emeritierung 2010 das Fachgebiet „SIAAL - Städtebau in Asien, Afrika und Lateinamerika" in Forschung und Lehre vertrat.

Eckhart Ribbeck / Publikationen (Auswahl)

Colonias populares en la Ciudad de México, in: Megalópolis, UNAM, 2006
Die Welt wird Stadt, jovis-Verlag Berlin, 2005
Schöner Wohnen – Investoren-Städtebau in Peking, in: db 8/04,
Informelles Bauen in Mexiko-Stadt, in: HIER ENTSTEHT, Berlin 2004
Die posteuropäische Stadt, in: Sehnsucht nach Europa, Braun, 2003
Architektur und Städtebau in Algerien, Städtebau-Institut u. GTZ, 2002
Die informelle Moderne, awf-Verlag Heidelberg, 2002
Die Welt wird Stadt, in: Mythos Jahrhundertwende, Momos Verlag, 2000
Verstädterung im Zeitraffer, in: Raumentwicklung, Heft 4/5, 2001
Peking – vom Kaiserpalast zur Investoren-Stadt, in: Trialog, 68, 1/2001
Peking wächst und baut, in: Deutsche Bauzeitung db 9/2000
Hi Tech, Low Tech, No Tech - in: Stadt u. Kommunikation, Campus, 2000,
Spontaner Um- und Ausbau, in: Trialog 67/2000,
Deutsch-Algerische Hochschulkooperation, in: Trialog 62/1999
Al Hamra, die Rote, in db 9/1999 und Zenith 1/1999
Brasilia - Monument, Stadt, Region, in: Tópicos 4/99
Die Welt wird Stadt, in: DAB, No.3 1998
Laboratorium Peripherie, in: Zeitzeichen Baustelle, Campus, 1998
Centro Nacional de las Artes, Mexiko-City, in: Bauwelt 1998, Nr.19
Zwischen Hyperaktivität und Leere, in: Stadtbauwelt Nr.134, 1997,
Vom Apartmenthaus zum Luxus-Ghetto, in: Stadtbauwelt Nr.134, 1997
Traumstadt, Alptraum, Weltstadt, in: Stadtbauwelt Nr.134, 1997,
Favelas, Drogen und Folklore, in: Stadtbauwelt Nr.134, 1997
Die post-europäische Stadt, in: Die Alte Stadt, Nr. 1/1997
Im Zeitraffer - Verstädterung in Asien, in: db, No.9, 1997
Colonias Populares in Mexiko-Stadt, in: Trialog 53/1997
Mexikanische Höfe, in: Trialog 53/1997
Das Hofhaus im Vorderen Orient, in: Trialog 53/1997
Von der Hütte zum Haus in: Weissenhof-Institut Stuttgart, 1996
Wie vom anderen Stern, in: Bauwelt Nr.40, 1996
Singapore, Hongkong, Shanghai, Deutsche Bauzeitung db 5 /1995,
Megastrukturen in Fernost, in: Deutsche Bauzeitung db 5 /1995,
Wohnungspolitik in Rio de Janeiro, in: Trialog 46 /1995
Die metropolitane Mitte, in: Trialog, Nr.46 /1995
Brasilia weiterbauen, in: Deutsche Bauzeitung db, 2 /1995
Schnellwachsende Mittelstädte in Mexiko, SI Stuttgart, 1994